石头世界

［波兰］塔杜施·博罗夫斯基 著
杨德友 译

广东省出版集团
花城出版社
中国·广州

本书描写纳粹对犹太人肉体及灵魂的残酷摧残，选自塔杜施·博罗夫斯基的三个短篇小说集《告别玛丽亚》、《某一个士兵》、《石头世界》，主要描写战时集中营生活和战后见闻。

图书在版编目（CIP）数据

石头世界／（波）博罗夫斯基著；杨德友译. -- 广州：花城出版社，2012.1
（蓝色东欧／高兴主编. 第1辑）
ISBN 978-7-5360-6304-4

Ⅰ. ①石… Ⅱ. ①博… ②杨… Ⅲ. ①短篇小说－小说集－波兰－现代②博罗夫斯基－小说评论 Ⅳ. ①I513.45②I513.074

中国版本图书馆CIP数据核字(2011)第253262号

书名原文：Kamienny Świat
作者：Tadeusz Borowski

出 版 人：詹秀敏
丛书策划：肖建国　朱燕玲　孙　虹
责任编辑：黎　萍　夏显夫　邓裕玲
技术编辑：薛伟民　易　平
装帧设计：王　越
丛书标志：王　越
宣传推广：张　英　朱燕玲　孙　虹
　　　　　黎　萍　许泽红　李倩倩
　　　　　杜小烨

出版发行	花城出版社
	（广州市环市东路水荫路11号）
经　　销	全国新华书店
印　　刷	恒美印务（广州）有限公司
	（广州南沙经济技术开发区环市大道南路334号）
开　　本	880毫米×1230毫米　32开
印　　张	11.5　1插页
字　　数	295,000字
版　　次	2012年1月第1版　2012年1月第1次印刷
定　　价	38.00元

如发现印装质量问题，请直接与印刷厂联系调换。
购书热线：020－37604658　37602954
欢迎登陆花城出版社网站：http://www.fcph.com.cn

另一种色彩的东欧文学

（总序）

高　兴

一

说到东欧文学，一般人都会觉得，东欧文学就是指东欧国家的文学。但严格来说，"东欧"是个政治概念，也是个历史概念。在相当长一段时间里，它特指波兰、捷克斯洛伐克、匈牙利、罗马尼亚、保加利亚、南斯拉夫、阿尔巴尼亚等七个国家。因此，在当时，"东欧文学"也就是指上述七个国家的文学。这七个国家都曾经是社会主义阵营的成员，都曾经是以苏联为首的华沙条约组织的成员。

一九八九年底，东欧发生剧变。之后，情形发生了深刻的变化。苏联解体，华沙条约组织解散，捷克和斯洛伐克分离，南斯拉夫各共和国相继独立，所有这些都在不断改变着"东欧"这一概念。而实际情况是，波兰、捷克、匈牙利、罗马尼亚等国家甚至都不再愿意被称为东欧国家，它们更愿意被称为中欧或中南欧国家。

同样，上述国家的不少作家也竭力抵制和否定这一概念。昆德拉就是个典型。在他们看来，东欧是个高度政治化、笼统化的概念，对文学定位和评判，不太有利。这是一种微妙的姿态。在这种姿态中，民族自尊心也发挥着不可估量的作用。

然而，在中国，"东欧"和"东欧文学"这一概念早已深入人心，有广泛的群众和读者基础，有一定的号召力和亲合力。因此，继续使用"东欧"和"东欧文学"这一概念，我觉得无可厚非，有利于研究、译介和推广这些特定国家的文学作品。事实上，欧美一些大学、研究中心也还在继续使用这一概念。只不过，今日，当我们提到这一概念，涉及的就不仅仅是七个国家了，而应该包含更多的国家：立陶宛、摩尔多瓦等独联体国家，还有波黑、克罗地亚、斯洛文尼亚、塞尔维亚、黑山等从南斯拉夫联盟独立出来的国家。我们之所以还能把它们作为一个整体来谈论，是因为它们有着太多的共同点：都是欧洲弱小国家，历史上都曾不断遭受侵略、瓜分、吞并和异族统治，都曾把民族复兴当作最高目标，都是到了十九世纪末和二十世纪初才相继获得独立，或得到统一，第二次世界大战后都走过一段相同或相似的社会主义道路，一九八九年后又相继推翻了共产党政权，走上了资本主义发展道路。之后，又几乎都把加入北约、进入欧盟当作国家政策的重中之重。这二十年来，发展得都不太顺当，作家和文学都陷入不同程度的困境。用饱经风雨、饱经磨难来形容这些国家，十分恰当。

二

换一个角度，侵略、瓜分、异族统治、动荡、迁徙，这一切同时也意味着方方面面的影响和交融。在萨拉热窝老城漫步时，我看到了这样一幅景象：一条老街上有天主教教堂，有东正教教堂，有清真寺，有奥匈帝国的建筑，有奥斯曼帝国时期的大巴扎、饮水亭和钟楼。有时一幢建筑竟包含着东西方各种风格。这就是历史的遗产，这就是影响和交融的结果。在文化和文学上，影响和交融，体现得尤为明显。甚至可以说，影响和交融，是东欧文学的两个关键词。

萨拉热窝如此，布拉格也是如此。生长在布拉格的捷克著名小说家伊凡·克里玛，在谈到自己的城市时，有一种掩饰不住的骄傲："这是一个神秘的和令人兴奋的城市，有着数十年甚至几个世纪生活在一起的三种文化优异的和富有刺激性的混合，从而创造了一种激发人们创造的空气，即捷克、德国和犹太文化。"① 显然，克里玛对布拉格有着绝对切身的感受和本质性的了解。如果要用一个词来形容布拉格的话，克里玛觉得就是：悖谬。布拉格充满了悖谬。悖谬是布拉格的精神。

或许悖谬恰恰是艺术的福音，是艺术的全部深刻所在。要不然从这里怎会走出如此众多的杰出人物：德沃夏克、雅那切克、斯美塔那、哈谢克、卡夫卡、布洛德、里尔克、塞弗尔特，等等，等等。这一大串的名字就足以让我们对这座中欧古城表示敬意。

波兰又是一个例子。在波兰，你能同时感觉到俄罗斯文化、犹太文化、法国文化和德语文化的影响，尤其是俄罗斯文化。尽管波兰民族实际上对俄罗斯有着复杂的甚至是排斥的感觉，但俄罗斯文学对波兰文学的影响却是巨大的。密茨凯维奇、显克维奇、莱蒙特、米沃什等作家都曾受过俄罗斯文学的滋养和影响。密茨凯维奇还曾被流放到俄国，同普希金等俄罗斯诗人和作家有过接触。米沃什出生于立陶宛，由于他的祖祖辈辈都讲波兰语，他坚持认为自己是波兰诗人。在他出生的时候，立陶宛依然属于俄罗斯帝国。他曾随父亲在俄罗斯各地生活。俄罗斯风光、俄罗斯文化，都在他的童年记忆里留下了深刻印记。

而在布加勒斯特，你明显地能感觉到法国文化的影子。在二十世纪二三十年代，布加勒斯特有"小巴黎"之称。那时，罗马尼亚所谓的上流社会都讲法语。作家们基本上都到巴黎学习和生

---

① 见伊凡·克里玛《布拉格精神》第44页，崔卫平译，作家出版社1998年版。

活过。有些干脆留在了那里。要知道，达达主义创始人查拉是罗马尼亚人，后来才到了巴黎。诗人策兰、剧作家尤内斯库、音乐家埃内斯库、雕塑家布伦库什，都是如此。

昆德拉认为，出生于小国，是一种优势。因为，身处小国，你"要么做一个可怜的、眼光狭窄的人"，要么成为一个广闻博识的"世界性的人"。正是在影响和交融中，东欧国家的不少作家都有幸成为了"世界性的人"。

三

东欧各国由于国情不同，文学发展状况也不尽相同。这也使得东欧各国文学在不同的影响和交融中，形成了自己的特色。

东欧国家中，波兰文学，相对而言，底子比较深厚。这同它的历史有关。历史上，波兰，在与立陶宛合并后，曾积极响应西欧的文艺复兴，有过持续一百多年的兴盛期。后来，它不断受到侵略，甚至被沙俄、普鲁士和奥地利瓜分，最后完全丧失了独立。苦难、反抗、追求自由和解放、民族意识、爱国主义，这些自然而然地成为波兰文学的恒久主题。积极浪漫主义和批判现实主义在波兰出现，也是情理之中的事情。这些都是深刻和沉重的源头。没错，总体上，我们读波兰文学，总会感到一种不同凡响的深刻和沉重。作家们也大都有为民族代言的使命感，有关注社会正义的道德感和强烈的批判精神。

匈牙利在东欧国家中比较特殊。匈牙利人的祖先是游牧民族，最初由七个部落组成，其中马扎尔部落最为强大。因此，匈牙利人也叫马扎尔人，属于来自东方的外来民族。公元一〇〇〇年，伊斯特万大公建立匈牙利王国。从建国起，就信奉基督教。历史上，遭受过土耳其和奥地利的侵略和统治。哈布斯堡王朝统治的奥匈帝国曾经显赫一时。由于种种原因，匈牙利民族似乎有崇尚英雄、崇尚自由的风气。文学上也有许多表现英雄主义和自由精神的作品。自由是匈牙利作家特别看重的东西。诗人裴多菲就写过这样著名的诗句:"生命诚可贵,爱情价更高。若为自由故,二者皆可抛。"

捷克,又称波西米亚,又一个文化底蕴深厚的国家。曾有过一个重要的皇帝,那就是查理一世,后来成为神圣罗马帝国的皇帝,帝号为"查理四世"(1346—1376)。查理四世做过一件了不起的事情:于一三四七年在布拉格创办了查理大学。这也让他获得了不朽的声名。这座大学为捷克培养出无数的作家、学者、教育家和政治家。严格来说,捷克文学就是从那时起步的。胡斯战争,是捷克历史上悲壮的一页。杨·胡斯(1371—1415)是宗教改革家,被罗马教会判处火刑。胡斯派信徒为了捍卫胡斯的宗教改革,打响了一场战争。罗马教皇曾先后发动五次十字军征讨,要制服这个桀骜不驯的弱小民族。战争持续了整整十五年。这就是著名的"胡斯战争"。它对捷克历史影响深远,成为捷克民族的精神支点,也成为捷克文学艺术的精神源泉。波西米亚,这个词,在艺术上,就有追求自由,无拘无束的含义。由于多种文化并存,捷克文学出现了有趣的格局:既有哈谢克的传统,也有卡夫卡的传统。这两种传统,使得捷克文学,在二十世纪出现过两次繁荣。一次在两次世界大战之间。另一次在二十世纪六十年代,"布拉格之春"前期。幽默、讽喻,是捷克文学中的重要特色。

保加利亚从十四世纪到十九世纪,整整五百年,被土耳其奥斯曼帝国统治着。民族文化长期受到压抑。文学发展得比较缓慢。两次世界大战,它都卷入。在第二次世界大战中,它实际上充当了希特勒进攻巴尔干的桥头堡。社会主义时期,紧紧追随苏联。因此,较晚摆脱教条主义和所谓的社会主义现实主义。在保加利亚文学中,现实主义,尤其是批判现实主义,有一定的基础。作家的民族意识和干预意识也似乎特别强烈。这是特殊历史生发的特殊现象。这自然有感人的一面。但文学自有文学的规律。因此，如何处理好斗争意识和艺术规律，就是一件相当微妙也特别重要的事。

罗马尼亚，东欧中另一个异类。它实际上是达契亚人与罗马殖民者后裔混合而成的一个民族，属于拉丁民族。同意大利民族最为接近。语言上，也是如此。在历史上，长期被分为罗马尼亚、摩尔多瓦和特兰西尔瓦尼亚三个公国。这三个公国既各自独立，又始终保持政治、经济和文化等各方面的密切联系。十九世纪起，罗马尼亚文学出现了几位经典作家：爱明内斯库、卡拉迦列和克莱昂格。真正意义上的罗马尼亚文学始于那个时期。二战期间，布拉加等诗人确立了罗马尼亚抒情诗的传统。因此，在罗马尼亚当代文学中，抒情诗一直比较发达。

阿尔巴尼亚，情形又有点特殊。它基本上属于山国。一半以上人口信奉伊斯兰教。文学上既有欧洲文学的影响，也有土耳其—阿拉伯文学的影响。阿尔巴尼亚民族特别英勇，不屈不挠，在法西斯占领时期，许多作家都是一边战斗，一边创作。虽然总体上文学成就还不太突出，但它的反法西斯文学特别发达。卡达莱的《亡军的将领》就是这方面的力作。

南斯拉夫，或者说，前南斯拉夫，让我们想到六个共和国：塞尔维亚、克罗地亚、波斯尼亚—黑塞哥维那（就是我们通常说的波黑）、黑山、斯洛文尼亚和马其顿。南斯拉夫曾经是一个统一的联盟国家，强大，并富有活力。南斯拉夫文学就是指上述六国的文学。必须指出：单独的南斯拉夫文学实际上是不存在的。可惜，这片地区遭受了太多的磨难：战争、苏联封锁、民族矛盾和冲突、战乱。这些都严重影响到文学的发展。如今，南斯拉夫联盟已经解体，这些共和国都已成为独立的国家，每个国家也就几百万人，真正是弱小的国家。除了安德里奇和帕维奇外，这些国家的文学我们还介绍得很少。

四

在影响和交融中，确立并发出自己的声音，十分重要。说到这里，我想挑选几位作家和几部作品，稍稍谈论一下，因为在东欧当代文学中，他们具有开拓性或创造性的贡献：捷克的哈谢克、赫拉巴尔、昆德拉、克里玛和卢斯蒂格。波兰的贡布罗维奇、舒尔茨和米沃什。立陶宛的温茨洛瓦。罗马尼亚的齐奥朗和埃里亚德。阿尔巴尼亚的卡达莱。匈牙利的凯尔泰斯和艾斯特哈兹。

说到雅罗斯拉夫·哈谢克（1883—1923），我们马上会想到他的代表作《好兵帅克》。以往在评价这部小说时，人们一般会说它是一部反对奥匈帝国残酷统治、反对战争的革命作品。这实际上是政治性评价，并不是艺术性评价。如果对于这部书的评价仅仅停留于政治性评价的话，我觉得有点委屈这部书了。

因此，我们有必要用崭新的目光重读一下这部作品。

几乎从第一页，帅克的形象就给了我们特别的冲击：首先让我们目瞪口呆，然后又让我们捧腹大笑。这是个胖乎乎的、乐呵呵的、脑子似乎总有点不大对劲的捷克佬。在生活中，他也许并不起眼。可作为小说人物，就有太多的看头了。吸引我们的恰恰是他的呆傻，他的纠缠，他的滑稽，他的喋喋不休，他的一本正经的发噱，他的种种不正常……

《好兵帅克》长达六百来页，却几乎没有什么中心情节，有的只是一堆零碎的琐事，有的只是帅克闹出的一个又一个的乱子，有的只是幽默和讽刺。每个字都透着幽默和讽刺。可以说，幽默和讽刺是哈谢克的基本语调。正是在幽默和讽刺中，战争变成了一个喜剧大舞台，帅克变成了一个喜剧大明星，一个典型的"反英雄"。帅克当然只是个文学形象，幽默，夸张，有时又显得滑稽，充满了表演色彩，属于漫画型的。

看得出，哈谢克在写帅克的时候，并不刻意要表达什么思想意义或达到什么艺术效果。他也没有考虑什么文学的严肃性。很大程度上，他恰恰要打破文学的严肃性和神圣感。他就想让大家哈哈一笑。至于笑过之后的感悟，那已是读者自己的事情了。这种轻松的姿态反而让他彻底放开了。这时，小说于他就成了一个无边的天地，想象和游戏的天地，宣泄的天地。就让帅克折腾吧。折腾得越欢越好。借用帅克这一人物，哈谢克把皇帝、奥匈帝国、密探、将军、走狗等等统统都给骂了。他骂得很过瘾，很解气，很痛快。读者，尤其是捷克读者，读得也很过瘾，很解气，很痛快。幽默和讽刺于是又变成了一件有力的武器。而这一武器特别适用于捷克这么一个弱小的民族。哈谢克最大的贡献也正在于此：为捷克民族和捷克文学找到了一种声音，确立了一种传统。

博胡米尔·赫拉巴尔（1914—1997）承认，他是哈谢克的传人。但仅仅继承，显然不够。继承时所确立的自己的声音，才是赫拉巴尔的魅力所在，才让赫拉巴尔成为赫拉巴尔。

赫拉巴尔从来只写普通百姓，特殊的普通百姓。他将这些人称为巴比代尔。巴比代尔是赫拉巴尔自造的新词，专指自己小说中一些中魔的人。他说："巴比代尔就是那些还会开怀大笑、并且为世界的意义而流泪的人。他们以自己毫不轻松的生活，粗野地闯进了文学，从而使文学有了生气，也从而体现了光辉的哲理……这些人善于从眼前的现实生活中十分浪漫地找到欢乐，因为眼前的某些时刻——不是每个时刻，而是某些时刻，在他们看来是美好的……他们善于用幽默——哪怕是黑色幽默——来极大地装饰自己的每一天，甚至是悲痛的一天。"这段话极为重要，几乎可以被认作是理解赫拉巴尔的钥匙。

巴比代尔不是完美的人，却是有个性、有特点、有想象力也有各种怪癖和毛病的人。兴许正因如此，他们才显得分外的可爱，饱满，充满了情趣。《河畔小城》中的母亲和贝宾大伯就是典型的巴比代尔。

《过于喧嚣的孤独》，在我看来，是赫拉巴尔最有代表性的小说，篇幅不长，译成中文也就八万多字。小说讲述了一位废纸打包工的故事。一个爱书的人却不得不每天将大量的书当作废纸处理。这已不仅仅是书的命运了，而是整个民族的命运。我们同样遭遇过这样的命运。小说通篇都是主人公的对白，绵长，密集，却能扣人心弦，语言鲜活，时常闪烁着一些动人的细节，整体上又有一股异常忧伤的气息。因此，我称这部小说为"一首忧伤的叙事曲"。这种忧伤的气息，甚至让读者忘记了作者的存在，忘记了任何文学手法和技巧之类的东西。这是文学的美妙境界。

赫拉巴尔的小说情节大多散漫、淡化，细节却十分突出，语言也极有味道。是真正的捷克味道。这来自他的生活积累，也是他刻意的艺术追求。你很难相信，他在小学和中学，作文总是不及格。他硬是通过生活闯进了文学殿堂，并成为捷克当代最受欢迎的作家。"对于我来说，最重要的是生活、生活、生活，观察人们的生活，参与无论哪样的生活，不惜任何代价。"

深入作品，我们发现，赫拉巴尔和哈谢克有着许多相同，更有着诸多不同。哈谢克像斗士，无情，英勇，总是在讽刺，在揭破，在游戏，在痛骂，在摧毁。赫拉巴尔则像诗人，总是在描绘，在歌咏，在感慨，在沉醉，在挖掘。哈谢克的幽默和讽刺，残酷，夸张，像漫画。赫拉巴尔的幽默和讽刺，温和，善良，贴近生活和心灵。读哈谢克，我们会一笑到底。而读赫拉巴尔，我们不仅会笑，也会感伤，甚至会哭。赫拉巴尔还满怀敬爱，将语言和细节提升到了诗意的高度。这既是生活的诗意，也是小说的诗意。

在许多捷克读者看来，赫拉巴尔才是他们自己的作家，才真正有资格代表捷克文学。

米兰·昆德拉（1929— ），从二十世纪八十年代就进入中国读者视野的捷克小说家。他年轻时曾写过诗歌，曾热烈讴歌和追随过新制度，曾画过画，研究过音乐，曾在艺术领域四处摸索、东奔西突，终于在而立之年写下第一个短篇小说，找到了自己的方向，从此走上小说创作道路。

如果让我来推荐昆德拉的作品，我要推荐的恰恰是他的短篇小说集《可笑的爱》。《搭车游戏》、《没人会笑》、《爱德华和上帝》、《永恒欲望的金苹果》等等都写得特别机智，又十分好读。读读《搭车游戏》，那是场多么耐人寻味的游戏。一场游戏最后竟走向了它的反面。世事常常出人意料。任何设计和预想都不堪一击。我们无法把握事物的进程。最庄重的可能会变成最可笑的。最纯真的可能会变成最荒唐的。最严肃的可能会变成最滑稽的。关键是那道边界。可谁也不清楚边界到底在哪里。再读读《爱德华和上帝》，一个追逐女人的故事却如此巧妙地把信仰、政治、性、社会景况、人类本性等主题自然地糅合到了一起。层次极为丰富。手法异常多样。加上不少哲学沉思，又使得故事获得了诸多形而上的意味。字里行间弥散出浓郁的怀疑精神。显然，在昆德拉眼里，信仰值得怀疑，爱情值得怀疑，政治值得怀疑，革命值得怀疑，真理值得怀疑，语言值得怀疑……总之，一切都值得怀疑，一切都毫无价值。这些小说表面上看都是些情爱故事或干脆是情爱游戏，实际上却有着对人生、对世界的精细的思考。

还有他的第一部长篇小说《玩笑》，一个好笑但更可悲的爱情故事，"一首关于灵与肉分裂的伤感的二重奏"，有着绝妙的构思和相当的深度，算得上他所有小说中最像小说的小说。小说中有关世界是个罗网的思考成功反映出了人类的某种基本境况。卢德维克和露茜那两个人物也饱满，立体，神秘，有吸引力。按理说，昆德拉的艺术价值在他的这两部处女作中已经清楚显现。

然而，由于"布拉格之春"的缘故，昆德拉在西方的成名有点阴差阳错。他被当作了"纯粹出于义愤或在暴行的刺激下愤而执笔写作的社会反抗作家"。他的小说也因此自然而然地被简单地划入政治小说一类。作为一个真正有文学野心和艺术追求的小说家，昆德拉感到了其中的危险和尴尬。

一场捍卫自己艺术性的战役终于在他移居法国后打响。昆德拉几乎使出了浑身解数。他发表文章，接受采访，花费大量时间亲自校订自己作品的译本，并利用各种机会千方百计地表明自己的艺术功底和艺术渊源。他给幽默明确定义："幽默是一道神圣的闪光，它在它的道德含糊之中发现了世界，它在它无法评判他人的无能中发现了人；幽默是对人世之事相对性的自觉的迷醉，是来自于确信世上没有确信之事的奇妙的欢悦。"他甚至认为幽默是他和读者之间产生误会的最常见的原因。幽默不被领会，玩笑却被当真，误解由此出现。他极为推崇拉伯雷、塞万提斯、狄德罗、斯特恩等小说家，他们的一个共同特点就是幽默。最后，当这一切努力似乎还不能完全解决问题的时候，他索性抛弃母语，改用法语写作，试图彻底摆脱捷克背景并树立法国作家昆德拉的崭新形象，而这时他已临近古稀之年。

坦率地说，我觉得昆德拉从《缓慢》起，就开始走下坡路了。程式化、套路化表明了他创作力的衰竭。此外，法语毕竟不是他得心应手的写作语言。捷克读者已不把他当作捷克作家，而他本人也更愿意把自己归入法国作家的行列。即便如此，我们也必须承认：昆德拉是一位有着独特魅力和独特价值的小说家。他甚至起到了某种文学代言人的作用：让世界把目光投向了东欧当代文学。

伊凡·克里玛（1931— ）是捷克人心目中"始终没有缺席的"作家，至今依然活跃在捷克文坛。他生于布拉格一个犹太家庭。二战期间，曾被关押在集中营里。在"布拉格之春"中，发挥过重要作用。除了短暂的出访外，他一直生活在布拉格。

克里玛的小说手法简朴，叙事从容，语调平静，结构松散，讲述的往往是一些小人物的小故事。整体上看，作品似乎都很平淡,但平淡得很有韵味。一种大劫大难、大彻大悟后的朴实、自然和平静。他总是以谦卑的姿态,诚恳地给你讲几个故事、一段生活,然后完全由你自己去回味、去琢磨。他有从第一刻就消除同读者之间距离的本事。他的作品无疑更加接近生活和世界的原貌。他笔下的人物一般都有极强的幽默感,有极强的忍耐力,喜欢寻欢作乐同时又不失善良的本性。而这些正是典型的捷克民族特性。没有这样的特性,一个弱小民族在长期的磨难中,恐怕早就消亡了。

许多小说家认为,小说仅仅提出问题并进行讨论,并不提供答案。克里玛更加干脆,提出问题后,连讨论都显得多余。他更愿意通过"原封不动地"描述一个个故事来呈现世界的悖谬和人性的错综。有评论家称他讲述的故事"触及了人类心灵极为纤细的一面"。

除小说外,克里玛还写有大量的随笔。他显然拥有好几种武器:用小说来呈现和挖掘,用随笔来沉思和批判。进入新世纪,年近七旬的克里玛又接连出版了《在安全和不安全之间》(2000)、《我疯狂的世纪》(2卷,2009)等散文和小说作品,让人们惊叹他不竭的创作活力。《我疯狂的世纪》实际上是部自传。在书中,克里玛结合个人经验,对整个二十世纪作了深刻的反思。此书出版后,引起了捷克读书界的高度关注,并为他赢得了文学大奖。

阿尔诺什特·卢斯蒂格(1926—2011),捷克小说家,同克里玛一样,身上流淌着犹太人的血液,也曾经历过集中营的磨难。他的全家几乎都在纳粹大屠杀中遇难。由于这一心灵创伤,他的小说大多讲述犹太人的苦难和二战经历。卢斯蒂格于一九六八年"布拉格之春"后被迫离开捷克,定居美国。其实,在他离开捷克前,就已是捷克享有声名的记者、主编、编剧和小说家。几十年的海外生活,让他暂时淡出了捷克读者的视线。一九八九年东欧剧变后，卢斯蒂格主要生活在布拉格和华盛顿两地。人们重又读到了他的《为卡特琳娜·郝洛维佐瓦的祈祷》、《天国护照》、《夜之钻》等小说作品。《白桦林》等小说也以完整的样子出现在读者面前。作家还写出了《美丽的绿色眼眸》（2000）等新作。二〇〇八年，捷克政府为表彰他对捷克文化所作的贡献，特授予他二〇〇八年度弗朗兹·卡夫卡文学奖。

　　捷克文学有鲜明的混合和交融的特征，自二十世纪初以来，出现了两种基本传统。一种是哈谢克确立的幽默、讽刺的传统。另一种是卡夫卡创造的变形、隐喻的传统。这两种传统深刻影响了一大批捷克作家。昆德拉、赫拉巴尔、克里玛、塞弗尔特、霍朗等等都是在这样的影响下成长起来的。卢斯蒂格自然也是。更为重要的是，他们在影响和交融中，一个个都找到了自己的声音。昆德拉冷峻、机智，注重融合各种文体和手法，作品充满怀疑精神和形而上意味。赫拉巴尔温和、亲切，关注生活，关注小人物，语言和细节都极富韵味和诗意。克里玛平静、从容，善于从日常中发现诗意和意义，作品表面上不动声色，实际上充满了意味。塞弗尔特豁达、饱满，满怀爱意地捕捉着一个个瞬间。对于他，瞬间就是一切，就是"世界美如斯"。霍朗像个隐士，躲在语言筑起的窠中，为自己，也为读者创造一个个惊奇。

　　卢斯蒂格呢，与他的这些同胞既有相同之处，更有不同之处。相比于他的这些同胞，他显得更加朴实、专注、投入，他似乎不太讲究手法和技巧，只在一心一意地讲述故事，自己始终隐藏在作品背后，只让人物和情节说话。非凡的经历和内在的激情成为他写作的最大的动力。他还特别重视对话，是真正的对话艺术大师。小说创作中，要写好对话，实际上是件很难的事情。这不仅要有天生的艺术敏感，更要有深厚的生活积累。《白桦林》中，就有着大段大段的对话，支撑起小说情节，甚至推动着小说情节发展，同时又丰富着小说的外延和内涵。对话中，有人物心理，有个性,有思索,有锋芒,有智慧,有幽默,有捷克味道,有故事中的故事。我们不太清楚人物的外貌,但我们却能辨别出他们的声音。声音成为他们的主要身体特征。声音在回响,对话在进行。对话让整部小说变得生动、真实,充满了活力。

卢斯蒂格的不少小说,没有抗议,没有道德评判,没有简单的对与错、好与坏,只有静水流深般的叙述,只有自然而然的挖掘和触及,只有客观而又准确的呈现,只有渐渐加快的节奏,小说恰恰因此获得了无限的感染力和震撼力。

维托尔德·贡布罗维奇(1904—1969),这位波兰作家,与那几位捷克作家不同,恰恰是以反传统而引起世人瞩目的。昆德拉说:"作家的本性使他永远不会成为任何类型的集体代言人。更确切地说,作家的本性就是反集体的。作家永远是一匹害群之马。在贡布罗维奇身上,这一点尤为明显。波兰人一向把文学看作是必须为民族服务的事情。波兰重要作家的伟大传统是:他们是民族的代言人。贡布罗维奇则反对这样做。他还极力嘲笑这样的角色。他坚决主张要让文学完全独立自主。"

"害群之马",这是昆德拉给予贡布罗维奇的最高评价了。昆德拉眼中的害群之马还有:文学家塞万提斯、狄德罗、卡夫卡、布洛赫、穆齐尔,音乐家斯特拉文斯基、雅那切克,等等。他们一般都是"家庭中不受疼爱的孩子"。

贡布罗维奇压根儿就没指望得到"疼爱"。他从一开始就决裂,同传统决裂,同模式决裂。在二十世纪三四十年代,他的作品在波兰文坛便显得格外怪异、离谱,让人怎么都看不顺眼。他的文字往往夸张、扭曲、怪诞,人物常常是漫画式的,或丑态百出,或乖张古怪,他们随时都受到外界的侵扰和威胁,内心充满了不安和恐惧,像一群长不大的孩子。作家并不依靠完整的故事情节,而是主要通过人物荒诞怪僻的行为,表现社会的混乱、荒谬和丑恶,表现外部世界对人性的影响和摧残,表现生活在这个世界上的人类的无奈和异化，以及人际关系的异常和紧张。

他的代表作《费尔迪杜凯》（1937）就充分体现出了他的艺术个性和创作特色。凭借这部小说，贡布罗维奇同卡夫卡、布洛赫和穆齐尔一道被昆德拉并称为"中欧文学四杰"。这是一部语调嘲讽、手法夸张、人物滑稽的好玩的小说。小说中的尤瑟夫是位年过三十的作家，总是用在常人看来"不成熟的"目光打量一切。这其实是另一种清醒。正因如此，他的目光从本质上来看是绝对怀疑和悲观的。他时刻感到"一种非存在的畏惧，非生存的恐怖，非生命的不安，非现实的忧虑"。他认为在一般人看来越是愚钝、越是狭隘的见解，反而越是重要、越是迫切，就像一双挤脚的鞋比一双合适的鞋对脚的刺激更强烈一样。这样的人，自然为社会、为那些书中常常提到的"文化姑妈"所不容。于是，他的老师平科强行将他变成一个只有十几岁的少年，逼迫他返回学校，也就是一件自然而然的事了。一连串荒唐有趣的故事就这样开始了。作者在写作时完全打破了所谓的文学的使命感和庄严感，采取的是一种极端随意的、不正经的笔调。在词汇的使用上，贡布罗维奇也突破了一切禁忌，最俗最糙最反美学的词汇都敢用，甚至还生造出不少词汇来。这又是一本完全靠行动支撑的小说，几乎没有心理描写，只有行动，用行动揭示人物的心理，用行动塑造一个个形象。在讲故事的间隙，作者又时常以主人公的口吻发表一些奇谈怪论。细细琢磨这些奇谈怪论，读者不难发现其中深刻而又前卫的思想。作者甚至在小说的最后声明：谁若去读它，谁就大大受骗。这种精心的"随意"、"出格"和"自我贬损"使得他的作品获得了无边的空间和时间。想象的天地也就异常广阔。我们也决不要被作者表面的"不正经"所迷惑。事实上，无数针对人性和社会的寓意和批判在书中处处可见。虚伪的教育家、短视的文化界、肤浅的"半知识分子"、贪婪脆弱的地主乡绅及其他各色人等都一一被作者讽刺、嘲弄并揭露。作者在讲述一个人物时还不厌其烦地罗列了那么多的疾病,矛头难道不正是在指向整个社会吗?贡布罗维奇以自己的创作实践告诉人们:文学还可以是这种样子。

布鲁诺·舒尔茨(1892—1942),波兰文坛上又一个奇特的作家。出生于犹太家庭。读舒尔茨时,会有这样的感觉:绚烂的画面,无边的想象,迅即的转换,突然的中断,密集,刺眼,反常,神秘,速度,空白,跳跃,这一切会让你晕眩,你常常需要停顿,然后又不愿放下。

舒尔茨的小说格局有限,人物就那么几个,背景基本固定:那就是作家的家乡,波兰东南部加利西亚地区德罗霍贝奇镇,有时甚至就是他和父母居住的"黑洞洞的"公寓。可有限的格局、人物和背景却常常在不知不觉中衍生出辽阔的世界,充满了各种景致和意味。

想象力在此发挥出奇妙的作用。对于作家而言,想象力有时就是创造力。正是凭借想象,舒尔茨总是孜孜不倦地从日常和平庸中提炼诗意。他常常通过儿童或少年的目光打量世界,展开想象。童年目光,纯真,急迫,无拘无束,可以放大一切,可以冲破一切界限。画家天赋又让他对色彩极度敏感,给想象增添了表现层次和空间。

倘若舒尔茨仅仅停留于诗意的想象,那他很有可能成为一名浪漫主义作家。但他显然又往前走了一步。这一步至关重要,又意味深长,是质的飞跃。事实上,他在不断提炼诗意,也在随时摧毁诗意。犹如女神的阿拉德可以用一把扫帚或一个手势挡住父亲的幻想事业。而父亲,"那个不可救药的即兴诗人,那个异想天开的剑术大师",由于生命力的衰竭,由于种种内在和外在的因素,蜕变成了秃鹫、蟑螂和螃蟹。相反,走近了看,狗竟然是人。想象因而获得残酷却又激烈的质地,上升到梦幻、神话和寓言的高度。在神话和寓言中,边界消除,自然规则让位于内心需求。

内心，就是最高法则，就是最高真实。这顿时让他的写作获得了浓郁的现代主义特征。

　　舒尔茨曾翻译过卡夫卡的《审判》，也读过卡夫卡的其他小说。变形，也许就是卡夫卡给他的最大启示。在父亲形象上，这一手法用得最为彻底。变形是更高层次上的想象、象征或隐喻，能让写作获得更大的自由，更深的意义。变形既能打通生死之间的隔板，也能大大丰富生命的形式，还能让世界成为一个神话天地和魔术舞台。

　　正当他梦想着要写出更多的作品时，第二次世界大战爆发了。他同其他犹太人一样受到冲击，只好停止写作。一名纳粹军官欣赏他的画作，充当起他的临时保护人。没想到，恰恰是这一保护为灾难埋下了伏笔。一九四二年，一个"黑色星期四"，布鲁诺·舒尔茨正在街上行走时，突然，一名对舒尔茨的保护人怀恨在心的纳粹军官向他举起了枪。这竟然是一名纳粹军官对另一名纳粹军官的报复："你打死了我的犹太人，我也要打死你的……"天哪，这是怎样荒诞的世道！一位天才的作家和画家就这样稀里糊涂地倒在了血泊中。那一刻，舒尔茨年仅五十岁，只留下了两本小说集、一些书信和两百余幅绘画作品。

　　波兰文学向来都有积极浪漫主义和批判现实主义的传统。密茨凯维奇、显克维奇、莱蒙特、米沃什等等都是典型的波兰作家。他们把作家的使命看得很重，愿意担当民族的代言人。舒尔茨，同贡布罗维奇一样，属于异类。贡布罗维奇离经叛道，有意识地破坏所谓的民族性。他更愿意把小说当作游戏和嘲讽的天地。舒尔茨则转向内心，转向宇宙深处，在想象、梦幻、隐喻和变形中构建自己的神话。他身上有卡夫卡、里尔克、穆齐尔等人的印记，还明显受到普鲁斯特、爱伦·坡等作家的影响。以色列当代作家大卫·格罗斯曼对舒尔茨的评价准确、传神："他的书页上的每一个时刻、每一只小狗、每一堆垃圾、每一碗水果，都是一场喧闹、一出激昂的戏剧。每一个时刻都不能够完全容纳它自己的意义，都在溢出。布鲁诺·舒尔茨的写作有如涨潮。"

二〇〇四年，切斯瓦夫·米沃什（1911—2004）在波兰克拉科夫辞世，成为波兰文坛以及世界文坛的大事。

对于米沃什，我们已十分熟悉。他始终被视为波兰诗歌的良心。他在二十世纪五十年代从波兰驻法国文化参赞任上出走，最终来到美国。生活在美国，他却念念不忘自己的祖国，一直坚持用波兰语写作，还将大量的波兰作家介绍给西方读者。他为诗歌下的定义：对真的热烈求索。真理和真实，人生和历史，这其实就是米沃什诗歌一贯的主题。他无法背对公众，无法背对二十世纪血腥的历史，去追求什么美学上的完美。宁可粗粝一些，宁可残缺一些。他的平实，他的雄辩，他的坚硬，他的冷峻，他的沧桑感和悲剧感，他的道德倾向和人道主义情怀，统统来源于此。出版过《关于凝冻的时代的诗篇》等十几部诗集和《被禁锢的思想》及《诗歌见证》等散文、随笔集。一九八〇年获诺贝尔文学奖。在辞世前不久，他在家乡出版了好几本著作，其中有诗集《二度空间》（2003）以及《最后的诗篇》（2004）。

从二〇一一年年初起，一位立陶宛诗人的名字就不断地在中国报刊和网络上出现。那就是托马斯·温茨洛瓦。

托马斯·温茨洛瓦（1937— ），著名立陶宛诗人、学者和翻译家。一九七七年，流亡美国。在美国，他被认为是"布罗茨基诗群"的重要成员。现为耶鲁大学斯拉夫语言文学系终身教授。代表性诗集有《语言的符号》、《冬日对话》、《枢纽》等。他的诗歌已被译成二十多种语言。他也因此收获了诸多文学奖项和世界性声誉。欧美评论界称他为"欧洲最伟大的在世诗人之一"。如今，他已当之无愧地成为了立陶宛文化的代表人物。

温茨洛瓦是一位沉重的现实成就的沉重的诗人，把诗歌当作抗衡黑暗的最后的武器。约瑟夫·布罗茨基在论述温茨洛瓦的诗作时指出：温茨洛瓦"将诗歌当作抵御现实的一种形式"。历史感和命运感，像两个难解难分的主旋律，不断地在他的诗歌中回荡。这同他的出生环境和成长历程有着紧密的关联。他在诗中写道："我学会在黑暗中看，分辨快乐与快乐"，"在最后的黑暗中，在冰或火到来之前，我们还能看到听到"。这就是诗歌的力量。他的诗忧伤、沉重、冷峻，基调幽暗，但字里行间却有着鲜明的精神抱负和心灵慰藉。他的诗充满着人类精神世界的冬日意象，却给每个孤寂的心灵送去了温暖；他是一个世界主义者，但是他极具人性光辉的诗篇，却是他的祖国永远不可分割的部分。鉴于诗人托马斯·温茨洛瓦对当代诗歌作出的杰出贡献，二〇一一年度青海湖国际诗歌节特授予他金藏羚羊国际诗歌奖。

埃米尔·米歇尔·齐奥朗（1911—1995）是世界文坛上的怪杰。他曾为自己定下一个明确的目标："尽量隐姓埋名，尽量不抛头露面，尽量默默无闻地生活。"他生于罗马尼亚乡村一个东正教神甫家庭，曾在大学攻读哲学，一九三七年到巴黎留学，从此留在了法国，将近六十年，一直在巴黎隐居，先住旅馆，后又住在阁楼里，极少参加社交活动，极少接受采访。他曾郑重告诫自己："将你的生活局限于你自己，或者最好是局限于一场同上帝的讨论。将人们赶出你的思想，不要让任何外在事物损坏你的孤独，让那些弄臣去寻找同类吧。他人只会削弱你，因为他人逼迫你扮演一种角色；将姿态从你的生活中排除吧，你仅仅属于本质。"显然，他是有意识地为自己创造了一种孤独。在孤独中思想，在孤独中写作，在孤独中同上帝争论，在孤独中打量人生和宇宙——孤独成了他的标志，成了他的生存方式。身处孤独之中，齐奥朗觉得自己仿佛身处"时间之外"，身处"隐隐约约的伊甸园中"。移居法国后，他一直用地道的法语写作，文笔清晰、简洁、优雅，字里行间不时地流露出一丝黑色幽默色彩。《分解概论》（1949）、《生存的诱惑》（1956）、《历史与乌托邦》（1960）、《坠入时间》

(1964) 等著作奠定了他哲学家和文学家的重要地位。

他的那些格言般的随笔极有特点，富有思想。他喜欢言说忧郁、人性、上帝、虚荣心、文学等话题，言说他欣赏而且熟悉的文学家和思想家。他觉得，"忧郁，一旦达到极点，会消除思想，变成一种空洞的呓语"。所以，本质上忧郁的他写作时十分注重心态，注重语调，注重语言色彩。他认为，"本质并非文学的关键点。对于一位作家而言，重要的恰恰是他呈现偶然和细微的方式。艺术中，要紧的首先是细节，其次才是整体"。

他不信上帝，在这一点上像尼采。他不信人类，坚持认为"每一个人在沉睡时，心中都有一个先知，而当他醒来时，这世界就多了一点恶了……"。他厌恶现代化，"面对电话，面对汽车，面对最最微不足道的器具，我都禁不住会感到一阵厌恶和恐惧。技术天才所制造的一切都会激起我一种近乎神圣的惊骇"。他一直与现代生活格格不入，逐步成为一个极端的悲观主义者。

米尔恰·埃里亚德（1907—1986）是位出生于罗马尼亚的学者和作家。他的《比较宗教模式》《永恒返归之神话》以及三卷本《宗教信仰与思想史》等著作奠定了他在宗教学、神话学、哲学和东方学等诸多领域里的重要地位。同时，《克里斯蒂娜小姐》《霍尼贝格医生之谜》《没有青春的青春》等小说又使他成为一位有特色、有价值的小说家。他在二战后，移居巴黎，后来又到美国工作和生活。我是在美国进修时读到他的作品的，发现他的小说有一种特殊的神秘气氛，这种"神秘"不仅是他小说的氛围，也是他小说的主题。他的小说往往处处是谜，有的甚至是谜中谜。在他的小说中，真实世界恰恰可能是虚幻境界，而虚幻境界恰恰正是真实世界。这样的小说自然地将沉思、内心体验、回忆、智性发现、观察、梦想，甚至想象实验融为一体。而所有这些不仅描绘出了世界的神秘，更呈现出了世界的种种可能性。

伊斯梅尔·卡达莱（1936— ），在我眼里，一直是个分裂的形象。仿佛有好几个卡达莱：生活在地拉那的卡达莱，歌颂恩维尔·霍查的卡达莱，写出《亡军的将领》的卡达莱，发布政治避难声明的卡达莱，定居巴黎的卡达莱，获得布克国际文学奖的卡达莱……他们有时相似，有时又反差极大，甚至相互矛盾，相互抵触。因此，在阿尔巴尼亚，在欧美，围绕着他，始终有种种截然相左的看法。指责和赞誉几乎同时响起。指责，是从人格方面。赞誉，则从文学视角。他的声名恰恰就在这一片争议中不断上升。以至于，提到阿尔巴尼亚，许多人往往会随口说出两个名字：恩维尔·霍查和伊斯梅尔·卡达莱。想想，这已有点黑色幽默的味道了。但凭借《亡军的将领》、《梦幻官殿》、《石头城纪事》、《错宴》等小说，卡达莱完全可以在世界文坛占一席之地。

《亡军的将领》是部反映战争的小说，可故事却在战争结束差不多二十年之后。硝烟早已散尽。一位意大利将军踏上了阿尔巴尼亚的土地，带着一项特殊的使命：寻找并挖掘意大利士兵的尸骨，然后，将它们带回祖国。

由此，我们也就看到了小说的角度和主线。这一角度和主线确立了战争的多重意味和层面，隐约，恍惚，有时遥远，有时贴近，既是过去的，也是现在的，既是真实的，也像幻觉的。与其说是战争，还不如说是战争的影子。而有时，战争的影子，比战争本身，更为严酷，死死纠缠着人的心理。

各种声音的回荡，各种文体的交叉，让小说变得丰富、饱满、立体，具有蔓延和加强的力量，紧紧围绕着主线，但常常，故事中又套着故事。我不由得想起了那个逃兵的日记。它很自然地构成了一个完整的章节。那里有一个厌恶战争、热爱生命的青年的真实心理，还有一段异常动人的单相思。

将军本人其实也面临着一场战争。一场有关荣誉和尊严的特殊的战争。一开始，他那么自负，深信自己一定能打赢这场战争。刚刚踏上这片土地时，他毫不掩饰自己对阿尔巴尼亚人的鄙视和仇恨，而且还时时端出一副居高临下的姿态。他完全同意神甫的看法：这是个"粗野而落后的"民族，"当他们还是婴儿时，就把枪搁在了他们的摇篮里。就这样，枪成了他们生活中不可分割的一部分"。可随着寻找和挖掘的深入，他的心理渐渐发生了微妙的变化。在同磨房主等阿尔巴尼亚人的较量中，也一次又一次地败下阵来。连他自己都不得不承认："首先失去的是自豪感，然后是庄严的气度，接着是另外全部的想象力，而今我们则是在这里，在普遍的冷漠和不可思议的、冷嘲热讽的目光中四处游荡，成了两个可怜的战争的笑柄，成了在这个国家里作战并惨遭失败的全部军人当中最不幸的人。"他明白，他只是一支亡军的将领。失败同样是他的注定的命运。

小说还通过将军的目光让我们了解到了阿尔巴尼亚这个奇特的民族。他们看上去平常、沉闷、不善言语，可一旦面临灾难时，却变得那么的英勇。他们极端地看重名誉，可以随时为了名誉而付出生命的代价。但对待投降的敌人，他们又是那么的善良，决不会让他们饿死，更不会去虐待他们。对此，就连将军都有点不可理解。他们崇尚高山，是名副其实的"山鹰民族"。他们在教堂、清真寺和堡垒之间生活着，不追求物质的丰厚，更注重心灵的宁静。

卡达莱不愧是小说艺术的大师。他如此巧妙而又自然地调动起回忆、对话、暗示、反讽、旁白、沉思、心理描写等手法，始终控制着小说的节奏和气氛，充分展现出战争在人们生活和心理上投下的无边阴影。由主线引申出的无数生动的细节和难忘的故事，以及大段大段有关战争的思考，又让整部小说获得了不同凡响的深刻性和可读性，牢牢地抓住了读者的注意力。

《梦幻宫殿》中的人物几乎只有一个，那就是马克-阿莱姆，所有故事基本上都围绕着他进行，线索单纯，时间和空间也很紧凑。可它涉及的主题却广阔、深厚、敏感，有着丰富的外延和内涵。卡达莱于一九八一年在他的祖国发表这部小说。作为文本策略和政治策略，他将背景隐隐约约地设置在奥斯曼帝国，似乎在讲述过去，挖掘历史，但任何细心的读者都不难觉察到字里行间弥散出的讽喻的气息。因此，人们也就很容易把它同卡夫卡的《城堡》、奥威尔的《动物农场》等寓言体小说连接在一起，将它当作对专制的揭露和讨伐。难怪出版后不久，《梦幻宫殿》便被当局列为禁书，打入了冷宫。

人性，或者反人性，显然是《梦幻宫殿》的另一主题。阴郁、沉闷、幽暗、寒冷，既是整部小说和梦幻宫殿的气氛，也是小说中不多的几个人物的性格基调。细细阅读，我们会发现，主人公马克-阿莱姆，以及其他几个人物基本上都没有外部特征。我们不知道他们的长相和模样，只能听到他们的声音，看到他们的动作。他们模糊不清，仿佛处于永远的幽暗中，仿佛一个个影子，唯有声音和动作在泄露他们的情感和内心。

此外，小说还涉及权力斗争、史诗、寻根、巴尔干历史问题等诸多主题。这些主题交织在一起，互相补充，互相衬托，互相辉映，让一部十来万字的作品散发出巨大的容量。在艺术手法上，卡达莱表现出他一贯的朴素、简练、浓缩的风格。在主题上挖掘，在细节上用力，让意味在不知不觉中生发、蔓延。这是他的小说路径。这样的路径往往更能够吸引读者的脚步和目光。

除了《亡军的将领》和《梦幻宫殿》之外，本丛书收录的《错宴》、《石头城纪事》、《谁带回了杜伦迪娜》等均是他的代表性小说。

二〇〇二年十月，诺贝尔文学奖让人们知道了凯尔泰斯·伊姆雷（1929— ）。这又是一位苦难成就的作家。他在十五岁时，被纳粹投入波兰奥斯威辛集中营，后获救。

十九岁时，他开始在布达佩斯一家报社当记者，一九五一年被解聘。从此，靠翻译和写作维持生计。由于他的作品印数极小，而且不被官方认可,他实际上一直处于默默无闻的孤寂状态。二十世纪九十年代后,情形有所好转。他的一些作品被介绍到了德国、法国、瑞典等西欧国家。但在世界范围内,他则长期属于名不见经传的作家。

瑞典文学院在宣布凯尔泰斯·伊姆雷获奖理由时说,他的写作"支撑起了个体对抗历史野蛮的独断专横的脆弱的经历"。瑞典文学院高度评价了他的处女作《无法选择的命运》,认为对作者而言"奥斯威辛并不是一个例外事件,而是现代历史中有关人类堕落的最后的真实"。

实际上,凯尔泰斯的所有作品都在经营一个主题:大屠杀。"每当我考虑写一部新的小说时,我总会想起奥斯威辛。"他说,"每位作家都有一段决定性的成长经历。对我来说,大屠杀就是这样的经历。"就这样,大屠杀的阴影变成了他文学创作的光亮。

除了这几部小说外,凯尔泰斯·伊姆雷还有《作为文化的大屠杀》(1993)、《我,另一个:一种变形史》(1997)、《行刑队重新上膛时静默的瞬间》(1998)以及《被流放的语言》(2001)等散文作品。

世界文坛上,以大屠杀为主题写出不朽篇章的作家很多。普里莫·列维、保尔·策兰、大卫·格鲁斯曼、辛西亚·奥奇克、伊凡·克里玛,等等。波兰、捷克、以色列等国家甚至有大屠杀文学的传统。为何偏偏匈牙利的凯尔泰斯·伊姆雷得到了诺贝尔文学奖的青睐呢?

还是再来听听瑞典文学院的说法吧。

瑞典文学院说凯尔泰斯·伊姆雷的作品探讨了"在一个人们受到社会严重压迫的时代里继续作为个体生活和思考的可能性",他的小说中"没有任何道德愤慨和形而上抗议因素,可恰恰正是这一点使得他的描写获得了令人震惊的可信性"。这段话实际上在肯定凯尔泰斯·伊姆雷作品的深度和高度以及艺术独特性的同时,已将他同其他大屠杀文学创作者区别了开来。言外之意就是他的大屠杀文学创作已摆脱了时空的羁绊而到达了一种对人类具有永恒意义的角度。作者自己也表示："我的作品是对自己、对记忆以及对人类的一种承诺。"

凯尔泰斯是第一位荣获诺贝尔文学奖的匈牙利作家。同中东欧其他国家相比，匈牙利当代作家中有世界性影响的极少。长期以来，裴多菲成了匈牙利文学的标志性作家。而这已有一些令人悲哀的味道了。首先，从今天看来，裴多菲成为匈牙利文学的标志，有着某种艺术以外的因素。其次，十九世纪的裴多菲毕竟不能代表匈牙利文学的现在。如此情形下，凯尔泰斯的获奖不仅为匈牙利文学，也为整个匈牙利赢得了巨大的荣耀。全世界读者的目光也肯定会顺便关注一下"被忽视的匈牙利文学"。

事实上，在获得诺贝尔文学奖后，凯尔泰斯似乎处于沉寂状态，没有什么新作问世。而另一位匈牙利作家艾斯特哈兹·彼得（1950— ）却凭借自己频频问世的作品引起了世界文坛的注目。二〇〇〇年，他的代表作《天堂的和谐》刚一出版，就成为欧洲文坛关注的焦点。匈牙利评论界甚至称它为"一部圣灵之书"。在此之前，艾斯特哈兹已写出《十七只天鹅》、《赫拉巴尔之书》、《心脏助动器》、《一个女人》等小说作品。他的作品已被译成二十多种语言。其作品注重语言实验，又不乏趣味和含义。就连世界文坛宿将巴尔加斯·略萨都说："艾斯特哈兹·彼得是我们时代最有趣、最具原创性的作家。"

诗歌在东欧文学中，占有显著的地位。除了我们提到的米沃什和温茨洛瓦，波兰的赫贝特、希姆博斯卡、鲁热维奇、扎加耶夫斯基，罗马尼亚的斯特内斯库、索雷斯库，捷克的霍卢布、霍朗、塞弗尔特，塞尔维亚的波帕，斯洛文尼亚的萨拉蒙，等等，在世界诗坛都享有一定的声誉。我们要特别指出的是，这些杰出的东欧诗人往往还是优秀的散文家。米沃什、赫贝特、塞弗尔特、斯特内斯库等东欧诗人都出版过不少散文和随笔集。某种程度上，他们的散文和他们的诗歌一道，构成了他们完整的创作。

五

关注东欧文学，我们会发现，不少作家，基本上，都在出走后，在定居那些所谓的文化大国后，才获得一定的声誉。贡布罗维奇、昆德拉、齐奥朗、埃里亚德、扎加耶夫斯基、米沃什、马内阿、史沃克莱茨基等等都属于这样的情形。各种各样的原因，让他们选择了出走。生活和写作环境、意识形态、文学抱负、机缘等，都有。再说，东欧国家都是小国，读者有限，天地有限。昆德拉就曾坦言，他写作时，心里想着更加广大的读者群。因此，他才特别看重自己作品的翻译。

在走和留之间，这基本上是所有东欧作家都会面临的选择。因此，我们谈论东欧文学，实际上，也就是在谈论两部分东欧文学：海外东欧文学和本土东欧文学。它们缺一不可，已成为一种事实。

而那些出走的作家，不少又为介绍和推广祖国的文学，做了大量的工作。定居美国的波兰诗人米沃什，定居加拿大的捷克小说家史沃克莱茨基，尤为突出。米沃什在获得诺贝尔文学奖后，有了一定的声名，也有了各种机会，他同人合作，将大量波兰诗歌介绍给西方读者。他不仅帮助波兰作家，也竭尽全力帮助其他流亡作家。布罗茨基在最艰难的时候，就曾得到他不少帮助。事实上，在欧美，有一批来自俄国和东欧的作家，常常互相帮助、互相提携。而且米沃什始终坚持用波兰文写作，始终强调自己是波兰作家。史沃克莱茨基在"布拉格之春"被镇压后，流亡加拿大，在加拿大创办了68出版社，专门翻译出版捷克文学作品。欧美以及世界其他国家的读者就这样读到了哈维尔、昆德拉、赫拉巴尔、克里玛、霍朗、塞弗尔特的不少作品。史沃克莱茨基本人就是一位优秀的小说家,写过不少长篇和短篇。他的代表作《懦夫》曾让他跻身最优秀的捷克作家的行列。

一九八九年后,东欧国家都相继走上了资本主义发展道路。不少作家也有了自己所追求的自由。但奇怪的是,这二十年里,我们反而没有见到什么杰出的作品。那些有一定价值并产生了影响的作品基本上都是作家们在过去,甚至在社会主义阶段完成的。这就形成了一个悖论:在不太自由的环境里,不少杰作问世了。而在自由的环境里,反而没出什么作品。

当然,这是个复杂的话题。过渡和转轨时期,各类社会矛盾突出,竞争激烈,生存面临巨大压力。用罗马尼亚文学评论家内格里奇的话说:"目前,他们尝到的只是自由的苦涩。"如此情形下,作家们都面临或陷入各种困境,都会表现出各种焦虑和浮躁。在焦虑和浮躁中,是难以安心地写作的。也许,还需要时间。

##

对于东欧文学,中国读者向来有着极为亲切的感觉。这同我们曾经相似的历史和共同的道路有关。早在二十世纪初,中国读者就读到了显克维奇、密茨凯维奇、裴多菲等东欧作家的作品。李石曾、鲁迅、周作人、周瘦鹃等都是东欧文学翻译和介绍的先驱。

"五四"新文化运动,倡导科学和民主,极大地促进了中国的文学翻译和介绍事业。在此情形下,东欧文学翻译和介绍,于二十世纪二三十年代,又迎来了一次难得的发展机遇。茅盾、郑振铎、沈泽民、胡愈之、王鲁彦、赵景深、施蛰存、冯雪峰、林语堂、楼适夷、巴金、朱湘、孙用等都译介过东欧文学作品。茅盾、郑振铎主编的《小说月报》大力译介东欧文学作品外，还组织翻译过《近代波兰文学概观》、《近代捷克文学概观》、《塞尔维亚文学概观》等重要文章，为中国读者了解和研究东欧文学提供了宝贵的资料。如此，莱蒙特、普鲁斯、聂鲁达、萨多维亚努、伐佐夫、参卡尔等更多东欧作家被译介到了中国。甚至还有为数可观的东欧文学作品以单行本形式出版。其中包括显克维奇《你往何处去》、莱蒙特《农民》（4卷）这样恢弘的杰作。

鲁迅等先辈倾心译介东欧文学有着明确的意图：声援弱小民族，鼓舞同胞精神。鲁迅本人就说过："因为所求的作品是叫喊和反抗，势必至于倾向了东欧，因此，所看的俄国、波兰以及巴尔干诸小国家的东西特别多。"应该说，在国家苦难深重的时刻，这些东欧文学作品的确成为了许多中国民众和斗士的精神食粮，在特殊时期发挥了特殊的作用。

建国初期，百业待兴。作为文化的重要组成部分，文学翻译和研究事业得到了相当的重视。那是又一个特殊时期。中国正好与苏联以及东欧国家关系密切，往来频繁。东欧文学译介也就享受到了特别的待遇。自一九五〇年至一九五九年，东欧文学作品源源不断地被译成了汉语，绝对掀起了东欧文学翻译的又一个高潮。当时进入中国读者视野的东欧作家还有罗马尼亚作家格林内斯库、爱明内斯库、阿列克山德里、谢别良努，波兰作家奥若什科娃、柯诺普尼茨卡，南斯拉夫作家乔比奇、普列舍伦，捷克斯洛伐克作家狄尔、聂姆曹娃、马哈、爱尔本等。由于政治因素的影响，译介的作品良莠不齐，不少作品的艺术价值值得怀疑，政治性大于艺术性，充满说教色彩。尽管如此，我们还是读到了一些优秀的作品。这里有当时的编辑、专家的良苦用心。比如，罗马尼亚小说家萨多维亚努的《斧头》，捷克小说家狄尔的《吹风笛的人》，捷克诗人爱尔本的《花束集》，捷克女作家聂姆曹娃的《外祖母》，捷克小说家哈谢克的《好兵帅克》，捷克诗人马哈的

《五月》，波兰作家显克维奇、普鲁斯的不少小说和散文等等，都具有相当的艺术价值，不愧为东欧文学中的经典。

令人遗憾的是，进入二十世纪六十年代，由于中苏关系开始恶化，中国和东欧大多数国家的关系也因此日趋冷淡。在政治高于一切的年代，这直接干扰和影响了东欧文学翻译和研究的进程。"文革"期间，整个国家都处于非正常状态，东欧文学翻译和研究事业也基本进入停滞阶段。在近十多年的时间里，我们几乎读不到什么东欧文学作品，只看到一些阿尔巴尼亚、罗马尼亚和南斯拉夫的电影。

"文革"结束，一切趋于正常，东欧文学翻译也再度启动。新时期，东欧文学翻译一刻也没有停息。其中，相当一部分是经典重译。我们终于读到了从捷克文直接翻译的哈谢克《好兵帅克历险记》（星灿译）、伏契克《绞刑架下的报告》（蒋承俊译）、马哈《五月》（蒋承俊译），从波兰文直接翻译的显克维奇《你往何处去》（林洪亮和张振辉均译过），从罗马尼亚文直接翻译的卡拉迦列《卡拉迦列讽刺文集》（冯志臣、张志鹏译）、《一封遗失的信》（马里安·米兹德里亚、李家渔译），等等，等等。显克维奇《十字军骑士》（张振辉、易丽君译）、莱蒙特《福地》（张振辉、杨德友译）、普鲁斯《玩偶》（张振辉译）、普列达《吃语》（罗友译）、《世上最亲爱的人》（冯志臣、陆象淦、李家渔译）、安德里奇《桥·小姐》（高韧、郑恩波等译）、塞弗尔特诗选《紫罗兰》（星灿、劳白译）等等从原文直译的东欧文学作品都在中国读者心中留下了深刻的阅读记忆。

二十世纪八十年代后期，作家出版社以"内部参考丛书"的名义，接连出版了捷克作家昆德拉的《为了告别的聚会》（景凯旋、徐乃健译，1987）、《生命中不能承受之轻》（韩少功、韩刚译，1987）、《生活在别处》（景凯旋、景黎明译，1989）等长篇小说。说是"内部参考丛书"，实际上完全是公开发行的。很快，中国读者便牢牢记住了米兰·昆德拉这个名字。"轻与重"、"永劫回归"、"媚俗"等昆德拉词典中的词汇，作为时髦词汇，开始出现在中国评论者的各类文章中。昆德拉在中国迅速走红。一股名副其实的"昆德拉热"也随之出现，并且持续了几十年。这显然已是一种值得研究的现象。昆德拉，同马尔克斯、博尔赫斯、福克纳等外国作家一样，吸引并影响了一大批中国读者、作家和学者。

一九八九年底，东欧国家先后发生剧变，共产党政府纷纷垮台，社会主义制度遭到抛弃。这一剧变深刻影响并改变了东欧国家的历史进程和发展模式。这种影响和改变自然会波及社会的各个领域，包括文学。

东欧剧变后，我国东欧文学翻译者和研究者再一次面临困境：学术交流机会锐减，资料交换机制中断。看不到报刊，看不到图书，看不到必要的资料，又没有出访机会，这对于文学研究，几乎是致命的打击。这种局面持续了好几年，到后来才逐渐得到改观。而此时，不少东欧文学翻译者和研究者已进入老年，翻译和研究队伍已青黄不接。

事实上，尽管艰难，翻译和研究依然在进行，只是节奏放慢了一些。粗略统计一下，除了前面已经说到的一些成果，还是有不少成果值得一提。翻译方面：《世界反法西斯文学书系》（东欧5卷，重庆出版社，1992）、《世界散文随笔精品文库·东欧卷》（林洪亮、蒋承俊主编，中国社会科学出版社，1993）、《我曾在那个世界里》（蒋承俊选编，河北教育出版社，1995）、《世界短篇小说精品文库·东欧卷》（张振辉、陈九瑛主编，海峡文艺出版社，1996）、《世界经典散文新编·东欧卷》（冯植生主编，百花文艺出版社，2000）、希姆博尔斯卡《呼唤雪人》（林洪亮译，漓江出版社，2000）、《诗人与世界：维斯瓦娃·希姆博尔斯卡诗文选》（张振辉译，中央编译出版社，2003）、凯尔泰斯《无命运的人生》(许衍艺译,上海译文出版社,2003)、《伊凡·克里玛作品系列》(5卷,星灿、高兴主编,中国友谊出版公司,2004)、《安娜·布兰迪亚娜诗选》(高兴译,河北教育出版社,2004)、《东欧国家经典散文》(林洪亮主编,上海文艺出版社,2005)、塞弗尔特《世界美如斯》(杨乐云等译,中国青年出版社,2006)、《塔杜施·鲁热维奇诗选》(张振辉译,河北教育出版社,2006)、赫拉巴尔《河畔小城》(杨乐云、刘星灿、万世荣译,中国青年出版社,2007)、艾斯特哈兹《一个女人》(余泽民译,上海人民出版社,2009)、卡达莱《梦幻宫殿》(高兴译,重庆出版社,2010)、温茨洛瓦《托马斯·温茨洛瓦诗选》(高兴译,青海人民出版社,2011),等等。这段时间,诺贝尔文学奖这盏聚光灯照亮了希姆博尔斯卡、凯尔泰斯这两位东欧作家,让读者对他们产生了浓厚的兴致。

近些年,读者对东欧文学的期待越来越高。他们渴望着读到更多的东欧文学作品。有评论家认为,在俄罗斯文学、法国文学、美国文学、拉美文学等纷纷掀起过热潮之后,人们自然而然地把目光转向了东欧文学和东方文学,期待着东欧文学和东方文学掀起新的文学热潮。

七

一个多世纪以来,我们尽管译介了不少东欧文学作品,但总体上说还远远不够,也存在着许多明显的问题。译介不够系统,过于零散,选题有时过于强调政治性,意识形态的长期干扰,等等,都使得东欧文学译介留下了诸多遗憾。如今,时代变了,我们终于可以用文学的目光来打量和面对文学翻译了。应该说,东欧文学翻译依然有着丰富的空间和无限的前景。就连经典作家的翻译都还存在着许多空白,需要一一填补。不少作家只是在中国报刊上或选集里露过面，根本还没得到充分的介绍。而恰佩克、塞弗尔特、齐奥朗、埃里亚德、贡布罗维奇、赫贝特、凯尔泰斯、卡达莱等等在世界文坛享有声誉的东欧作家也都值得深入翻译和研究。此外，还有不少优秀的新生代作家和作品值得我们去发现和翻译。系统地、艺术地译介东欧文学已成为一种可能，也是一种必要。正是在这一背景下，我们开始策划编辑和出版"蓝色东欧"系列文学作品。

顺便说明一下，长期以来，由于历史的缘故，东欧文学往往更多地让人想到那些"红色经典"。为了更加客观地翻译和介绍东欧文学，突出东欧文学的艺术性，有必要颠覆一下这一概念。"蓝色东欧"的寓意也正在此。它旨在让读者看到另一种色彩的东欧文学。"蓝色东欧"系列以小说作品为主，适当考虑优秀的传记、散文和诗歌等作品，翻译对象为二十世纪东欧杰出作家，注重艺术性、代表性，也会适当考虑当代性。尽量从原文译介。但由于东欧文学翻译队伍已青黄不接，也不排除从英语和法语等权威版本转译。文学是能为一个国家、一个民族增添魅力的。它本身就是一个国家、一个民族魅力的一部分。唯愿"蓝色东欧"能让我们领略到东欧国家和东欧民族独特的魅力。

译介东欧文学，有着种种难以想象的艰难。何况又是如此规模的系列。本人曾一再知难而退。然而，花城出版社朱燕玲和孙虹女士在策划这套图书时所表现出的热情和敬业精神最终感动了我。我要感谢她们。我还要由衷地感谢花城出版社。前任社长肖建国先生曾带领朱燕玲和孙虹女士亲自赴京专门洽谈这套丛书，他以社长和作家的双重身份对这套丛书倾注了热情，而现任社长詹秀敏女士对这套书的出版同样重视，显示了一个有文化底蕴的出版社的长远目光。

二〇一一年八月二十九日修改于北京

（**主编简介**：高兴，诗人、翻译家，1963年出生于江苏省吴江市。中国作家协会会员。现为中国社会科学院外国文学所研究员，《世界文学》副主编、编辑部主任。曾以作家、翻译家、外交官和访问学者身份游历过欧美数十个国家。出版过《米兰·昆德拉传》、《东欧文学大花园》、《布拉格，那蓝雨中的石子路》等专著和随笔集；主编过《二十世纪外国短篇小说编年·美国卷》（上、下册）、《伊凡·克里玛作品系列》（5卷）、《水怎样开始演奏》、《诗歌中的诗歌》、《小说中的小说》（2卷）等大型图书。主要译著有《梵高》、《黛西·米勒》、《雅克和他的主人》、《可笑的爱》、《安娜·布兰迪亚娜诗选》、《我的初恋》、《索雷斯库诗选》、《梦幻宫殿》、《托马斯·温茨洛瓦诗选》等。）

深不可测之谜

（中译本前言）

杨德友

这本篇幅不大的书是一本强有力的书。即使你只阅读其中最短的两三篇故事，也会立即感受到这股力量。

本书是二战后波兰最重要的作家之一——波兰诗人、作家塔杜施·博罗夫斯基（1922—1951）的短篇小说集，收入《告别玛丽亚》（1947）、《某一个士兵》（1947）和《石头世界》（1948）中的绝大部分作品。

博罗夫斯基的作品，除了《告别玛丽亚》、《在我们奥斯威辛》和《格仑瓦尔德战役》这几篇，其他的篇幅都比较短小，甚至十分短小。虽短小但充满澎湃的张力。

博罗夫斯基二战时期在沦陷的华沙靠打零工维生，同时在地下大学学习文学，并尝试"用奴隶的语言开始写作"。他活跃，羞涩，抱负远大，对现实有清醒的认识，对未来不抱任何幻想。这时，他甚至油印出版了他的第一部诗集，记录当时华沙犹太人身处的生存环境：灰暗，雾霭，阴冷，死亡……尽管初出茅庐，他却是一位真正的诗人。他的作品里没有信仰，但充满勇气，敢于直面悲惨的环境和环境中的自己。他否定世界，否定一切。一九四三年，他被盖世太保逮捕，成为奥斯威辛集中营的囚徒。他在那里苦熬了两年，竟奇迹般地活了下来，战后以小说的形式记录了他对那段不堪岁月的印象。

博罗夫斯基揭露纳粹集中营人间地狱的小说，被波兰文学界和欧美学者一致认为是描写这一题材的最优秀的作品,而且,这两位作家的名字和作品常常被相提并论。

我们来讨论一下这些作品的力量,尤其是直接描写集中营囚徒苦难的篇章中蕴含的力量。这种力量首先表现为惊骇和震撼:世上竟然有如此残酷、如此浩大规模的杀人工厂。这不是中外影视作品中的那些血淋淋的、目不忍睹的场面,观众知道那些是编剧、导演、特技设计者、化妆师和演员在"做戏",而这些作品里的是百分之百真实的记录,绝无半点"创造"。其次,这里的揭露和控诉随之引起读者的感受是:今后决不允许再度发生这样的事!第三,读者读完作品之后很快会想到和提出问题——这些问题就像是深不可测之谜,即便是专家学者也无法解释清楚和回答这些问题:一个文明国家的领导人,尤其是像德意志这个"优秀民族"的领导人,何以堕落到拿出"最后解决"犹太人问题的种族灭绝办法,建立起高效率、高技术的杀人工厂?何以教育良好、纪律严明、工作勤奋的德国人能够集体野兽化,变成绝对的驯服工具,一丝不苟地执行这样灭绝人性的计划?

进一步讲,这是西方文明语境下的奥斯威辛。可"奥斯威辛与西方文明的困境"为什么会发生?西方文明是一种意识,亦即"一朝文明,永远文明"[1],这是骄傲自大的西方的静止论的观点。实际上,文明和一切"进程"一样,"需要不断巩固、发展和完善,否则也会倒退"[2]。果真如此吗?

德国学者阿多诺说:"奥斯威辛以后,诗已不复存在。"他还说:"奥斯威辛之后,写诗是野蛮的。""他的这一名言至今仍未失去鸣声悲切的力量。"[3] 阿多诺的意思大概是说,西方文明竟然堕

---

[1] 诺贝尔特·埃利亚斯:《一朝文明,永远文明》。
[2] 李伯杰:《读书》2010年第6期,第65页。
[3] 刘小枫:《这一代人的怕与爱》,华夏出版社,2007年版,第26页。

落到了开办高技术杀人工厂的地步，再写诗歌颂花前月下诗情画意，沉醉于锦绣辞章文采缤纷，是不合时宜的。如果说诗是呐喊，则遇难者在苦难绝望中的吼声或者呻吟也是诗，因此，诗应该激发人深思、反省。阿多诺这一句微言大义的话本身也像是一个谜，至今有多种解释，争论不休。人和诗，正如人和艺术一样，永远都有不解之缘，而奥斯威辛则斩断了这层缘分，阿多诺如是说。

一九五一年七月一日，博罗夫斯基用煤气结束了自己的生命，此时他还不满三十岁。至于他为什么要自杀，至今没有透彻的解释。博罗夫斯基是一个诗人，在发表散文作品之前，二十岁前后就已经发表诗作。诗人自杀是文坛较常见的现象之一，也许他们太敏感，"一根筋"，遇事不善转弯，对生活的绝望感比常人强烈得多。作为奥斯威辛集中营的幸存者，他终究还是选择了死亡，个中原因也许只有诗人自己知道。

现在来简单地看看博罗夫斯基作品的写作特点。

博罗夫斯基的作品不是旨在全面解释战争后果，而只限于描述集中营；不着重描写某一个人物，而是把囚徒当作一个整体；他表现人物，只限于描写人物的反应、行为、外貌、特殊栖息地，而不深入他的思想或者情感，从而趋向于客观主义；其作品特色是不动声色的冷静到极点——对集中营的描写虽然枯燥，却常常令人不寒而栗。书中人物受到现实的战争的威迫，为了生存不得不使用诡计、行窃……集中营里的囚徒多数丧失了个人的特征，成为"集中营化的人"，没有道德价值观，为了活命不惜任何代价。主要人物青年诗人塔杜施先是在建筑仓库工作，后来成为囚徒，他理解并且接受了集中营的生存法则。作者的叙述语言丝毫不添加感情色彩，常常使用"集中营用语"（见"奥斯威辛集中营专用词汇表"），这一点在原文中尤其突出。

博罗夫斯基也有部分作品是描写集中营外面的生活的。如

《告别玛丽亚》写被占领的华沙的日常状态，没有英雄气概或者殉教者事迹。华沙市民只能顺应新环境；全城都在经商，所有人和所有人交易，交易的"货物"甚至包括人。小说在大背景上还展开了犹太人隔离区的种种悲剧。书中人物塔代克生活在两个世界当中：被占领的世界和爱情与诗歌组成的个人的世界。但是，个人的世界是短命的：塔代克的未婚妻在街道的抓人行动中被捕，叙事人对她的命运表面上显得冷静的推理是她必死无疑，绝无生还希望。这个故事一九九三年在波兰被改编成同名电影，导演是菲利普·齐尔伯。

《格仑瓦尔德战役》是一篇苦涩的故事，发生在战后美国人在西德管理的滞留异国人口（波兰语 dipis，源于英语 displaced persons）的过渡性的集中营。小说情节表明，奥斯威辛迫人遵守的机制战后还在延续。博罗夫斯基描写滞留异国人口集中营时的愤怒，甚至超过对纳粹集中营的愤怒。因为在奥斯威辛集中营囚徒是没有出路的，要么适应，要么死亡。而在美国人控制的这个集中营里，一切人都在奢谈自由，还举办爱国主义展示活动，但是人们依然被圈在大墙后面，依然在死亡（少女返回集中营遭到荒唐的枪击而横死），大多数囚徒没有感受到处境的巨变——他们已经习惯了。本篇也于一九七〇年在波兰被改编成电影，名为《战后的大地》，导演是著名的安杰伊·瓦依达，电影配乐采用了维瓦尔第的《四季》和肖邦的《波洛奈兹舞曲》。这位名导演近期引起轰动的影片是《卡廷惨案》。

《某一个士兵》、《市场街的毕业考试》和《朋友的肖像》三个短篇记录了少年学生在艰难困苦环境下的学习与奋斗。《石头世界》则描写了集中营解放前后其内部和外部的片段印象。

鉴于博罗夫斯基的全部作品都涉及那个冷酷而艰险的、广义上的"石头世界"——被异化的世界，我们以这一名称作为本书的总标题。

一向以来，揭露和控诉希特勒大屠杀的作家并不少，但博罗夫斯基具有不可替代的地位。二〇〇二年的诺贝尔文学奖获得者、匈牙利作家凯尔泰斯·伊姆雷曾对博罗夫斯基做出高度评价，他在获奖感言中说，"我全部的作品之所以能够写出，皆因我对博罗夫斯基的散文作品着魔迷醉"。凯尔泰斯也是集中营的幸存者，因为写作了关于大屠杀的作品而获得诺贝尔文学奖。

下面这些可以看作集中营留给今天的记忆：
波兰奥斯威辛集中营于一九四七年七月二日成立纪念馆。
美国华盛顿大屠杀纪念馆于一九九三年四月二十一日开馆。
以色列耶路撒冷大屠杀纪念馆于二〇〇五年三月十七日开馆。
德国柏林大屠杀纪念馆于二〇〇五年五月十日开馆。

马尔库塞说："遗忘过去的苦难就是容忍，而不是征服制造苦难的势力。思想的崇高任务就是对抗时间的流逝而恢复记忆的权利。记忆是获得自由的手段。"

本书根据《博罗夫斯基短篇小说集》（1959，华沙国家出版局）、《博罗夫斯基小说集》（2000，波兰萨拉出版社）翻译，同时参考了法国巴黎卡尔芒—列维出版社出版的法译本《石头世界》（1964）和美国企鹅出版社出版的《女士们先生们，请进毒气室》（1986）。

二〇一〇年六月二十五日，山西大学

目 录

另一种色彩的东欧文学（总序）　高兴 / 1

深不可测之谜（中译本前言）　杨德友 / 1

告别玛丽亚

告别玛丽亚 / 3
读《圣经》的男孩 / 32
在哈门茨的一天 / 43
女士们先生们，请进毒气室 / 70
在我们奥斯威辛 / 90
这条路，那条路 / 127
起义者之死 / 140
格仑瓦尔德战役 / 154
一月反攻 / 195

某一个士兵

市场街的毕业考试 / 207
朋友的肖像 / 212
某一个士兵 / 217

石头世界

简短序言 / 225
石头世界 / 226
一个真实的事件 / 229
施林格尔的死 / 232
抱着一个包裹的人 / 235
晚餐 / 239
沉默 / 243
会见一个小孩 / 246
战争结束 / 249
"独立日" / 252
歌剧,歌剧 / 255
烧毁的房屋与少女 / 258
一次访问 / 261

奥斯威辛集中营专用词汇表 / 263

附录一:贝塔,失望的爱国者 切斯瓦夫·米沃什 / 275
附录二:企鹅版序言 扬·科特 / 297
附录三:萨拉版序言 塔杜施·德莱夫诺夫斯基 / 311

译后记 杨德友 / 319

告别玛丽亚

《告别玛丽亚》为塔杜施·博罗夫斯基最早的短篇小说集,于1947年出版。

告别玛丽亚

一

在桌子后面，电话后面，在一大堆办公卷宗后面，是窗户和门。门上有两块玻璃板，黑色的，在夜间发出亮光。而天空，窗户的背景，都盖满了下垂的乌云，风把乌云吹向玻璃窗，吹向北方，吹到被烧毁房屋墙壁的后面。

街道另外一侧，烧毁的房屋变成黑色，对着泛银色的铁丝网保护好的边门；闪烁的街灯紫罗兰色的光辉像音符滑过琴弦一样滑过这带刺的铁丝。在乌云翻滚的天上，房屋的右面，光秃秃的树木裹在机车飘动的团团乳白色烟雾之中，却又时时露出，凄凄惨惨，在阵风中伫立。满载货物的车厢从旁边经过，轰隆隆地向前奔驰。

玛丽亚的目光从书页上抬起。她前额和眼睛上有一道阴影，阴影沿着面颊移动，像一条透明的围巾。她双手放在布丁碗边，布丁放在空酒瓶子、盛着没吃完生菜的盘子和有四方形底座很大的橘红色酒杯中间。强烈的光线在物体的边缘折射，像融入地毯一样融入充满房间的蓝色轻烟，却又从玻璃脆弱易碎的边缘反跳回来，跳进酒杯内部眨着眼，宛如风中金黄色的树叶——这光线像一根琴弦进入她的手掌，而这一双手掌像一个洒满光亮的拱顶一样，紧紧地在它上方合拢，只有手指间的更浓重的玫瑰色线条在抖动，但是细弱得难以察觉。

昏黑下来的小小房间充满宜人的幽暗，集合到了手掌，就像扇贝一样。

"你看，光与影之间是没有界限的。"玛丽亚轻轻地说，"暗影像涨潮一样，爬到脚下，包围我们，遮蔽世界；我们，就是你和我。"

我对着她的双唇低头，对着隐藏在双唇小角落里的微细隙缝。

"你涌动的诗意，就像树木的汁液。"我开玩笑道，摇摇头，要甩掉讨厌的酗酒带来的头昏，"小心，可别让世界用斧子打伤你。"

玛丽亚张开双唇，牙齿之间，有一点点发暗的舌尖抖动着：因为她笑了一下。她的手指把布丁捏得更紧的时候，眼底的光亮黯淡下来熄灭了。

"诗歌！对于我来说，诗歌不可思议，就像听到物体的形状或者触摸到声音一样。"她向后倾身，靠在椅子靠背上，在半昏暗中，红色紧身的针织衫显出浓厚的紫色，只有在滑过光线的褶皱的凸起处，才闪烁出毛茸茸的洋红色，"但是，只有诗歌才能真实地表现人。我想：表现真实的人。"

我用手指敲玻璃酒杯。酒杯发出细弱的不连贯的声响。

"我不知道，玛丽亚。"我说，耸了耸肩膀，表示疑惑，"我想，诗歌，可能还有宗教的标准，就是诗歌和宗教激发出来的人对人的爱。这是对事物的最客观的辩护。"

"爱情，当然，爱情！"玛丽亚说，连连眨着眼睛。

窗外，在烧毁的房屋后面，在广场分隔开的宽阔街道上，电车叮叮当当地来回行驶。电的闪光照亮了天空的紫罗兰色，就像镁光灯青色的火焰穿透黑暗，向房屋、街道和大门洒满月光，擦过黑色玻璃窗，在玻璃上散开，终于无声无息地熄灭。片刻之后，电车铁轨高声尖利的歌声也同样归于寂静。

在门外，另外一间小屋里，留声机又放出音乐。压低音量的曲调在跳舞的阵阵踢踏声响和女孩喉咙发出的笑声中消弭。

"你看，玛丽亚，除了我们，还有另外的世界。"我笑了笑，从椅子上站起来，"你看，就是这样。如果能够理解整个世界，就像理解自己的思想，感受自己的饥饿，看到窗户、窗外的大门和大门上方的乌云，如果能够同时地、最终地看到一切，"我一面思索一面说，转动一下椅子，站在玛丽亚和瓷砖砌的已烧热的壁炉旁边，炉边有一大口袋秋天购买、准备过冬的马铃薯，"如果是这样的话，爱情就不仅仅是一个量度，而且还是一切事物的终极的权威。可惜，我们都认定实验的方法，认定独特的、有诱惑力的感受。事物的量度是多么不充分、多么虚假！"

有留声机房间的门开了。托马什随舞曲的节拍摇晃着，扶着妻子的手臂。她稍微沉重的、不算太突出的肚子好几个月以来一直令友人感兴趣。托马什走到桌子旁边，对着桌子摇头。他的头硕大、肥厚、沉重，像公牛的头。

"你努力也没用，因为没有伏特加。"他细心查看了餐具之后，轻轻责备道，然后，在妻子推动下，小步走向屋门。他迟钝的目光看着妻子，似乎在看一幅画。大伙都说这是他职业性的习惯，因为他倒卖假画——有柯罗的、诺阿科夫斯基的、潘凯维奇的。除此之外，他还是一家大公司半月刊的编辑，自认为是激进的左派人士。他们出门，踏上了吱吱作响的白雪。一团团冰冷的蒸汽在地板上旋转，像一团团白色的棉花球。

跟在托马什后面，跳舞的夫妇大摇大摆地来到会计办公室，他们迷迷糊糊地在桌子、瓷壁炉和马铃薯旁边转动，细心躲开窗户下面潮湿的地面，在刚打蜡的地板上留下红色痕迹之后，回到了他们原先跳舞的那个房间。玛丽亚离开桌子，习惯性地整理一下头发，说：

"我得走了，塔杜施。经理吩咐，明天得早点上班。"

"你还有整整一个小时呢。"我回答。

有弯曲白铁皮圆圈框子的大钟挂在一根细绳上，发出滴答滴答有节奏的声响。大钟的一侧是半褪色的宣传画，画的是一处优美景色；另外一侧是炭晶石艺术杰作，形状为一个巨大的钥匙孔，透过这个孔可以看到立体卧室的一角。

"我要带上莎士比亚的著作，夜里努力地看看《哈姆雷特》，准备星期二的作业。"

来到另外一间屋子，她在书架旁边蹲下。书架是用没有刨平的木板做的。在书籍的重压之下，木板变得弯曲。空气中贯穿了一道道浅蓝色和白色的烟柱，飘浮着浓重的伏特加酒味，里面还掺着人体的汗味和潮湿、老旧墙壁的石灰气味。透过蓝色的水蒸气，在墙上，就像风中的内衣一样，飘荡着画得色彩鲜艳的硬纸板，像海底似的，珊瑚闪现出海带的色彩线条。玻璃窗把黑夜隔离在外，在黑色的窗口里，一个忧郁的、迷迷糊糊的小提琴家（他说自己患了阳痿）挡在从铁路女贼那里贱买的帷幕细花边里，正在费尽力气用小提琴吱吱唧唧的声音盖过留声机的声音，但是做不到。琴师好像扛了一袋水泥似的弯着腰，只是阴沉而顽强地奏出一段曲子。为了准备星期天的诗歌朗诵音乐会，他练习了两个小时。他将参加演出，脸洗得干干净净，穿了演出服，脸色忧郁，眼神迷蒙，好像看着写在空气里的乐谱。

在桌面上，在从铁路女贼那里贱买来的大红花桌布上，在酒杯、图书和咬了几口的夹肉面包中间，晃着阿波罗尼乌斯赤裸而肮脏的两只脚。阿波罗尼乌斯先在椅子上摇晃，又回到了木制的为了防臭虫而涂抹石灰的沙发上；而现在，在这个沙发上，几个喝得半醉的人躺着，像被放在沙土上的鱼似的呼呼喘气。阿波罗尼乌斯大声说：

"基督是优秀的战士吗？不是，更是逃兵。至少第一批基督徒从军队里逃跑了。他们不愿意反抗邪恶。"

"我反抗邪恶。"彼得懒洋洋地说,他躺在两个衣衫不整的姑娘中间,一只手拨弄着她们的发卷,"把脚从桌子上拿走,去洗洗。"

"洗脚去,波莱克。"墙根的一个姑娘说。她大腿丰满、肥硕,大红嘴唇肥厚。

"好吧!遵命。你们听着,那是汪达尔人的部落,胆小如鼠的,"阿波罗尼乌斯拉着长音说,用脚后跟把盘子堆在一起,"到处挨打,从丹麦还是匈牙利被赶到西班牙。汪达尔人在那儿上了船,到了非洲,又步行到了迦太基。那儿的主教是圣奥古斯丁,莫妮卡修道院的那个。"

"于是这个圣徒骑着驴去传教,让汪达尔人皈依了基督教。"炉子旁边的一个抽烟斗的年轻人说。他鼓起滚圆的玫瑰色的面颊,面颊涂了金粉,像熟透了的桃儿一样,眼睛下面有大块的瘀血。一位男钢琴师和一位女钢琴师长期同居,这女人脸上有好看的酒窝,目光犀利而热情。夏天,我们给他施洗(因为他还未受洗),有点着的蜡烛、花束和洗手盆、圣水;勤快的神父为他洗头。洗礼后不久,在格鲁耶茨卡大街行人最多的地段,我们躲过了街道抓捕行动。我们没有马上为他们举办婚礼,一直拖延到冬末。他们的双亲都拒绝祝福,认为这不是一桩门当户对的婚事。实际上,双亲还是让步了,借给乐师们房间住宿和练习用的钢琴,以及用来造私酒的厨房,但是他们不愿意邀请朋友们,所以朋友们只好自己举办了小型的欢庆仪式。新娘身穿狭小的蓝色礼服,坐在椅子里,挺直身子,纹丝不动,好像身上绑了一根棍子。新郎不清醒,疲倦,醉醺醺的。

"你们这儿仁慈,十分仁慈,你知道吗?"一个犹太小女孩从犹太人隔离区逃了出来,这一夜没有地方去,小女孩依偎在读书的玛丽亚身旁,一只手搂着玛丽亚,"这多奇怪啊,很长时间我没有触摸过牙刷、夹肉面包、茶杯和书本了。您知道,这感觉很难说出来。但是有一个感觉很清楚，我得走。我怕极了！"

玛丽亚没有说话，抚摸着她用波纹形发亮的假发装饰的头部。

"您原来是歌星吧？所以您什么也不缺。"她穿了一件黄色菊花图案的上衣，领口很低。领口下面露出衬衣那奶白色的花边，惹人瞩目。胸前佩戴着一根细长的金属项链，末端有一个小小的金十字架。

"缺什么？不，不缺。"她回应，两只泪水涔涔的大眼睛露出惊奇的目光，她的大腿健壮结实，适合生育，"您知道，对待女艺术家，连德国人的态度也是不一样的……"她突然中断，思考起来，呆滞地望着书本。"柏拉图、托马斯·阿奎那、蒙田。"她染成紫色的指甲碰了碰书脊，这些书都是她从卖书手推车上买来的，而卖书手推车上的书都是从稀有的旧书店里偷来的。

"唉，您要是看见我在隔离区大墙后面看到的情况，就知道了。"

"奥古斯丁写了六十三本书！汪达尔人围攻迦太基的时候，他正在校订著作，就在那儿死去了！"阿波罗尼乌斯着魔似的说，"汪达尔人什么也没有留下，而直到今天，大家还在读奥古斯丁的著作。所以说，战争将会过去，而诗歌天长地久，和诗歌在一起的，还有我的蔓叶花样。"

天花板垂下的绳子上挂着诗歌集的封面，封面上是浓重的印刷颜料。光线穿过包装纸张黑色和红色的纸面，又搅混在卡片堆里，像进入树林深处似的。封面发出窸窸窣窣的声响，像干枯的树叶。

犹太小女孩走近留声机，换了一张唱片。

"我想，雅利安人那里也会有隔离区的。"她说，从侧面瞧着玛丽亚，"只不过是没有出口。"这时彼得请她一起跳舞。

"她害怕呢。"玛丽亚轻声说，"她一家人都在隔离区大墙里面呢。"

留声机唱针卡在唱片上，反复发出单调的一小段音乐。托马什站在门口，脸色绯红。他的妻子扯了扯微微凸起的腹部上的衣衫。

"还有骏马鼻孔没有吹散的几朵沉重的乌云。"他朗诵道，用手指了指窗外、大门，又动情地呼叫，"骏马，骏马！"

在门外上方淡淡的金色光环中，平整而白净得令人目眩的积雪，像漂白的桌布上的盘子一样；远处，阴影中的白雪变成灰色、青色，似乎反映着天空，而在大门附近路灯与白雪相互辉映。像板车一样，马拉大车满载干草，伫立在黑暗中，静止不动，像一座山似的。红色挂灯在车轮上方摇曳，在雪地上留下摇动的阴影，照亮了马腿和马蹄铁，那匹马显得比平时更高大、健壮。骏马身上冒出团团热气，好像它是用皮肤呼吸的。马低着头，它疲累了。

车夫站在货车旁边，耐心等待着，直用手拍着胸膛。我和托马什拉上门，他才慢悠悠地拿起鞭子，抖动缰绳，拉了一下。马抬起头，全身向两侧抖动，可是车还是不动。前轮陷在沟里了。

"后退。"我说，显出内行的口气，"我把板子放到沟里去。"

"看你的了！"车夫呼叫，往下压车辕。一个披着蓝色斗篷的宪兵，正在看守着旁边的一座建筑物，那是原来的城市中学，现在成了监狱，挤满准备派往普鲁士工作的"志愿者"；这个宪兵配有钉掌的靴子沉重地踏着人行道上的石块，从有灯的那一面走过来。他胸前有挂在皮带上的探照灯。他打开灯，为我们照明，挺和气的。

"货装得太多了。"他说的是实话。从他钢盔的帽檐下面，从深深的黑影中，他的眼睛在一条光柱上面闪闪发亮，像狼的两只眼睛。每天早晨，换班后，他到办公室打电话，一成不变地报告说，一夜平安无事。

马喘了一口气，向后退缩，全身向后，车微微动了一下。而后马向前拉。车身从下到上装满了皮箱、包裹、床垫被褥、家具和叮当响的铝制餐具，摇摇晃晃地轧着木板进了院子。宪兵关了探照灯，整理一下皮带，缓步离开，回到学校那边去了。他照常走过学校，走到帕洛丁教派神父的小教堂（一九三九年九月被部分烧毁，又细致修复，用了整整一个季度，使用我们公司提供的建筑材料），在烂泥墙下面拐弯；那墙壁属于失业工人收容所，这个收容所设在铁路旁边的旧工厂厂房。这是一个活动的转运站，货物成批地或者单件地运到这儿来，有毯子、布料、御寒衣服、袜子、茶具、窗帘、桌布、毛巾，以及从开往前线的货车上偷来的一切一切的东西；还有从卫生护理列车服务员那里买来的东西，这些人从前线回来，满载而归，带回手表、食品、伤员、衬衣、机器零件、家具和粮食；他们经常在车站逗留，就像在港口码头一样。

车夫玩似的又挥舞了一下鞭子，拉着马向后退，退到棚子底下。马使出全部的力气，浑身冒汗。车夫有些心疼这匹马，给它解开套子。马驾着车辕站立片刻，显得疲倦之极，最后，因为受到持续的驱赶，才慢慢走向草料堆，把嘴伸进水桶。喝完这一桶水后，又去喝旁边的一桶，随后拉着挽具走到马厩打开的门内。

"你拉来多少啊，奥莱克？"我从四面检查了一遍，说。

"她命令把东西都装上。"车夫说，"您看啊，我连厨房的小凳、洗澡间的架子都装上了车。这个老太太站在我前面，像刽子手对着善良的灵魂。"

"大白天的，老太太也不害怕？"

"她的女婿从同事那儿给老太太弄来的许可证。"奥莱克说。他颧骨高耸，面容消瘦，冷得直缩脖子。他摘下帽子，沾了石灰而变得僵硬的头发散在脑门子上。

"老太太的女儿呢？"

"跟丈夫在一起。她跟她妈吵架，说她妈必须再逗留一天。"说着，他往手掌里啐了一口唾沫。那手掌扭曲，筋脉显露，有水泥、石灰和石膏造成的伤痕。

"好吧，咱们卸车。"他爬上车，解开绳子，开始一件一件地往下递东西：小椅子、花盆、枕头、装有内衣的筐子、老式的箱子、捆好的书。我和托马什一件一件接东西，然后两个人再抬到霉气味呛鼻的昏暗棚子里，把东西放在水泥地面上，旁边都是口袋，装着半板结的水泥、一堆发出气味的黑色沥青板和一堆准备零售给农民的干石灰。石灰细粉在空气中飘浮，钻进鼻孔，让人受不了。托马什痉挛着打喷嚏，他有心脏病。

"您说，经理为什么收留了她呢？"车夫卸完货后问道。

"是她帮助过他的，他感谢她。"我拉上棚子的门，上好门闩。

"知恩是美德。"托马什说。他呼吸平稳，深深吸了口空气，然后抓了一把雪，用来搓搓手掌，并在裤子上蹭了蹭手。

"嘿……今天干得可够多的了。"车夫从车上爬下来，说。他穿着硬实的大衣，行动不便，大衣上盖满了一层石灰和沥青。他靠在大车旁边，轻松地擤了擤鼻涕，用手抹了抹脑门子，"塔杜施先生，塔杜施先生，我在那儿亲眼看见的事，您一定是不相信的。孩子们，女人们……虽然是犹太人，但是，您知道……"

"但是，你不是幸运地跑出来了吗？"

"在路上，工程师看见我们了。会怎么样呢？"

"怎么样，"我不以为然地说，"这些假货对咱们能怎么样？既然经理要买下分公司，他们必须对他好一点，不是吗？明天你一早就去。左边有一立方。七点以前来。"

"好吧，得早起啊。把马准备好。"他跟着那匹马进了马厩。经过办公室的时候，还脱帽呢。

玛丽亚站在光线的金环里，周围是蓝色的夜，有星光点点。她关上了身后的屋门，隔开了音乐声和人的嘈杂话语声，在期待中望着黑暗的夜晚。我擦了擦手上的灰尘。

"明天就分发这些货物吗？"我扶着她的手臂，踏着小路上吱吱响的积雪走到旁门，"也许你能等我到下午吧？跟我一起分

11

送货物。"

我俩站在拉开的旁门边。在洒满闪烁灯光的、空荡的街道上，穿蓝色斗篷的执勤宪兵走动着，脚步沉重，监视着学校。在街道上方，在灯光上方，在畏缩在墙壁下的棚子的陡峭顶子上方，风在呼啸，火车的浓烟在飘浮，吹动了羽毛状的乌云；在风和乌云的上方，蓝色的天空在颤抖，像深暗激流的谷底。月亮透过云块时时露出面庞，映得云层像一条黄金沙带。

玛丽亚温柔地笑了一下。

"你很清楚，我得自己照料自己。"她说，不无谴责的口气，同时伸出双唇迎接亲吻。她的黑色大檐帽挡住了脸，像一只翅膀似的。她比我高半头。我不喜欢在有人的地方和她亲吻。

"你看，诗歌无所不能。"托马什和蔼地说，"因为爱情就是奉献。我是凭丰富的经验说这句话的，因为我有过很多的情人呢。"

暮色模糊了人的轮廓，添加了人的体积感和沉重感，所以托马什看上去似乎是粗石雕凿出来的。他左眼下面的痣，在凝重的、似乎用沙石凿刻出来的脸上显得发黑，故意捣乱似的。

"爱情，当然了！"玛丽亚发出一阵无所谓的笑声，向我们行礼，顺着街道走远，迎着向我们头顶吹来的乌云。她经过黑市商人的店铺，我一般都在他那儿买午餐吃的面包和黑布丁。她消失在街角后面，没有回头看一眼。我看了她身后片刻，好像要在空气中探寻她的踪迹似的。

"爱情，当然，是爱情！"我笑着对托马什说。

"你床下有没有伏特加？给车夫一点。"托马什说，"嗨，跟别人应该有来有往的！"

二

夜里下了一点雪。我正式打开大门开始做买卖之前，先把醉醺醺的客人送走，把房间收拾好。可是比我更早的是车夫，他在拂晓之前起床，及时把下面的石灰装车，拉到工地，回来后把马卸下来，还清除了车轮的痕迹。在这样的清晨，院子里还呈现一股青色，街上还空空荡荡的。铁路上传来列车轰隆轰隆的声音。在逐渐减退的昏暗中，巡逻的宪兵变成灰色，变得小了，昏暗把他留在失去居民的街道旁边，像被人忘记的水草。原来学校的窗户里，开始露出被监禁的人们的头部。在走私店铺里的货物旁边，在生了火的小炉子旁边，有两个穿海蓝色服装的警察在取暖。店主眨着醉鬼一样的红眼睛，用颤抖的手分放柜台玻璃橱后面的奶酪、布丁和面包。一个农妇从篮子里拿出几块香肠，随即消失在柜台后面的双层墙壁里。灰色的晨曦透过结了冰碴的玻璃窗射进来。沿着锈迹斑斑的窗框，肮脏的水滴一滴一滴单调地落在窗台上，形成了一条小水流，在地板上流淌。

春夏秋冬，这条铺了碎石的死胡同小巷，都发出明沟的腐臭气息，夹在像腐烂尸体一样的沼泽地和一排平房之间，这些霉味十足的平房都是洗衣店、理发店、三五家食品店和简陋不洁的酒吧间。这条小街上日复一日地有涨潮般的往来人群，他们走过学校的水泥围墙，仰起脸来眺望新开的窗口，眺望盖了红色鳞状瓦片的屋顶，他们不断地抬头，挥手，大呼小叫。从学校打开的窗户后面有人发出声音，摇动白色手掌，就像离岸远去的轮船上的乘客。人群像是被纳入了两排警察组成的堤坝之间，流动到了街道的末尾，一直到位于街道尽头的广场。这里的景色令人心旷神怡，河上的沙洲长满了纠结蔓延的藤子，有些地方还有积雪，像一个一个的疱疹似的；桥梁在闪亮水流上方飘浮的雾气中若隐若现，仿佛粉笔画的城市建筑在纯净、静谧、蓝色的天空中渐渐消融。人群在广场上聚集一阵，感到失望，便又叽叽喳喳地返回去。

走私店是一个很小的偏僻的港湾。对着柜台上的私造甜菜酒酒杯，警察和农民交朋友，倒卖学校里关着的女人。在夜里，警察从学校窗户里交接"货"，这些"货"或者立即消失在街道的某个角落里；或者穿过带刺铁丝网爬到我们建筑公司的院子里来，夜里办公室当然是关闭的，"货"在那里逗留到清早。"货"一般都是少女。她们很无奈，在院子里徘徊，查看每一堆沙子、泥块、碎砖头、锯末、裂缝，查看储藏室前厅的碎石。这些碎石以不同的色彩和大小用于甬道和墓碑。我醒来后，把这些东西扔出大门去，专门利人，而经营的红利，除了警察（当然是指宪警，他们管的一般人管不着）、邻居，就是说，走私店主得大头。但是他不承担任何义务，也不表示感谢。我每天到他那儿取黑面包、一点猪血腊肠和黄油。渐渐地，他给的分量不足了，价格却往上蹿。他不知羞耻地微笑，但是在接受等同于钞票的石灰的时候，手直哆嗦。

还有呢，他的私造酒给得不够分量，给黄油时分量也不够，切面包切得每一块大小不等，为放出去的每一个姑娘，他铁石心肠榨干农民的钱袋，因为他要独自生活，他有妻子，小儿子在第二中学念书，还有一个快长大成人的女儿，她是地下中学的学生，已懂得时装的美丽，帅气男生的魔力，以及学习的味道和密谋之引人入胜。无论对农民还是对工程师，这家建筑公司出售的都是潮湿的干土、石化的水泥，他们往石灰里掺水，往粘结材料里加沙子；还有，他们挑选一车一车的石灰，事先和铁路仓库的大总管暗地里配合，振振有词地谎称并确认有巨大的损耗，这损耗立即被计入账本。办公室负责人守口如瓶，因为他和公司还有另外一笔特殊的账，这笔账从来就不列入公司账簿。

建筑公司！这个公司就像一头奶多又有耐心的母牛一样，养活着所有的人。公司真正的老板,一个穿有零碎装饰的花格子外套的胖子,筋脉凸起、动辄神经质发作的工程师,长着一把翘起的胡子,为了养活只会把钱花在乞丐、教会和修女身上的虔诚教徒妻子和色情狂的儿子,在大饥馑时代(我们吃麸子皮和有盐味的配给面包),从这个公司搜刮了成千上万的钱财,就像从母牛奶头挤奶一样。他扩建中心的货仓,把九月份烧毁的公司开辟成建筑用地,在那儿建造自己企业的分公司;买了公司用车、剪了尾巴毛的拉车马匹,雇了车夫;在华沙郊区花五十万元买了地产,地方虽然有点荒芜和衰败,但是适合打猎(因为有一片森林)和建造工厂(有沙土);最后,在战争的第三年,开始并且成功地和德国东方铁路公司展开谈判,要购买和建造自己的铁路支线,而且还要开设附加的货物转运机构。

工程师的工作人员的命运也同样吉祥顺利。占领军政权当局立法机构同意工程师付给其周薪七十三兹罗提,但是工程师主动付给十来个雇员几乎一百兹罗提的周薪,而不扣除成本费、税费和服务费。如果有突发情况——比如家庭成员被送往集中营、生病或者犯了行贿案——他也照发不误。他还出资送我去地下大学学习三个月,只有一个条件:我要为祖国而学习。

分公司的情况有所不同。车夫们在街上卖石灰,克扣运往建筑工地的材料。他们都有自己私人的供求关系,都从铁路上盗窃。起初,我从仓库用篮子拿出细粉料和粉笔粉,卖给附近的肥皂制造厂。但是,在和老板混熟了以后,我就跟他合伙,分工调整了簿记方法。把我们联系在一起的还有造私酒,由我出资,在经理这里制造。经理把零售赢利的大头给我,他自己忙于广泛的经营,把公司当作交通站,把仓库的电话当作可靠的联系工具。经理是黄金和珠宝首饰方面的行家,他出售和收购家具,掌握不动产中间人的地址,甚至亲自参与买卖宅地。他和铁路窃贼们关系密切,做他们和代理商店的中间人,和司机、汽车零件经销商交朋友,也和犹太人隔离区开展活跃的商业往来。但是，他做生意总是提心吊胆的，似乎受到强力威胁，虽然他懂法律。他强烈怀念战前无忧无虑的时代。当时他在一家犹太人企业当仓库管理员。在警觉的女老板眼皮底下，他努力学习他人的本事，自己买了运货车，扣除司机的工资，每天收入多达三百兹罗提。很快，他在城边公路一侧购买了一块建房地皮，在战争开始前两个月，在近郊又买了第二块。他明白，这样做是合法的，他的生活十分充裕，没有令人烦闷的精神折磨。从那时保存下来了地产和股票，以及对于那老妇人的深厚情谊。

  老妇人坐在玛丽亚的座位上，那是一个木制躺椅。她面有土色，显得失落，没有表情，像空无人烟的城市一样。她穿着黑色的丝绸上衣，已经破旧，肘部发亮。脖子上围着很宽的天鹅绒围巾，头上戴着老式的礼帽，帽上有紫罗兰装饰，帽檐下露出几缕稀疏的银发。一件叠得整整齐齐的翻领大衣放在膝盖上。她穿得太寒酸了，哪儿像战前的女老板？她曾经拥有一个巨大的建筑材料仓库，几辆载重汽车，自己的铁路支线，几十个工人，在国家银行和瑞士银行都有巨额存款的账户。太寒酸了，哪儿像一个女财主？她曾经拥有行李大车，许多精密的计算仪器，这些都及时和细致地交给了瑞士公使保存，更不要说金银首饰了。据雅利安人一方人士的想象，每个犹太人都会从犹太人隔离区送来一大堆金银珠宝。老妇人穿得寒酸，所以谦卑地坐在角落里。她目光盯着天花板，望着书架顶层的蜘蛛网。蜘蛛网颤动着，因为一只蜘蛛正在往上爬。

  "扬奈克，他们来电话没有？"长时间沉默之后，这老太太终于发问。我感到惊奇，抬起头来——我正在看一本描写中世纪和中世纪咒语的书。她轻声说话，声音沙哑，好像石头碰石头的声响。粗糙的细语，在呼气的时候从嗓子眼里钻出，嘴里两排大金牙闪闪发亮，令人觉得，金子正在互相碰撞，几乎发出声响。"来不来,他们应该通知一下。应该的,不是吗?"她灰白的、没有生气的、似乎呆滞的眼睛转过来瞧他。

"啊,还是不得不等一等啊,夫人。"经理镇静地说。他努力在结了冰花的玻璃窗上哈一口气,吹出一个开口,歪斜着头,用一只眼睛斜看广场,看敞开的大门、街道,街道上已经人来人往。他用手指敲了几下窗框,等待顾客,"主任答应过打电话的。他今天要跟您女儿一起出去的。"

"你不过是说说罢了。他们要是出不去,怎么办呢?"她把目光从天花板转移到了窗户。她把皮肤松弛的、收缩的和僵硬的手掌放在黄色围巾上,收拢了手指,似乎要把围巾从肩膀上撕下来,却又软弱无力地滑向膝盖上。

"夫人,您怎么说这样的话呢?"经理吹了一声口哨。他抚摸一下茂密金黄和波纹状的头发,扭了一下头部,把头发甩开,很不耐烦。因为这个动作,府绸袖口下露出了金色的"朗吉努斯"商标字样,绵长、弯曲,配合着袖口的曲线——这是公司在商贸大街那段好日子的纪念品啊。"您想到哪儿去了。您女婿是主任,想出去,就可以出去!解决必须解决的问题,文件夹衣袋里装着——神气!谁看不见他呀?他们怎么出去,您操什么心呢?"他把一个小椅子拉过来,坐在上面,舒舒服服伸出穿了军官长筒皮靴的脚,"您应该考虑,从什么地方买住宅!他们要多少,您知道吗?五万!好,在战争第一年,有人买了一块角落,不然怎么办呢?出租,靠收租金活着吗?助人为乐吗?"

"你有你的办法!"夫人轻声说,嘴角轻微一翘。

"上帝保佑,人有一双手,两只脚,会考虑在哪儿能够有生路,就为这个活着!塔杜施先生,"他对我说,"您女友酿造了二十五升酒。会节约的姑娘!煤炭少用了一半。能干,没说的!"

"她打过电话了。"我嘟囔着说,"要进城送酒去。应该快回来了。"

17

炉子和衣架中间光线昏暗，但是暖和。后背暖烘烘的，很舒服。我感到头重，里面嗡嗡的。烧酒和鸡蛋的劲头都上来了。关于中世纪修道院的这本书激发我对于昏暗斗室产生了朦胧幻景，在那里，在人们的迷信、部族的屠杀和城市的大火当中，上帝完成了对人类灵魂拯救的工作。

"扬奈克，箱子准备好了吗？"老太太闷声闷气地说，那声音好像从井底冒出来，"扬奈克你知道，这是我女儿仅有的财产。她不会照顾自己，习惯了母亲的照料。"

我在炉子旁边取暖，看了一下地板。从沙发床上垂下来的毯子没有垂到打蜡的红地板上。毯子下面露出雷明顿牌的黑色布罩。我从棚子里搬来机器，以免它受潮，又塞在床下，以防万一。

"夫人，咱们这儿一切都应该井井有条。"经理习惯地搓了搓手，看了我一眼，"井井有条，像在保险公司里。怎么，夫人您不认识我啦？"

"在这儿，他们怎么会找不到我呢？这条街道这么短小，又在城边上。"老太太突然着急起来，"我得打电话。"说着，在沙发床上扭动起来。

"老太太糊涂得疯了是怎的？"经理突然大叫，眯缝起一双诚恳的蓝色的眼睛，麦秆色的睫毛盖住了眼睛，"要把德国人招来吗？让他们偷听别人的话吗？好啊，可是别听咱们的！"

老太太吓得害怕了，像受了惊吓的猫头鹰一样膨胀起羽毛。两只手在胸前交叉，好像感到挺冷，机械地用手指转动戒指，在衣襟上擦拭。

"您是怎么到了我们这儿来的？"为了有话可说，我问。

办公室的门吱吱响。一位顾客跺脚，抖掉鞋上的雪。经理扶了一下椅子，站起来迎接顾客。老太太抬起无精打采的眼睛，瞧着我。

"我遇到过街道戒严，一共二十七次呢。你知道戒严是怎么回事？大概不知道吧？没什么，"她激动得喘息起来，摇摇手，挺和气的，"那时候，我们隐身在沙发后面一间特别的密室，一共二十个人！小孩子都学会了，一旦当兵的走动或者用枪把敲墙，一旦他们开枪，小孩子们就只默不作声，睁着眼瞧着，你知道吗？他们能不能出去呢？"

我走进书架，把书放进中世纪类，转身看了看老太太。

"小孩子吗？"

"不不不！什么小孩子小孩子的！我是问女婿和女儿能不能出去！他跟主管要好，在海德堡上大学的时候起就好上了。"

"他怎么没跟您一起出来？"

"他在那儿有事要办。还得一天，还得两天……那儿的一切都完了。没完没了的'出来，出来'，房子里的人都走光了，鸡毛满街飘飞，人都被拉走了，拉走了……"

她喘息着，沉默了。

门外传来瓮声瓮气的开玩笑的声音。顾客和经理确定了木材的价格，木材来自奥特沃茨克犹太人隔离区留下的房屋，由德国区长批发卖给波兰企业家。门吱扭响了一声，他们到店里来签合同。老板不喝酒，但是在办事特别顺利的时候，又好像要喝一杯。

"我得去办我的事。"老太太忽然说。把膝盖上的大衣扔下，小步走到院子里去。

办公室娇小的女办公员隔着桌子对我笑了一下。她娇小而干瘦，坐在那小椅子上挺舒适。她成天看低俗言情小说，是工程师派她来看守账目的。按照他的计算，公司赢利水平太低。在她上班的第二个星期，账房少了一千兹罗提。经理自掏腰包补上了亏空，可工程师失去了对娇小女办公员的信赖。她每天只呆在办公室几个小时，她既不看仓库一眼，也不懂黏合剂是什么，沥青是什么，可是却像邮差一样准时向我提供地下小报，上面绘有宝剑和犁耙图案。我羡慕她参加地下活动，因为我本人喜欢半隐蔽地写公告、大量读书、写诗并在清晨诗会上朗读。

"这个老太太怎么回事？家具太多了吗？"娇小的女办公员冒出一句挖苦话。她头上束起高高的发髻，头发却很蓬乱。

"人人都得想办法自救。"

"得有亲朋好友帮助。"她狡黠地眨眨眼。她涂脂粉太不细心，细长的鼻子发光，好像上面抹了牛油，"您是杂志编辑，诗歌怎么样了？封面干燥了吗？"

经理拉着老太太的手，把她带到办公室来。车夫来了，为的是取暖。他在炉子旁边蹲下，伸出经受风雪严寒而变粗糙的手掌烤火。身上的羊皮袄冒出蒸汽，发出潮湿皮革的气味。

"城里有岗亭。"车夫说，"我到了市中心。街上没什么人。都说他们收拾完了犹太人，也要把咱们运走。咱们这儿也要抓人。教堂周围，火车站附近，都布满了宪兵。"

"看着壮观。"女办公员咕哝出一句。她神经质地从桌子旁边站了起来，穿上过大的雪靴，迈出步子，细瘦修长大腿的优美曲线，无意中透过薄薄的破旧衣服显露出来。

"我怎么回家呢？"

"步行。"我一边尖酸地回答，一边迅速穿上外套，出了办公室。强风卷着雪，吹到我脸上。工人对着一个装有石灰的大铁箱子有节奏地点着头，他冷得直跺脚，像一匹打瞌睡的马。他用一把铁铲搅动沸化的石灰，一团一团白色的水汽从沸腾的混合物料中升腾，刮到他脸上来。工人整个冬天都在不间断地干活，他们每天在户外加工两吨干石灰，以备夏天使用。

经理关住了仓库大门。街上出现抓人事件的时候，我们就用门杠顶住门。喝醉的警察们清理了街上剩下的人群，人群都往地里奔跑。德国宪兵虽然不在乎人群和他们的忧虑，但是对警察的每一个动作都很注意，铁掌皮靴在路面上咯噔咯噔作响，不紧不慢。住宅围墙下面的场地上，还有杂沓话语声。窗户和窗台下面，小贩们冻得膝盖发抖，穿着草鞋不断地跺着脚，嗓音沙哑，叫卖篮子里的东西：蛋卷、香烟、布丁、点心、白面包、黑面包。给人的感觉是，房屋昏黑的墙壁在抖动、在叫卖。大门里，有人用老式的秤来称新鲜猪肉的分量，急急忙忙里倒出私酒出售。学校后面的房屋里面，寻欢作乐还在进行。旋转木马轮盘上每一匹马的背上都坐着一个傻头傻脑的孩子，那大轮盘在十分刺耳的音乐伴奏下旋转，威风凛凛的。空心的木制汽车、自行车、翅膀展开的天鹅，都在空中舒适浮动，上下起伏，像是在水波上。有木板挡住的工人在旋转木马下面走动、干活。在色彩鲜艳的靶场和帐篷下边的动物园内（因为下雪而显得苍白的广告牌上说，到场的队伍有鳄鱼、骆驼和野狼）空空荡荡，令人绝望。收容所来的几个卖报纸的腋下夹着几捆德文报纸，在车站出售，显得畏惧得很。没有乘客的电车在广场转弯，铁轨发出叮叮声响，沿着林阴道徐徐行走。树木挂满白雪，在强烈的阳光下闪烁，像是易碎水晶雕刻出来的。这是一个平常的集市日子。

　　在街道深处，一座座石头结构房屋和一排排光秃细瘦的树木挡住了视野。水道受到拒马、柱座和铁轨梁木的保护；在水道外侧，人群被一排宪兵围住，慢慢走向水道。人群内部浮现出有帆布包裹起来的满载货物的大卡车，在雪地里留下车轮痕迹，笨重地开向大桥。一个妇女从人群中跑出来，追着最后一辆卡车，没有追上，汽车加速了。那个女人伸出双臂，显出绝望的神情，如果不是宪兵伸出援手，她可能要摔倒在地上了。宪兵把她推回人群。

　　"爱情，当然，爱情。"因为激动，我突然想起这句话，又赶快逃回仓库，因为街道上开始抓人，广场已经空无一人。

　　"你未婚妻来电话了。"经理说。他情绪很好，抖动着红胡子哼着小调，两只脚还划出舞蹈的狐步，"从奥霍塔打来的，可是不会很快的，因为到处都在抓人。得晚上才到。"

干瘦、傲气的女办公员瞥了我一眼，带着一股子恶意。

"肯定对待我们也像对待犹太人那样了？您着急了吧？"

"她应该有办法的。"我对经理说。实际上我后脊梁骨都凉了。我拿起火棍捅了捅炉子，添了一点泥煤，打开的小炉门冒出满屋子的烟。"这个月，也许咱们接不到来货了？一定是要检查车皮的。"

经理露出苦相。他坐在椅子上，用钢琴家似的细长手指弹着桌面。

"就算不检查，咱们又能够怎么样呢？"他说得很丧气，"工程师怕积存水泥和石膏，石灰只是给德国人原来建造贝姆军营用的。你说怎么办？想着招财进宝呢？格罗霍夫斯基公司收到三车皮水泥，博罗维克银号要什么有什么，咱们呢？"

"你说话别夸张。"女办公员说，"等他们在棚子里一挖，就找到……"

"肯定能找到！因为是我亲手办的！不然谁还到这仓库来？是啊，店主要借给咱们大秤用了。"

电话铃响了。经理在椅子上转身，抄起听筒，比女办公员早了半秒钟。他做了一个无声的手势，把听筒交给我。

"我们的汽车。"我轻声说，用手掌挡住听筒，"说什么？"

"给五十。"

"五十。"我用德语对听筒说，"晚上？那就晚上吧。"

"好极了，一起吃点什么吧。"

老太太在沙发椅上坐着，像被赶进角落里的一只野兽。经理忙起来，给菜汤加热，整理小桌子。

"工程师从咱们这儿得到的收入少，第一，他要开除这个妞儿，第二……喂，你有什么打算？"

"我能有什么打算？"我说，口气消沉，"我们把什么都押在私酒里了。这情况，你是知道的，买几本书，几件穿的，等等。

写字纸也费钱。"

"那些诗歌卖不出去吗？"

"我不知道是不是要卖。我写诗，不是为了卖。又不是砖头，也不是沥青。"我回他，很扫兴。

"如果是好诗，肯定有人买的。"经理一面咬着面包，一面说，"能挣几千块呢。你的脑瓜不错。"

老太太吃得慢，但是胃口挺好，一排大金牙咬进面包。我盯着看这一排金牙的光辉，不由得估算着它们一共有多少分量、值多少钱。

门吱吱扭扭开了，进来一位顾客。他是附近小教堂的助祭，戴着角质眼镜，怯懦地微笑着。他说了说抓人的事，然后订购几袋水泥和粗粒小麦面粉，用捆成一叠的真钞兹罗提付了款。

"赞美基督。"说着，他戴上黑色帽子，出门的时候，道袍簌簌作响。

"永世赞美。"女办公员应答，她捅了捅炉子，用一张报纸擦了擦手指头。"这老太太要干什么，你怎么看？"

"经理会给她找一个住的地方。老太太钱袋鼓鼓的，容不得他从手里拿走。"我小声说。

"可是，"她很鄙夷地说，"你不知道吗？经理出去以后，这家伙给女儿打电话了。他们没办法从集中营里出来。为时已晚，给封死了。"

"老太太有点难过，会过去的。"

"很可能的。"

她裹上破旧皮衣，舒舒服服坐在椅子上，又看起小说来。不想再多说话。

三

每天晚上,我都独自留在仓库里,仓库里挂着风干的诗集封皮,像湿漉漉的衬衣似的。阿波罗尼乌斯用纸剪成对开本样式,配合油印机纸面的尺寸。油印机用来油印无比珍贵的广播公报和关于在大城市如何开展街头斗争的宝贵教导(和图示),还用来油印高雅的六音步玄学诗,这些诗歌表达了我对历史启示录风向毫不让步的态度。封面双面都有黑白花边装饰,使用了搅拌油印新技术。方法很精巧,但是很费颜料,而且,封皮风干了一个星期,还是湿漉漉的。于是我小心翼翼地把封皮从绳子上取下来,铺在粗重的厚纸上,紧紧压实,塞到木头沙发椅底下。一直垂到地板上的毯子挡住了等待修理的破收音机、像雪茄烟箱子那样扁平的手提油印机、雷明顿牌打字机(从棚子里拿来,为了防潮)和某一帝国主义组织的完整出版物,这是一个朋友为保存而留在仓库里的,他从家里奔逃出来,可是没有办法戒掉收藏瘾和对古董的爱好。

每天晚上,我也不多爱惜腰背和膝盖,努力跪着擦地板、擦桌椅,而且,可能的话,还擦窗户。等我觉得小屋里面安静舒适的时候,就用绿色的灯罩把布丁遮盖起来,小心关好房门,尽量保持温暖。一般在办公室我都是坐在炉子旁边,写一些细碎的自传札记,用特殊的墨水标出,在单片的卡片上抄写意味深长的警句和精辟的格言,都是在书里发现的,而且要背会。黑暗渐渐变得浓重,我合上书页,抬起眼睛,望着屋门,等待玛丽亚回来。

窗外,雪渐渐失去蓝色,和黄昏混合起来,就像和水泥混合起来似的。被烧毁的房屋突兀显现,像潮湿的砖头一样变成红褐色,又逐渐增添了黑色,伫立不动,似乎无语沉默;毫无声响的风掀起铁道上方团团玫瑰色的烟雾,将其撕成碎片,投掷在深蓝色的天空上，像是把片片白雪投进清澈的水面。平常的景物，公司像腐烂西瓜一样的有棱角的沙堆、弯曲的小路、大门、墙壁和街道上的房屋，都沉入灰暗，像裹进涨潮的潮水之中。留下来的只有不可捕捉的响声——这是最深沉的寂静，从人体脉搏的炽热跳动中发出，是人从来也没有经验过的对事物和种种感情的浓重怀恋。

　　院子里还有人走动。车夫从棚子内部搬出包裹，就像卸车似的，把包裹都使劲堆到大车上。年老的守林人站在车上，叉着腿。他哼哼着接过行李，很内行地堆放在车上，好像是在堆放一包一包的石膏和熟石灰。因为很费力气，他的舌尖舔了一下嘴角。

　　经理站在大车后面老太太的身旁。他摸了一下木板，无意识地扯下一小块木片。

　　"我不懂，我没有学过这个。"他对老太太说，气呼呼的，直撇嘴唇，"可是依我看，不应该这么急急忙忙的。动动脑子嘛，想一想嘛。这么折腾是为什么呀？"

　　老太太戴着大檐女帽，上面装饰着花朵，她的头向一侧歪着。她土色的面颊给冻得通红，像榨糖用的甜菜似的，嘴唇冻得发抖。金牙露出来，闪闪发亮。

　　"装车请十分小心。"她对守林人说，很不客气。每投掷一个包裹，她的脸就哆嗦一下，好像她本人被扔到车上似的，"扬奈克，请原谅。"她又对经理说，"我对他发牢骚。该付给你的都给了，对吧？"

　　"哟，夫人，您想到哪儿去啦？"经理耸了耸肩膀，"我取的钱，都放在家里了。您留给我的几件破烂东西，随时可以扔……凭那些东西我可发不了财。"

　　在棚子灰色的墙根下，老太太弯着腰，穿着破旧的女式便鞋，冻得直跺脚，流鼻涕，而且，一双近视眼，眼皮通红，习惯性地不断地眨着。她望着经理，满眼泪水。她不说话了，微笑着。

"夫人要保存的东西多得很。说实话，怎么办也是白费。"经理说，瞧着地面车辙辘辐条和下面的水洼子，"您不知道会怎么样吗？他们要杀光，烧光，摧毁一切，踏平一切。就这样。能活得好一点吗？我相信，好年头一定会来的，允许大家平平安安做生意。"

大马力柴油发动机货车带着拖车向街道开去，吐出黑烟，穿过大门。经理轻松地微笑了一下，赶紧打开第二个棚子，我踏着积雪快步径直跑到大门。一辆拖拉机向对面的一条路突突地后退，像毛虫一样爬过院子里的水沟，到达打开的棚子。司机从驾驶舱里跳下来，满身污垢，乌黑发亮的头发上扣着一顶德国制服帽。

"晚上好。五十？"他问了一句，双手击掌，摇晃着大腿走进棚子。扫视周围一圈，很感兴趣。

"哎哟嗬！全部出售？"他咂了一下嘴，说，"买卖大，利大。可是现在一袋贵了十个兹罗提。三十五，怎么样？"

"这个数不行。"经理摊开双手。

"三十二。市场上是五十五，有的价码更高。"这个当兵的没有耐心了。

"他有人卸车吗？"经理问我，"得有人。"

"没人。"这个大兵张大嘴微笑。他的牙齿整齐，面颊闪亮，胡子刮得很细心。他走近拖拉机，拉开连接挂钩，说："先生们，卸货！请卸货！"

在袋装水泥上躺着打盹的两个工人扔掉身上盖着的大衣，被这一声呼喊吓得从汽车里跳了出来，拉掉车上的遮盖。一个人把水泥包推到车的边缘，第二个双手接住，把水泥袋贴在胸前，抱到仓库，扑通一声扔在地板上。我告诉他，应该这样摆放水泥，我把口袋捆紧，避免水泥漏出来。

在驾驶室里打盹的副司机从门窗探出头来。

"他们急着要走，彼得。咱们得快干。"

他架起胳膊肘，迷迷糊糊地望着棚子里面。一条女式金项链松散地挂在他胸前。他手上汗毛多，脸晒得发黑，长了胡子显得更黑了。

"快点，快点，你这个老斯拉夫人。"他嘴里嘟囔。注意到我审视的目光，他笑了一下，显得友善。

在棚子里，浑身沾满水泥的那个工人（不会处理货物的人，在搬运的时候总要弄破几个口袋，造成损失）向我抬起涂满水泥的银灰色的脸，假装用手背擦眼睛，趁机悄悄问我：

"多了五袋。您今天收不收？"

"二十块钱一袋。"我嗫嚅道，连嘴唇都没动，"到办公室来，算算账。"我对这个大兵说。他吹灭火柴，用鞋后跟细心踩灭，舒服得长长吐出一口烟。一道微弱浅黄的光线照亮他的面颊，反射在他两只眼睛里。

"五十袋？"他向那个工人伸出五个手指头。

"是的，是的，我数过了！一袋也不多！"帆布下面搬运的那个人急切地说。

车夫结束装车。守林人把行李推压密实，又用绳子捆好。捆货车得很细心，像是捆扎一件玻璃制品。他们对行李运输很内行。比较贵重的物品、皮箱子和装衬衣的帆布袋子放在中间，上面和四周放编织的篮子、桌椅和叮当响的器具。货车停在那儿，像一个拱形。老太太在棚子下面跺脚，手放在皮手筒里保暖。一看见附近走过的士兵，就吓得躲在仓库门后面。

"转移？"司机顺便问。

"转移，当然，是转移，还能怎么样？"

苍穹下降，像落下的飞鸟一样降临在昏暗的上方，无声无息。铁道两旁光秃秃的树迎风发出激烈的呼啸声，就像一个不肯屈服的人一样。

"你们敢情过得平安，"士兵说，挺和气的，"可是我们得打仗，为你们的安宁。"

经理让座，然后打电话给他的妻子。

"还没吃晚饭呢？不能吃甜菜，吃白菜吧。"他微笑一下，"孩子呢？还睡呐？叫醒他，都睡了两个钟头了。"

"书到了没有？"士兵说着，推开了房门，"哟，这儿多好！还摆着留声机！小姐——这儿有小姐吗？"他手指指着衣架上的红色外套。他又观看阿波罗尼乌斯的绘画，一堵破墙下一个小女乞丐拉着一个小孩的手，小孩双眼突出；还有画了一把黄色开水壶的静物画。他把烂泥和污垢带进了室内。

经理从皮包里拿出一叠细心捆好的钞票，念经似的细声数了一遍，给了司机。

"还是星期三，下星期，是吧？"司机问。

"好吧，"经理说，"很好。你看，塔杜施先生，要是有自己的仓库，就不必遮遮掩掩的了。存几天，就能得利。"

"女办公员等会儿就跑到工程师那儿去。"

"工程师不会信她的，因为得不到什么东西。我们可能要对切尔尼雅科夫公司发货。这样，工程师对咱们必定会好的。他把精神都放在他的铁路支线上了。"经理吹嘘说。

"您如果买下这个棚子，我就把储蓄都拿出来入伙。"

"如果完全禁止盖房子呢？"

"现在也是禁止的，可是盖房的大有人在。这个关口您能够过去，而且抱着您抽屉里的东西。场地和店铺到战后还是咱们的，会到手的。嘿，您瞧，咱们赶快送老太太走吧。"

"老太太的打字机落在你那儿了。"经理说。他用手梳理一下头发，戴上电车司机帽，还显得有点文雅派头。他乘电车，一直不买票，而且，遇到街头抓人，也觉得安全。

"公司正好缺一个打字机。"

"是的，很好。"士兵把钱又数了一遍，揣在衣袋里，和我们紧紧握手，走了，皮靴嘎达嘎达响。

　　车夫解下马的草料袋，点着马灯，挂在车下，手里拿起缰绳，威严地抖动一下。于是，像嘉年华会彩车一样照得血红颜色的货车启动，吱吱地走出大门，沉入像昏黑林阴路一样的街道。

　　在像红嘴唇一样的用窗帘细白绳子捆住的紫红包裹布和装得满满的箱子之间，犹太老太太坐着，蜷缩着身子，蜷着腿，像一条狗；头上有倾斜着的桌面上的桌布挡着，桌子腿向天空伸出，随着车的每一次颠簸而跳动，似乎要向上天报复。老太太闭上了眼睛，脑袋缩在皮领口里，显得已经入睡。几个穿破烂衣服的孩子追着车跑了一段距离，想要偷一点什么东西。

　　晚间的街道活跃起来。蓝色天空上的金色月亮对着羽毛状的云团升起，像一片菠萝果实，金属般的光辉落在街道屋顶上面，钻进墙壁的隐蔽之处，落在像白银板片一样发出窸窸窣窣响声的人行道的白雪上。学校前面，一个帅气的宪兵在巡逻，因为昏暗的天色而显得全身都是蓝色的。在紫罗兰色的灯光下，姑娘们从洗衣房出来，消失在被烧毁房屋的阴影中。商店里走出喝得心满意足的警察，去上夜班。用我们的水泥和石灰修葺的小教堂中的钟开始欢愉作响，像游戏的儿童，惊醒了在钟楼窗台上打盹的鸽子，鸽子扑腾着翅膀飞上高塔，像片片菊花瓣一样落在塔顶。

　　拉水泥的拖拉机小心绕过一堆一堆的石灰，按一声喇叭告辞，准备离开院子。我急忙蹿到拖车后面，往工人伸出的手里塞了点钱。

　　"给了十块了，十块！"他大声说。车的帆布挡住了他。

　　"这一天没白费。"经理说，用带子系紧电车司机外套，又使劲勒紧腰带，因为他喜欢显得身材细瘦一点，"你一个人吧？未婚妻怎么还没来呢？"

　　"正为她着急呢，"我回答，"街上抓人抓了一天了。一定抓了不少。"

"怎么办呢?"经理深深叹息,"未婚妻肯定是没办法来。"他把一块肉塞进公文包,作为明天的早餐。

"等一下,我去买点东西晚上吃。愚蠢的一天过去了,想吃东西了。"我和他上街,关上了旁门。德国拖拉机拐过街角,哒哒作响,还在冒烟。行人聚集在行人道上,观望。装了床上用品的车停在水沟旁边,车夫耐心等待通行。

夜渐渐深了。在黑色的田野后面,在河上银色的流水上方,石桥浮现在天空背景上,像一张弓。在对岸,城市黑色的躯体沉入泥泞的昏暗之中。黑暗上方,探照灯是射向天空的水银光柱,滑来滑去,像玩具傀儡的胳膊似的,平直地一下子倒在地面上。须臾之中,世界压缩成了一条街道——像打开的血管一样跳动的街道。

在探照灯光下,装满人的大卡车轰轰响着经过路面,在不平的路面颠簸。帆布车篷下面露出的人脸白得好像涂满面粉,风一吹就在黑暗中消失了。载着头戴钢盔士兵的摩托车从水道下面出现,抖动着黑影似的翅膀,像妖魔化的蝴蝶一样,呼啸着消失在汽车的后面,内燃机冒出的呛人黑烟一路撒在道路上。大队朝大桥走去。

"在教堂那边抓了人。"店主对我说。他双手沉重地放在我肩上,身上冒出一股酒气和劣质烟草的臭味。"地狱要惩罚他们的!"

"他们先冲我们来。"一个警察沉着脸说,帽带系在下巴颏下面。他摘了帽子,用袖口擦了擦前额。帽子在光头上留下的红色印记,因为天冷而变白,"是的,就这样。"他补充说,声音从牙缝里出来。

"那个犹太女人到你这儿来过?"店主轻声对我说,十分信赖,"这么快?"

"去了别的地方。"

"如果来搜查,"店主着急起来,他对着我耳朵小声说,"我已经跟这儿的人打过招呼,经理先生今天得提前付款。"

"你去找经理吧。"我已经不耐烦,甩掉了他的纠缠。

"对不起。"店主嗫嚅道。探照灯光掠过他的脸,他眨了眨眼,躲开灯光。探照灯照亮了街道内部,店主的脸裹进黑暗。

"她回犹太人隔离区了。她女儿在那儿,女儿没办法从那儿出来。"

"是啊,"店主肯定地说,"至少可以和她死在一起,一个人……"他深深叹息,望了望街道。

街道拐角处出现堵塞。队列停止移动,汽车互相靠拢。命令发出,用的是喉音重的德国话。摩托车从汽车后面出现,用探照灯照亮了道路、电车、行人道和人群。探照灯滑过人脸,像是滑过漂白的骷髅,又钻进住宅漆黑的盲人眼睛般的窗户,包围了装饰着绿色灯泡、突然中止的活动木马及在轨道上起伏奔跑的木马、脖子呈优美曲线的天鹅、木制汽车、自行车等,渗入了马场深处,擦过了有鳄鱼、野狼和骆驼图案的动物园帐篷,探视了停车熄灯的电车的内部,还左右摇摆,像一条受到刺激的蛇的脑袋,终于又返回人群,又一次令人们目眩,然后射向汽车。

玛丽亚的脸,被黑色女帽的宽边围住,煞白得像石灰。她于痉挛之中把惨白得像尸体颜色的手抬到胸前,那似乎是告别的手势。老太太在车里,挤在一堆人当中,挨着宪兵。她像盲人似的,紧张地望着我的脸,直接对着探照灯。她嘴唇嚅动,好像要呼喊。她忽然摇晃起来,差点跌倒。汽车抖动、短吼、突然发动,我茫然不知所措。

后来我打听清楚了,作为雅利安和闪族的混血种人士,玛丽亚和一批犹太人一起被输送到了海边一处恶名远扬的集中营,在焚尸炉前室被毒气毒死,她的肉体肯定被加工做成了肥皂。

读《圣经》的男孩

狱卒开门。一个男孩进来,却站在门槛旁边。他身后的门叭的一声关上了。

"为什么把你关进来?"贝德纳尔斯卡大街的排字工人科瓦尔斯基问他。

"不为什么。"男孩回答,举起一只手摸了摸被剃光头发的脑袋,他穿着皱皱巴巴的黑色学生制服,胳膊上挎着有羊毛领口的大衣。

"为什么要把他关进来?"玛乌吉尼亚的走私犯科杰拉说,"因为还是个小崽子。肯定是个犹太人。"

"科杰拉,话不能这么说呀,"墙根下的施拉耶尔,莫科托夫斯卡大街的职员,说,"这孩子不像。"

"你们别说了,不然这孩子还以为这儿的人都是土匪呢。"排字工人科瓦尔斯基说,"孩子,坐草垫子上。甭理他们。"

"不能坐,这是穆瓦夫斯基的地方。他等会儿就回来,受审去了。"莫科托夫斯卡大街的施拉耶尔说,他被抓进来,是因为在他那儿发现了杂志。

"喂,老家伙,你全疯了是怎么的?"科瓦尔斯基感到奇怪。他往旁边挪动身子,给这男孩腾出一点地方。男孩坐下,把大衣盖在膝盖上。

"你看什么呀?监狱,就是了。没见过吗?"马图拉问道。他曾装出盖世太保的样子,穿着长筒皮靴和农民的短皮上衣,征收肥猪。

"从来没见过。"男孩轻声回答。

牢房狭小，低矮。昏暗中，这地窖墙上的湿气水珠发出闪光。肮脏而扭曲的门上布满了用小刀刻出来的日期和名字。门旁边有一个木桶。墙根下的水泥地面上放了两张草垫子，囚徒坐在上面，十分拥挤，腿挨着腿。

"那就好好看看吧，"马图拉笑着说，"这儿的样子，保管你在别的地方看不到。"

他在草垫子上扭动一下身子。

"还等什么？"他问。

"等等，"我取了一张牌，"该你了。"

他取了三张，仔细观看。

"不怎么样。够了。"

"二十。"我出牌。

"输了，"马图拉说，他拍了拍裤子上的土，他的护腿套上还有皱折，"我的一份饭归你，但是这牌是明摆着的。"

走廊里的电门开关响了几下。天花板昏暗的灯亮了，紧挨着天花板的小窗口露出一小块格子状的天空和厨房屋顶的部分。窗口的铁条都是黑的。

"你叫什么名字，孩子？"施拉耶尔问。在他家里除了搜出杂志，还发现为某一组织集资的收据。他坐在草垫子上，一整天一动不动，不断地舔假牙。因为挨饿，两只耳朵越来越突出。

"我叫什么名字不要紧，"男孩有点不屑一顾的样子，"我父亲是银行经理。"

"这么说来，你就是银行经理家的少爷。"我转身对他说。

男孩坐着，低头看书。书页贴近眼睛，大衣整整齐齐盖在膝盖上。

"啊哈，一本书。什么书啊？"

"《圣经》。"男孩说，没有抬头。

"《圣经》吗？它能帮助你呀，你以为？见鬼去吧。"门下的科杰拉回应他。他迈步行走，从墙根到墙根，两步远，进两步，退两步，原地向后转。

"该谁了？"我从马图拉那里取牌，说，"看牌。"

"想知道今天该把谁从这间屋子里拉走？"施拉耶尔说，"拉走谁，谁就等着枪毙吧。"

"你又来了。"科瓦尔斯基说，口气挺硬。

"再来一次，"盖世太保分子马图拉说，他最后一次征收物资的时候，手枪被没收了，"要想活着，就得冒险。"

纸牌是用包装包裹的硬纸做的，图画是以前被圈在这儿的人用铅笔画的，每张都有标记。

"他没事，"我一面出牌一面说，"在这儿坐几天，他爸爸解开钱包，他妈妈对有关的人笑一笑，这孩子就放出去了。"

"我没有母亲。"看《圣经》的男孩说。那本书更贴近了眼睛。

"是的，是的，"科瓦尔斯基说，把手重重地放在男孩的头上，"谁知道咱们明天还能不能活着？"

"你怎么又来了？"施拉耶尔回应。

"你别着急，"我对男孩说，"要紧的是，别让别人为你着急，那不好。什么时候逮捕你的？"

"没有逮捕我。"男孩回答。

"没把你带到警察局去？"科杰拉问。

"没有。"男孩回答，细心把书合上，放进大衣的衣袋，"他们在街上抓人，抓了我。"

"今天又抓人了？"施拉耶尔问，焦急起来。他们在他那儿搜查出杂志和收据。他有两个女儿，都在地下中学念书。他希望收到家里寄来的食品包裹。

"不太像，"科瓦尔斯基说，"一般抓人都会送来一大堆人，不是送来一个。而且，多少也会听到动静的。"

"那个窟窿外面，不是能够看见大门吗？"我抬一抬下巴，示意天花板下面的窗口，露出厨房屋顶和车间一小块的地方。

我对马图拉出牌。

"十九。"

"得看你是从哪儿观看的。"科杰拉说。他因为运猪油到外省，在边界要地被抓住。他站在门下望着窗户，从门这儿看见的东西多。看守在厨房近处走来走去，还带着一条狗。厨房正在卸马铃薯，明天吃的。

"又完了，"马图拉把牌扔在草垫子上，说，"我运气不好。他们准要来找我。哼，干什么把我弄到这儿来。还是他们弄错了？"

"你以为他们要放你走吗？"科杰拉回答他。他迈步走，从房门到草垫子，循环往复。

"好吧，"马图拉叹息说，"也许我还能补回来。补不回来的话，明天的一份饭给你。"

他开始洗牌。

"如果他们今天就来找你，我明天的饭怎么办？"我伸出手，"出牌。"

"便衣在科吉亚大街抓住我的。"男孩说。

"便衣特务？我也是。"科杰拉说。

"便衣特务。就把我送到这儿来了。"

"直接到大门的？经过犹太人居住区？不对啊。"施拉耶尔说。

"走小路来的。他说天太晚了，用不着去警察局。就把我送到这个大门这儿来了。"男孩说，还向大家笑了一下。

"你有幽默感，"我对男孩说，"肯定你用彩笔在墙上胡写来的。"

"用粉笔。"男孩回答。

"你必须画画儿吧?"科瓦尔斯基问。

"因为你,看守有事干了。但愿我就是你爹。"他抚摸男孩被剃光的头。

"科瓦尔斯基,你干吗在贝德纳尔斯卡大街印报纸?"科杰拉问。他迈步走,从墙根到墙根。

"我没有印报纸,我是去买阿拉伯诗集。"

"可可地是在一个地下印刷所,是吧?糊涂。"我发牌给马图拉。

"'你去找她,就像一个法国公爵亲吻烟花女的手。'这是莎士比亚的名句。"科瓦尔斯基说。

"再来一次,我一定会扳回来。"马图拉说,开始洗牌。

"够了。两份饭是我的了。"我推开牌。

"我被弄到这儿来,是跟你一样无辜的。"科瓦尔斯基说。

"你很清楚,我不过是去找未婚妻,因为她两天没有回家。"

"去了贼窝吧,啊?"科瓦尔斯基笑了一下。

我向男孩倾了倾身子,手拍了他一下。

"以后借我看看行吗?"

男孩摇了摇头。

"可是我怎么能知道呢?"科瓦尔斯基说,"告示贴在电线杆子上了。"

我们沉默了。天花板下面露出浑浊的白光。我们坐在两张破草垫子上。在角落里,窗户下面,施拉耶尔坐着,头靠在膝盖上,他有两个女儿正在地下中学念书,他的耳朵日益突出。原来干征收的马图拉背靠着门,挡住放在草垫子上面的纸牌。另外一个草垫子上坐着科瓦尔斯基,他在地下印刷厂里卖过阿拉伯诗集。男孩坐在他身边,用粉笔在墙上写字,还读《圣经》。科杰拉在草垫子和房门之间走来走去。

门是黑色的,低矮,刻满了姓名和日期。破窗户上黑铁条外面闪闪发亮的是厨房屋顶的红色局部，还有发亮的紫罗兰色的天空。下面是围墙，围墙上面架着机关枪。

墙外远处，是犹太人隔离区住宅，人去楼空，窗户空荡，破枕头和鸭绒被里的羽毛上下飘飞。

施拉耶尔从膝盖上抬起头来，望着读《圣经》的男孩。

男孩重新读《圣经》，书页靠近眼睛。

走廊里传来脚步声，盖住了铁皮地板发出的响声。牢房的门开始吱吱地响。

"终于来了，"科瓦尔斯基说，他是和施拉耶尔一起听着门外的动静的，"不知道有多少人。"

"人，有的是。用不着走私，他自己就来。"科杰拉说。

"他们说利大，听说绝对有利可图。"马图拉说。他本来常去干征收，现在却等着死刑判决。

"两个星期以前，你还在这个世界上的。"施拉耶尔说，"你见得多了，有什么新闻？"

"可是我不知道，两个星期以后我还在不在这个世界上。"马图拉回答。

"有什么新闻，跟你有什么关系，嗯？这儿也好，那儿也好，不是吗？"科杰拉说。

"如果战争不久就结束，他们大概就不再糟蹋咱们了。"

"你干走私的勾当，波兰法院也要逮住你的。"科瓦尔斯基说。

"因为你买了阿拉伯诗集，要发给你十字勋章。"

牢房门打开。穆瓦夫斯基进来，他是受审去了。他身后的门又吱吱扭扭地关上。

"怎么样，伙计们？"他问，"今天可吓坏我了。我心想，得留在那儿过夜了。又来了一车人。"

"树上都开花了吧，啊？街上人来人往，好像平安无事吧？是不是？"我问，手里还摆弄着纸牌。

"你来的时候没看见吗？都照样活着，照样。"

"你的汤。"科瓦尔斯基把盛着晚餐的碗递给他，"中午的饭这儿的人吃了。"

"午饭给了豌豆和面包。吃得不坏，取暖也挺好。"穆瓦夫斯基说。他站在草垫子旁边，用羹匙搅动那碗汤，汤沉淀得快成了果冻。

"汤勺怎么样呢？你坐下吧。"

"怎么去的那儿？也没什么，坐电车。书记官是个熟人，他跟我父亲在腊多姆做生意。你知道是怎么回事，是吧？"他用汤勺慢慢搅动那碗汤，"我喜欢这个汤。凉是凉了，可是有时候味道不错，跟在家里一样。今天的马铃薯不少。"

"我跟掌勺的说，这是给你的。他从大桶底捞出来的。"我回答。

"书记官说什么？"施拉耶尔问。

"没说什么，"穆瓦夫斯基回答得麻利，他把碗放在大桶旁边，脱下大衣，"因为你这件大衣，我挨了嘴巴。衬里里掉出玻璃来。你不怕划破皮肤？"

"以后小心。"我回答，腋下夹起大衣，去受审的时候他跟我借用的，因为他担心警察局没收他差不多全新的鹿皮外套。穆瓦夫斯基坐在我身边。

"你知道，"他小声说，"他建议我父亲当告密者。你觉得怎么样？"

"你父亲怎么看？"

"他同意了。你说他该怎么办呢？"

我耸了耸肩膀。穆瓦夫斯基转身，对男孩说话。

"新来的？好像我在警察局里见过你。在电车上，你没有跟我坐在一起？"

"没有啊，"男孩抬头回答，"我根本没坐电车。"

"他说，是一个警察在街上抓住他，走小路把他送到监狱来的。"靠着门的科杰拉对穆瓦夫斯基说。

"我敢打赌，在警察局见过你。"穆瓦夫斯基对男孩说，"可是你既然说警察抓了你……奇怪，不过，也许是吧。"

大家都不说话了。在天空和黑色铁窗之间，是春天的夜晚，监狱的灯光在夜空下散发。施拉耶尔坐着，用手捧着脸，手背后面露出的耳朵，因为饥饿更加突出了。科杰拉在房门和草垫子之间往返走动。男孩在读《圣经》。

"玩一局吧？"马图拉问我，"人坐着，都跟木头墩子一样。也许我一定赢的。"

"别再说打牌的事，"施拉耶尔说，没有抬起头来，"弄不好你连你妈都要输掉。人……"

他住了嘴。舔着假牙。

"他答应了。办报纸的知识分子，"马图拉说，"打牌吗？"

"点名，准备好。那个助手马上来了。"科瓦尔斯基说。

我们都站了起来，排成一队，面向房门。

"今天是乌克兰人值勤。但是也许没事。"我低声对穆瓦夫斯基说。他点头。

牢房的门开了。门口站着一个又胖又矮的党卫队员，长着一张红色的方脸，稀稀落落的黄头发。他的嘴闭得紧紧的，两只罗圈腿穿着锃亮的长筒皮靴，腰上别着手枪，手里拿着皮鞭。他身后站着一个大个子乌克兰人，带着一大把钥匙，黑色的宽边帽紧贴着耳朵，显得不可一世。他身旁站着助手兼文书——一个干瘦矮小的犹太人，犹太人隔离区的律师。他手里拿着文件。

施拉耶尔咕噜咕噜说了几句刚学会的德国话，牢房如何如何，住着多少多少囚徒，全都在场。

红脸警卫扳着手指头细心数数。

"好，"他说，"清楚。文书，谁是这儿的人？"

文书拿起文件细看。

"本尼迪特·马图拉。"他回答,同时扫了我们一眼。

"哎哟上帝啊,伙计们,这回完蛋了!"马图拉大声说。他曾经装扮成盖世太保去征收肥猪。

"走,出去!"警卫吼叫,一只手抓住他的后脖子,把他推出门外到了走廊里。牢房门大开。

走廊远处有全副武装的看守。在昏暗的电灯光线下,他们的钢盔闪着阴沉的青光,腰上都挂着手榴弹。

看守转身对着文书。

"就这样?走吗?"

"不,没完呢,"文书说,他是犹太人,犹太人隔离区的律师。"还有一个。纳莫凯尔。兹比格涅夫·纳莫凯尔。"

"到。"读《圣经》的男孩答应。

他走到草垫子前拿起大衣。在门口,他回头看了我们大家一眼,但是没有说话,出门到了走廊里。牢房的门在他身后咣咣地关上了。

"点名完毕!又多了一天!又少了两个人!再多一天吧!"科杰拉大声说。

"咱们人还多着呢,"科杰拉说,不动声色,"来了个孩子,孩子又没了。"

他叉开腿站在木桶上面。

"该尿就尿吧,伙计们。咱们把草垫子拉开点,以免踩在别人脑袋上。快,趁着还有亮儿。"

我们动手拉开草垫子。

"可惜没有留下《圣经》,"我对穆瓦夫斯基说,"有本书可以看看多好。"

"那本《圣经》对他已经没用了。可是,今天我在警察局确实是看见他了,我发誓。"穆瓦夫斯基说,"他能干什么呢,那么小?为什么撒谎,说是警察在街上抓住他的?"

"他像犹太人,肯定就是犹太人。"施拉耶尔在窗口下面说。他已经躺在草垫子上,哼哼着用大衣盖上脚。说话吐字也不清楚了,因为摘下了假牙。他从纸卷上撕下一块,把假牙包好,放在衣袋里。

"准是犹太人。不然不会在电线杆子旁边抓住他的。可是那本《圣经》对他到底有什么用呢?"科瓦尔斯基说着,躺在科杰拉旁边,"虽然也带走了马图拉。"

"他是个罪犯,征收东西,见鬼,半夜里拿着手枪拦路,"科杰拉说,"早就该把他逮住。"

我和穆瓦夫斯基躺下了。我们用他的皮外套盖住脚,用我的大衣盖在身上。我把头缩进柔软的毛皮领子里,感觉到了一股舒适的温暖。

窗口吹进阵阵冷风,天空完全黑下来了。天空和横在地平线上的窗户之间的空间,充满淡淡的金色光辉。所有牢房的灯都亮了。透过这些灯光,低垂的、眨眼般的星星在闪烁。

"兄弟,这世界是美丽的,可惜外面已经看不见美丽了。"我轻声对穆瓦夫斯基。我们互相紧靠,取暖。

"我惦念着,"他轻声对我说,"是不是抓走了我父亲。"

我转身看着他的脸。

"他们今天弄清楚了,他是犹太人,"穆瓦夫斯基说,"那个告密的认出了他。他们在腊多姆犹太人居住区一起做过生意。"

"他们也要带走你的。"我轻声说。

"暂时还不会,因为我是混血儿。我母亲是波兰人。"

"可是你父亲怎么成了告密者?不应该当这个差嘛。"

"唉,不当也罢了。那样多好。"

"半夜了,住嘴吧。"科杰拉在草垫子上半支起身,"都睡觉了,还开什么心?"

41

我们住口，开始打盹。不远处传来低沉发闷的射击声，接着又是一声。在草垫子上，我们都坐了起来。

"看这样子，没有把他们带到森林里去。就在这儿，监狱附近，执行了。"我压低声音说，接着开始计数，"十四、十五、十六……"

"在大门对面执行的。"穆瓦夫斯基说。他使劲拉紧我的手。

"他一定是犹太人，这个看《圣经》的孩子。哪一声是他的？"科瓦尔斯基说。

"最好还是睡觉吧，"施拉耶尔说，吐字不清，"上帝啊！你们睡吧。"

"得睡了。"我对同伴说。

我们又都躺下，盖上皮外套和大衣。大家互相靠得更紧了。窗口吹来针刺般的、潮湿的冷风。

在哈门茨的一天

一

栗子树的阴影是绿色的,柔软的。阴影在地面上轻轻摇曳,地面还是湿润的,因为不久前刚翻耕过;阴影在头顶上方升起海蓝色的树冠,散发出清晨露水的气息。树木沿着道路形成一条高高的小巷,树冠则消融在天空的蔚蓝色之中。从水池上飘来令人迷醉的沼泽气味。绿草像绒毛一样地闪现着银色,而土地已经在阳光中冒出水汽。炎热的一天开始了。

但是,栗子树的阴影是绿色的,柔软的。在树阴下,我坐在沙子上,用法国大扳手拧紧铁道的鱼尾板。扳手清凉,稳稳地攥在手里。我时不时用扳手敲打铁轨。坚实的金属声响彻整个哈门茨,又从远处传回并不熟悉的回声。在我身边,希腊人撑着铁锹把站着。但是,这些来自萨洛尼卡和马其顿葡萄园的人却惧怕阴影。他们站在阳光中,脱下汗衫,露出细瘦无比的肩膀和手臂,上面还布满了伤痕和脓疱。

"你今天干活挺卖力气的,塔代克!你好!你不饿吧?"

"您好,哈奈契卡夫人!一点也不饿呀。而且我还使劲敲打铁轨,因为我们的新领班……对不起,我没有站起来说话,您知道:这是战争,运输,工作……"

哈奈契卡夫人微笑着。

"当然知道啊。要不是看见你,我还真认不出你来。你还记得吧,你吃带皮的马铃薯,我从鸡窝里偷出来的?"

"是吃过呀!哈奈契卡夫人,我是狼吞虎咽!小心,后面有党卫队来了。"

哈奈契卡夫人从篮子里抓了几把谷粒,撒向奔跑到她身旁的鸡,回头看了一眼,不以为然。

"嗨,不过是我们的头儿。我一根小手指头就能对付他。"

"一根小手指头?您真是太能干啦。"于是我使劲抡起扳手,敲打铁轨,为她敲出"女人是靠不住的"的曲调。

"喂,小伙子,别弄这么大的声音!你真的吃了东西吗?我现在去那个院子,给你带点东西来吧。"

"哈奈契卡夫人,衷心感谢。我想,您给我吃的东西够多了,我也是没有办法的……"

"……人倒挺诚实的。"她接着我的话说完,带着几分挖苦的口气。

"……也是最无可奈何的。"我反驳说,"说说无可奈何吧:我给您弄到了两块好看的肥皂,名称是最优美的'华沙牌',是……"

"是……照常是偷来的。我一无所有的时候,睡觉是安稳的。现在呢,不管我用细绳和铁丝把包裹捆得多结实,总有人能打开。前两天,他们给我弄来一瓶蜂蜜,现在又有了肥皂。这个盗贼小子,等我抓住他。"

哈奈契卡夫人应声大笑。

"我能想出来那样子。可是别这么孩子气!肥皂嘛,你一点也不用费心了,伊万给了我两块,小巧漂亮。哟,我差点忘了,你把这个小包给伊万吧,一点猪油。"说着,她把一个小包放在树下,"你瞧,这儿呢,多漂亮的肥皂。"

她打开十分熟悉的包装纸。我走近,细看了一眼:两大块肥皂上浮雕似的凸现出两个字，华沙。

我把小包还给了她，没说话。

"是啊，挺漂亮的肥皂。"

我看了看田野里分散成几组的干活的人。在已经靠近马铃薯地的最后一组人里，我瞥见了伊万：他像牧羊犬一样警戒地看守着那一组人，还不断地吼叫，因为远，听不清他嚷嚷什么，他还间或地挥舞一根大木棍子。

"等我逮住这个贼。"我说，却不知道自己是在对着空气说话，因为哈奈契卡夫人已经走远，只是从远处回过头来的一瞬间，说：

"午饭照常，栗子树下。"

"谢谢。"

我又开始用扳手敲打铁轨，拧紧发松的螺钉。

哈奈契卡夫人在希腊人中间人缘不错，因为有时候给他们拿几个马铃薯来。

"哈奈契卡，好，人挺好的。是你的情妇吗？"

"哎呀，什么情妇！"我反驳说，却因为不小心，扳手夹了手指，"是一个熟人，同事，明白了吗，希腊土匪？"

"希腊不土匪，希腊好人多的是。你为什么不吃她的东西呢？马铃薯？"

"我不饿，我有吃的。"

"你这样不好，不好。"一个老希腊人摇着头说，他是萨洛尼卡的脚夫，懂南方的十二种语言，"我们饿，总是饿得很，一直饿得很啊……"

他伸开干瘦的胳膊。在布满伤痕和脓疱的皮肤下面，似乎被单独分离开来的肌肉活动清晰得出奇，微笑使得他紧绷的面容缓和了，但是并没有熄灭他眼睛里持久的炽热。

"既然你们饿得很，就去求她吧，让她给您带来吃的。现在，干活吧，干活，你们让人厌烦。我得走了。"

"塔代克，这就是你的不是了，"一个老年的犹太人胖子从他们之中走出来，他把铁锹撑在地上，站的地点比我高，拉长声音说，"你也挨过饿呀，所以你应该是理解我们的。让她给我们拿一口袋马铃薯来，费不了你太多的事嘛。"

"一口袋"这个词儿，他津津有味地拿着调儿说出来。

"贝克尔，别跟我高谈阔论的，还是好好锄地干活吧，明白了吗？你得知道，等你死的时候，我还要推你一把的，明白吗？知道是为什么吗？"

"为什么？"

"为波兹南。你在波兹南郊区的犹太人集中营里当过组长，也许不是真的？"

"是真的，又怎么样？"

"你随便杀人了吗？因为糊里糊涂偷了一小块人造黄油或者一小块面包，你就把人背着手捆起来吊在木杆子上等死？"

"我吊的是贼。"

"贝克尔，听说，你儿子被检疫隔离了。"

贝克尔双手痉挛地握紧铁锹把，他的目光开始严密打量我的躯体、脖子和脑袋。

"你，撂下那把铁锹，别这么恶狠狠盯着我。因为波兹南那些人，你儿子下令把你杀死，有这个事没有？"

"有。"他阴沉地回答，"在波兹南，我还吊起来第二个儿子，没捆他的手，捆住了脖子，因为他偷了面包。"

"畜生！"我实在忍不住了。

可是贝克尔这个老年犹太人，灰白的头发，显出几分忧郁，已经镇静了下来。他俯瞰了我一眼，几乎带着蔑视：

"你在营里多长时间了？"

"嗯……几个月了。"

"你知道，塔代克，我是挺喜欢你的，"没想到他说出这么一句话,"但是,你确实是不懂得挨饿的滋味,是不是?"

"要看怎么样的挨饿。"

"到了一个人把另外一个人当成可吃的东西的时候,那才是真正的饥饿。我就忍受过这样的饥饿。听明白了?"我没说话,只是时不时地用扳手敲打铁轨,机械地转身左看看,右看看,提防组长突然到来。他接着说:"我们的营地,在那儿,很小……旁边还有第二个。不少人顺路走过,穿得讲究,那些女人。例如,礼拜天去教堂。还有一对一对的年轻人。远处是农村,极普通的农村。那儿的人要什么有什么,离我们这儿才半公里。我们只有大头菜……伙计,我们饿得快要互相生吃了对方,生吞活剥!怎么样,厨子拿我们的黄油换烧酒,用我们的面包换香烟,我还不该杀死他们?我的儿子偷吃,我也照样杀死他。我是当脚夫的,懂得生死。"

我瞧着他,好奇,好像没见过他似的。

"那你,就只吃你那一份吗?"

"这是另外一回事了。我是营长。"

"注意!干活,干活,快,快快!"我突然大声呼吼,因为铁道拐弯处冒出一个骑自行车的党卫队员。他骑车从我们旁边过去,还一直细心观察我们。干活的人都弯下身子,举起沉重的铁锹,我用扳手使劲敲打铁轨。

党卫队员消失在树林后面,铁锹落地,不动了,希腊人恢复了平时的麻木。

"几点了?"

"不知道。离午饭时间还远着呢。喂,贝克尔,分手了,我得告诉你一件事,今天营里要挑人。希望你跟你一身的脓疱都进大烟囱。"

"挑人?你从哪儿知道的?"

"你吓坏了吗?挑就是挑,没说的。你害怕吗?狼来了……"

我幸灾乐祸地微笑，对这个说法很得意，走的时候还哼起流行的探戈舞曲《焚尸炉》。这个犹太人一双眼睛空洞着，内容全部消失，一动不动地直盯着前方。

二

我检查的铁道在一大片地面上纵横交错。有一段的尽头是一大堆烧焦了的骨头，都是大卡车从焚尸炉拉来的，另外一头进了水池，这是最后处置骨头的地方。铁轨又上了沙土斜坡，沙土均匀地撒在地面上，给太潮湿的沼泽地铺上一层干土，铁轨向着长满杂草的沙土坡上延伸。铁轨铺设的方向各不相同，交叉的地方都有巨大的活动铁板，铁板不断活动，变换位置。

"一、二，往上！"我呼叫，为了取得更好的效果，我抬起手来，像乐队指挥似的。这些人往上抬，一次，又一次。有一个人沉重地倒在铁板上，因为双脚站不稳。同伴们拉扯他，他从人群中爬出来，抬起沾满沙子和眼泪的脸，呻吟着：

"太重了，太重了……"他把手掌塞在嘴里，使劲吸吮。

"干活，起来！再来一次！嗨！往上！"

"往上！"人群合声接应，他们把腰尽可能往下弯，露出像鱼的脊背那么干瘦的后背，紧绷起全身每一块肌肉。但是，紧抬着铁板的手，显得松弛而无力。

"往上！"

"往上！"

突然间，猛烈的打击落在这一圈绷紧的后背上、低垂的脖子上、快要靠近地面的头上和松弛无力的手上。铁锹把梆梆梆地打在脑袋、皮下的骨头和肚子上，发出沉闷的声音。人群围绕在铁板周围，突然发出一声猛烈的吼叫，铁板松动，沉重地升起，悬在人群的头顶上，摇晃着，随时可能砸下去。

"你们是一群狗，"组长对周围的人狂吼，"干点活还得我帮忙吗？"

他呼吸沉重，右手不断地抹那布满黄色斑点的橘红色肿胀的脸，他那散漫的没有思想的目光扫过这些人，好像是第一次看见他们似的。接着，他对我说：

"你，铁道工，今天热不热？"

"热啊，组长。这块铁板应该放在第三孵化间旁边，对吧？铁轨呢？"

"搬到水沟那边去。"

"可是那边路上有一道土岗子。"

"挖开，中午以前必须完工。到晚上你得给我做好四副担架，也许得把几个尸体抬回营里去。今天天气热，对吧？"

"热啊。可是，营长……把铁板搬走吧，搬到第三间房子那儿。组长您看！"

"铁道工，给我一个柠檬。"

"请组长派个伙计来。我现在衣袋里没有。"

他连连点头，一瘸一瘸地走了。他去营地要吃的东西。但是我知道，那儿谁也不会给他一点东西——因为他动辄棒打囚徒。我们放下了铁板。费尽最大的力气把铁轨放在上面，排好位置，硬是用手指头拧紧了螺丝帽。饥肠辘辘的发烧的囚徒躺在地上，疲惫不堪，浑身血污。太阳快到中天，酷热难当，越来越厉害。

"喂，几点了？"

"十点。"我回答，眼睛还瞧着铁轨。

"上帝，上帝啊，离午饭还有两个钟头啊。说今天要挑人，我们得去焚尸炉，是真的吗？"

挑人的事，所有的人都知道了。他们都悄悄地查看自己身上的伤痕，想办法让它看着干净些，小一点。他们撕下绷带，按摩肌肉，洒上水，到了晚上好显得清新一点，灵活一点。为了求生，他们沉重地英雄般地斗争。有些人听天由命。他们走动,是为了避免挨打;他们吞噬杂草和黏土,来抑制饥饿感;他们模模糊糊漫步,是名副其实的活尸。

"我们,都进焚尸炉。所有的德国人,都被打败。战争结束,所有的德国人,都进焚尸炉。所有的,女人、小孩。听明白了?"

我挖掘土岗。铁锹又轻又好使,真是"得心应手"。一锹一锹潮湿的泥土铲起来轻松而柔软,在空中飞舞。干干活儿很好啊,尤其是午饭刚刚吃了熏制咸肉、面包,还配上了大蒜瓣,而且外加一听浓缩牛奶呢。

集中营指挥官凑在砖砌孵化间的一丁点儿阴影里乘凉。这个矮小干瘦的党卫队分子敞开了衣衫纽扣,在掘地的人群中视察得累了。他有发狠抽皮鞭的本事,昨天就抽了我后背两鞭子。

"搬铁板子的,听到了什么新闻?"

我挥起铁锹,铲了一锹上面的土。

"在奥勒尔城下,死了三十万布尔什维克。"

"这是好,还是不好呢?你怎么看?"

"肯定是好嘛。因为那儿也死了三十万德国人。就这样进展下去,一年以后,布尔什维克就会到这儿来。"

"你看是这样?"他苦笑一下,重复礼节性的问题,"离午饭时间还长吧?"

我拿出表来,银质的老旧的东西,上面是可笑的罗马数字。这个表我很喜欢,因为它很像我父亲的一个表。我是用一包无花果换来的。

"十一点。"

这个德国人从墙根站起来,从我手里一把抓走表,不动声色。

"给我。我很喜欢。"

"不行,是我自己的,家里带来的。"

"不行?不行就不行吧。"

他抡圆了胳膊,使劲把表扔在砖墙上。然后又坐在阴影里,还盘起腿来。"今天就是热,是吗?"

我一声不响,拾起表,开始故意吹口哨。先吹的是狐步舞曲《快乐的约安娜》,然后是老探戈曲《莱贝卡》,然后是《华沙曲》和《红旗颂》①,最后是左派保留节目歌曲。

接着,我吹出《国际歌》,脑子里重复着歌词:"这是最后的斗争,团结起来到明天"——突然,一个高大的影子出现在我面前,一只沉重的手掌落在我的脖子上。我抬起头来,吓得呆若木鸡。一张巨大、通红、肥胖的脸盘展现在我上方,一个铁锹把在空中晃悠,不祥之兆。清晰的白条带囚衣,在远处树木的背景衬托下越加清晰。一小块红色三角形的布缝在胸前,红布上的数字"3277"在我眼睛里奇怪地摇动,涨大。

"你吹的什么调子?"组长问,直直地瞧着我的眼睛。

"一个国际上流行的口号,组长先生。"

"你知道这个口号?"

"嗯……一点……从各处听来的。"我警惕起来,说。

"这个歌,你知道吗?"

于是他用沙哑的嗓子开始唱《红旗颂》。他丢下铁锹把,眼睛里闪现出不安的神情。他又突然住口,捡起木棍,连连摇头,一半是蔑视,一半是怜悯。

"要是让真正的党卫队听见,你早就没命了。那儿就有一个……"

墙根的那个德国人咧着嘴笑,说话和气起来:

"你们把这叫做苦役!真应该去高加索逗留一段时间,像我一样!"

"指挥官先生,我们已经把一个水池子填满了人骨头,以前填满了多少个,有多少骨头撒在维斯瓦河里了,您和我,都是不知

---

① 《华沙曲》《红旗颂》是两支极为著名的波兰革命歌曲。

道的。"

"你住嘴,你这条野狗!"说着,他从墙根站了起来,准备拾起他那根鞭子。

"带这些人吃午饭去。"组长说。

我丢下铁锹,跑到孵化室后面。还听见远处传来组长的声音,沙哑而气喘吁吁的声音:

"是啊,是啊,都是些野狗。应该把他们都打回地狱,一个不剩。指挥官先生,您说得有道理。"

我远远地瞪了他们一眼,痛恨至极。

三

我们出发,沿着穿过哈门茨的一条道路走。高大的栗子树沙沙作响,树阴绿色更浓重了,但是显得干燥,像枯干的树叶。这是中午的阴影。

上路之后,必定要经过路边的一座小小的住宅,窗户配有绿色百叶窗,中间部分有雕琢粗糙的小小的心形图案,还有白色的半拉起来的窗帘。窗户下面长着细小的玫瑰花,苍白而没有色泽,窗口木制花箱子里种着奇怪的粉色小花。游廊爬满深绿色的常春藤,一个小姑娘坐在台阶上和一条阴沉的大狗玩耍。大狗显然是感到无聊,便允许小姑娘揪耳朵,它只不过摇摇脑袋,摆脱苍蝇。小姑娘穿白色衣服,手臂被阳光晒成铜褐色。狗是多波曼种,脖子下面是褐色的毛。这小女孩是副指挥的女儿,这个男人是哈门茨的主人。这座配有小玫瑰花和木制小花箱的小房子,是他的家。

从工地走上道路之前,必须经过几米柔软而黏稠的潮湿泥地,土壤混合了锯末,泼洒了难闻的消毒水,以防把细菌带进哈门茨。我从侧面小心翼翼绕过这片泥坑,与大家一起来到路上,那儿已经摆好一排大锅清水汤,是汽车从集中营里拉来的。每个分队的大锅都用粉笔做出标记，我走了一圈察看。我们来得正是时候，还没有人偷吃我们的食物。一切都得亲自操心。

"五口锅是我们的，好吧，可以抬走了吧。那两排是给女人的，不准动。啊哈，这儿有一口。"我自言自语高声说，把邻近分队的一口锅拉了过来，把我们的一口放到那个地方——我们的只有他们那口的一半大——又赶紧画上我们的记号。

"搬走！"我对希腊人大声吆喝。我这举动他们都看在眼里，表示赞成。

"喂，你怎么把锅调换了！等等，别动！"另外一个分队的人呼叫。他们也是来吃饭的，稍微迟来了一步。

"谁调换了，啊？你可别胡说，伙计！"

那些人奔跑过来，可是希腊人在地面上把那些大锅又推又拉，嘴里呻吟着，用希腊话大骂，互相推推拉拉，很快消失在把世界和哈门茨分开的界线外。我跟在他们后面，听见他们奔到大锅跟前，冲我乱骂，连我爹妈也不放过。不过呢，这一切也是合理的：今天是我，明天是他们，先来的优先。我们的分队爱国主义从来不超过玩耍的范围。

锅里的汤直晃荡。希腊人走几步就把锅放在地上。他们大口大口地喘气，像被扔到地面上的鱼似的，还偷偷地舔手指头，因为从盖得不严实的锅盖底下冒出来的热乎乎黏糊糊的汁水顺着手指头直流。我知道那味道，混合了尘埃、泥土和手掌上的汗水，因为不久以前我自己就搬运过汤锅。

他们放下汤锅，在期待中凝望着我的脸。我郑重其事地走近中间的一口锅，慢慢拧开螺栓，手掌放在锅盖上停了漫长的半秒钟，才掀起锅盖。十几双眼睛里的光亮在失望中黯淡下来：是荨麻菜叶汤。白颜色的稀汤在大锅里晃荡，上面稀稀拉拉漂着人造奶油的几个亮点。但是，一看那颜色，所有的人都知道汤水的下面是整根整根没有切碎的荨麻秆，都是筋，颜色黑烂，气味难闻；

而且，所谓的汤，一直到锅底都是水、水、水……这一瞬间，在这些人的眼里，整个世界都黑暗了下来。我盖上了锅盖。我们把大锅抬到了坡下，一句话也没说。

我在地里绕了一个大的弧形弯子到了伊万一伙人那里，他们正在清理马铃薯地旁边的草地。穿条纹囚服的长长一排人在黑泥岗子旁边直直地站着，一点也不动。隔一会儿有一把铁锹活动一下，有人弯腰，在这个动作中停滞，又慢慢直起腰来，举起铁锹，又做半圆形的运动，在未完成的姿势中停滞，像叫做树懒那样的动物一样。等一会儿，另外一个人有动作，挥动铁锹，在懒散怠惰中放下。他们不是在用手工作，是用眼睛。如果地平线上有党卫队员或者组长出现，如果从清凉绿阴下的角落里有狱卒的脚步声传来，铁锹就发出咯噔咯噔的声音。不过呢，只要可能，那铁锹就是空空地转，人的肢体活动像木偶一样，又可笑，又生硬。

我径直到了伊万那里。他坐在自己的角落里，用小刀在一块硬木头的皮上刻装饰：方块、同心结、心形、乌克兰图案。一个年长的、他信赖的希腊人正向他的包裹里塞什么东西。我正好赶上看到一只鹅的白色翅膀和红色的头，那头弯在背后，挺奇怪的。伊万看见我，立即用汗衫盖住包裹。那块猪油在我衣袋里变软了，在裤子上留下一块很难看的油污。

"哈奈契卡夫人给你的。"我的话简单明了。

"她没说什么话吗？应该送鸡蛋来嘛。"

"让转达谢意，谢谢你的肥皂。她挺喜欢那肥皂。"

"那好。我昨天从加拿大的一个犹太人那儿买来的，用了三个鸡蛋。"

伊万打开猪油包裹纸。已经压扁压软，变成黄颜色了。我一看就觉得恶心，也许是因为早上吃了太多的咸肉，那气味到现在还往上翻腾。

"嘿，这个母夜叉！两块肥皂就换来这样的东西吗？她没给你饼干吗？"伊万瞧着我，疑神疑鬼的。

"你知道，她回敬得实在太少了。我看见了那肥皂。"

"你见啦？"伊万感到不安，扭动了一下身子，"我得走了，赶他们干活去。"

"见了。回礼太少了，你应该多得，尤其是从我手里。我会尽力补偿的。"

我们彼此盯着对方的眼睛凝视了一瞬间。

四

水沟上面长了菖蒲，对面站着那个傻头傻脑留胡子的看守，他衣袖上有几个标示服务年头的三角形。水沟旁边长了几株红莓，叶子是白的，好像布满了灰尘。水沟沟底流着污浊的水，里面全是一些绿颜色的滑溜溜的东西，有时候，带着污泥跳出一条黑色的扭动的泥鳅。希腊人一抓住就生吃起来。

我叉开腿站在沟上，用铁锹慢慢清理沟底。我站着，很小心，避免弄湿了我的一双皮鞋。看守走近，细心察看，不说话。

"在这儿干什么呢？"他终于开口。

"筑堤，以后清理水沟，看守先生。"

"你一双好皮鞋哪儿来的？"

我这双皮鞋确实很好：鞋底是双层的，手工缝制，鞋面有精制的小孔，匈牙利式的。是朋友从货场给我拿来的。

"营里得到的，和这件汗衫一起。"我回答，指着丝质汗衫，"我用一公斤西红柿换来的。"

"你们能弄到这样的皮鞋吗？看，我穿的是什么。"

他给我看他褶皱儿破裂的鞋。右脚的一只鞋头上还打了补丁。我点头，表示理解。

"能不能把这双鞋卖给我啊?"

我抬头望着他,露出无限惊奇的表情。

"营里的东西,怎么能够卖给您呀?怎么能卖呢?"

看守把卡宾枪靠在一把椅子上,向我走过来,俯身水沟,水里照出他的倒影。我抓起铁锹搅浑了倒影。

"只要没有人看见,没有什么不能的。给你面包,我口袋里有。"

这个星期我收到家里从华沙寄来的十六块面包。而且,这样的皮鞋,是值一升伏特加的。所以我很有礼貌地对他微笑。

"多谢了,营里配给的够吃,我不饿。面包和猪油都够。您的面包如果太多,就请您送给那些犹太人吧,在沟渠上干活的那些。瞧,那个,那个搬草皮的,"我一边说一边指着一个矮小干瘦的犹太人,他一双蒙蒙眼老是迎风流泪,"是个正派的人。何况,这双鞋也不怎么好,鞋底都裂了。"鞋底是有一条裂缝,有时候在里面藏几块美元,有时候藏几张邮票,有时候藏一封信什么的。看守咬住嘴唇,瞧着我,皱起眉头。

"为什么把你关起来了?"

"我在街上走,碰上抓人,被抓住了,关起来,弄到这儿来。完全是无辜的。"

"你们说的都是这样。"

"唉,不是啊,不都是。我一个朋友被捕,是因为他唱歌唱错了,您知道,唱歌唱错了。"

我一直用铁锹清理黏滑的沟底,忽然碰到了一点硬的东西。给钩住了,是铁丝。我哼哼着骂了一句。看守这头蠢货还盯着我。

"什么,唱歌唱错了?"

"告诉你怎么回事。在华沙,有一次,做礼拜的时候唱教会歌曲,我的朋友却唱起国歌来。唱的全错了,所以把他关起来了。还说,只要他学不会乐谱,就不放他出来。甚至还打他,可是没用,他坐监肯定得坐到战争结束,因为他实在是五音不全的。有一次,甚至把一首德国进行曲和肖邦的《葬礼进行曲》弄混了。"

看守嘟囔了一声,退回到那个椅子旁边。他坐下,举起卡宾枪,心不在焉地把玩扳机。他又抬起头来,好像想起了什么事。

"喂,华沙人,过来,我给你面包,你发给犹太人。"说着,他要去取口袋。

我露出微笑,尽最大的努力表示最大的礼貌。

水沟那一边有警戒线,看守有权力对人开枪射击。打死一个人放三天假,奖金五马克。

"很遗憾,不允许我们到那边去。不过,如果您愿意,就请您把面包扔过来,我能接住。"

我做出等待的姿势,可是看守突然把口袋扔在地上,立正,向路过的警卫队长报告:"平安无事。"

在我旁边干活的扬奈克,是一个从华沙来的可爱的少年,集中营里的事,他一无所知,而且,也许永远也不会懂得。他铲烂泥,干活勤快,把湿泥摆放在对面,放得很整齐,差不多一直到看守的脚下。警卫队长走近,看着我们,就像在观看两匹拉车的马或者地里吃草的牛羊似的。扬奈克对着他和气微笑,还礼貌点头。

"我们清理水沟,有很多湿泥。"

警卫队长一愣,惊奇中瞥了一眼这个说话的囚徒,好像看到了一匹突然说话的拉车的马或者一头开始哼唱流行探戈舞曲的母牛。

"你过来。"他说。

扬奈克放下铁锹,跨过水沟,走到他面前。于是警卫队长抬起手来,抡圆胳膊竭尽全力打了他一个大耳光。扬奈克摇晃了一下,抓住红莓灌木丛,滑进了烂泥。水汩汩地冒泡,我笑得喘不上气来。警卫队长说:"你在这条沟里干什么我不管!爱干不干。

可是，你要是对党卫队说话，就得摘下帽子，立正。"警卫队长走了，我帮忙把扬奈克从烂泥里拉了出来。

"他为什么打我，为什么，为什么呀？"他追着问，一点也不明白。

"再不要巴结着汇报。"我回答，"快洗洗去吧。"

我们清理完水沟淤泥，看守的使唤小子就来了。我拿起口袋，拨开面包、猪油和葱头，摸出一个柠檬。对岸的看守瞧着，不说话。

"过来，给你。给你那个看守。"

"好吧，塔代克。喂，听着，有没有什么吃的东西啊？你知道，甜的东西，或者鸡蛋。我不饿，我吃过了。哈奈契卡夫人给我煎的鸡蛋。一个纠缠不休的女人！就想着打听伊万的事。你知道，组长来的时候，谁也不给他东西。"

"让他别再打人，就有人给东西了。"

"你跟他说吧。"

"你当助手是干什么的？你还不会来事。你得细心看明白，这儿有些人抓鹅，夜里在营房里油炸，可是你的组长喝汤。昨天的荨麻汤味道挺好吧？"

这个小子审视着我。他还很小，倒是挺机灵。德国人，已经参军，才十六岁，常干走私的事。

"塔代克，跟你直说吧，因为咱们互相了解。你想把我推荐给谁呢？"

"不推荐给谁。可是你要看清楚鹅的事。"

"你知道，昨天又少了一只鹅。副指挥打了组长一个大嘴巴，一气之下，没收了他的表。好，我走了，以后注意。"

我和他一起走，到了午饭休息时间了。大锅那边传来刺耳的哨声，有人摇晃着双手。人们就地扔下铁锹，铁锹插在土堆上。从整一片土地上，筋疲力尽的囚徒慢慢聚来，尽量拉长午饭前的可贵的片刻，等一会儿就能够消除饥饿。伊万的一组最后到达，迟了。伊万在"我的看守"旁边站住，说话费了不少时间。看守伸手指了指，伊万点头。叫声和招呼声催促他。走过我身旁的时候，他问：

"看样子你今天没捞到什么。"

"今天还没过完呢。"我回应说。

他恶狠狠地瞪了我一眼。

五

空荡的孵化室里，组长助手正在摆放餐具，擦桌子，准备午饭。指挥官的文书，一个会说很多语言的希腊人，缩在墙角里，想要显得最矮小，最不显眼。透过敞开的窗户，可以看到他那蒸熟龙虾般颜色的脸，水汪汪的眼睛像蝌蚪似的。在外面，一个有高高土墙围起来的小院子里，有很多囚犯。他们坐着，和站着一样，都必须是每五个人一排，一列，一组。他们盘腿坐着，挺身，手放在腿上。分发午饭的时候，不准他们挪动，到后来才能够向后倒下，倒在同伴的膝盖上；如果队列走了形，可就麻烦了。在侧面，在土墙阴影中，党卫队员随随便便地坐着，手枪随意放在膝盖上，从背袋里掏出面包，小心地抹上人造黄油，慢条斯理地吃着，细细品味。加拿大区的一个犹太人鲁宾，坐在一个党卫队员旁边，他们轻声密谈。那是纯粹的事务，为他自己，也是为组长。组长块头大，红脸，站在大锅旁边。

我们拿着饭碗奔跑，像最熟练的跑堂一样。我们分发汤水，一言不发；我们从人们手里强力夺走饭碗，一言不发，因为那些人还要从空碗里弄一点吃的，还要延长吃东西的时间，再一次舔一舔饭碗，偷偷地用手指头抹一抹碗底。组长突然从大锅旁边跳开，跑进队列：他看见了一个舔饭碗的人。他朝着那个人的脸打，把他打得倒在地上，又连着踢他的小腹部，走开的时候乱踩乱踏那些人的膝盖和手臂，但是小心不碰正在吃东西的人。

众人的目光全都努力集中在组长的脸上。还有两锅汤：加餐。组长每天都要尽情享受这一片刻。集中营里十年的经历让他享有对于其他人的绝对的权力。他用勺子把指出，谁有资格加餐，从来没有弄错的时候。得加餐的都是干活好的、比较有力气的、比较健康的人，而有病的、体弱的、力气耗尽的人没有权利得到第二碗荨麻菜叶汤。不能把食料浪费在不久以后进焚尸炉的人身上。

工头该得满满两碗马铃薯加肉汤，都是从锅底捞上来的。我手里端着汤碗，四下里看看，感到迟疑，觉得有人盯着我看。贝克尔坐在第一排，他突兀的眼睛瞧着我这碗汤。

"接着，吃吧，小心别噎住你。"

他在沉默中接过碗，开始急急忙忙吃起来。

"把碗放在旁边，等助手来收取。不然组长打你嘴巴。"

第二碗给了安德列。他有苹果回报。他在果园里干活。

"鲁宾，看守说什么了？"我往阴凉里走，从他旁边经过的时候，轻声问他。

"看守说，他们占领了基辅。"他小声说。

我感到吃惊，站住了。他做手势催我走。我走进阴影，把衬衫铺在地上，以免弄脏丝质内衣，躺下舒舒服服睡会儿。能休息的时候，都要好好休息一下。

组长走到孵化室，吃了两碗汤，睡着了。这时候，助手从衣袋里掏出一块煮熟的肉，切碎，放在面包上，细嚼慢咽地吃起来，让饥饿的人群瞧着，他还时时咬一口葱头，像咬苹果似的。拥挤队列里的人也都彼此躺在身上，用外衣蒙住头，进入不安的沉睡。我们在阴影里躺着，对面是戴白色头巾的少女分队。她们从远处对我们喊着什么话，咯咯地笑着让我们注意她们。我们这面也有人点头示意。有一个女孩在旁边跪着，两只手臂在头上伸直，举着一块圆木，又粗又重。每隔一会儿，看守营的党卫队员就放松拴着一条狗的绳子，那条狗就扑向那女孩的脸，汪汪汪地狂吠。

"是个女贼吗？"我懒洋洋地猜测。

"不是。在玉米地里抓住的，还有彼得罗。彼得罗跑了。"安德列说。

"她能经得住五分钟？"

"经得住。一个坚强的姑娘。"

她没有经受住。手臂弯曲了，扔下圆木，趴在地上，号啕大哭。安德列转过身来，瞧了我一眼。

"塔代克，有没有香烟啊？没有，真遗憾。这就是生活。"

然后用外衣包上头，扭了扭身子，躺得更舒服一点，睡着了。我正打算要打个盹，那个助手就来拉我：

"组长叫你呢。小心点，他正没好气呢。"

组长醒了，眼睛发红。他揉了揉眼睛，一动不动地望着天空。

"你，"说着他用手指头戳了戳我的胸膛，"为什么把汤给了别人？"

"我有别的吃的。"

"他给你什么了？"

"什么也没给。"

他点头，却是不信任的表情。嚅动着巨大的下巴颏，好像反刍咀嚼草料的母牛。

"明天没有你的汤。给没有别的东西吃的人。明白了？"

"好吧，组长。"

"告诉你做四副担架，怎么还没做？忘了？"

"没时间。上午我做的事，您都看见了。"

"那就下午做好。小心点，你自己可别躺倒在担架上。我能让你躺在上头。"

"可以走了吗？"

现在他才正眼看了我一下。这是从深沉思考中解脱出来的一个人露出的死气的空虚的目光。

"怎么还不走?"他问。

六

从栗子树下面传来一个人压抑的叫声。我拿起扳手和螺钉，把担架一一㧟起来，对扬奈克喊道：

"扬奈克，别忘了把箱子拿来，要不然妈妈要生气了。"然后我向道路方向走去。

贝克尔躺在地上，呻吟，吐血，伊万乱踢他，踢他的嘴、肚子、小腹部……

"你瞧这个蠢货干的事！把全部的午饭都吞吃了！该死的贼！"

哈奈契卡夫人的一个铁罐子倒在地上，还有剩下的玉米粥。贝克尔浑身沾满了粥汤。

"我恨不得把他塞进这个铁罐子。"伊万说，沉重地喘着气，"你处理吧，我得走了。"

"把罐子洗干净，"我对贝克尔说，"放在树下面。小心别让组长抓住。我刚做好四副担架，你知道是干什么用的。"

安德列正在道路上训练两个犹太人。他们不会正步走，组长打他们的脑袋，已经打断了两根鞭子，警告他们必须学会。安德列在他们腿上绑了木棍，还训话说："你们都是什么鬼东西，连左右都分不清。一、二、一。"希腊人睁大了眼睛，兜着圈子走步，吓得双脚在碎石路上乱走。一大团尘土飞起。那个跟我要皮鞋的看守站在水沟旁边，我们的小伙子们正在那儿干活，"平整土地"，用铁锹背拍打，抹平，好像那是一大块面团。他们走过的时候留下了痕迹，他们大声问：

"塔代克，有什么消息？"

"没什么，他们占领了基辅。"

"真的吗？"

"可笑的问题！"

就在这样来回的大声对话中，我从他们旁边经过，沿着水沟走。突然听见身后有人呼喊：

"站住，站住，华沙来的！"是用德语呼喊的，片刻之后突然又用波兰语重复："站住，站住！"

水沟对面，"我的看守"向我奔跑而来，端着卡宾枪，像冲锋似的，十分的亢奋。"站住，站住！"

我站住了。看守穿过红莓灌木丛，摆弄着卡宾枪。

"你刚才说什么来的？基辅？你们在策划政治阴谋！你们在这儿有秘密组织！号码，号码，写出你的序号！"

他恼怒着急得直打哆嗦，抽出一小片纸来，却找不到铅笔。我觉得灵魂正在出窍，但是立即就镇静了下来。

"对不起，你误解了。你没听懂波兰话。我刚才说的是棍子的事，安德列把棍子绑在犹太人的腿上了，还说挺可笑的。"①

"是啊，是啊，看守先生，他就是这样说的。"大伙表示同意。

看守摆弄卡宾枪，好像要用枪把从水沟那面打我似的。

"我看你是疯了！今天我要去政治处汇报你去！号码，号码！"

"一百一十九，一百一……"

"伸出胳膊。"

"看吧。"

我伸出戴有文身号码的手臂，相信他从远处看不清楚。

"走近一点。"

"不许可啊。您可以去汇报，可是我不是'白万卡'。"

---

① 在波兰语里，基辅是 Kijow，棍子是 kij，尤其是该词复述第二格，也是 kijow，二者读音近似，甚至一样。

"白万卡"几天以前爬上一棵长在警卫线上的桦树，准备砍些树枝做扫帚。在集中营里，用扫帚可以换面包或者菜汤。看守瞄准他射击，子弹斜着穿过胸膛，从后脖子处出去。我们把这个少年抬回营地。我走开了，很烦恼，但是，在拐角处，鲁宾赶了上来。

"塔代克，你都干了些什么呀？以后会怎么样？"

"会怎么样？"

"因为你会把什么都告诉他们的，说是我……唉，看你干了什么好事啊。怎么能够那么大声嚷嚷呢？你是想把我毁了吧。"

"你怕什么？咱们的人不会告密。"

"我知道，你也知道，可是，还是安全要紧。要保证安全。你，可以把皮鞋给看守。他会答应不汇报的。我跟他谈谈试试看。交给我办吧。我跟他打过交道。"

"好极了，会告诉他们的。"

"塔代克，我看咱们的前途黑暗。你还是把皮鞋给他，我再跟他谈谈。他人不坏。"

"就是活的时间太长了。皮鞋，我是不给的，舍不得嘛。可是，我有一个表。不走了，表面的玻璃也坏了，得看你的了。实在说，把你的表给他吧，不算什么损失。"

"嘿，什么话呀，塔代克……"

鲁宾拿走我的表，我听见喊声：

"铁道工！"

我跨过田野跑步过去。组长的眼睛闪出凶光，嘴角冒出白沫子。他一双手，大猩猩的大手，正在均匀地摇晃，手指头神经质地抖动。

"你跟鲁宾有什么勾当？"

"您都看见了。什么都看清楚了。我把表给他了。"

"什么？"他两只手慢慢地冲我的脖子伸出。

我吓得魂不附体。我纹丝不动（"这是一头野兽"——这个念头闪过我的脑海），眼睛盯着他，一口气说出：

"把表给他了是因为看守要向政治处汇报说我有秘密活动。"

组长一双手慢慢松弛下来，耷拉在身边，下巴微微下垂，像天热时狗张着嘴一样。他听了我的话，不由自主地摇晃铁锹把。

"干活去吧。看样子，也许要用你的担架把你抬着送回营里去。"

就在这一刻，他做出了闪电般的动作，立正，脱帽。一辆自行车从后面撞了我，我向侧面跳了一步。我摘下帽子。整个哈门茨的老板，副指挥，跳下自行车，急得脸色通红：

"这个发疯的分队怎么回事？那些人身上绑了棍子走路，是干什么？是干活的时间嘛！"

"他们不会正步走。"

"不会？就把他们打死！你知道，又丢了一只鹅。"

"你还站着干什么，像个大傻子似的？"组长冲我吼，"让安德列去处理。滚！"

我抄小路飞奔。

"安德列，处理他们！组长命令！"

安德列抄起一根棍子就乱打。希腊人用手捂着头部，左右躲闪，跌倒了。安德列把棍子横在他们的脖子上，又站在棍子上摆动身子。

我赶快走开。

我从远处看见，副指挥和党卫队员走到我们组长面前，和他谈了很长时间。组长用铁锹把做出大手势，帽子快要遮住眼睛。他们走了以后，鲁宾走到看守跟前。看守从椅子上站起，走近水沟，走上沟边的土坡。片刻之后，鲁宾冲我点头。

"你要感谢看守先生没有汇报你的事。"

鲁宾手上的表没了。

我道谢，然后向干活的地方走去。那个深得伊万信任的老年希腊人在半路上挡住了我。

"先生，先生，这个党卫队员是营里来的吗，啊？"

"怎么了？"

"这几天真的要挑人了吗？"

这个白发苍苍的干瘦的萨洛尼卡商人，在恍惚之中扔下铁锹，向上方伸出双手：

"我们的命运悲惨啊，上帝，啊，上帝！"

他暗淡无光的蓝色眼睛仰望着天空，天空同样是蓝色，没有光泽。

七

我们推起小车，小车装满了沙土，正好在铁板上滑出铁轨。四双干瘦的手推它，拉它，摇晃它，到底活动了，我们抬起前车轮，放回铁轨，在轮子下面垫上楔子，就在车轮落下的瞬间，我们松手放开了它，直起腰来。

"集合！"我呼叫，从远处传来吹哨声。

小车沉重地落下，车轮陷在土里。有人拿走没用的楔子，我们把车里的土直接卸到铁板上。明天可以收拾好的。

我们去集合。片刻之后，我们就看出来，钟点还早，太阳还高挂在天上呢。集合时，太阳是贴着树冠的，现在还有一大段距离呢。最多才三点钟。众人的脸色都显出惶恐，疑惑。我们站队，五人一排一行，看齐，整饬衣袋和腰带。

集中营文书数数，数了又数。

党卫队员和那些看守从房屋那边走来，把我们包围住。我们站着。分队末端放着担架，上面有两具尸体。

道路上比平时人多。因为我们提前离开哈门茨，这儿的人感到不安，他们到处乱走。但是有经验的囚徒知道，营里真的要挑人了。

哈奈契卡的鲜艳头巾闪现过几次。

这个女人向我们投来询问的目光。她把篮子放在地上，靠着仓库墙壁观望。我顺着她的目光观望。她望着伊万，很不放心。

片刻之后，组长和分队指挥官跟着党卫队员到场。

"散开，举起手来。"营长说。

现在清楚了：这是搜查。我们解开衣服扣子，打开口袋。党卫队员动作麻利。他们用手搜身，伸进口袋。除了一点剩下的面包，两个葱头和一点放久了的咸肉，还摸出来几个苹果，显然是我们果园里来的。

"哪儿来的？"

我抬起头来：这是"我的看守"。

"邮包寄来的，先生。"

他瞧了我一眼，充满讽刺的神情。

"午饭后我吃的苹果也是这样的。"

他们从囚犯们衣袋里掏出一块一块的向日葵花盘、玉米棒子、杂草、野菜、苹果，间或有人爆发出短促的叫声。他们正在打人。

突然，副指挥走到队列中心，把提着一个大包袱的老希腊人拉到旁边："打开。"他命令。

希腊人用颤抖的双手打开包裹。副指挥看了一下里面，招呼组长："你瞧，我们那只鹅。"

说着，他从口袋里掏出一只鹅，很大，翅膀很长。

那个助手也跑到口袋前面，对组长大声说：

"就是，是，我不是说了吗！"

组长摇晃一下棍子。

"别动手。"党卫队员止住了他。

他从皮鞘里拔出手枪，对着希腊人，张扬地挥动武器。

"哪儿来的？不说实话，就毙了你。"希腊人不说话。党卫队员举起手枪。我瞥了伊万一眼，他面色煞白。我和他的目光相遇。他咬紧嘴唇，出列，走近党卫队员，摘下帽子，说：

"是我给他的。"

所有人的目光都转向伊万。副指挥高高举起鞭子，照着他的脸上猛抽了一下、两下、三下，接着又打他的头部。鞭子嘶嘶作响，这个囚徒的脸顿时布满一道道血印子，但是伊万没有倒下。他手里依然拿着帽子，挺直腰身，双手贴在大腿旁边。他没有扭头躲闪，只是全身摇晃了几下。

副指挥放下鞭子。

"记下他的号码，汇报。分队，解散！"

我们迈着平稳的军人的步子走开。留在我们后面的是一大堆向日葵、野菜、破布、包裹、压碎的苹果，这一切的后面是一只硕大的鹅，红冠子，宽大的白色翅膀。走在分队后面的是伊万，没有人搀扶他一把。在他的后面，有人抬着两具尸体，上面盖着树枝。

我们经过哈奈契卡夫人旁边的时候，我扭头朝她那个方向看。她脸色苍白，挺直身子，一只手放在胸前。她的双唇神经质地痉挛。她抬起头来，看见了我。于是我看见，她两只乌黑的大眼睛里充满了泪水。

点名完毕之后，我们被赶进营房。我们躺在板床上，透过墙缝看着外面，等着挑人完毕。

"我觉得，这次挑人似乎都是我的罪过。怎么说话就给应验了？在这个万恶的奥斯威辛，连一句不吉利的话也要应验。"

"别太放在心上。"卡吉克说，"有什么能配着香肠吃的东西，拿来。"

"你没有西红柿吗？"

"你不是开玩笑吧？"

我推开递给我的夹香肠面包:"我吃不下去。"

在外面,挑人的事接近结束。党卫队医生记录了登记人数和这些人的序号,走向下一个营房。卡吉克准备离开。

"我去买几根香烟。塔代克,你眼尖,什么都看得见。要是有谁吃了我的玉米粥,我就把他砸成肉酱。"

这时候,从下面钻出一个头发灰白的大脑袋,一双绝望的眼睛瞧着我们,不断眨着。接着,露出来的是贝克尔的脸,疲惫不堪,显得更老了。

"塔代克,我有一个请求。"

"说。"我说着,向他倾身。

"塔代克,我快进大炉子了。"

我把腰弯得更低一点,从近处看着他的眼睛:一双眼睛平静,空荡。

"塔代克,可是我一直饿得难受。给我点吃的,这是最后的一夜。"

卡吉克用手戳了我膝盖一下。

"你认识这个犹太人?"

"这是贝克尔。"

"喂,你这个老犹太,爬上来,吃吧。吃饱了,剩下的也带进大炉子里去。爬到上面来,我不在这儿睡,不在乎你有多少虱子。"

"塔代克,"卡吉克抓住我的手臂,"你来。我那儿有几个苹果饼,我妈寄来的。"

他从床上伸出胳膊,又拍了我一下。

"你看。"他小声说。

我看了贝克尔一眼。他半闭着眼睛,像盲人一样用手掌摸索木板,准备爬上来。

女士们先生们,请进毒气室

整个集中营,人人赤身裸体。不过,我们已经经过灭虱程序,从装满溶解了塞克隆的大水盆里取回了衣服。这种毒剂既能杀死衣服上的虱子,也能杀死关进毒气室里的人,效果都挺不错。只有用西班牙式木栅栏与我们隔开的那些营区还没有"领回"衣服,可是这儿的人和那儿的人都是一丝不挂,暑热蒸腾。集中营紧紧地关闭着。没有一个囚犯,没有一只虱子敢斗胆溜出大门。指挥部的工作已告一段落。成千上万全身赤裸的人从早到晚在路上、在点名场上徘徊,在墙脚下、在营房房顶上横躺竖卧。他们睡在木板上,因为草垫和床单都正在消毒。从边缘的营房可以望见妇女营,那儿也正在灭虱。两万八千名妇女被迫脱光衣服,被赶出营房,正在路上、在小广场上拥挤攒动。

从清早起,我们就等着吃午饭,就在吃邮包寄来的东西,看望友人。酷热难当,时间过得极慢,连最起码的娱乐也没有。通往焚尸炉的大路空空荡荡,已经两天没有输送列车到来。加拿大区的一部分已经取消,拨给了指挥部。在哈门茨区,人们遇到一批肥头大耳的指挥官,那些吃得饱睡得足的家伙。在集中营有一条令人羡慕的规矩:如果一个强人失势,朋友们就要千方百计落井下石。加拿大,我们的加拿大的确不像菲德勒区那样到处散发着松脂味,而只有法国香水的芳香;可是,那个区里长着的高大挺拔的松树,再多也多不过我们区里密藏的从整个欧洲收集来的首饰和货币。

我们三三两两地坐在木架子上，晃动着双脚，无忧无虑。我们打开精心烤制的面包，干酥了，直往下掉渣儿，味道稍微有点不好，不过还没有放置了几个星期的那种面包的霉味儿。面包是从华沙寄来的。一个星期以前还在我母亲手里。慈悲的上帝哟，慈悲的上帝……

我们掏出牛脯肉、葱头，打开一罐浓缩牛奶。五大三粗汗流满面的亨利，大声念叨着从斯特拉斯堡、从巴黎城下、从马赛来的输送列车运来的法国名酒。

"你听着，我的朋友，等我们再去货场，我一定给你带回真正的香槟酒来。你根本就没喝过的，是不是？"

"是没喝过。可是你过不了大门呀，别瞎嚷嚷了，还是弄双皮鞋来吧。你知道，就是那种有后跟、又有小窟窿眼儿的。汗衫嘛，就甭提了，你早就答应过我。"

"耐心点儿，耐心点儿嘛。送货车一来，我什么都给你弄到手。反正还得去货场的。"

"要是再没有货往大烟囱里送呢？"我恶狠狠地顶他，"你瞧，营地上闲散起来了，邮包不限量，不准打人。你们又给家里写信……大家都在议论新决议，说什么的都有。你自己不是也议论吗？哼，更不用说，输送来的人越来越少了。"

"别胡说。"这个马赛人（他是我朋友，可是我不知道他姓什么）嘟囔起来。他长着一张活像考斯威小型画中人物的脸，又肥又胖，嘴里塞满了夹着沙丁鱼的奶油面包。"你别胡说。"他费劲地吞咽着（咳，总算下去了），又说一遍，"你别胡说，人是不可能没有的，不然，在这个劳动营里，咱们全得饿死。大伙不是全靠他们送的吃的东西活着吗？"

"大伙？不见得。我们有邮包。"

"你有，你的伙伴有，你的十个伙伴都有，你们波兰人有，不过那也不等于大伙。我们犹太人呢？俄国人呢？要是我们没有吃的，没有输送车成批运来，你们还能够吃你们的邮包吗？还能安安静静的吗？我们就不会放过你们的。"

"不放也得放。你们会给饿死的，就像希腊人那样。在这集中营里，谁有吃的，谁就有势力。"

"得得得，你们也有，我们也有，还有什么可争的？"

是啊，没有什么可争的。你们有，我也有，那咱们就一块儿吃，一块儿在三层的木床上睡吧。亨利切着面包，用西红柿作凉茶，加上罐装芥末，味道真不错。

在这座营房里，就在我们的脚下，挤满了一丝不挂的人们，大汗淋漓。他们在木床中间的过道上，沿着巨大的设计精良的炉子和马厩附加建筑物中间的巷道挪动着。那些附加建筑把马厩（门上还挂着牌子，写着："病马，送往他处"）变成了五百人住的舒适住宅。他们八九个人挤在一张三层木床上，赤裸着身子躺着，骨瘦如柴，散发出汗味和屎尿臭气，面颊深陷。在我下面，有一个犹太律法博士。他的头用从被单上撕下来的一块破布包着，正在念希伯来文祷词（这儿有这种读物），声音又大又单调。

"想个法子让他住嘴好不好？听他又嚷又嚎的，像抓住了上帝的脚脖子似的。"

"我不想爬下木床。让他嚎叫吧，好快点儿进大烟囱。"

"宗教是人民的鸦片烟。我就挺喜欢抽大烟。"那马赛人从左面搭讪了一句，真是言简意赅。他是唯物主义者，现在还放债坐收利息。

"如果他们不相信上帝，不相信死后的天堂，那他们早就会拆毁焚尸炉了。"他又说。

"那你们为什么不去拆呢？"

这个问题颇有比喻意味。不过，马赛人回答道：

"笨蛋。"西红柿堵住了他的嘴，他挥动一下手，似乎有话要说，却又打住，嚼了起来。我们刚吃完，营房门口就传来了杂沓声,穆斯林①们在木床中间奔跑,一个传令兵飞跑到了营房长的小屋。接着,营房长威风凛凛地踱了出来。

"加拿大!集合!快快快!输送车到了!"

"我的天啊!"亨利从板床架上跳了下来,叫了一声。

这个马赛人胡乱咽下西红柿,一把抄起夹克衫,冲下面坐着的人喊"起来",他们马上跑到了大门口。其他木床也忙了起来。整个加拿大都向货场出发了。

"亨利,皮鞋!"我嚷了一句,和他告别。

"别担心!"他回我话时已经到了院子中心。

我把吃的东西包了起来,用细绳捆好了小皮箱。那里面除了我华沙的父亲菜园里长的葱头和西红柿,还有在卢布林的兄弟寄来的猪条子肉,以及地地道道的萨洛尼加干果。包好之后,我又紧了紧裤子,才从木床上跳下来。

"让开!"我大声喊着从希腊人中间挤过去。他们为我闪开路,在门口我又遇到了亨利。

"来,来,快,快!"

"什么事?"

"跟我们去货场吧?"

"好吧。"

"那就快走,拿着夹克!我们人手不够。我跟头儿说了。"于是他推我一把,叫我离开营房。

我们站成一队,有人记下我们的番号。队首有人喊了声"开步走",我们便跑到大门下,耳朵里灌满了各种语言的呼叫声,因为有人用皮鞭子把他们赶回了营房。并不是人人都可以到货场去

---

① 穆斯林,此处指肉体上和精神上完全被摧毁的人,他们再也没有为生存而继续斗争的力量和意志,通常都是患腹泻、肌肉间脓炎或者疥癣,沦落到了被送往焚尸炉的惨境。难以解释所谓的穆斯林何以受到集中营同伴们的蔑视。就连在集中营自传中喜欢夸耀的人,也不愿意承认自己曾几何时"也是"穆斯林。

的。告别过后,我们来到大门下。"一、二、三、四!脱帽致敬!"我们挺直身子,双臂僵直地贴在大腿外侧,雄赳赳地穿过大门,还带着几分优雅劲头。刚睡醒觉的党卫队员,手里拿着大本子,无精打采地举着手,屈动着指头一五一十地计数。

"一百!"最后五个人走过后,他喊了一句。

"完毕!"打头的哑着嗓子答应。

我们走得很快,差不多是一溜小跑。岗哨很多,都是青年人,紧握着自动步枪。我们经过了ⅡB集中营的各个营房:没有住人的C营、捷克营、检疫所,钻过德军营房区的梨树和苹果树林。虽然一连几天烈日当空,树木依然繁茂得出奇,绿阴好像发于新月之下,真是奇异。在绿阴下,我们兜了半个圈子,绕过长长的哨兵线,跑步走上公路,总算到了该去的地方。再走几十米,树丛当中就是货场。

这是一个田园风味十足的货场,跟偏僻的外省火车站货场别无二致。小广场铺着卵石子儿,周围都是高大碧绿的树林。路边有一个小木棚子,比最丑陋最难看的车站还要丑陋,还更难看,远处是大堆大堆的铁轨、车站仓库、木板、营房构件、砖块、石头、水井栏。输送车就是在这儿卸货,运往比尔克瑙:扩建集中营的材料和送往毒气室的活人。每道工序都是例行公事:大卡车开来,装上木板、水泥,还有活人⋯⋯

铁轨上、大木条上、西里西亚栗子树阴下,到处都部署了哨兵,牢靠严密地围住了货场。他们不断擦脑门子上沁出的汗水,用水罐喝水。烈日炎炎,酷暑难当。"解散!"我们立即坐在铁轨堆投下的窄条阴影之中。饿得发慌的希腊人(鬼知道他们几个人怎么钻到这儿来了)在铁轨中间开始搜寻。有的捡到了一个罐头盒儿、发霉的面包圈、吃剩下的沙丁鱼,捡起来就吃。

"臭猪!"一个年轻大个子哨兵唾了他们一口。他长着一头浓密的亚麻色头发和一双恍恍惚惚的眼睛,"等会儿你们不就有吃的了吗？吃也吃不完，吃了三天都不想再吃。"

他正了正自动步枪，用手帕擦了擦脸。

"畜生。"我们异口同声，表示同意。

"喂，胖子，"哨兵用皮靴轻轻碰了一下亨利的后脑勺，"听着，想喝水吗？"

"想是想，可是没有水罐儿呀。"法国人回答得在行。

"可惜。"

"哎，哨兵先生，您还不懂我的意思？哨兵先生不是跟我做过买卖吗？多少？"

"一百。就定了？"

"定了。"

我们喝水，水淡而无味。买水的费用出自还没到站的"旅客"和他们的钱包。

"嘿，得注意点儿，"法国人说着把空瓶子一扔，瓶子掉在铁轨上摔得粉碎，"钱不能揣进腰包，因为要搜查。而且，钱有个屁用，反正你有吃的。衣服也别乱拿，他们会怀疑你逃跑。衬衫可以拿一件，丝绸的，带领子的，运动式的。找到什么喝的，也别吆喝着喊我。我有办法。小心点儿，别挨揍。"

"他们打人？"

"那是家常便饭。得长后眼，屁眼儿。"

希腊人在我们周围坐着，下巴贪婪地上下运动，像大虫子一样，津津有味地嚼着霉烂的面包块。他们心里七上八下，因为不知道有什么活儿干。大木条子和铁轨让他们放心不下。他们不喜欢搬运东西。

"我们干什么活儿？"他们问。

"没活儿，输送车一来，全都进焚尸炉，明白了？"

"全明白了。"他们用集中营里这句通用语回答。这下子放了心：他们不必往卡车上装铁轨，也不必扛木头了。

与此同时，货场上越来越挤，说话声越来越大。工头们把人分成小组：有的负责打开即将到站的火车车厢铁门，有的站在木梯子下面，另有任务。那些梯子是活动的，又宽大又方便，好像是准备让人登台演说似的。摩托车嘟嘟嘟地不断开来，送来浑身披挂银色符号的党卫队下级军官。他们都吃得肥头大耳，穿着闪闪发光的军官皮靴，都长着一张又一张油亮蠢笨的嘴脸，有的拿着口袋，有的拿着藤棍，看样子都很能干，手脚麻利。他们都到餐厅去——那间其貌不扬的营房就是他们的餐厅，他们在那儿喝矿泉水、冷饮，冬天有烧酒。他们煞有介事地举起胳膊行罗马式军礼，接着又诚挚地握握手，会心地微笑一番，谈谈接到了什么信、家里的情况、孩子，掏出照片来互相看看。有的在小广场上溜达，十分威严，卵石子儿和皮靴底发出嘎嘎声响，衣领上的方块熠熠发光。矮竹林发出焦躁的沙沙声。

　　穿条纹囚服的众人躺在铁轨下的窄条阴影之中，沉重而不均匀地喘息着，说着各自的本国话，望着那些神气十足穿绿军装的人，和可望而不可即的绿树阴以及远处小教堂的尖塔，无精打采，无动于衷。此刻，教堂响起了《上帝的天使》乐曲。

　　"火车来了！"有人喊了一声，所有的人都霍地站起来张望。铁道拐弯处出现了货车车皮：列车是倒着开的，一个铁路工人站在直道上向后倾身，挥动手臂，吹了声口哨。机车发出长鸣，叫人胆战心惊。它呼哧呼哧地冒着气。列车缓缓进站。从焊上铁棍的小窗口里面，可以瞥见一张一张的人脸，苍白，憔悴，似乎还没睡醒，个个披头散发，有万分惊恐的女人，有还留着头发的男人。说起来也奇怪，车厢内部开始骚动起来，有人敲打车厢板壁。

　　"水！空气！"车厢内爆发出低粗绝望的呼叫。

　　几张脸凑到窗口，几张嘴拼命地吸气。一批人吸了几口之后，退了下去，又挤上另一批，又退了下去。呼叫声和呻吟声越来越大。

一个穿绿军装的人腻味得咧了咧嘴,他身上披挂的银色装饰比别人多。他吸了一口香烟,又猛地扔掉,左手接过右手的口袋,冲一个岗哨做了个手势。那岗哨慢慢取下肩上的自动步枪,瞄了瞄准,冲着车厢扫射了一阵。顿时安静下来。载重汽车这时候陆续开来,有人把小凳摆在车后,同时也摆在火车车厢门下,十分熟练。拿着口袋的大汉挥了挥手。

"谁私拿金子或其他任何不能吃的东西,谁就是国库的窃贼,立即枪决。明白了吗?"

"明白了!"回答得七嘴八舌,却又诚实。

"开始!干活儿!"

门闩吱吱扭扭响,车门打开了。新鲜空气冲入车厢,像浓烟一样吹在人们脸上。不可胜数的行李、大箱子、手提箱、小皮箱、活动床、形形色色的大小包裹(他们带来了往日生活中的一切,准备开始过新生活!)从四面八方把他们挤得一动也动不得,热得头昏脑涨,自己喘不过气来,也挤得别人呼吸困难。现在他们都拥在车门口,像扔在沙地上的鱼一样,张着嘴喘息。

"注意,下车带好东西,全部带好。全部东西都放在车厢旁边。交出大衣,现在是夏天。向左走,明白没有?"

"先生,让我们到哪儿去呀?"他们跳到卵石子儿地面上,极度不安,筋疲力尽。

"从哪儿来的?"

"索斯诺维茨,本津。先生,以后干什么呀?"他们死死地追问,火辣辣地盯着对方困倦的眼睛。

"我不知道,我不懂波兰话。"

集中营里有一条规定:要欺骗走向死亡的人,直到最后一刻。这是唯一可行的仁慈形式。天气热到了极点,太阳正值中天,炙热的天空像要破裂,空气层层荡漾,偶然飘过一阵小风,却是烤人的残酷的热风。人们口唇干裂,嘴里的唾液带着血腥味道。在阳光下站得稍长一会儿，全身就感觉疲软，力量顿消。想喝水，喝水。

人流从车厢里泻出，五颜六色，像被堵塞在憋屈的死水沟中的水正在寻找新的河道一样。可是，还没等到从新鲜空气和鲜绿草木的气息冲击下清醒过来，他们的行李就已经被人从手里夺走，大衣被扒下，女人的手提包和阳伞被没收。

"先生，先生，这是阳伞，我不能……"

"闭嘴。"回答她的是咬牙切齿的粗大嗓门。

人流背后站着一名党卫队员，泰然自若，铁面无情，是个例行公事的老手。

"女士们先生们，别乱扔东西呀。和气生财啊。"话说得挺温和，可是手痒痒得直攥那根细藤棍。

"是的，是的。"人们胡乱答应着从他面前经过，赶快沿着车厢向前走去。一个女人迅速弯下腰，想要拾起一个小包裹。那根藤棍嗖的一响，那女人尖叫一声，打个趔趄，倒在人群的脚下。一个孩子追赶着她，尖声呼唤着："妈，妈妈！"那么幼小的女孩，蓬头垢面的……

货物越堆越多，都是箱子、包裹、旅行袋、被子、衣服、小包袱。有的一掉在地上就已散开，色彩斑斓的钞票、黄金、手表都散落出来。车厢门口堆满了面包，各种颜色的瓶装蜜饯、火腿、香肠散了串，白糖撒在卵石地面上。在失去孩子的女人号哭、尖叫声和突如其来变得孑然一身的男人的困惑中，装满了人的大卡车陆续开走，发出震耳的轰隆隆响声。向右走的人，年轻力壮，到劳动营去，到头来他们也躲不过毒气室，但是得先把活儿干够。

卡车来来去去，绝不空停片刻，像是在一条巨大的传送带上一样。一辆画着红十字的急救车也来回穿梭其间。驾驶室前面的巨大的血红色十字在阳光下似乎正在熔化。红十字急救车不倦地往返，正是这辆车装运着毒气——准备用来杀死这批人的毒气。

加拿大区的人站在低矮的梯子旁边，忙得喘不过气来：把该去毒气室的和该去劳动营的人分开；赶着去毒气室的人上矮梯子，推进大卡车，一车六十个，多一个少一个绝对不在乎。

他们身旁站着一个脸面刮得精光的青年党卫队员先生，手里拿着笔记本，走一车画一道。走十六车，就是一千人——多几十少几十算不了什么。这位先生冷静沉着，一丝不苟。不通过他，就是说他不画道，哪辆卡车也走不了：必须遵循秩序。画了好几千次，那是输送的全部记录，简称"来自萨洛尼加"、"来自斯特拉斯堡"、"来自鹿特丹"。而今天这次呢，"来自本津—索斯诺维茨"。这次输送之中挑出来派往劳动营的人，号码是 131–132。当然是以千为单位，以后的简称就是 131–132。

这样的输送一周又一周、一月又一月、一年又一年地延续着，到战争结束的时候，会有人计算一共焚烧了多少人的。四百五十万。这是战争中最血腥的战役，是团结一致、同心协力的德国的最最伟大的胜利。一个帝国，一个民族，一个元首和四座焚尸炉。而且，在奥斯威辛，还要新建十六座，总体功率是每天焚烧五万人。集中营也正在扩建，通上高压电流的铁丝网非扩展到维斯瓦河不可，可以容纳三十万穿条带囚服的囚徒，可以冠以"囚徒城"的大名。不不，人是决不会缺少的。既烧犹太人，也烧波兰人，还烧俄国人，大批的人会从东方、西方、大陆、海岛上源源不断地被输送到这里来。穿着条子囚服来的人们，正在重建被毁掉的德国城市，耕耘荒芜的土地，等到他们被这种苦役、没完没了的"干活！干活！"折磨得筋疲力尽的时候，毒气室的大门就会向他们自动打开。毒气室将要改建得效率更高、更经济，伪装得更巧妙，要像德累斯顿的那些毒气室一样。它们的神奇之处，早就有了传闻。

车厢空了。一个精瘦的麻子脸党卫队员望了望车厢内部，厌烦地点点头，扫了我们一眼，指了指车厢内部。

"清理内部!"

他指的是车厢里面。在车厢的角落里，人的粪尿和失落的手表中间，憋死的踩死的婴儿横躺竖卧，都是些大脑袋、鼓肚子的怪物。把他们像小鸡一样扔出去，一把能抓起两三个。

"别往卡车上扔。交给女人们。"党卫队员一面点香烟一面说，火柴灭了，他很恼火。

"接住这崽子，看在上帝份上。"我冒火了，因为那些女人躲着我，害怕得魂不附体，用胳膊挡住脸。

呼唤上帝，说来也奇怪，根本没有必要，因为抱小孩的女人都得上大卡车，无一例外。我们心里都明白她们的去处，面面相觑，又愤恨，又惊恐。

"怎么，你们不接？"那麻脸党卫队员说，好像是责备，又好像是纳闷，同时拉开枪栓。

"用不着开枪，我抱。"

一位身材很高、满头白发的妇女接过我手中的婴儿，愣愣地盯着我的眼睛望了几秒钟。

"孩子，孩子啊。"她微笑着轻声说，颤颤巍巍踏着卵石子儿路走开了。

我靠在车厢板壁上，累极了。有人碰了我胳膊一下。

"走，到铁轨下面去，走。"

我呆呆地望着前方，一张脸在我眼前跳动、胀大，旋即又模糊起来，巨大而透明，和纹丝不动的、不知为什么黑魆魆的大树，和涌来又涌去的人流融合为一……我使劲眨了眨眼：原来是亨利。

"我问你，亨利，咱们是不是好人？"

"问这个干什么？愚蠢！"

"你看，朋友，看见这些人我心里现在是无名火起，就因为他们，我才非到这儿来不可。他们去毒气室，我一点也不同情。我恨不得他们脚下的地塌下去。真想扑过去给他们几拳。也许这是病态吧。我理解不了。"

"咳，正好相反，这是正常的，可以预料到的，不言而喻的。这个货场折磨你，你心里冒火，自然谁比你弱，你就最容易冲谁出气。甚至于迫不及待要出气。明白啦？"这个法国人的话有几分讽刺味道。说着他在铁轨下面舒舒服服坐下来，"你瞧瞧那些希腊人，多会抓紧时机！抓到什么吃什么。我亲眼看着他们吃光了一罐果酱。"

"牲口。明天他们一半人都得拉稀——拉死。"

"牲口？你不是也挨过饿吗？"

"牲口。"我咬着牙重复了一遍。我闭上眼睛，听到了喊叫声，感觉到大地的颤抖和眼皮上的灼热空气。嗓子干得冒烟。

人流连绵不断。卡车像解开铁链子的恶狗一样嗥叫。眼前浮动着从火车车厢里抬出来的尸体、踩死的小孩、扔在尸堆上的残废人——成批的人，成批的人，成批的人……火车一辆一辆开过来，衣服、箱子、活动床越堆越高，人们步出车厢，望望太阳，喘息着，乞求喝口水，上卡车，一车一车地出发。车厢又打开了，又是人……我觉得一幅一幅的景象渐渐混为一团。真不知道这一切是真的，还是一场噩梦。蓦地，我瞥见了一行绿树正在随着整条公路和五颜六色的人群一起荡漾。可是——那是林阴路！我的头脑里嗡嗡作响，觉得马上要呕吐。

亨利拉住我的胳膊。

"别睡啦，装车去。"

人都走了。最后的一批卡车远远地在公路上奔驰，卷起大团大团的尘土，火车倒退着开走。空旷的货场上，只有党卫队员们走来走去，十分威严。领子上银光闪闪，皮鞋熠熠发亮，一张一张涨红的脸油光满面。现在我才意识到，在他们中间还有一个女人一直在这儿，干皱，没有腰身，浑身瘦骨头，稀稀拉拉没有光泽的头发挽在后脑勺子上，梳成一个髻儿，两只手插在裙子兜里。

她正在各个角落里转来转去，干瘪的嘴唇上挂着一丝田鼠般凶狠的微笑。她痛恨漂亮女人，正像知道自己丑陋不堪的女人嫉恨所有的漂亮女人一样。啊，对的，我见过她，记得还很清楚：这是妇女劳动营的女司令。她是来看战利品的，因为一部分女人已经送上卡车，剩下步行的都到营地去。我们的小伙子们，剃头匠们，正在把她们的头发刮得一干二净。眼看着她们羞怯而又无可奈何，实在开心得很哟，哟哟哟。

我们开始装车。搬起沉重的箱子——都装得满而又满，净是值钱东西——扔上卡车，在卡车上堆在一起，磕磕碰碰。我们能割就用刀子割裂，一是为了消遣，二是为了找几瓶酒和香水。酒和香水一下子都滚到了脚下。一个箱子开了，散落出衣服、书籍……我拾起一个小包裹，沉甸甸的，解开一看，是黄金，还有整整两大把手镯、耳环、宝石、戒指……

"拿过来。"一个党卫队员慢条斯理地说，同时打开塞满了黄金和各式各样外国首饰的口袋。扎上之后，他把口袋交给了一个军官，又拿起一个空的，到另一辆卡车旁边监督去了。这些金子将送往第三帝国国库。

酷热，酷热难当。空气灼热，凝滞不动。嗓子干燥，说一个字都生痛生痛的。啊，喝口水多好。快点找片阴凉地方歇歇吧。终于装完了，最后几辆卡车已经开走。我们把路面上的一切纸片都细心地捏起来，把地面上卵石子儿缝里一点一滴的非本地的、运来的脏东西都抠出来，"让这类恶心场面不留一丁点儿痕迹"。就在最后一辆载重汽车消失在树木之后，我们，我们——终于！——向铁轨堆走去，准备休息休息，喝足水（也许法国人又从岗哨那儿买到了？）的时候，铁路弯道后面又传来了铁路工人的哨声。车厢又一次慢而又慢——慢得出奇地开进站来，机车发出尖厉的嚎叫，窗口里显现出苍白憔悴的脸，扁平得像白纸剪出来似的，瞪着一双双发出热光的大眼睛。又是卡车，又是拿着笔记本记数目的泰然自若的先生，小餐厅里又走出拎着收取黄金和钞票用的口袋的党卫队员们。我打开了车厢的大铁门。

受不了，受不了，我实在控制不住自己了。人们手里的皮箱被野蛮地抢走，大衣被强扒下来。"走走走，闪开。"他们走了，闪开了。男人、女人、儿童，他们当中有些人已看出不妙。

一个女人急步走着，虽然不快，却很紧张。一个三四岁的女孩，长着一张绯红的小胖脸，像个小天使一样，正跑着追她，因为赶不上，就伸出两只小手哭叫："妈，妈妈！"

"嘿，那个娘们儿，把孩子抱起来！"

"先生，先生，这不是我的孩子，不是我的！"女人发疯似的尖叫着，双手捂着脸，匆匆走开。她想蒙混过去，想赶上那些不乘大卡车，而是步行的还能活下去的女人。她年轻、健壮、漂亮。她要活下去。

可是，那孩子穷追不舍，大声呼喊：

"妈，妈妈，你别跑！"

"不是我的，不是我的，不是！"

安德列，塞瓦斯托波尔的一个水兵，向她扑去。因为喝了烧酒，因为天气炎热，这个汉子目光浑浊。他赶上了这个女人，抡起胳膊，旋风一样朝着她的双腿猛砸下去。女人刚要倒下，他又揪住她的头发，把她拉了起来。他凶狂至极，脸都变了形。

"嘿，你，你他妈的下三烂，犹太臭娘们儿！你连亲生孩子都不要！瞧我治你，骚货！"

于是一手拦腰抓住她，另一只爪子掐住她的脖子，那女人刚要呼叫，他就一下子把她扔到卡车上去，像扔重重的一口袋粮食一样。

"给你！你拿着，母狗！"又把那小孩摔在她脚下。

"干得好，不要脸的母亲们，就得这么惩罚。"汽车旁边一个党卫队员说，"能干，能干，俄国人！"

"住嘴！"安德列咬着牙哼了一声，回到车厢旁边。从衣服堆里，他扒出一个密封罐子，拧开，对着嘴喝了几口，又递给我。烧酒到了嗓子眼儿火辣辣的，脑袋里顿时嗡嗡作响，我的双腿打起弯来，浑身上下都要抽筋了。

像受到某种无形力量推动着的河水一样，人流盲目拥向卡车，突然，人流中浮现出一个少女，她从车厢中轻轻跳到卵石地面，审视了周围一番，似乎对什么东西感到好奇。

茂密的金色秀发像缓缓的波浪一样，披散在双肩上，她不耐烦地把头发向后甩了一下。一只手不由自主地拉了拉上衣，又稍稍整了整裙子，停留了片刻，最后目光离开人群，紧接着又在我们脸上移动一番，好像在寻找什么人。我下意识地跟踪着她的目光，终于和她的目光相遇了。

"你听着，你听着，你说，他们把我们送到哪儿去？"

我瞧着她。站在我面前的是一位妙龄少女，长着满头金色的长发，腰身纤细，穿着细棉布夏衫，目光聪颖，深邃。她亭亭玉立，直勾勾地瞅着我的脸，等待着。来此地去处无非两个，送到毒气室：集体死亡，又丑恶，又肮脏。送到集中营：头发剃得精光，三伏天穿苏式厚棉布裙子，散发酸臭肮脏的女人体味，饿得头昏眼花，非人的苦役，到头来依然是死亡，只不过死得更丑恶，更肮脏，更令人毛骨悚然。谁一旦来到这儿，就连自己的骨灰也休想通过哨兵线，休想恢复往日的生活。

"她干吗戴着它来？是要给抢走的。"我瞥见了她手腕上配着一条细金链的漂亮手表，不由自主地想。那手表跟图希卡戴的一样，不过那个表的带很窄，是黑颜色的。

"喂，你说。"

我一语不发。她咬紧嘴唇。

"我知道。"她的声音里夹着高贵而又轻蔑的口气，她向后昂了一下头，向卡车方向勇敢地走去。有人想拦住她，她把那个人猛地推开，跑着蹬上了差不多已经满员的卡车。从远处，我只望见了在那奔驰的卡车上她一头散乱的浓密秀发。

我进入车厢，抓起死孩子，扔出行李。我接触着尸体，可是战胜不了猛冲上来的野性的恐怖。我想避开尸体，可是尸体比比皆是。尸体乱七八糟地堆在卵石地面上、月台的水泥路旁边、车厢里，一两岁的婴儿、丑陋的赤裸女人、痉挛中蜷缩的男人。我想躲避得尽可能远一点。有人用藤棍抽我的后背，我眼角瞥见一个正在漫骂的党卫队员，便赶快溜开，混进一群穿条子囚服的加拿大区囚徒中间了。终于，我又退避到铁轨下面来。太阳西沉，血红色的残阳光芒斜照着整个货场。树影拉得很长，像幽灵一样。在黄昏时分降临自然界的寂静中，人们的喊叫声显得更响，更执拗地冲向天空。

只有从这儿，从铁轨下面，才能观望整个拥挤的货场这座人间地狱。看，有两个人滚到地上，绝望地纠缠在一起。男的手指头神经质地掐入女人的躯体，牙齿咬住她的衣服。女的歇斯底里地呼号、诅咒、痛骂。一只大皮靴猛踢了她一下，她才呻吟着沉寂下来。他们被拉开了，被赶进卡车，像牲口一样。加拿大区的四个人正在搬动一具尸体，那是一个巨无霸似的大胖子女人的尸体，他们咒骂着，累得汗流满面，同时用木片子赶走迷路的儿童。儿童们在货场各个角落钻来钻去，像狗一样尖叫着。搬死尸的抓住这些孩子的脖子、脑袋、胳膊，把他们扔上载重汽车的人堆里去。那四个人依然没办法把那女人装上卡车，于是叫来其他人，同心协力，才把这座小肉山弄上了车。整个货场上都送来了巨大、肥胖、臃肿的死尸，挤在其中的还有残废人、瘫痪病人、憋得昏迷过去的人。车上的死尸小山般晃动着，发出吱吱声、嚎叫声。司机发动机器，车开动了。

"站住！站住！"一个党卫队员从远处呼喊，"站住！站住！嘿，他妈的！"

他们拖来一个穿燕尾服、肩头扎着绷带的老人。老人的头擦在卵石子儿上、石头块上，呻吟着，不断单调地唠叨："我要跟司令官先生谈谈。"他一直以老年人特有的顽固脾气重复这句话。他被扔在卡车上，有人踩了他一脚，他虽然快死了，却依然哼哼着："我要跟司令官……"

"老东西，喂，安静！"一个青年党卫队员冲他嚷，哈哈大笑，"过半个钟头你就跟最伟大的司令官谈话了！别忘了说声：'希特勒万岁！'"

又有几个人送来一个只有一条腿的姑娘。他们抓住了她的双手和唯一的一条腿。那姑娘满面泪水，痛苦地呻吟："先生们，痛啊，痛哟……"他们也把她塞在卡车上的死尸中间。她就要跟死人一块儿被活活烧成黑烟了。

夜晚降临，凉爽宜人，星光闪烁。我们躺在铁轨上，万籁俱寂。高高的电线杆子上，灯泡发出暗红的光芒，光环之外，是无边无际的黑暗。堕入黑暗一步，人就会消失，一去不返。可是，岗哨的眼睛明察秋毫，自动步枪随时可以射击。

"换来皮鞋没有？"亨利问我。

"没有。"

"为什么？"

"伙计，我干腻了，腻到家了！"

"刚接一次输送车就腻了吗？你想想吧，我，从圣诞节到现在经手过的人，恐怕有一百万了吧。最头痛的是从巴黎郊区来的输送列车，总是要遇见熟人。"

"那你跟他们说什么呢？"

"说他们先去洗澡，以后我会去集中营看望他们。换了你，你有什么可说的呢？"

我哑口无言。我们喝加烧酒的咖啡。有人打开一罐可可，加上白糖。可可粘手，而且糊嘴。我们又喝咖啡，又喝烧酒。

"亨利，咱们还等什么呀？"

"可能还有一班车。也说不定。"

"就是来，我也不去卸了。干不下去。"

"烦了，是吗？能干的加拿大?！"亨利和蔼地微笑着，消失在黑暗之中。片刻之后回来了。

"好吧。不过，得小心点儿。别让党卫队抓住你。就坐在这儿吧。皮鞋，我包了。"

"再也别拿皮鞋来烦我！"

我想睡觉。已经是深夜。

又是"列队！"又是列车。节节车厢从黑暗中浮现，穿过一片灯光，又沉没在昏暗之中。货场小，有灯光的地段就更小。我们得分段卸货。卡车在什么地方轰隆响起，开到小梯子近旁，小梯子黑黑的，鬼气十足。探照灯照着树木。"水！空气！"老一套，同一部影片的夜场：自动步枪打了几梭子弹，各节车厢沉寂下来，只有一个小姑娘从窗口探出半截身子，失去平衡，堕落在卵石地面上。她昏迷了过去，躺了片刻，最后才爬起来。她开始就地转圈，越转越快，机械地挥动双手，像做体操一样，又在空中乱抓，发出单调又尖细的叫声。她呼哧呼哧地喘着气，神经完全错乱了。因为她那样子刺激人的神经，所以一名党卫队员箭步蹿了过去，用钉了铁钉的大皮靴子照准她后背猛踢一脚，女孩马上倒下。那党卫队大汉又使劲踏了她一脚，掏出手枪，叭叭两响；女孩双脚蹬了蹬地面，不动了。接着开始开车厢铁门。

我又到了车厢旁边。忽然飘来一股温热发甜的气息。人堆占据了半截子车厢，一动不动，奇形怪状地纠缠在一起，冒出热气。

"卸车！"从黑暗中冒出来的一名党卫队员叫道。他的胸前挂着活动探照灯，照了照车厢内部。

"你们怎么还傻站着？卸车！"同时冲着人们的后背甩开了警棍。我抓住一具尸体，他的手掌却痉挛地抓我的手。我吓得叫了一声，一步跳开。我的心咚咚咚地乱跳，嗓子堵得发慌，骤然感到晕眩。我弯下腰，在车厢下哇哇呕吐了一阵，踉踉跄跄地偷着躲到了铁轨下面。

我躺在舒适清凉的铁轨上，向往着返回集中营，向往着连垫子也没有的木床，向往着在半夜里还不会被送到毒气室的那些同胞中间稍睡片刻。骤然之下，集中营似乎变成了某种宁静的避难所。人们正在不停地死去，而自己还苟活于世，有点东西吃，有力气干活，有祖国、家园、姑娘……

灯光鬼火般地闪烁，人流漫无止境地泻出，浑浊、灼热、麻木。他们预期自己在集中营里即将开始新的生活，心理上准备着为生存而进行艰苦的斗争。他们绝没有想到大难临头，黄金、金钱、项链都已经毫无用处——他们都是在临出门之前把半辈子积攒的财产藏在衣缝里、鞋跟里、身体里的。一批训练有素的行家会从他们的内脏里把那些东西挖出来，把金子从舌根下撬出来，把钻石从子宫、从直肠里抠出来，把金牙拔下来，一律装在精心密封的箱子里，运到柏林去。

党卫队员黑乎乎的身影到处游荡，泰然自若，训练有素。拿着本子的先生正在画最后的几条线，凑个整数吧：一万五千。

数不胜数的卡车已经开往焚尸炉。

快收尾了。最后一辆卡车拉走了货场上零散的尸体，已清理的物品也已装车。加拿大人又拎起面包、水果、白糖，披上干净的发出香水芬芳的衬衫，准备班师回营。头头把金子、丝绸和黑咖啡塞进茶叶盒子，那是给大门看守准备的，指挥官们可以免检放行。以后的几天，整个加拿大营就靠这班输送列车活着：吃列车送来的火腿和香肠、糖果和水果，喝各种烧酒和烈性酒，穿干净衬衫，倒卖黄金和零杂物品。公务员们还把许多东西弄到集中营外面去，弄到西里西亚、克拉科夫和更远的地方，带回香烟、鸡蛋、伏特加和家信。

以后几天，整个集中营都在谈论"本津—索斯诺维茨"这班输送列车。这班车不错，油水挺大。

我们返回集中营的时候，星星已经开始发白，天空变得越来越透明，夜色向高空消遁，即将破晓。可以预见，又是晴朗炎热的一天。

焚尸炉上方冉冉升起粗大的烟柱，在高空蔓延成为巨大的黑色河流，极为缓慢地飘过比尔克瑙的上空，在特谢比尼方向的森林后面消散。索斯诺维茨来的旅客们正在被烧成灰烬。

我们和挎着机关枪换岗的党卫队员路遇。他们步伐整齐，紧紧靠拢。一个集团，一个意志。

"到明天，（要征服）整个世界……"他们放开嗓子高唱。

"向右转！"领队的指挥喊道。

我们靠边站，给他们让路。

在我们奥斯威辛①

一

就这样,我在这儿开始学习医疗卫生课程。从整个比尔克瑙的两万人当中,挑选出我们十个人,要教我们当医生。我们需要知道,人有多少块骨头,血液是怎样循环的,腹膜是什么,怎么对付葡萄球菌和连锁状球菌,怎样割去盲肠,气肿是什么。

我们的使命很高尚:我们将治疗囚徒们,因为"不良命运"致使他们患病、意气消沉甚至轻生。我们——比尔克瑙两万个男人当中这么十来个人,必须降低这里的死亡率,要鼓舞囚徒们的精神。出发的时候,营里的医生就是这样说的,他还一一问我们的年龄和职业,我回答说"学生",他表示惊奇,扬起了眉毛:"学什么专业?"

"文学史。"我回答得很谦虚。

他随便点一下头,上了汽车,走了。

随后,我们沿着一条风景优美的道路步行,前往奥斯威辛。我们观看了不少景色,然后,有人把我们当作贵宾带到了医疗区。但是我不太感兴趣,因为我和斯塔舍克(你知道,是他给了我一

---

① 本篇描写的是奥斯威辛集中营1号区;2号区即庞大的布热津卡(比尔克瑙)。

条褐色的裤子）去了营里。我去找人，请人把这封信给你捎去，而斯塔舍克是去厨房和商店，找来白面包、一块人造奶油还有一根香肠，因为我们是五个人。

当然，我谁也没有找到，因为我的序号在一百万以外，而这个营号里的人看我，是翘起鼻子来的。但是斯塔舍克答应通过关系网替我转送信件，要求是信文不能太长，"每天都给一个姑娘写信，一定是很麻烦的"。

所以，等我背会人的骨头位置和腹膜的定义时，也许就能告诉你怎么对付你的皮炎和旁边床位那个女人发烧的事了。我只是担心，即使知道治疗十二指肠溃疡的办法，也不能为你弄到止痒药，因为整个比尔克瑙根本就没有这种药。我们这儿只给病人喝薄荷水，同时念叨一些很有用的咒语，遗憾的是，我不会重复。

至于降低死亡率，我这个营区有一个"贵客"病了，感觉很不好，发烧，他说到了死，话越说越多。有一次，他把我叫到他面前。我在他床边坐下了。

"在营里，我挺有名吧，不是吗？"他问，望着我的眼睛，惶恐得很。

"谁不认识你啊……忘不了的。"我回答的是实话。

"你看。"他用手指着被火光照得发红的玻璃窗。

那边，森林后面，正在焚烧。

"你知道，我想让他们单独处置我，不要混在一起，混在一大堆里。听明白了？"

"别担心，"我诚恳回答，"我会给你找到一张床单的，还会让那边的殡葬工人关照你。"

他没有说一个字，握了握我的手。不过后来没出事，他恢复了健康，给我捎来一盒人造黄油。我用它擦皮鞋了，因为那是鱼油。我就是这样为降低营里的死亡率做贡献的。营里的事，大概就这些。

差不多一个月没有收到家信了……

二

　　这是十分奢侈的日子：没有点名，没有任务。整营的人都在立正站队，而我们在窗口里面，在另外一个世界里作壁上观。人们对我们微笑，我们也对他们微笑。他们称呼我们"比尔克瑙的同伴"，表示些许的同情，因为我们的命运凄惨，又有一点愧疚，因为他们的境遇太好了。窗口外景色干净，看不见焚尸炉。这儿的人都热爱奥斯威辛，自豪地说"在我们奥斯威辛"。

　　他们的确可以感到自豪。你想象一下奥斯威辛的情况吧：以残酷的帕维亚克为例，再加上塞尔维亚①，乘以二十八，再把全部的牢房都收拢靠紧，其间留下很窄的空间，周围都用双层的带刺铁丝网包围起来，三面砌上水泥墙，在沼泽地上铺路，种上几棵枯黄的小树——在这样的一个大圈子里塞进一万几千人；这些人在集中营已经好几年，受尽极端的痛苦，熬过极其艰难的日子，现在却穿上熨好的裤子，走动的时候左右摇摆。有了这番经历，你就明白了，他们为什么十分蔑视我们又怜悯我们这些从比尔克瑙来的人，因为在比尔克瑙只有木板营房，没有人行道，取代淋浴喷头的是——四个焚尸炉大烟囱。

　　看护员宿舍有很白的、乡下式的墙壁，水泥地面，很多很多三层的床铺，可以看到十足的自由之路，有时候有行人走过，有时候有汽车开过，有时候有大车，有时候还有骑自行车的人，一定是下班的人。更远更远的地方（你不知道，这么一个小窗口里能够容纳多少空间，如果我能够熬过战争，战后我一定要住在很高的房子里，有窗户对着田野），是一些住宅，后面是蔚蓝色的森

---

① 二者为当时华沙的监狱。

林，土地是黑色的，一定很湿润，就像斯塔夫①的十四行诗里描写的一样，你还记得"春天里的漫步"吗？

但是，在我们看护员宿舍，东西都是讲究的：有彩色瓷砖砌成的炉子，就是我们仓库里的那种。炉子有设置巧妙的烧烤架子：架子上似乎什么也没有，烤一只小猪也好啊。木床上有"加拿大"毯子，毛茸茸的像猫皮一样。床单雪白，没有皱纹。桌子上有时候铺桌布，但那是在过节和进餐的时候。

窗户外面是白桦路。可惜现在是冬天，没有树叶的"哭泣的"桦树像倒立的扫帚似的，树下面没有绿草地，是潮湿的沼泽，在大路后面"那个"世界里肯定有，可是你双脚得先踩满烂泥。

傍晚点名之后，在外面的白桦路上散步，体面而肃穆，见了熟人都点头致意。在一个十字路口，立着路标，上面有浮雕，浮雕表现的是两个人坐在椅子上，正在轻声耳语，第三个人向他们倾身，竖起耳朵偷听。意思是警告：你的每一次谈话都有人听见、评论、汇报到有关部门去。在这里，一个人知道有关另外一个人的一切：什么时候当过穆斯林，偷过什么东西，通过谁勒索过什么人，害死过什么人……你赞扬他人的时候，每个人都会冷笑。

所以，你再想象一下帕维亚克监狱，但是要大几十倍的，周围布满双层的带刺铁丝网。不像比尔克瑙，那里的瞭望塔真的像鹭鸶一样，支撑在又细又高的木架之上，每三根电线杆子上就有一个探照灯，带刺铁丝网倒是只有一排，但是有多少段，是数不清的。

这儿的情况不一样：每隔一根电线杆子就有一个探照灯，瞭望塔建造在水泥地基上，带刺铁丝网是双层的，还有围墙。

我们在白桦路上散步，身穿熨好的便衣——仅有的、不穿条带囚服的五个人。

---

① 波兰近代著名诗人。

我们在白桦路上漫步，刮了胡子，精神饱满，无忧无虑。囚徒们分成小组站着，在第十舍前面；在那儿，在铁栏杆和紧紧封死的窗户后面坐着姑娘们——都是实验用的主要"材料"，但是她们常常聚集在"教育舍"前面，倒不是因为那里有音乐厅、图书馆和博物馆，而是因为楼上有 Puff。Puff 是什么，下次告诉你，你一定想知道的……

你知道，现在写信给你，感觉奇怪，因为很久没有见到你了。你的形象在我的记忆中淡化，即使凭借很强的意志力也回忆不起来了。梦境有些不可思议，梦中的你是很清晰生动的。你知道，梦不是形象，而是像一种感受，有空间，感受得到物体的重量和你身体的温暖……

我很难想象你躺在集中营的木床上，在患伤寒之后头发被剪去……还记得你在帕维亚克监狱的形象：身材高，亭亭玉立，淡淡的微笑和忧郁的眼睛。在盖世太保总部，你坐着，低垂着头，我只看到你的黑头发——现在已经被剪掉了。

这是那个地方、那个世界留给我的感觉最强烈的东西：你的形象，虽然我很难回忆起你的风采。因此，我给你写这样的长信，因为这是我和你晚间的谈话，就像那时候我们在斯卡雷舍夫斯卡大街上漫步时一样。因此这些信是保持着尊严的。我自己保存了尊严，我知道，你也没有失去尊严。尽管境遇如此，尽管在盖世太保那儿低头，尽管身患伤寒，尽管患肺炎，尽管被剃光头发。

这儿的人……你看，他们经历了集中营的种种恐怖，这是最早的集中营，关于它的传说很多。他们体重三十公斤，挨打，被挑出来送进毒气室——这你就明白了，为什么现在他们都穿可笑的窄小的衣服，走路样子特别，摇摇晃晃的，每走一步，都赞扬奥斯威辛。

是这样的，我们在白桦路上漫步，身穿便装，体面。但是，我们的序号太大！十万三千，十一万九千，真是令人泄气，我们怎么没有赶上早些时候的号码呢？一个身穿条带囚服的人走近我们，号码是两万七千，老号码，真让人头晕！这个年轻人目光呆滞，走路的步态像是在逃避危险动物。

"喂，你们是哪儿来的？"

"比尔克瑙。"

"比尔克瑙？"他仔细观看我们，"你们看着很好呀？都知道那儿可怕……你们怎么忍受过来的？"

威泰克，我一个高个子的朋友，优秀音乐家，往下拉袖口：

"很遗憾，我们这儿没有钢琴，不过，其他方面还行。"

这个老号码瞧着我们，像隔着一层云雾似的。

"因为我们害怕比尔克瑙……"

三

课程一直向后拖延，因为得等周围集中营来的医护员，这些集中营是：亚尼纳、亚沃任、布纳。还有医护员来自格利维策、梅斯沃维策等比较远的集中营，虽然远，可是隶属于奥斯威辛。这期间，我们听了课程主任阿道夫的几次重要演讲。他皮肤黑，身材短小干瘦，不久前从达豪集中营来这儿，对同伴情谊深信不疑。通过培训医护员，他将会提高集中营的健康水平，通过讲授神经系统降低死亡率。阿道夫的同情心非同寻常，虽来自不同的世界，但是，作为一个德国人，他却不明白事实和想象之间的距离，他只管按字面理解话语，似乎话语构成了现实。他说"同伴"，就认为那是可能的事实。集中营大门上方有生铁浇铸的文字："劳动使人自由"。他们大概是相信这句话的，这些党卫队员和这些囚徒，他们是德国人。这些人受到过路德、费希特、黑格尔、尼采的教导。因为暂时没有开课，我就在集中营里漫步，调节心理。其实，是我们三个人在散步：斯塔舍克、威泰克和我。

95

斯塔舍克在厨房和商店旁边转悠，寻找接受过他给的东西、现在应该回报他的人。到了傍晚，开始有人走动。有些人眼神看起来难以捉摸，刮得干干净净的脸上露出同情的笑容，从窄小的上衣里掏出东西来：有的人掏出一块人造黄油，有的人掏出医院里的白面包，有的人掏出香肠，有的人掏出香烟。他们把这些东西都扔在下铺上，然后消失，像在无声电影里一样。我们均分战利品，再加上我们口袋里的东西，在彩色瓷砖炉子上做饭。

威泰克一门心思寻找钢琴。在有 Puff 的那个营房音乐厅里有一架老爷钢琴，但是，上班时间不准弹琴，而在点名以后，又被音乐家们占用，他们每个星期天举办交响音乐会。我一定要去听的。

音乐厅对面一个门上写着"图书馆"，但是有知情人告诉我说，那是给"德意志帝国子民"用的，不过是几本侦探故事而已。我没有证实，因为那个门紧闭，像棺材似的。

这座文化楼里图书馆的旁边是政治处，该处旁边是博物馆大厅，里面摆着的是从信件里没收的照片，其他什么也没有。很遗憾，他们本来可以展览一块没有烤熟的人肝，可是我朋友，一个希腊人，把它一口吃下去了，因此挨了二十五鞭子。

但是，最重要的地点在二楼。这就是 Puff。Puff 就是窗口，甚至在冬天也是半开着的。点名之后，在窗口出现女人的小脑袋瓜，色泽各有不同，蓝色、粉色和海蓝色（我很喜欢这个颜色）外衣下面露出雪白得像海浪泡沫那样白的肩膀。小脑瓜，看样子有十五个，肩膀就是三十个，不算老亲妈妈，她的胸脯强壮、神奇、硕大。她看管这些小脑瓜、细脖子、肩膀，等等。老亲妈妈不在窗口露面，但是像冥府的看门狗一样看守着 Puff 这一层的入口。

集中营的一大群"贵人"站在 Puff 周围。如果说有一个朱丽叶，就有一千个罗密欧（不在乎什么样的）。因此，每一个朱丽叶面前都有一大堆追求者，竞争激烈。罗密欧们站在对面一栋房屋的窗口，呼叫，比划手势，全力引诱。这里面有集中营的头儿和组长,有医院的医生和各分队的组长。有固定追求者的朱丽叶不止一个,除了海誓山盟的爱情保证、离开集中营以后共同幸福生活的表态之外,除了责备怨言和打情骂俏之外,还可以听到更具体的物质交换,例如交换肥皂、化妆品、丝袜和香烟的传闻。

男人们都很忠实,不作不公平的竞争。窗口的女人们都很温柔,吸引人,不过呢,像玻璃鱼缸里的金鱼一样,可望而不可即。

从外面看,Puff 是这样。要想到里面去,必须得到办公室发的通行证,这是对于工作勤劳的优秀者的奖励。的确,我们作为来自比尔克瑙的客人,在这方面也是有优先权的,但是我们婉拒了,因为我们有犹太人的徽记,所以,就让罪犯们享受给他们准备的美色吧。因此,很遗憾,这次的描写只是间接的,虽然提供素材的都是很好的见证人,戴着很老的序号,例如我们营区的医护员 M(实际上是名义上的),他的序号差不多是我序号最后两位数字的三分之一。明白了吧,他是集中营建造者!所以走起路来摇摇摆摆的,像鸭子似的,穿肥大裤子,前面用别针收拢起来。晚上回来的时候,他情绪好,高兴。他到办公室,有人朗读那些"被放行"者的号码,他替代缺席的作答;他喊"到",拿起通行证就往老亲妈妈那儿奔跑。他塞给她几盒香烟,她对他例行了几项卫生程序,于是这个医护员精神振作,大步跑着上楼。在狭窄的楼道里,这些个窗口的朱丽叶漫着步,身上随意披着外衣。有时候她们当中有人遇见医护员,就顺便问:"您是几号?"

"八号。"医护员回答,同时看看卡片,再核实一下。

"不是找我啊,去找伊尔玛吧,那个金发的小丫头片子。"他在失望中嘟囔着,扭捏迈步走向窗口。

这个时候,医护员走到八号门。门上有告示,列举禁止哪些哪些不端行为,违者严惩;允许哪些哪些行为(详细列举),只能做几分钟。他对着窥视镜叹了一口气。透过窥视镜往里看的,有时候有女同伴,有时候有老亲妈妈,有时候有 Puff 的分队长,有时候甚至有集中营指挥官。他把一盒香烟放在桌子上……哎嗨，他猛地瞧见人家梳妆台上放着两盒英国香烟呢。等到办完该办的事，医护员往外走的时候，似乎心不在焉地把两盒英国香烟塞在自己的衣兜里，又接受一次消毒。后来他高高兴兴、挺有兴致地一五一十述说这次旅程。

但是，消毒也有失败的时候，Puff 因而受到感染。Puff 关闭，按号码调查有谁来过，按手续叫来，接受治疗。因为这儿的黑市无孔不入，所以接受治疗的人都是些不需要治疗的人。嗨，生活不就是这个样子的嘛。这儿的老少娘儿们也到营里去游逛，她们夜里穿上男人的服装，爬梯子去参加宴饮和欢会。但是近处警亭的警卫不喜欢这样的作乐之法，所以叫停了。

女人还有别的去处呢：第十楼，实验楼。那儿进行人工受孕（据说），接种伤寒、霍乱，做各种外科手术。我曾经见识过指导这项工作的先生：穿绿色猎人服装，头戴配有好几个运动徽章图案的提罗尔式宽边帽，一张脸就是善良的半人半羊神嘛。他一定是大学教授。

女人们受到严格看管，有铁栏杆和木板窗隔离，但还是常常有人钻进来下种，而非人工受孕。老教授肯定要大发雷霆的。

你要理解，干这种事的人，不是狂人。整个集中营，只要能吃饱睡足，就要谈女人，整个集中营都梦想着女人，整个集中营都在追逐女人。集中营一个长老因为好几次钻窗户进了 Puff，受到被挑出来输送的处罚。一个十九岁的党卫队员在急救室抓住一个乐队指挥，一个体面敦实的先生，还有几个牙医，正在对来拔牙的女顾客做出明显的猥亵姿势。这个党卫队员手里正好拿着棍子，便照准猛打他们躯体上该打的部位。这样的事不会伤害任何人的名声，这只不过是他们不走运而已。

集中营里对女人的迷恋日益增长。因此 Puff 的女人受到正常对待，和她们可以谈爱情，谈家庭生活。这样的女人如果有十个的话，则一个集中营就有一万几千人追求她们。

所以这些人都往妇女集中营、往比尔克瑙奔跑。这些人有病。你想啊，不光只有一个奥斯威辛，波兰有几百个"大集中营"呢，还有战俘营，政治犯集中营……

我给你写这些，你知道为什么吗？

现在夜深了，一个很大的橱柜把我和大厅隔开，大厅里挤满了呼吸沉重的病人。我坐在一个黑乎乎窗口下面的小角落里，玻璃窗反照出我的脸、海蓝色灯罩和我面前桌子上的白纸。弗朗茨是维也纳来的一个年轻小伙子，第一天晚上就给我留下好印象。我现在就坐在他的桌子旁边，打开他的台灯，用他的纸给你写信呢。但是我不写今天谈过的内容，不写关于德国文学、美酒、浪漫主义哲学、唯物主义问题的事。

我给你写信这一刻，你知道我在想什么吗？

我在想着斯卡雷舍夫斯卡大街。我望着黑乎乎的窗口，看到了照在玻璃窗上的自己的面容和玻璃窗外的黑夜，以及岗哨探照灯突如其来的强光和在黑暗中闪现的物体局部。望着窗外，我想到了斯卡雷舍夫斯卡大街。我回忆起那儿的天空，苍白，泛出光线，街道对面烧毁的房屋，还有窗框，显得像是商店橱窗。

我想到，这些日子，我是多么怀念你的躯体，有时候还不由自主地微笑，因为蓦地想起，当时是何等担惊受怕，担心在我们被捕之后，他们在我的图书和诗集旁边发现你的化妆品和衣装，厚重，红色，像维拉斯盖兹绘画里面的锦缎。而且，那服装还很长，是我非常喜欢的，你如果进了他的画框，看起来是最美的，可惜这话我一直也没有告诉你。

我在想，你是多么通情达理，你为你我的爱情——原谅我现在写出这句话——献出很多善意，你是多么善意地走进我的生活——我的小屋，没有水，晚上的茶是凉的，两束半枯干的花，一条喜欢乱咬的狗，和我父母亲给的一盏煤油灯。

有人对我谈论道德、权利、传统、义务等等的时候，我只想到这一点，迁就地报以一笑。也有人放弃和蔼和温情，挥舞拳头谈论坚强、铁面的时代。我仍报以微笑，心里想，通过爱，人永远能够重新发现人，而且，这才是最重要的事，是人类生活中最持久的事。

想着这些事，我又回忆起在帕维亚克监狱的囚室。第一个星期，我无法忍受，无法忍受没有书籍、没有晚间灯光、没有纸张、没有你的一天……

你看，习惯的力量有多大：我在囚室里走动，竟然按照脚步的节拍作起诗来。其中之一写在狱中同伴的一本《圣经》里了，而其他的——贺拉斯风格的，我只记得几行，那是一首致享有自由的友人的诗歌：

> 自由的朋友！我以囚徒之歌告别，
> 让你们看到，我并非在绝望中离开，
> 我知道我身后会留下爱和我的诗歌，
> 友人只要在世，记忆里也就有我。

四

今天是星期日。上午散步，从近处观看了妇女实验楼（她们从铁窗后面露出脸来，像我父亲养的兔子似的，你记得，都是灰色的，一只耳朵下垂），然后细心观看行刑队之楼（在那儿的一个院子里，有一堵黑墙，原来是在那儿枪毙人的，现在做得比较安静和谨慎：在焚尸炉杀人）。我们看见了几个平民：有两个穿皮大衣、惊恐万分的妇女和一个面带惧色而疲惫的男人。一个党卫队员领着他们，你别害怕，是到城市的临时警察局去，这个警察局就设在行刑队之楼里。妇女担惊受怕，望着身穿条带囚服的人们和集中营坚固阴森的设施：楼房、双层带刺铁丝网、铁丝网外面的墙壁、坚固的瞭望塔。但是，她们没有看见，围墙是深入地下两米的，囚徒们休想从下面挖洞逃跑！我们对她们露出微笑，安慰她们：逗留两个星期，就释放。但是如果真的有证明确认她们做黑市买卖，她们就得进焚尸炉。这些平民真可笑，他们对集中营的反应，就像野兽看见枪支似的。他们不理解我们生活的机制，看待这一切都觉得不是真的，而是神秘的、超出人类力量之外的。你还记得，你遭到逮捕的时候是多么害怕吗？你不是写信告诉过我吗？我在玛丽亚那儿读过《草原狼》（她也读了），可是不知道怎么读的。

今天我算是熟悉了这不可思议、神秘莫测的一切，见识了焚尸炉和成千上万长了疥疮、患肺结核的病人，认识到什么是刮风下雨、阳光、面包、蔓菁汤、为活命的劳动、奴役和强权，可以说在豺狼虎豹群里来观看他们，是抱着一点宽容之感的，就像学者看待常人，皈依者看待俗人那样。

你尝试认识一下这些日常事件的本质，抛弃恐惧、厌恶和蔑视，为这一切找出哲学的公式。为这毒气和黄金，为这点名和窑子，为惊恐的平民，为"老号码"。

我们在我那间散发出橘黄色灯光的小屋里跳舞的时候，如果我告诉你：听着，你控制了一百万或者二百万三百万人，你把他们都杀死，但是不能让任何人知道，甚至不让他们自己知道，你在奴役几十万人，摧毁他们的团结，让他们互相变成仇敌……如果这样，你必定以为我成了疯子，说不定跳舞就戛然中断。但是，即使我熟知集中营的一切，也肯定是不会告诉你的，以免破坏了情绪。

现在，你看这儿吧：首先是一个农村谷仓，外面漆成白色——里面是用毒气把人憋死的地方。接着是四个更大的建筑物——一次能收进两万人，没问题。不用变戏法，不用毒药，不用催眠术。几个人指挥行动，以免堵塞，人就像水一样流动，只凭水龙头的开关。这一切都是在一片布满灰尘的小树林那些营养不良的树木当中发生的。普通大卡车把人送来，开回去，又开回来，像传送带似的。不用变戏法，不用毒药，不用催眠术。

没有人呼叫，没有人对看守啐唾沫，没有人扑过去跟他们拼命，怎么是这样的呢？党卫队从树林那边回来，我们见面脱帽行礼，他们一旦点我们的名，我们就和这些人一起赴死——也是毫无反抗。我们挨饿，雨水淋透我们，我们的亲人被抓走。你看啊，这就是奥秘。这就是一个人对另外一个人的奇异的控制。这就是野性的消极状态，无法打破。而唯一的武器——就是我们的数量，这是毒气室所容纳不下的。

还有这样的事呢：把铁锹把压在人的脖子上，每天一百人。或者还有，蔓菁汤、面包和人造黄油，然后一个年轻粗壮的党卫队员手里捏着一张肮脏的纸，看你胳膊上的号码，接着是一辆汽车把你带走……

你知道最后一次挑选"雅利安人"送毒气室在哪一天吗？四月四日。还记得咱们是什么时候到集中营的吗？四月二十九日。如果咱们早三个月来，你的肺炎会造成什么结果呢？

我知道，你同一个木床上的同伴，对于我的话一定觉得奇怪。"你说，这个塔代克乐观，可你看，他写的都是阴暗可怕的事。"她们一定对我感到气愤。但是，须知我们是可以写一写我们周围发生的一切事情的。我们叙述邪恶，不是徒劳，也不是不负责任的，因为我们身在其中……

你看，见识了形形色色怪事的一天之后，又是深夜了。

下午，我们去观看拳击比赛，地点在洗浴室大营房，被送往毒气室的人就从这儿出发。我们的座位在场地中间，大厅里挤满了人。在大接待室里，设置了比赛台。灯光从上方直射下来，裁判（波兰的奥林匹克运动会裁判）和享有国际声誉的拳击手们都是雅利安人，严禁犹太人参加。而这些人本身日复一日，每天都打掉别人几十颗牙齿，这些人有的自己也只剩下了空牙床子——这些人对乔尔泰克、对汉堡的瓦尔特和一个小伙子十分入迷；据说，这个小伙子是在集中营里训练成才的，达到很高的级别。你也许还记得七十七号，他曾经得心应手地击败了不少德国人，在拳击台上算是为那些在集中营里忍受磨难的人复了仇。大厅里弥漫着烟草云雾，拳击手们彼此打倒，打得痛快、酣畅。虽然不太专业，却是顽强到底。

"这样的瓦尔特，"斯塔舍克说，"能看见才好啊！在分队里，只要他愿意，一拳就能打死一个穆斯林！可是在这儿，都打了三个回合，却一无所获！倒让别人打得死去活来的。是不是因为观众太多啊？"

观众如痴如狂，但是表现方式各不相同，而我们坐在前排，显然是贵宾了。

拳击之后，我去观看另外一场表演，一场音乐会。在你们那儿，在比尔克瑙，根本不知道在距离焚尸炉大烟囱才两三公里远的地方，会有何等的文化享受。你想想看吧，她们演奏《坦格利德序曲》和柏辽兹的作品，以及一些芬兰舞曲，那个作曲家的姓氏里有好几个a这个字母。这样的乐队，到华沙也不逊色！但是，还是让我按先后次序告诉你吧，你好好听着，因为值得。好，我离开拳击场，兴高采烈，立即走向窑子所在的那个楼区。窑子下面就是音乐厅。里面拥挤、嘈杂，听众站在墙下，乐师们坐在大厅各处，调试乐器。窗户对面有一个台子，厨房组长站在上面（和乐队指挥一起），马铃薯削皮工和推车工（忘了告诉你，乐队平时的工作是削马铃薯皮和人力推大车）开始弹奏。我凑合着挤在第二黑管和巴松管之间，刚坐在第一黑管的小凳子上，音乐就开始了。你永远也想象不出来，一个有三十位乐师的交响乐队在一间大屋子里会发出多么宏大的声音！指挥挥动双手，颇有节制，以免碰在墙壁上,同时,对那些奏错音符的乐师挥拳警告:等着给我多削马铃薯皮。坐在大厅角落里的乐师(一个是小鼓,另外一个是中提琴)则尽量即兴演奏。巴松管声音压过了其他乐器,也许是因为我就坐在他旁边才感觉如此。中提琴几乎听不见!十五位听众(容纳不了更多的人)全神贯注,显得都是内行,对乐队发出稀稀落落的掌声。有人称我们的集中营为"骗子集中营"。白房子旁边有一点树篱,像农村小院子,写着"洗浴间"的牌子——足够诱惑、欺骗几百万人,一直到他们被处死。一场什么拳击比赛,楼区一星半点的草坪,最勤劳囚徒每月的两马克奖金,罐装芥末,每星期的灭虱和《坦格利德序曲》足以欺骗世界和——我们自己。外面的人想,这儿的一切都很可怕,但是也不至于太坏,因为到底还有乐队、拳击、小草坪,木板床上有毯子……就是配给的面包有欺骗性,为了活命,应该增加。

劳动时间有欺骗性,劳动时不能说话、坐下、休息。往沟渠旁边土堆上铲的每一铁锹土有欺骗性,因为只有半锹。

你要细心观察这一切,感觉不好的时候也不要气馁。

因为说不定我们必须向活着的人们叙述这个集中营、这个欺骗时期的一切,要站起来维护死者的尊严。

不久以前,我们许多小分队返回集中营。乐队伴随行进队伍的脚步节拍演奏。拆卸队和几十个其他的分队突然到来,在大门前等待:这是一万个男人。这个时候,从集中营女营开来好几辆大卡车,满载裸体妇女。女人们挥着双手呼喊:

"救救我们!他们送我们去毒气室!救救我们!"

在一万个男人死寂的沉默中,大卡车从我们身边过去。没有一个人动一下,没有一个人举起手。

因为面对死者,活着的人永远是有道理的。

五

我们上课了。课上了不少时候了，只不过没写信告诉你，因为这个阁楼里太冷。我们坐在排好的小凳上，玩得很好，尤其是把人体大模型当玩具。感兴趣的学生都在细看，那是什么，而我和威泰克互相扔海绵玩，用尺子击剑，弄得黑脸阿道夫很无奈。他在我们脑袋上面挥舞拳头，谈论同伴情谊和集中营。于是我们在角落里坐下，威泰克拿出妻子的一张照片，小声问：

"我想知道，他在达豪集中营里杀了多少人。不然他不会这样满嘴仁义道德。想不想勒死他？"

"嗯……一个漂亮的女人。怎么认识的？"

"我们在普鲁什科夫散步。你知道，那儿是绿地，小路，周围都是森林。我们互相依偎着漫步，忽然从侧面跳出党卫队的一条狗……"

"别胡说。那是普鲁什科夫，又不是奥斯威辛。"

"的确是党卫队的狗，因为旁边是党卫队占用的房子。这个畜生冲着我妻子扑过来了！你说该怎么办？我对着这畜生打了几枪，拉住妻子的手，说：'伊尔卡，走！'她好像脚底下生了根，站着不动，直盯着那把枪。'你哪儿弄来的？'我几乎没来得及拉走她，因为房子那边传来说话声。我们拼命奔跑，穿过田地，像两只兔子似的。我费了不少工夫，给伊尔卡解释，说明这个钢铁物件是我工作必不可少的。"

这时候，另外一个医生在讲解食管和人体内其他诸如此类的东西，而威泰克一句也不听，继续说他的事：

"有一次我和一个朋友争吵。错也许在他，也许在我，我想。他也是这么想的，我了解他。我追着找了他三天，还一直留神身后有没有人跟踪。傍晚时分，在赫米尔纳街碰上了他，下了手，但是没有打中要害。第二天我又去那儿转悠，见他手上扎了绷带，他翻起眼睛瞧我。'倒霉了。'他说。"

"你怎么了？"我问，觉得这个故事很及时。

"没什么，因为很快就把我关起来了。"

这个朋友卷入了这件事没有，很难断定，但是威泰克没有听天由命。在帕维亚克监狱，他成了税务员，给克伦施塔德当助手。克伦施塔德和一个乌克兰人一起，每次值班都杀犹太人。你知道帕维亚克监狱的牢房和那儿的铁地板吧？这些犹太人赤身裸体，洗过热水澡之后，在这些地板上爬过来爬过去，爬过来爬过去。你见过大兵穿的皮靴子的鞋底吗？钉了钉子的？这个克伦施塔德就用这样的鞋底践踏赤裸的躯体，还骑在那些被迫爬行的犹太人后背上。雅利安人的境遇稍好一些，我的确也被迫爬行过，但是那是在另外一个部门，没有人骑在我身上。不是日常的现象，而是对不端行为的处罚。外面还有体育锻炼呢，每隔一天有一小时，先是绕着院子跑步，然后做俯卧撑，锻炼身体。

我的记录是：连续做了七十六个俯卧撑，胳膊剧痛，直到下一次。我所知道的最好的锻炼是团体的"空袭，隐蔽"！两排囚徒，彼此前胸靠着后背，肩膀扛着一个梯子，用一只手扶着。"空袭，隐蔽！"口令一发，就必须俯卧倒下，梯子不能离开肩膀。谁松手放开，就被乱棍打死，或者让恶狗撕咬而死。然后，党卫队开始在众人身上的梯子上行走，走过来走过去，走过来走过去。然后众人站起，队形不得发生变化，然后再卧倒。

你看，无法想象的事都一一成真：翻跟头连续翻几公里，像在萨克森豪森一样，在地上翻滚一连几个小时，做几百次蹲跳，站在一个地方一连几天几夜，在水泥棺材——地堡里连续坐几个月，你趴在一根木棍上，或者架在两把椅子上的一根木杆上，像青蛙一样跳，像蛇一样爬，连续喝几桶水，直到快要憋死，挨打——形形色色的几千个人用几千根鞭子和棍子打你。——你看，我愿意听有关谁也没听说过的，外省的那些监狱的故事：玛乌基尼、苏瓦乌基、腊多姆、普瓦韦、卢布林，还有设计得极端邪恶的折磨人的技术，我怎么也不能相信，这样的技术竟然能够从人的脑袋里蹦出来，就像米涅瓦女神从宙斯脑袋里蹦出来那样。我理解不了对虐杀的这种突发的迷狂，这种表面上似乎被忘记的返祖现象的迸发。

　　还有就是：死亡。有人对我说，有的监狱每天都接受输送来的新囚徒，一次几十个人。可是集中营配给的饭数量是固定的，我不记得有多少份，也许两份，也许三千份，而司令官是不愿意让囚徒挨饿的。每一个囚徒都必须得到一份饮食。因此，营里每天都多出几十个人来。每天晚上，在每一座楼房里都要用纸牌或者面包球抓阄，凡是抓输了的，次日就不用去干活了，到中午被带到铁丝网外面枪毙。

　　在返祖现象的这种大迸发之中，有来自另外世界的人，他们密谋，是为了让人们中间再也没有密谋；他们偷窃，是为了让世界上再也没有抢劫；他们杀人，是为了让人不再被虐杀。

　　而威泰克就是这另外一个世界来的人，他充当了帕维亚克监狱最凶恶的刽子手克伦施塔德的助手。现在，他就坐在我身旁听讲，学习了解人的五脏六腑，那儿生了病该用什么家常的办法医治。后来，课堂上出了一点小事。医生注意到了善于做组织工作的斯塔舍克，命令他复述刚刚讲过的人体内脏。斯塔舍克复述得不好。医生说："您回答得很是愚蠢，而且，您本来是可以站起来回答问题的。"

　　"我在集中营是坐牢，所以上课也可以坐着。"斯塔舍克脸色通红，回嘴说，"除此之外，请您不要侮辱我。"

　　"请您安静，您是在课堂上。"

　　"您当然愿意让我安静不说话，因为关于您在集中营里的所作所为，我有很多话要说。"

这个时候，我们都一起拍桌子，呼吼："同意，同意！"医生见状奔出门外。阿道夫来了，大呼小叫地奢谈同伴情谊，然后，在课上到关于消化道一半的时候，我们回了营房。斯塔舍克立即飞奔去找哥们弟兄，以防医生给他脚底下使绊。医生肯定做不到，因为斯塔舍克背后有人。所以，从集中营解剖学上我们学到一个道理：背后有人，不怕使绊。这个医生跟他确实也是素有嫌隙，因为他靠对病人开刀学习做手术。为了学习，或者因为无知，他任意宰割了多少人，是难以计数的。大概是很多的，因为医院里天天都很拥挤，而且太平间也拥挤不堪。

读我写的信，你一定在想，我已经完全忘记了家园那个世界。我给你写信，写了又写，只谈集中营，谈集中营的大小事件，还要从这些事件里抽取出什么含义来，好像就没有其他的事等着我们似的……

但是，我是记得咱们的小屋的。你给我买的一升的热水杯，我衣袋里装不下，最后扔到床底下去了，惹得你老大不高兴。还有德国人在若丽波什①抓人的事，你整天地打电话告诉我事情的经过。他们从无轨电车里硬把人拉走，但是你在前面一站下了车；他们包围了住宅区，但是你越过田野一直跑到了维斯瓦河边。我常抱怨这场战争，这种野蛮，我们这一代人因此要变成文盲了，你就跟我说："你要想一想集中营里的人。咱们光是浪费光阴，他们可在那儿受尽折磨。"

我说的话很幼稚，不成熟，要寻求安逸。但是，我想，咱们大概是没有浪费时间的。尽管战争野蛮残酷，但是咱们是为了一个不同的世界活着的，也许是为了一定会来到的那个世界。这样的话要是大而空，就请你原谅。而我们现在在这里，很可能也是为了这样的一个世界。你想，如果没有了另外一个世界一定来临、

---

① 华沙的一个城区。

人权一定恢复这样的希望，我们能够在集中营里熬过一天吗？正是这个希望使人冷漠地走向毒气室，使人不去冒险暴动，使人没有作为。这个希望割断亲情纽带，令母亲放弃孩子，令妻子为面包出卖自己，令丈夫杀人。这个希望令他们为每一天的生活斗争，因为也许这一天会带来解放。啊，甚至已经不是对于一个更美好的世界的希望，而简简单单就是对于生活下去的希望——有安宁和休息的生活。在人类历史上，希望从来没有比人更坚强，但是希望也从来没有导致如此之多的邪恶，犹如这一次战争，犹如这一个集中营。从来没有人教导我们放弃希望，所以我们在毒气室里死亡。

你看，咱们生活在一个多么特殊的世界里啊：在欧洲，没有杀过人的人是多么少！不会成为他人设法谋杀对象的人、动手虐杀的人，是多么少！

但是，我们依然在向往这样的一个世界：人人爱他人，人人享有和平，人人摆脱本能、享有安宁的世界。可以说，这就是爱的权利和青春的权利。

附记：可是，在此之前，我真想杀一个人，再杀一个人，以此扫除集中营情结——脱帽行礼，目睹他人被打、被虐杀而无动于衷的情结，惧怕集中营的情结。但是我担心，这个情结会压垮我们。不知道我们能否幸存下来，但是，但愿我们能够像大无畏的人那样，实话实说，说出真情。

六

几天来，每天中午，我们都有固定的娱乐：一队人从"德国人专用"楼房里列队走出，高唱"明天返回故乡"，在集中营绕场行走几圈。组长带队，用手杖调节步伐。

他们是罪犯，或者入伍的"志愿者"。全部绿三角（指政治犯）和罪轻的都送到前线去，而那些杀妻又杀岳母、放生金丝雀令其免遭鸟笼紧闭之苦的人，则有幸留在集中营。他们暂时都在一起。

他们受到列队前进训练，也受到监督，看他们是否显示出社会生活意识。他们显示出社会集团性，到这儿才几天，就已经闯进物资仓库，偷窃邮包，打碎罐头，捣毁窑子（因此，这座青楼房舍被迫关闭，令人感到遗憾）。他们说得很精辟，我们为什么要为党卫队去厮杀、去玩命，那儿有谁会给我们擦皮鞋？祖国就是祖国，就是没有我们，要亡国也得亡，到了前线，还有谁给我们擦皮鞋？前线有闷骚小子吗？

所以，走路的就是这么一帮狐朋狗党，还唱什么"明天返回故乡"。都是些臭名远扬的恶棍，一个比一个更畜生：泽佩尔，达赫戴克集中营的恶魔，他铁石心肠，命令囚徒们在雨里、雪里、冰霜里干活，如果一个钉子没钉好，就把人从屋顶上推下去。阿尔诺·贝姆，第八号，多年的营房长、组长和大营长，如果谁在黑市上卖茶叶，就打死谁；谁迟到，每迟到一分钟，或者打钟后说话，每说一个字，就打二十五鞭子。就是这个禽兽，常常给住在法兰克福的年迈双亲写信，谈离别之情和返乡愿望，信文简短，却十分感人。我们来认识一下这些畜生：这个在德国拆卸场打人的，是布纳集中营的恶魔，这个癫货，病的时候常往营房长小屋送设备换烟草，被打得鼻青脸肿，给扔进了集中营，可是一个不幸的分队落入了他的两只狼爪子。队伍里行走的都是恶名传千里的鸡奸犯、酒鬼、吸毒犯、虐待狂——走在队尾的是库尔特，穿着讲究，对周围很警觉，步调和队伍不协调，也不唱歌。最后，我想起来，是他为我找到了你，还给咱们互相送信，于是我飞奔直跑下楼，拍他的肩膀，说："库尔特，你一定饿了，来，你这个志愿者犯人，到楼上来。"同时指给他看我们的窗口。傍晚时分，他来了，来吃饭的，饭是在瓷砖炉子上做的。库尔特十分友善（这个词在这儿听着有点怪气，但是找别的词儿又困难），挺会说故事。原来他想当音乐家，可是他父亲，一个富有的商店老板，把他从家里赶了出去。库尔特到了柏林，在那儿认识了一个姑娘，她是另外一个商店老板的女儿，跟她同居，给体育报刊写稿子，因为和施塔尔海尔姆打架，坐监一个月，后来就没有露面见这个姑娘了。他弄到了一辆赛车，干起黑市外汇买卖来。有一次散步遇见了那个姑娘，但是没敢跟她说话。后来他开车去了奥地利和南斯拉夫，还是被逮住关进了监狱。因为有前科（就在那背运的一个月里），所以从监狱到了集中营，得在这儿呆到战争结束。

天黑了，营里点名完毕。我们坐在桌子旁边说故事。到哪儿都说：去干活的路上，回集中营的路上，地里干活也好，卡车上干活也好，晚上在木床上，点名站队的时候——都说。有的故事是书里来的，有的是生活里来的。说这儿的事，也说带刺铁丝网外面的事。今天我们特别注意集中营里的事，也许是因为库尔特不久就要离开吧。

"实际上，外边的人什么都不知道。有传闻说毫无目的的工作，例如，铺了沥青路，又把它拆掉，或者没完没了地撒沙子。当然，很可怕。众人之间流传各种各样的故事。但是，老实说吧，这些故事没有人太感兴趣。有一件事，谁都知道：进来了，就别想出去。"

"你要是两年前来了，大风早就把你从烟囱口吹散了。"斯塔舍克插话，他办事有条有理。

我耸了一下肩膀，懒得听这样的话。

"也不一定。不是没有吹散你吗？大概也不会吹散我。可是，听说了吧，有一个人从奥斯威辛回到了帕维亚克监狱。"

"肯定是来受审的。"

"就是。我们问他，他一个字不吐。没有说。只说：'你们来看看就知道了。现在跟你们说什么呢。就跟对小孩说故事一样。'"

"你怕不怕集中营啊?"

"怕。我们是早晨离开帕维亚克监狱的,乘汽车到火车站。糟糕的是,太阳直射后背。就是说,到了西站,去奥斯威辛。急急忙忙把我们塞进了货车车厢,要马上发车。是按字母表顺序上车的,六十个人一个车厢,不算挤。"

"你带什么东西了?"

"当然带了。毯子、上衣,未婚妻给的,还有两条床单。"

"你个傻瓜,应该留下,给同伴。你不知道,他们什么都没收吗?"

"知道。后来我们拔掉了车厢一面壁板上的全部钉子,拆了扳子,往上爬!可是上面有一挺机关枪,立刻打死了先上去的三个人。后面一个刚伸出脑袋,子弹就打穿了后脖子。他们立即拉闸停车,我们都躲在角落里。嚎叫声、臭骂声,跟地狱一样。不能逃跑嘛!胆小的东西!他们要杀死我们的!谩骂,乱七八糟的骂声。"

"不比女人车厢更坏吧?"

"不,不坏。可是一切都很厉害。我坐在最下面,上面是一堆人。我想:哼,他们如果开枪,我不是第一个被打中的。好,果然开枪了。对着人群放了一梭子,打死了两个人,打伤了第三个的小肚子。接着就吆喝着往下轰,下车,东西都留下!得,我想,这下子,完了。没什么,完就完吧。有一点可惜外套,因为兜里有一本《圣经》,你们知道,是女朋友给的。"

"好像,毯子也是女朋友给的?"

"是啊。我也感到挺可惜的。我什么也没拿,因为他们把我一下子扔到台阶上了。你们真的不知道,一个人刚出了憋闷的闷罐子车厢,世界显得有多大!天高……"

"还是蓝色的……"

"对，蓝色的，树木发出香味，那树林子，不由得想拥抱它！党卫队包围了我们，爪子里有自动步枪。把四个人拉到旁边，又把我们赶进另外一个车厢。我们共一百二十人，三个被打死的，一个受伤的。在这个车厢里我们差点没有给憋死，憋闷极了，顶棚往下滴水，名副其实，连一个小窗口都没有，都用木板钉死了。我们呼喊，要空气，要水，他们开始射击，我们立即安静下来。然后倒在车厢地板上，像被屠宰的家畜似的。我脱下针织衫，又脱下两件汗衫，浑身大汗淋漓，鼻子慢慢流血，耳朵里嗡嗡的。我盼望着奥斯威辛，至少那儿有新鲜空气。在一个土台子旁边，终于打开了车门，我才吸了第一口空气，立刻完全恢复了力量。四月的夜晚，满天星星，清冷。我不觉得冷，虽然我披上了全湿透了的汗衫。有人从后面抱住我，还亲吻了一下。'兄弟啊，兄弟。'他轻轻说。在浓重的黑暗中，集中营有一排一排的亮光闪烁，亮光上面有不安的深红色火苗攒动。黑暗向这样的火苗集结，令人觉得是在高山顶上燃烧。'焚尸炉'，人群中传来轻声的解释。"

"听你这话，像个诗人啊。"威泰克表示同意。

"我们抬着尸体去集中营。我听见身后粗重的喘气声，心想，我女朋友跟着我走呢。一次又一次传来沉重的打人声。就在大门前面，我大腿挨了一刺刀。并不疼，只是觉得热乎乎的。鲜血顺着大腿和小腿往下流。走了几步以后，肌肉发僵，我开始一瘸一瘸的。管押送的党卫队员又打了我前面的几个人，进集中营带刺的铁丝大门的时候，他说：'你们在这儿好好休息吧。'"

"这是在星期四夜里。到了星期一，我去了劳动分队，离集中营七公里远。在布迪，扛电线杆子。腿疼得死去活来的。算是休息吧，好好休息！"

"这算不了什么，"威泰克说，"犹太人在路上要艰难得多。你没有什么了不起。"

于是，关于行程和犹太人出现了不同的见解。

"犹太人嘛，你们都知道，都是些什么人啊！"斯塔舍克抢先说，"你可看清楚，就是在集中营里，他们也照样做买卖！在焚尸炉旁边，在犹太人隔离区，到处做生意。为了一碗蔓菁稀汤，就出卖亲妈！有一次我们早晨去特殊行动队，队长在我们旁边，公牛一样健壮，对生活很满意。为什么呢，啊？我的朋友，摩西，就在身边，奸诈的东西。他是穆瓦瓦人，我也是，你们知道，是朋友，又是生意主顾，彼此信得过。'怎么了，摩西？有点不对劲啊？''我收到了家里的照片。''那有什么不好呀，很好嘛。''很好？你别发火就是了——我把父亲送进了焚尸炉！''不——可——能！''可能，因为我把父亲送进去了。他是随一趟火车来的，在焚尸炉前面看见了我，我当时正在整理进毒气室的犹太人队伍，他过来抱住我，亲吻我，问我怎么办，还说他饿极了，火车走了两天，没东西吃。可是分队指挥官嚷嚷起来，不要站着，快干活！我应该怎么办啊！我说：'爸，您先去，先在浴室里冲个澡，然后再说话吧，您瞧，现在我没有时间。'父亲去了毒气室。照片是我稍后从他衣兜里翻出来的。我现在有这些照片，你说，这有什么好？"

我们都笑了。现在不毒死雅利安人了，不好吗？只要这样就好。

"以前是毒死雅利安人的。"一个"久居"集中营的囚徒说，他总是加入我们的闲谈，"我在这个楼里很长时间了，脑子里记住的事多。经我的手进了毒气室的人太多了，其中就有同一个城市来的同伴、熟人！人的脸已经记不住了，大群的人，一张脸也看不见。但是，有一件事，大概是要记得一辈子的。当时我是急救医务员。我干活不可能很细致周到，谁都知道，没有时间小心谨慎。刮一刮胳膊，或者后背，或者什么部位，用棉球擦擦，绷带一裹，走吧。下一个！甚至连病人的脸也不看一眼。没有人道谢，因为没有什么可谢的。可是有一次我处理了一个化脓性蜂窝组织炎病人，听见有人在门口用俄国话说：'谢谢，医务员先生。'他脸色极为苍白、憔悴，两腿浮肿，快站不住了。我去看他，送去一碗汤。他是右胯部发炎，整条大腿都是脓疱，往外流脓水，痛苦得很。他哭泣，说到他母亲。我对他说：'安静。我们也有母亲，可是我们不哭。'我尽可能安慰他，因为他叹息回不了家了。我能给他什么呢？一碗汤，有时候还有一小块面包。为避免被选中，我一直尽可能隐藏这个叫托列奇卡的孩子，可是有一次，他们还是发现了他，登记了名字。不久以后，我去看他，他正在发烧。对我说：'去淋浴，没什么。没办法。但是，等战争结束，你幸存下来……''托列奇卡，我不知道能不能活下来。'我打断他的话。'你一定能活下来，'他坚持说完这句话，'你一定去看看我母亲。战后肯定没有国境线，不分什么国家，没有集中营，人不再互相残杀。这是最后的斗争。①'他强调说，'最后的斗争，你明白吗？''明白。'我回答。'你去看看我母亲，告诉她，说我死了，是为了没有国境线，没有战争，没有集中营死的。你会告诉她吗？''一定告诉。''你记住：我母亲住在苏联，远东区，哈巴罗夫斯克市，列夫·托尔斯泰大街，二十五号。你重复一遍。'我重复了。我找到了营房长沙雷，他能够把托列奇卡从名单里划掉。他却打了我一个大嘴巴，把我轰出他那间屋子。托列奇卡进了毒气室。几个月以后，沙雷也被输送走了。临走的时候，他索要香烟。我传了话，谁也别给他一根烟。大家都没给。也许我做得不对，因为他被输送到毛特豪森集中营必死无疑。但是，托列奇卡母亲的地址我记得清清楚楚：苏联，远东区，哈巴罗夫斯克市，列夫·托尔斯泰大街，二十五号……"

我们都沉默了。库尔特感到不安，问我们出了什么事，因为这场谈话，他一句也不懂。威泰克简单告诉他：

---

① 《国际歌》中的一句。

"我们谈的是集中营的事,还有就是世界能不能变得好一点。你也说几句吧。"

库尔特看了我们一眼,笑了一下,慢吞吞地说,让我们大家都听明白:

"我说几句吧。我在毛特豪森逗留过,那儿抓住了两个逃犯,正好在平安夜。他们在广场的圣诞树旁边竖起绞刑架,集中营所有的人都被叫来点名,目睹绞刑。圣诞树上的彩灯刚好发出亮光。集中营指挥官出场,面对囚徒们厉声呼吼:'罪犯们,脱帽!'我们摘下帽子。集中营指挥官发表传统的平安夜祝福:'谁的行为像猪,就给他猪的待遇。罪犯们,戴上帽子!'我们戴上了帽子。'解散。'我们解散了。"

我们点起香烟,都不说话。每个人都想到了自己的境遇。

七

如果营房的墙壁突然倒塌,成千上万被拉进来、塞进木床的人,就会悬在空中。这很可能是比中世纪绘画中"最后的审判"更阴森可怕的。最令人触目惊心的是一个人在一小块床板上睡觉的景象,因为人有躯体而必须占用的那小块地方这样的景象。他们使用人的躯体,无所不用其极:在躯体上用文身术烙上号码,可以节省号码牌子;夜间给予的睡眠时间,正好让人白天能够干尽可能多的活;白天给的时间,正好够吃饭用;他们给的吃的东西,正好让囚徒不至于饿死而又不浪费。只有一个地方属于生命:木板床的一小块,其他的一切都属于集中营,属于第三帝国。但是,连这一小块地方,一件衬衫,一把铁锹,都不是你的。如果你生病了,就没收一切:衣服、帽子、围巾、擦鼻涕的手绢。你一死,就把金牙拔下来,因为这在集中营的登记本上已经记录在案。尸体烧了以后,骨灰撒在地里,或者拿来填充水池。的确,焚烧尸体的时候浪费了太多的人体脂肪、骨头、肌肉——都是热量！可是，在其他某些地方，是用人体原料制造肥皂、用人皮做灯罩、用人骨头做装饰品的。谁知道呢，也许还出口卖给黑人，虽然他们也曾经虐杀过他们。

我们在地下和地面上干活，在屋檐下，在雨水中，用铁锹、手推车、鹤嘴锄、撬棍干活。我们扛大袋水泥、做砖坯、铺设铁轨、撒沙土、夯地基……我们为某种新的、邪恶的文明打地基。现在我终于知道了古代世界的代价：埃及金字塔、神庙、希腊雕像都是多么邪恶的屠杀！罗马大道、城墙上和城堡上，肯定是洒满了鲜血的！古代世界，就是巨大的集中营，奴隶主在奴隶的前额烙上印记，如果逃跑，抓住就钉十字架。这个古代，就是所谓的自由民对奴隶的浩大的密谋！

你还记得，我原来是多么喜欢柏拉图。今天我才知道，他是在说谎。因为世间的事物，并不是理念的反映，而是人的沉重的、血泪的劳役的产物。是我们建造了金字塔，开凿建筑神庙的大理石，开凿铺设皇家大道的石块，我们在奴隶船上划桨，搬运圆木，而他们写作对话和戏剧，以国家的名义为自己的阴谋辩护，为国界和民主长期争斗。我们全身污垢，确确实实在缓慢死亡，而他们在品味审美情趣，讨论精细玄妙的问题。

美如果夹杂了对人的不义，就没有美。真理如果对这样的不义视而不见，就没有真理。善如果纵容不义，就没有善。

古代文明知道我们吗？从泰伦斯和普劳图斯那里人们知道了一个狡猾的奴隶，知道了格拉古兄弟的人民论坛，却只知道一个奴隶的名字：斯巴达克思。

是他们创造了历史，但是如今诗人却只记得谋杀犯西皮昂、律法家西塞罗或者狄摩西尼，而且对之如数家珍。我们不断评说对埃特鲁斯坎人的灭绝，迦太基的毁灭、背叛、欺骗、劫掠。古代有罗马法！今天，据说，也是有法可依的！

如果德国人取得胜利,我们会怎么样呢?会有巨大的建筑物拔地而起,会有浩大的公路网、工厂、参天的大纪念碑。每一块砖头下面,都放着我们的手、我们的肩膀抬起来的铁轨和水泥板。他们要谋杀我们的家人、病人、老年人,谋杀儿童。

将来没有人会知道我们。诗人、律师、哲学家、神父等人的声音会压过我们。他们创造真、善、美,创造宗教。

奥斯威辛集中营这块地方,三年前都是乡村和农场,有田地,田间小路,地头长着梨树。这儿的人都是普通人,不比其他人好,也不比其他人差。

后来,我们来了。我们赶走了这儿的人,拆毁了房屋,夷平了田地,把土壤变成烂泥。我们建造了营房、篱笆、焚尸炉。我们带来了坏血病、蜂窝组织化脓性炎症,还有虱子。

我们在工厂和矿山干活。我们完成大量的工作,而从中得利的是少数人。

这里的一个公司——棱茨公司的事迹很有意思。这个公司建造了集中营、营房、大厅、商店、地下室、烟囱。集中营提供囚徒,党卫队提供材料。在结账的时候,账单数额巨大得出奇,不仅奥斯威辛看不懂,直抓后脑勺,连柏林也一样。他们说,先生们,这样的价码是不可能的,你们赚得太多了,几百万几百万的。公司回答说,账目都是明摆着的呀。柏林说,既然这样,我们付不起。于是具有爱国主义志向的公司建议:减半支付。柏林又讨价还价:百分之三十。规矩就这么定了下来,从此以后,公司的全部结算都相应地砍掉三分之二。棱茨公司毫不担心:像德国所有的公司一样,他们都在积累资本。棱茨公司在奥斯威辛赚了大钱,安安静静地等着战争结束。情况类似的还有瓦格纳和大陆管道公司,里希特钻井公司,西门子照明和电缆公司,砖瓦、水泥、钢铁和木材供应商,营房用具和囚犯条带囚衣的制造商;同样的还有巨大的联盟汽车制造厂,德国拆卸公司,以及煤老板:在梅斯沃维采、格利维采、雅宁、雅沃日纳等地。我们当中，谁如果能够活下来，一定要要求劳动补偿，不是工资和货物，而是对沉重的、残忍的劳动的补偿。

在病人和干活下班的人去睡觉的时候，我从这个遥远的地方和你说话。在黑暗中，我看见了你的面容。虽然我说的话里都是你不熟悉的苦涩和愤恨，我知道，你是细心倾听的。

你的命运变成了我的命运的组成部分。只不过，你的手不适合拿鹤嘴锄，你的身体不能感染败血病。把我们联系在一起的是我们的爱情和对于那些留下来的人的爱，那些为了我们而生活、构成我们的世界的人。留下的父母的、朋友的面容，物品的形体；而我们能够分享的最珍贵的是：活下来的感受。即使留给我们的仅仅是医院病床上的身体，我们也还是拥有我们的思想和我们的情感。

我想说，人的尊严的的确确寓于人的思想和人的情感之中。

八

你想象不出来，我感到多么幸运。

首先，因为有一个大个子的电工。每天早晨，我跟库尔特（是他的熟人）到他那儿去，把给你写的信交给他。这个电工的序号老得出奇，一千零几，身上揣满香肠、小袋的糖和女人内衣，还把一叠书信塞在鞋里。这个电工顶着光头，不理解咱们的爱情，对我带来的每一封信都皱眉头。我想送给他香烟，这个电工说：

"伙计，在我们奥斯威辛，送信是不收礼的！有回信的话，要是能够，我就带回来。"

晚上我又去找他。程序是相反的：电工向鞋里伸手，掏出你的一张明信片，交给我的时候皱着眉，不高兴。因为他不理解咱们的爱情。我肯定他不喜欢木床，才一米五长，笼子似的。因为这个电工个子很高，睡那张床大概很不舒服。

所以，首先是这个大个子电工的事；其次是西班牙人的婚礼。他保卫过马德里，逃到了法国，又被弄到奥斯威辛来。这个西班牙人认识了一个法国女人，跟她生了一个孩子。孩子长得快，可是这个西班牙人还一直在集中营里，这个法国女人就爱大声嚷嚷，要办婚礼！于是向H本人提出申请。H发火了："新欧洲怎么能够没有秩序？立即举办婚礼！"

他们把这个法国女人和孩子从法国送到集中营来，赶紧扒下西班牙人身上的条纹囚衣，给他穿上组长亲自在洗衣房熨好的一身正装，还从集中营丰富的收集品里细致地选取领带，并配上合适的袜子，举办了婚礼。

然后，新婚夫妇拍婚礼纪念照：新娘身边站着儿子，手里拿着一束洋水仙花，新郎站在另一侧。他们的后面是乐队，乐队的后面是厨房里的党卫队，怒气冲冲的。

"我一定去报告，你们在工作时间奏乐，不去削马铃薯皮！我做的汤里没有马铃薯！什么乱七八糟的婚礼，哼！"

"安静，"其他的要人开口安抚他，"是柏林来的命令。汤里没有马铃薯就没有吧。"

与此同时，给新郎新娘拍好了新婚照，把他们送到 Puff 楼度过新婚之夜。该楼的住户，都被撵到十楼去了。次日，那个法国女人被送回法国，西班牙人又穿上条纹囚服，送回了小分队。

整个集中营都奔走相告。

"在我们奥斯威辛，甚至举办了婚礼。"

所以说，首先是大个子电工；第二是西班牙人的婚礼；第三呢——我们的课程结束了。不久前，女营的医务员毕业，我们用室内乐和她们告别。她们都坐在十楼的窗口，聆听从我们楼的窗口发出的单项乐器演奏的声音：小鼓、萨克斯管和小提琴。最神奇的是萨克斯管：它发出呜咽、哭泣、笑声和咯咯声。

120

很遗憾，斯沃瓦茨基①不知道有萨克斯管，不然，看准了这个乐器的表现力，他也许会当一名萨克斯管乐手的。

女士先走，现在轮到我们了。我们在阁楼里聚会，集中营医生罗德（一个"体面的人"，对待犹太人和雅利安人没有区别）来看我们和我们的成绩，他说他很满意，而且现在，奥斯威辛一定会越来越好的。他很快走了，因为阁楼里太冷。

今天，在我们奥斯威辛，整天都有人在告别。维也纳的弗朗茨给我作了最后一次报告，论战争的意义。他有点结巴，谈到了工作的人和破坏的人，论前者的胜利和后者的失败。还说，为我们而血战的我们这一代人的同志来自伦敦、乌拉尔斯克、芝加哥和加尔各答，来自大陆和海岛；并谈论了有创造才能的人士未来的兄弟情谊。我心里想："这就是在毁灭和死亡之中，会诞生救世思想，这是人类思想所习惯的道路。"然后，弗朗茨打开刚从维也纳收到的包裹，于是我们大家沏茶共饮。弗朗茨唱了奥地利歌曲，我朗诵了诗，但是他听不懂。

在我们奥斯威辛，临行前给了我们一点药品和两三本书。我都塞在包裹里面的食品下面了。你想不到的，是希莱西乌斯的著作，所以我感到愉快。这几件事凑在一起了：高个子电工、西班牙人婚礼、课程结业。第四呢——昨天收到了家信。他们长时间寻找我，终于找到了。

大约两个月没有家里的一点消息，我感到非常不安，因为在这儿听说的关于华沙的情况都很吓人，所以我开始发疯一样地写信，而就是在昨天，你想啊，收到了两封信：一封是斯塔舍克的，一封是我弟弟的。

斯塔舍克写信用字简单，就像要用外语表达心情的人那样。"我们爱你，记得你，也记得你的未婚妻图斯卡。我们活着，工

---

① 波兰19世纪著名的浪漫派大诗人。

作，创作。"活着，工作，创作，只不过是安杰伊死了，瓦采克"没有了"。

一代人当中最有才能、最有创作激情的这两个人，正是他们，竟然死了，真是命中注定。

你记得，我是多么激烈地反对他们的：他们建造极端贪婪国家的帝国理念，他们对社会缺乏诚恳的态度，他们给予民族艺术的理论，他们混杂的哲学（就像布若佐夫斯基大师一样），他们用脑门子硬撞先锋派大墙的诗歌实践，他们充满有意识的和无意识的伪善的生活方式。

今天，两个世界之间的门槛阻隔了我们，我们会跨越这一阻隔的；但是，我仍然要提出关于世界的意义、生活的方式和诗歌面貌的争论。即使在今天，我也要责备他们屈从于关于强盛的、掠夺性的国家的有害思想和他们对邪恶的敬佩，而这邪恶的缺陷就是：这不是我们的邪恶。即使在今天，我也要责备他们的诗歌没有思想，不谈人的问题，不见诗人的立场。

但是，虽然隔着另一个世界的门槛，我依然看见了他们的面容，我想着他们——我同一时代的青年，于是感到，我周围的空虚变得日益浓重。他们走了，却依旧活着，就在他们正在建造的社会的中心。他们是属于这个世界的，他们却走了。我向他们告别，另一个街垒的朋友。祝愿他们在另外一个世界找到在这里没有找到的真理和爱！

艾娃，那个朗诵描写和谐和繁星的诗歌，还说"情况不会变得那样坏"的艾娃，也遭到枪杀。空虚，空虚越来越大。亲朋好友都在离去，就请善于祷告的人们不要为斗争的意义，而是为至爱亲朋的生命而祷告吧。

我曾经认为，这一切都只局限在我们身上。就是说，等到我们回来的时候，会回到一个没有体验过那种压迫我们的严酷气氛的世界；只有我们曾经坠落到了最底层。但是，人，都从那里走散了——从生活、斗争、爱的中心，走散了。

我们都是没有知觉的，像树木，像石头。我们沉默，像砍倒的树木，像砸碎的石头。

第二封信是我弟弟写的。你知道，尤莱克常给我写热情诚恳的信。现在也写，说他们都在想着我，等待着，妥善保存着我全部的书籍和诗歌。

等我一回去，在书架上就能看到我新出版的诗集。我弟弟写道："这是描写你爱情的诗。"我想，我和你的爱与诗歌是联系在一起的，这些诗只是为你写的，你被捕的时候带着这些诗，从长远看，这已经是胜利。如果出版了，不就是我们留在身后的纪念物吗？我感谢人间的友情，在我们的身后保存我们的诗和爱情，并且承认我们对诗和爱情的权利。

我弟弟信里还谈到你母亲，说你母亲挂念着我们，坚信我们能回来，并且永远在一起，因为这是人间的法则。

你到了集中营之后几天之内就给我捎来第一张明信片，我收到了，你记得你都写了什么吗？你写道，你病了，感到愧疚，因为是你把我"丢给了"集中营。如果不是你，我就如何如何……可是你知道真实的情况是怎么回事吗？

是这么一回事：我等着你说好要从玛丽亚家里打来的电话。下午是在我那里上课——通常在星期三——似乎是，我说了说自己的语言学习的事，好像是，煤气灯坏了。

后来我就等你的电话。我知道，你一定会打的，因为你答应过。可你没有打。我不记得是不是去吃午饭了。如果去了，回来以后会重新坐在电话旁边的，我担心在旁边的屋子里听不见电话铃声。我读了些剪报和莫洛亚[①]的一篇小说。小说描写一个人，这个人称灵魂的重量，想要在学会把人的灵魂装进永恒的容器之后，

---

① 法国20世纪著名作家。

把他自己的和他妻子的灵魂都装进去。但是，他只装进去了偶然来到的马戏团里两个丑角的灵魂，而他的灵魂和妻子的灵魂肯定是飘散到了全世界。天快亮的时候，我才睡着。

早晨，我回家了，一如既往，提着公文包和书本。吃完早饭后说，我回来吃午饭，很忙，摸了摸狗的耳朵后，就到你母亲那儿去了。你母亲很为你担心。我乘电车到玛丽亚那儿。我长时间观看瓦金卡公园的树木，因为很喜欢这些树木。为了放松一下，我步行穿过普瓦夫斯卡大街。楼梯上有不少烟头，不寻常，而且，如果我记得不错的话，还有血迹。但是这可能又是幻觉。走到门前，我按照约定的方式按门铃。开门的是几个男人，拿着手枪。

从那一刻起，已经过去了一年。我写这件事，是为了让你知道，你我现在在一起，我从来没有抱怨过，也没有想到，会是别的样子。但是，我每每想到未来，想到我们未来的生活，如果……想到我要写的诗歌，咱们要读的书，要添置的物品。我知道，这些想法有点傻气，但我是想着这些事的。甚至想到了咱们的藏书票。这张书票是一朵玫瑰花，放置在一本没有打开的、厚重的大书上，大书配有很大的中世纪风格的边框。

九

我们已经回来了。我依旧回到原来的楼房，给病人身上抹薄荷水，今天早晨擦洗了地板，然后注意观看医生做针刺治疗。接着，我取了最后的两针磺胺，准备给你捎去。最后，我们营房的理发师（原来在克拉科夫邮局旁边开饭店）立博弗伦德认可说，在文学家当中，我现在是最好的医务员。

除此之外，我整天拿着给你的信到处走动。给你的信，这一页一页的信纸，为了到达要去的地方，必须有腿才行。我就是努力在寻找这些腿。终于找到了两条腿——穿着长筒的黑色皮靴，系着鞋带。这两条腿还戴着眼镜，宽肩膀，每天到女营去收集男性死婴。这些尸体必须经过我们的文书处、我们的验尸所，接受我们的卫生服务长的亲自审视。世界是建立在秩序上的，不带诗意的说法是：秩序必不可少。

于是，这两条腿去了女营，对我深表同情。因为他说，他的妻子也在女营，他知道那里的状况艰难。所以愿意替我捎带书信，而且如果情况许可，把我也带去。信立即就可以发去，我自己也要努力去见你，甚至感觉很想走动一次。我朋友建议我带上厚毯子，好好裹起全身。朋友知道得很清楚，虽然我还算幸运，在集中营里有办法，但是第一次走动必定是会被抓住的。等到有保证的时候，我也许会去的。我倒建议他们在身上多涂些秘鲁防瘙痒油。

我还常常观看周围的景色，没有变化，只不过污泥出奇地多，有了春天的气息，人会趟着污泥行走。从森林那边时而飘来松树的芬芳，时而飘来烟雾。汽车时而载运衣装，时而载运布纳镇的穆斯林。我时而在办公室午餐，时而路遇换班的党卫队员。

没有变化。昨天是星期日，这儿营里灭虱。冬天的集中营营房很可怕！肮脏的木床，黑糊糊的泥地，人身上冒出来的气味。营房挤满了人，但是虱子却一只也没有，营里整夜整夜的灭虱，没有白费。

灭虱检查完毕，我们从营房里出来，这时候，特别小分队从焚尸炉回营。他们人人脸上都是烟垢，看上去肥头大耳，背着沉重的包裹，累弯了腰。除了金子，他们什么都可以拿，但是走私最多的也是金子。

营房里面三三两两冒出人来，钻进行走的特别小分队队列，抢夺他们的包裹。空气中传来吼叫声、咒骂声和拳打脚踢之声。小分队终于钻进自己营区有石墙隔开的院子的大门。但是，没过多少时间，犹太人就开始悄悄钻出来，做买卖，互相探望。

我碰见了一个，他是我们原来分队的朋友。当时我生了病，去了医院。他"幸运"得多，去了特别小分队，总比为了一碗汤整天拿铁锹锄地好。他热情伸出手来：

"哟，是你啊？要点什么吗？你有苹果……"

"没有，没有苹果卖给你，"我回答，语气很和气，"你还活着呀，阿伯拉梅克？有什么新闻？"

"没有有意思的。一车捷克人进了毒气室。"

"你不说我也知道。说说个人方面的。"

"个人方面的？我能有什么个人方面的呢？大火炉子，营房，又是大火炉子。这儿有我什么亲人吗？嗨，你想听听吗，我们找到了大炉子焚烧的新方法。知道什么方法吗？"

出于礼貌，我表示感兴趣。

"听着，我们抓过四个头发长的小崽儿，把脑袋拢在一起，点着头发。这些小东西就自动烧起来，就成了。"

"祝贺。"我冷冷地说，毫无表情。

他微笑一下，笑得怪气，盯着我的眼睛：

"唉，医务员，在我们奥斯威辛，咱们必须放松，能放松就放松。不然怎么忍得下去？"

于是，他把双手插在裤兜里，走了，没有说再见。

但是，这是谎言，是怪异，就像这整座集中营，整个世界。

这条路,那条路[①]

  我们开始在医院营房后面的空地上建造一个足球场,位置"很好":左边是吉卜赛人和他们活泼可爱的小孩子,还有他们到了厕所一坐就是一个小时的女人,还有他们身材修长的保姆;后面是刺铁丝网,铁丝网后面是有很多路轨的铁路车站,车站总是排满了车厢;车站后面是"集中营女部"。一般都不这么说。说FKL,就足够了。右边地里是焚尸炉,有的在车站后面,紧靠FKL,有的更近,就在刺铁丝网跟前。都是坚固的建筑,地基深而坚固。焚尸炉后面有一小片树林,到小白屋去,得路过这片树林。
  我们是在春天建造足球场的。在建造完毕之前,就开始在窗户下面种花,在营房旁边用碎砖头码出弯弯曲曲的红色装饰线条;还栽种了菠菜、莴苣、向日葵和大蒜;把足球场用剩下的草坪拿来铺出小块的草地,每天用大桶从集中营运来的洗浴间废水浇灌。
  当灌溉的花卉长高的时候,我们的足球场建造完毕。
  现在花卉是自生自灭,病人躺在床上,我们玩足球。每天分发完晚餐之后,愿意来的都到球场来踢球。其他的人来到刺铁丝网下面,隔着整个车站和女营的人说话。
  有一次我当守门员。那是星期天,一群医务员和正在康复的病人围着球场观看,有人在后面快跑,追某一个人,肯定是来看球的。我守球门,背对着车站。球忽然出界,一直滚到围栏旁边。

[①] 这里描写的是奥斯威辛集中营2号区,即庞大的布热津卡(比尔克瑙)。

我跑去捡球。拿起球来的时候我抬头看了看车站。

这个时候，正好有一列火车到站。开始有人从火车车厢里下来，向小树林方向走。从远处看，只看见斑斑点点的外衣。显然，妇女已经穿上了夏天的服装，在这个季节里是首次看见。男人们脱下外套，露出白色衣领。他们行进缓慢，从车厢里新下来的人陆续加入。他们终于在那边停步。人们坐在草地上，望着我们这边。捡回球后，我把它踢进球场。球员们踢来踢去，又以弧线形落在大门前。我往角落里踢了它一脚，球滚到草地上，我又去捡球。我站起来一看，顿时万分惊骇：车站已经空无一人。那身穿彩色夏装的人群，连一个人也没有留下来。列车也开走了。栏杆外面重又站满了医护员，向对面的女孩子们大声问候，她们也从车站的另外一边高声回应。

我夹着球回来了。在两次角球之间的时间里，在我的背后，有三千人被送进了毒气室。

在以后的时间里，人们开始沿着两条路走向小树林：一条从车站直接走，一条沿着我们医院另外一侧的那条路走。两条路都通向焚尸炉，但是有些人有幸走得更远一点，到澡堂子；这不仅仅指洗澡、灭虱、理发和发给新的涂油彩的囚衣，而且还意味着生命。当然是指集中营里的生命，但这是生命。

早晨我起床后洗地板的时候，人们就在走动，这一条路，或者那一条路。包括男人、女人和儿童，都拿着包裹。

我坐下吃早饭——比在家里吃得好——的时候，人们在走动，这条路，或者那条路。楼房里阳光充足，我们完全打开门窗，向地板洒水除尘。下午从商店里拿来邮件，那是早晨从集中营总局运来的。文书分发信件；医生包扎创伤，打针注射，但是，整个营房只有一个皮下注射针头。在温暖的晚间，我坐在营房门口阅读皮埃尔·洛蒂的《我的兄弟伊夫》——人们正在走动，这条路，那条路。

夜间，我走到营房前面，黑暗中，刺铁丝网上面的灯发出亮光。道路在黑暗中消失，但是我听到了远处几千人清晰的说话声——人们在不断走动。树林上方蹿出火焰，照亮天空，火光升天的时候，传来了人们呼叫的声音。

我眺望深夜，麻木，一语不发，一动不动。我整个躯体内部在抖动、翻腾，但我没有参与。我已经控制不了我的躯体，但是感受到了它的每一次颤抖。我是镇静的，但是躯体欲罢不能。

不久以后，我从医院走到集中营。白天听说了很多重大的消息，联军在法国海岸登陆；俄国战线正在向西推进，临近华沙。

但是，在我们这儿，在比尔克瑙，无论白天黑夜，车站都有满载男女老幼的长长列车等着。车门打开，人们开始行走——这条路，那条路。

和我们劳动营并列的是没有人住、没有完工的 C 区，只完成了营房及其周围通电的铁丝网，但是屋顶上没有油毡，有些营房没有木床。因为有三层的木床，比尔克瑙集中营的一个营房可以容纳五百人。在 C 区，向这些营房塞进一千个或者更多的年轻女子，都是从那些走动的人中挑出来的。二十八个营房，三万多名妇女。这些妇女的头发被从根上剃光，穿上没有袖子的夏装，没有内衣，没有羹匙，没有饭碗，连一块擦手的破布都没有。比尔克瑙位于山脚下的湿地上。白天，空气清明，可以清晰地望见山峦。早晨，山峦沉入浓雾，看上去像盖满白霜，因为山里十分清冷，又布满雾霭。在酷热的白天，山峦令我们感到凉爽，但是这些妇女，在右边二十米远的地方，从早晨五点钟就站在那里等着点名，冷得浑身发紫，互相依偎，像松鸡一样。

我们把这个集中营叫波斯集市。在温暖明丽的日子，妇女们走出营房，在各营房之间的宽阔通道上缓步挪动。彩色的夏装和遮盖剃光头发头部的鲜艳头巾，从远处看去，造成色彩缤纷、熙来攘往、人声鼎沸的集市的印象。因为富有异国情调，所以叫它波斯集市也算恰如其分。

从远处看,这些妇女面目模糊,根本看不出年龄,仅仅是白点和粉笔画的形体。

波斯集市是没有完工的集中营。华格纳分队在这儿建造碎石路,使用一架很大的压路机。其他人在排水沟和比尔克瑙全部区域新安装的浴室干活。另一批人为本区的福利设备忙碌:搬运锅盖、毯子、餐具,在党卫队头目指挥下送进储藏室。当然,这些东西的一部分立即流向营里去,分给在那儿干活的人。这些锅盖、毯子和餐具都太有利可图了,所以有人偷窃。

整个波斯集市,那些营房长官小屋的顶棚,全都由我和伙计们盖建好了。这样做不是因为有命令,也不是出于慈悲心,我们是用私自拿来的毛毡和煤焦油搭顶棚的。也不是出于和老号码,亦即在这儿承担一切工作的女营医务员们的交情。每一卷毛毡、每一块煤焦油,营房长官都是要付出代价的,还得付出代价给营长、指挥官、营里的贵客。偿付的方式各不相同:黄金、食品、营房里的女人或者干脆用自己的躯体,要看情况而定。

和我们建造屋顶一样,电工供电、木匠建造小屋和其中的家具,用的都是私拿的材料;泥瓦匠运来偷盗的铁炉子,安在该安装的地方。

这时候,我看懂了这个奇怪的集中营的面貌。早晨,我们来到集中营大门,推着板车,上面装着毛毡和煤焦油。门口有女警卫把守,都是肥臀金发,穿高筒皮靴。金发女警卫检查我们,放行进去。她们中间不止一人在泥瓦匠和木匠当中有相好的,在没有完工的浴室或者营房长官小屋里一起睡觉。

然后,我们来到集中营深处,某些营房之间,找一个地方升火,融化沥青。女人们立即把我们团团围住。她们索要铅笔刀、手绢、羹匙、铅笔、几张纸、鞋带、面包。

"你们是男人,有办法,"她们说,"你们长时间在这个集中营里住，没有死。你们肯定什么都有。为什么不分给我们一点呢？"

我们把身上带的细小东西都散发给了她们，把衣袋翻出来给她们看，表示真的什么都没有了。我们脱下汗衫给了她们。到后来，我们来的时候，衣袋都是空的，什么也拿不出来了。

从另外一个路段，向左二十米的地方看，这些女人并不都是一样的。

她们中间有小姑娘，头发没有被剪掉，仿佛《最后的审判》油画里的小天使。这些少女傲慢地瞧着围住我们的女人，鄙夷地望着我们这些粗野的男人。有些已婚的女人在绝望中打听已经死去的丈夫的消息，有些母亲在我们这儿寻找自己孩子的线索。

"我们这儿太凄惨，太冷，我们饿极了。"她们哭泣，"他们好一点吧？"

"有正义的上帝，他们肯定好一点的。"我们郑重回答，没有常见的嘲讽挖苦的口气。

"肯定没死吧？"妇女们望着我们的眼睛，问道，很焦急。

我们没有回答，走开了，赶紧去干活。

波斯集市的营房长都是斯洛伐克妇女，懂得这些女人的语言。这些女孩子在集中营两三年了。她们记得女营的初期情况：女人尸体摆放在营房墙下，因为没有及时从医院病床抬走而腐烂，营房里到处都是大堆大堆的粪便。

虽然外表粗糙，她们还保存着女人的温柔和善良。她们肯定是有情人的，也偷过人造黄油和罐头，因为以货易货，得偿还别人拿来的毯子或者衣服，但是……

但是我记得米尔卡，一个矮小敦实的姑娘，穿粉色衣服。

她的小屋全涂成了粉色，小小的窗帘也是粉色的，窗口对着营房。小屋里的光线给她脸上带来粉色的光辉，她一张脸好像是披上了一层薄薄的纱巾。我们分队里一个满嘴烂牙的犹太人爱上了她。这个犹太人为她买了从整个集中营收集来的鸡蛋,用软布包好,透过刺铁丝网轻轻扔给她。他时常和她在一起度过几个小时,不理睬女党卫队员的监督,不理睬我们的头目,这个头目在旁边巡逻,穿着夏季的白制服,腰上别着一把巨大的手枪。

一天,米尔卡跑着到了一个屋顶下面,我们当时正在上面铺毛毡。她向这个犹太人招手,对我喊道:

"下来!需要你们的帮助!"

我们从屋顶上顺着营房门下来。她抓住我们的手,把我们拉到她小屋里去。到了几张床中间,她指着一堆彩色被子上面的一个婴儿,急切地说:

"你们看,这孩子快死了!你们说,我该怎么办?怎么一下子就病了呢?"

这个孩子睡得很不安稳。好像金色相框里的一朵玫瑰花:发烧的脸颊和像光环一样的一圈金发。

"这孩子多好看,"我轻声说。

"好看!"米尔卡大声说,"你就知道好看!都快死了!我得把她藏起来,不能让她去毒气室!女党卫队员会发现她的!你们得帮帮我!"

犹太人一只手搂住她的肩膀,她猛地甩掉它,哭了。我耸了耸肩膀,走出营房。

可以望见远处有列车进站。运来了大群大群的人,他们得往前走动。路上有一组加拿大区的人回来,从换班的另一组人旁边走过。树林上方升起黑烟。我坐在融化沥青的铁桶旁边,搅动它,想心事。忽然想到,我也是想要一个这样的孩子啊,睡觉时小脸绯红,头发散乱。接着对自己偶发的念头冷笑了一下,我又爬上屋顶铺设毛毡。

我还记得另外一个女营房长,个子很高,褐色的头发,大脚,红色的手掌。她没有自己的小屋,床上有两三块毯子,绳子上挂了两三块，就算是墙壁了。

"别让她们以为，"她指着那些头挨着头躺在木床上的女人，说，"我在躲着她们。我什么也不能给她们，也不要她们的一点东西。"

"你相信死后的生活吗？"在一次轻松的谈话中，她问我。

"有时候，"我回答得很谨慎，"有一次是在监狱里相信的，另外一次是在集中营里快要死去的时候。"

"人如果做了坏事，就会受到惩罚，是真的吗？"

"也许是的。但是必须是，除了人的正义标准之外，没有更高的标准。你知道，有人要揭示因果关系，提出内在的动机，因为世界的本源意义而认为罪恶无足轻重。在一个平面上犯的罪，能够在空间中受到惩罚吗？"

"在人间的意义上，是正常的！"

"该受惩罚，很清楚。"

"如果可能，你愿意做好事吗？"

"我不追求奖赏，我盖屋顶，我要熬过集中营的生活。"

"你认为，他们，"她抬一下下巴，指了一个不确定的方向，"不该惩罚他们吗？"

"我认为，对于遭受非正义之苦的人，仅仅有正义存在，是不够的。他们需要的是，让罪犯也遭受非正义之苦。他们觉得，这才是正义。"

"你倒是挺聪明的。可是让你公平分发菜汤，少给你的情妇，你大概就不会了！"她挖苦了一句，就走到营房深处去了。女人们在三层的木床上躺着，头挨着头，毫无表情的脸上，大眼睛闪着光亮，集中营里的饥饿浮现出来。褐发营房长在木床中间走动，劝那些女人不要胡思乱想。她从木床上叫起会唱歌的，命其唱歌；会跳舞的，令其跳舞；会朗诵诗的，命其朗诵诗。

"她们问我，没完没了地问，她们的母亲、父亲在哪儿？她们求我给她们的父母亲写信。"

"也求我。不好办啊。"

"求你！你来了，又走了。我呢？我求她们，告诉她们，谁怀孕了，不要告诉医生；谁病了，就安安静静在营房里坐着！你以为她们听吗？我是为了她们好。可是，她们自己往毒气里奔跑，你说，怎么帮助她们？"

一个女孩站在桌子上唱了一首流行小调。唱完的时候，木床上的女人们开始鼓掌。女孩微笑，鞠躬。褐发营房长双手抱住头。

"谁能忍得了这个！太讨厌了！"她嘟囔着，上了桌子。

"滚下去！"她对那女孩嚷。

营房里立即安静下来。营房长举起一只手。

"安静！"她高声说，虽然没有人出声，"你们都问我，你们的父母亲和你们的孩子在哪儿。我没有告诉你们，因为我同情你们。现在我告诉你们，让你们知道，你们要是病了，他们对待你们也用同样的办法！你们的孩子、丈夫和父母亲，根本就不在另外的集中营，早被赶进一间屋子里毒死了！听清楚：被毒气毒死了。都在深坑里、在焚尸炉里烧了。你们看见那屋顶上面的黑烟了吗？不像他们说的那样，根本就不是砖厂里冒出来的，那是从你们孩子的身上冒出来的！——接着唱吧。"她对歌手说，口气平静，从桌子上跳下来，走出营房。

不可否认，奥斯威辛和比尔克瑙的情况逐渐从坏变好。起初，打人、杀人随时随地发生，后来变成零星的。起初，犯人侧身睡在地板上，须听口令翻身，后来睡上木床，可以随便翻身，甚至还有一个人睡的床铺呢。起初，犯人站立等候点名，要站两天，后来只需站到九点钟。起初，不准外面邮寄包裹进来，后来，允许邮寄五百克，到最后，随便寄多少都可以。原来，囚服不准有衣袋，后来，在比尔克瑙，甚至可以穿便衣。集中营里是"越来越好"了。在开营三四年之后，我们都认定，恐怖惊骇的事不再重复，而且感到骄傲的是，我们存活了下来。德国人在前线的情况越不好，集中营里的情况就越好，让他们在前线败得更惨吧……

在波斯集市，时间是倒流的。我们又看到了一九四〇年的奥斯威辛。女人们贪婪地吞饮菜汤——这样的东西，在我们营里是没有人吃一口的；她们都发出女人的汗味和血腥味。她们从早晨五点钟就等着点名，等到数人数的时候，差不多九点了，这才给她们凉咖啡喝。下午三点开始晚点名，之后给她们晚餐：面包和一点佐餐的东西。因为她们没有干活，所以没有加餐。

有时候中午把她们赶出营房，进行附加点名。她们五个人一排，挤得紧紧的，列队回营房。粗壮的金发女人，女党卫队员们，穿着长筒皮靴，从一排排的队伍中拉出比较瘦弱的、怀孕的，投入"大眼"。"大眼"是女看守们手拉手组成的圈子，封闭的圈子。塞满女人的"大眼"像跳着死亡之舞一样挪动到集中营大门，又进入特大的大眼。五百、六百、一千名妇女，都走——这条路。

有时候，一个女党卫队员来到营房。她上下左右扫视床位——正是：一个女人扫视众多的女人。她反复问，谁想去看医生，谁怀孕了——这样的人，在医院里能得到牛奶和白面包。

女人们争先恐后地奔出房门，被吸进"大眼"，走出大门——也走向这条路。

一天里，空闲时间是有的，可是没有什么可做的——我们就在波斯集市的营房长那里度过，在营房下面，或者厕所里。在营房长那儿喝茶，或者在小屋里待客用的床上睡上一个钟头。在营房下面，跟木匠和泥瓦匠聊聊天。女人都围住他们，她们已经穿上针织衫和长袜子了。随便拿来一块手绢、布料什么的，你就可以跟她们为所欲为。集中营到底是集中营，也算是女人的加拿大——大仓库了。

厕所男女共用，只用木板隔着。女厕所这边总是拥挤，叽叽喳喳的；我们这边呢，安静，水泥板发出一股凉气。在这儿一坐就是几个钟头，和卡佳说情话；卡佳这小姑娘是扫厕所的。没有人觉得不方便，这儿的情况也没有妨碍。在集中营里，人们都见识得多了。

六月份过去了。人们在走动，不分白昼黑夜——走这条路，走那条路。从天亮到深夜，整个波斯集市都在等待点名。天气暖烘烘的，屋顶上的沥青融化了。接着来的是秋雨，刮起阵阵冷风。清晨阴冷，浸透衣襟，然后又是艳阳天！列车连续来到车站，从未中断，人们向远处走动。我们常常伫立，不能够去干活，因为路上全是走动的人。他们是松散的人群，缓步行走，手拉着手，妇女、老人、儿童。他们在刺铁丝网外面行走，沉默中把脸对着我们，望着我们，显得宽厚，隔着刺铁丝网，向我们扔面包。

妇女褪下手腕的手表，扔到我们脚下，示意我们可以拿走。

大门下的乐队演奏着狐步舞曲和探戈。集中营的人望着行走的人们。人表达激荡情绪和强烈情感的方式是有限的，表达的效果，就好像那些情感都是细小、微不足道的，用的都是同样的简单语句。

"走过去多少人了？从五月中旬算起，差不多有两个月了，就算一天两万……快到一百万了！"

"一天毒不死这么多人。而且，鬼才知道，只有四个焚尸炉和几个大坑。"

"换个计算方法：从柯什采和孟卡契来的大概是六十万，不用说，是全部都弄来了，布达佩斯的呢？有三十万吧？"

"不都是一个样吗？"

"是啊，可是，快完了吧？因为他们要杀死每一个人。"

"杀是杀不完的。"

于是，你耸耸肩膀，依旧望着前面的路。党卫队员押在大群的人后面，和气微笑着提醒他们跟上队伍，还指给他们看，不远就到了，还拍拍一个小老头的肩膀。这位老人家跑到一条水沟旁边，急忙解下裤子，动作可笑地蹲下了。党卫队员指给他看，大队走远了。老人家点头，提起裤子，挺可笑地迈着碎步往前赶。

你觉得挺逗，看着很解闷，瞧着这个人这么火急火燎地奔赴毒气室。

然后我们接着干活，涂抹仓库屋顶上融化的沥青。各种杂物和没有打开的包裹堆积如山，从那些行走的人手里夺取来的财宝，堆在屋顶上，任凭风吹雨淋。

在沥青大桶底下生好火之后，我们就去"办货"。有人拿来一桶水，有人拿来一小袋干樱桃或者李子，还有人拿来白糖。我们煮了糖水樱桃，拿到屋顶上，犒劳干活的人。其他的人炸咸肉，加洋葱，吃玉米面面包。能顺手拿走的东西，我们一律卷走，运回集中营。

从仓库屋顶可以看到燃烧的火堆和开足马力运转的焚尸炉，一览无余。人群走到里边，脱去衣服，然后，党卫队员迅速关上房门和窗户，紧紧拧死螺丝钉栓。几分钟的时间，还不够给一张毛毡涂完沥青——几分钟后，他们打开窗户和房门，通风。特别行动队来到，拉出尸体，投进火坑。就这样，从清晨到深夜。

有时候，把这样运来的一批人用毒气处理完毕之后，又运来一批病人。毒气处理法不合算，于是让他们脱光衣服，或者由指挥官摩尔开枪射击处决，或者推进火坑直接烧死。

有一次，运来了一个年轻的妇女，她不想离开母亲。她们被迫脱去衣服，母亲先被带走。那个押送女儿的人，被她肉体的绝美震撼，站住了，在极度惊异之中摸了摸自己的脑袋。看到这个人性的、纯朴的姿态，这位妇女后退了一步。她的脸发红，抓住他的手：

"你说，他们要对我怎么样？"

"你要勇敢。"这个人回答，没有缩回手。

"我是勇敢的！你看，对着你，我不害羞！你说！"

"你记住，勇敢些。走吧，我带领你，什么也不要看。"

他一只手拉着她，另外一只手挡住她的眼睛。烧焦脂肪的噼啪声和怪味、火坑里的热气吓得她魂不附体，她挣扎。这个人轻轻按下她的头，露出脖子。就在这时，指挥官开枪，几乎没有瞄准。这个人把那个女人推进了火坑，听见她可怕的、撕心裂肺的叫声。

波斯集市、吉卜赛营、女营都塞满了从行走的人们中间挑选出来的妇女。这时候，在波斯集市对面，出现了一个新的集中营，我们称之为墨西哥。这个营也还没有最后完工，同样设立了营房长小屋，装电灯，安玻璃。

每日活动照旧。人们走出车厢，行走——走这条路，那条路。

集中营内部的人也有操心的事：等着家里的邮包和书信，为朋友和情人"办货"，到处打听消息。夜以继日，阴晴交替。

夏天完结的时候，火车不再开来。被送进焚尸炉的人也越来越少。集中营里当然开始感觉到某种空荡，慢慢也习惯了。而且还传来了其他的重要消息：苏联开始反攻，华沙到处发生起义、战火燃烧；离开集中营的输送列车每天开走，向西走去，前途不明，大概是在走向新的瘟疫和死亡；还有几个焚尸炉在造反，特别行动队员开始逃跑，逃跑的下场是逃跑者都被枪毙。

然后，命运把人从集中营抛向集中营，没有羹匙，没有饭碗，没有擦拭身体的破布。

人的记忆只保存形象。今天，每逢我想到在奥斯威辛集中营的最后一个夏天，我就看到颜色斑驳陆离的人群，他们郑重地向前奔赴——在这条路，或那条路；就看到低头站在火坑边缘上的那个妇女，看到营房昏黑内部的褐发姑娘：她再也没有耐心了，冲我呼喊：

"恶人受惩罚不受？按人情事理，一定要受惩罚！"

还看见豁牙的犹太人，他每天晚上到我的床头，抬起头来，问同一个问题：

　　"今天你收到包裹没有？把鸡蛋卖给米尔卡，行不？我给你马克。她就爱吃鸡蛋……"

起义者之死

隔着一条狭长的草地,靠近壕沟,就是一片种满了甜菜的田地。抬头观望从沟底铲出、投到地面上的又黏又湿的泥土堆成的低矮的土垒墙外面,可以看到几乎唾手可得、绿绿的、厚实的甜菜叶子,叶子下面是白色的、有粉色筋脉的甜菜根茎疙瘩,在潮湿的泥土里膨胀。田地向山坡方向延伸,在大墙般的黑色树林前面终止,树林被笼罩在淡淡的雾霭当中。树林边缘有一个警卫。他身上冒出一个可笑的枪托,像丹麦长柄卡宾枪的枪托似的。左面几十米远的地方,在低矮的李子树下,坐着另外一名警卫,身上裹着灰色的航空斗篷,从遮到眼睛上方的钢盔下面望着谷地,像看守着一个澡盆盆底一样。

在山坡远处,树林和小柳树混合起来,在突然显得活跃的小河和穿过平原的公路之间,巨大的拖拉机正在用铲子平整泥土,那泥土是挖掘机挖开,又由一排人力推拉的小车从下面运到这儿来的。那儿不安全、嘈杂、拥挤。苦工们推动手推车、搬运枕木和铁轨,撕开草皮,遮盖建筑物,而那里的地基刚刚由拖拉机平整好。在"澡盆"地面上,我们挖沟。这条沟原计划按时完成,因为光照充足,树下到处都是被风吹落的熟透了的李子;但是,在下雨的时候,沟沿就开始往下掉土,甚至有完全塌方的危险;而且,集中营命令我们向着水管垂直地而不是倾斜地挖壕沟沟壁,他们未料到,挪威人接到命令在水渠中把水管架设到壕沟上方,但在架设了起初的十公里他们就都死光了。于是很快命令我们搬运铁轨和拉走似乎因上帝偶然吩咐而混乱放置在车站的钢条,又驱赶我们到洼地去修整水沟,而这条壕沟正好从甜菜地旁边经过——经过得很不合时宜。

"你以为,这样的壕沟没有什么意思吗?"我对罗麦克说,他是来自腊多姆城下的游击队员,两年来在集中营为德国人建造的正是他在波兰所破坏的建筑物。这个可恶的集中营在符腾堡一块丘陵地的一小片草地边缘上开始建造,从那时起,我就和他一起干活,现在挖沟也算得上配合默契了。他用十字镐挖下软泥,我用铲子尖把这软泥抛到泥墙墙顶上去。累了的时候,他就懒懒地倚着十字镐,我靠着壕沟潮湿的沟壁,或者坐在巧妙放置的铁锹把上。该我坐一会儿的时候,他就靠在沟壁上。从远处看,好像在这沟里有一个人在慢慢地干活,但是干得有劲头,不休息。

"挖沟是为什么呢?"罗麦克接过话头,靠在十字镐上。我们每天想方设法找话题,接着围绕它谈一整天,话题差不多是和吃饭一样重要的。"土都抛上去了,行了。把它弄完了,咱们继续走。"他说话合着十字镐动作的节奏,"不用搬运铁轨和枕木,像华沙起义①那些弟兄。守着铁锹和十字镐,我还能经受下去。不过,你有什么话就直说,不要绕圈子。"

他望了望地平线。他有一双褪了色的蓝眼睛,一张十分消瘦的善良的脸,颧骨很明显。

"连太阳也看不见。"他说,心绪不佳,"你看呢,要下雨了吗?"

他蜷缩在沟壁下泥土中细心挖出来的龛穴里,那儿干燥,比较温暖。壕沟上方刮着一阵一阵的秋风,在高空不安地驱赶着一

---

① 1944年8月1日到10月2日,华沙五万名抵抗运动成员发动反德暴动,被德军镇压。起义失败后,纳粹德国有步骤、按计划几乎彻底破坏摧毁了波兰的首都,起义者死伤惨重,大批华沙市民被投入集中营。

团一团饱含雨水的云朵，但下面却是宁静的。

"要下雨就下吧，"我心不在焉地说，"这也不是新鲜事了。你瞧这壕沟，咱们开始挖的，到现在有一千多个岁数大的人没了，还有不知道从哪些集中营里来的人。他们见过不止一个集中营吧。"

在沉默中，我两次挥动铁锹，止住了上面的土堆墙滚下来的土块。

"咱们挖了水沟，晒了一点太阳，下了一点雨水，沟又塌下来一点——人就剩下一半了。可是那边，"我用头部示意壕沟拐弯那边，我们一组其他的人在那边干活，都是华沙起义失败后被送到这儿来的，"不知道活着的还有没有一半。听说，每个昨天搬运尸体的人得到两个面包，一共搬了装在箱子里的五十具尸体。一个犹太人在集中营里的沼泽地淹死了。所以昨天点名站了那么久的时间，我们放在营房里的汤都凉了。"

往日的游击队员从壁龛中探出身子，拿起十字镐。

"不是两个，不是两个面包；只有搬运尸体的才得到半个面包，还奖励一点黄油。你知道，那儿那些你说的起义者，我就不同情他们。不是我叫他们到这儿来的，他们是自愿的。志愿者嘛，战争都快结束的时候自愿来修建集中营，展开工业化呀。"他恶狠狠地讽刺说，算是骂完了。

"大概整一条沟都整理完了，因为听不见他们为政治争论不休。一定是走远了。从一大早就卖力气干活，傻子似的，都心想着巴奇长官给他们一点面包皮。"

"怎么，给啊！你别怕，我们这个克罗地亚看守看得细、会计算，给的东西大概是一根大香肠！他有他的一套办法，会哄人去干活，似乎不打人，用面包皮引诱。会弄圈套，你一个傻瓜，干活就是了。想找死的，就等着面包皮吧。我宁可少吃，也不愿意干活。"

"为了一个完整的面包死命干活，却只能吃一小块面包皮。"我刻薄地强调，"我也许要拔甜菜去。也许可以少吃一点，不是吗？正好长官到村里去了。"

"当然，那就请吧。轮到你了。昨天是我拔的，前天也是。可是你得警惕组长，他在集中营旁边转悠呢。"罗麦克提醒，"拿两个吧，也许能有点用。傻瓜不少，谁也别给。"

"还能有谁！那个老头一定会来的。他一般不愿意把面包吃完，而是吞下绿草叶子什么的。没有他不吃的东西！苦苣菜、野蒜、草地里的野芫荽。我跟你说，他会吃死的。"

我小心翼翼地把铁锹插在地里，以防止它倒下沾上泥水，然后悄悄沿着布满刚刚下过雨水的水洼的壕沟爬行。

此行的要点是，不能拔近在眼前田地里的甜菜疙瘩，而是从另外一片土地，靠近拖拉机，靠近推拉装满泥土的小车的嘈杂的人们，靠近像上了钩的鱼一样紧张的组长，还有因为无聊而有时对着人开枪的警卫。因为甜菜被拔，有人必定受到处罚，而符腾堡安静的村民有什么罪过呢？一大群集中营囚犯忽然来到他们的土地，在从斯图加特到巴林根一线组成了小集中营，要从石头里打出油来。他们已经忍受多时：我们在他们很少的草地上挖掘，在牧场上建造军需厂，托德劳动大军的士兵和长官兴致勃勃地在他们的菜园和果园里锄草，尤其是因为当地的成年男子现在都上了前线。

离我们有一段距离的水沟拐弯后面，有一批参加华沙起义的老人在干活，都穿着条带服装，略有区别。有的把衬衫扎进裤子，有的衬衫下面露出水泥袋子，这是防雨防风的好方法，有的人把牛皮纸裹在身上，在头部和手部开好口子。

"先生们，请放我过去，上帝祝你们劳动幸福。"我和蔼地说，"您，起义者，可以把身上的牛皮纸摘掉。您没有看见吗，警卫昨天对着一个犹太人开枪，就因为他身上有一把麦秸？"

"我是犹太人吗？他们可以对犹太人开枪，因为犹太人不是雅利安人。您管好自己的事吧。我也是，要是我有三件衬衫，自然会想到不用披上这些烂纸片的。"

"先生，您去拔甜菜疙瘩吗？"一位穿着优雅皮鞋的人问道，他一双鞋沾满了污泥。

"怎么了？什么甜菜疙瘩，怎么回事？"

"您也许能给我们带回来一个吧？"

"甜菜疙瘩对胃有害，先生。会严重泻肚、有生命危险。还是熬下去等出头吧。"

"先生，饿得实在想吃东西啊。人挨饿了，就不想活下去。"老头言之有理。

我仔细看了看这个岁数大的穆斯林。他把衬衫用粗糙的、拼接起来的绳子扎了起来，又塞上粗麦秆，这麦秆一直伸到领子旁边，好像这么一块用杂草凑起来、饱蘸水气的布片能够保温似的。他没有想到把裤子塞进一双雅致的、在华沙就穿上了的皮鞋里面。皮鞋沾满污泥，都已经干了，却又沾上厚厚一层新的污泥。

"哎呀，我说老爷子呀，"我说，表示看不起，"您真是不懂得自尊。您为我稍微让开一点，稍微整理整理自己，这集中营可不是养老院，要什么有什么。从泥塘里出来，慢慢走一走，您的健康立即就恢复一点，比吃那一小块面包有用。您要是光吃甜菜疙瘩，每天还用半碗汤换香烟抽，那您想，能怎么样呢？您就能熬出头来吗？早就把您装在箱子里运走了，您这样的人多的是。看您这副模样，百分之一百五十是要倒霉的。"

"您如果光喝一升清水汤，吃一小块面包，您的样子也跟我们一个样。"拿牛皮纸当衣裳穿的那个人打断了我滔滔不绝的唠叨。

"难道说我吃得比你们多吗？"我真的发火了，"我不过是不习惯穷讲究罢了，不像你们华沙人那样。我知道尊敬别人。"

"昨天是谁从我们营房拿走了一碗汤，不就是你吗？你说说，是不是你？"

"我昨天卖给你们营房长一把扫帚，所以他给了我一碗汤。大家都在柳树林子旁边干活。我拦着你们做扫帚了吗？到了下午你们都舒舒服服地躺着，我可是在绑柳树枝条呐。"

"嗨，嗨，这点心眼，我也是有的。营房长也会收我的东西吗？他愿意把汤白送给你们这些从奥斯威辛集中营来的。"

"你如果像我们大家一样，在这儿熬两年，到哪儿也有人多给一碗汤的。"我有点火了，一面回答他，一面往甜菜地跑，埋怨自己跟他们无谓地浪费时间。

在大约一百米远的地方，壕沟转向由拖拉机和挖掘机平整的黑色地块。拐弯前面，沟上面的土墙泥堆被清理，沟壁上挖出了两个浅窝，脚掌可以蹬着向上爬。我把脚踏在一个窝里，用手指头扒住壕沟边缘，费尽力气爬到了沟的上面，却没有注意到，整件上衣都蹭满了污泥。我在甜菜之间爬行，小心翼翼。在这儿，因为多少有甜菜叶子的掩护，我觉得有几分放松。挑选了一个最大的根茎，慢慢除掉了叶子，从泥土里拔了出来。我又寻找蔓菁，可是，除了粉白色的甜菜疙瘩，其他什么也找不到。于是又拔了一个甜菜疙瘩，把两个都掖在上衣下面，手里拿着几片叶子，好歹挡住组长或者警卫的目光，我开始退回壕沟。终于缩回到了有裂纹的、潮湿的壕沟沟壁之间，这才松了一口气。

整理了一下上衣和裤子，从衣兜里掏出木制小铲子，十分细心地刮干净手上和鞋上的泥，又把甜菜疙瘩掖在衣襟下面，迅速返回自己人那儿。有点兴奋，像一条遭到驱赶的狗一样喘息。

"先生，给一个吧，给一小块吧。"路过起义者们的时候，他们发出请求。

"大伙听着，让我安静会儿吧！"我嚷道，几乎绝望了，使劲抱着潮湿的甜菜疙瘩，样子丑陋，"你们自己去拔呀！那儿长的甜菜疙瘩多着呐，人人有份！不光是我一个人！"

"您能办得到，您年轻啊！"用牛皮纸遮身的那个人说。

"既然你们都老了，又害怕，就等死吧。我要是害怕，早就得靠吃蒲公英活着了。"

"那就噎死你吧，狗崽子！"披牛皮纸的先生在我后面恶狠狠地咒骂。

辗转回到了往日的游击队员身旁。罗麦克在沟里蹲着，扶着十字镐把。

"没有人瞧着你，干吗还急急忙忙的?"他说得很有道理。

我从上衣下面掏出甜菜疙瘩。游击队员用锄头在沟底挖掘，挖出一个小坑，在一堆衣物中拿出一件无价之宝：一把小刀，然后细心给甜菜疙瘩削皮，把皮扔进小坑。

"你知道，有一次我们去找一个村长算账，离腊多姆不远，"说着，他削去甜菜头上筋脉多的、不能引起食欲的部分，"那个小村子叫耶日纳，还是杰日纳，记不清了。我们包围了他的住宅，野狼"——罗麦克所有的故事里，野狼都是第一小提琴手——"从窗口爬了进去，等着下手。但是他没有，他叫我。我就爬进去了，你知道，我呢，四下里仔细看了看，因为有点黑，村长和婆娘正躺在床上，他不想下来。'下来听命令。'野狼说。'我不放他走，让他在床上听吧。'婆娘说。村长吓得说不出话来。好好趴着，为了祖国，干什么都不难。我俩一起蹲到这个汉子身上，弄得小羽毛飞到了天花板。你以为，那婆娘随着他叫唤起来了吧？的确就是啊！她说：'你们游击队员都是一个样，把我家枕头和鸭绒被都弄坏了呀！'"

"你的故事罢了，"我说着用铁锹把小坑里的甜菜皮埋好，"可是那村长跟甜菜有什么关系?"

"有关系，而且关系大了。"游击队员把切成小块的甜菜疙瘩交给我，我立即藏在衣袋里，"在老家伙的库房里，我们没收了这么……"说着，他用手画了一个很大的圈子，"这么大的一串香肠。"

"先生，您知道是什么香肠吗？香肠、腊肠什么的，我倒是算内行的。"脚上穿了原来雅致、现在沾满污泥的皮鞋的老头突然说。他悄悄走到我们这儿来，靠着铁锹，细心静听游击队员的小故事，同样细心地瞧着他切割甜菜。

"什么香肠啊？反正不是碎肉的。就是普通农村里那种加了大蒜的，"罗麦克神气地说，"当然比甜菜疙瘩好。你们想也能想得出来！"

他给了我一小薄片甜菜，又为他自己切了一片。有一股厚重的、热辣辣的甜味，从中冒出一股刺鼻的凉气，掠过全身。所以吃的时候都很小心，切成小片。

"先生，请您送给我一小块吧，您不会不送的。"

穿雅致皮鞋的他以老年人特有的顽固软磨。

"得靠自己去拔，"罗麦克说，"您光想着让别人为您冒险，像在华沙那样，是吗？您自己害怕吗？"

"德国人迅速抓住我送到德国来了，我怎么能够在华沙参加斗争呢？"

"您走吧，走吧，老爷子，干活去吧，尽量努力，长官也许会给您干面包皮的。"我挖苦他。他不走，眼睛一直盯着我们随便切开的薄片。我不耐烦了，补充说："老爷子，您听我说，甜菜伤胃。里面水分太多。您整个整个地吃，腿疼不疼啊？"

"腿怎么会疼呢？不过有一点发肿罢了。"老爷子立刻回答说，同时拉起沾满污泥的裤腿，从那双原来很雅致、现在沾满污泥的鞋子里，从卷得稀奇古怪的破布和粗布中，露出两条发肿的、病态苍白、白中透青的小腿。我弯下腰去，用手指按了按那皮肤。游击队员用锄头划地，神情冷漠。别人的腿肿不肿他才不管呢。

"老爷子，您瞧，这手指头摸一下这身体，跟戳进揉好的面团一样。您知道是为什么吗？水，没别的，都是水。从腿上能走到心脏，还要走到头部呐。您呀，什么也不能喝了，连咖啡也不能喝。还有野菜，记住，也不能吃。可是您还想要甜菜。"

老人审视一下小腿，然后抬起眼睛看我，面无表情。

"我给您一小块面包，但是请您给我整个的甜菜疙瘩。"他压低声音说，从衣袋里掏出一块用破布裹起来的面包——半块早晨的面包，我闪电般地、专业地估算了出来。

游击队员靠在铁锹上，另外一只手插在腰部。

"您瞧，老爷子，您老是一点不改。每天都一样。应该先把面包拿出来，然后再扯闲篇啊。您还真能从早晨撑到现在。"他补充说，那口气混合了蔑视、认可和羡慕。

"也是没办法啊。拿这么一个甜菜疙瘩，至少能把肚子撑满。快点啊，得干活去了。光在这儿东拉西扯的，我找了别人替我挖地呐。"

"给豆儿大的一块面包，要拿走一尺长的甜菜疙瘩，"罗麦克抓住了要点，"还是请您闲话少说吧。"

他拿过面包，放在壁龛里，接着从衣袋里掏出一块一块的甜菜，堆成一堆，表明没有克扣，这就是整个的甜菜疙瘩，都交给了老人；老人收起甜菜块，揣进衣襟，赶紧走了，拖着铁锹，消失在转弯后面。

这时候，罗麦克伸手到壁龛里，取出面包，妥当分成两小块，给了我一块。我俩开始咬嚼，细细品味，慢慢下咽。最后，罗麦克从衣袋里掏出两个压扁了的、枯干的小李子。他露出狡黠的微笑，扔给我一个。我一把接住了。

"注意，得有耐心，忍着到该吃的时候才能吃。早晨去岗亭领工具的时候捡到了这两个李子。即使是面包，我也会忍着留下来。换了你，立刻就吃了。"

"是啊，要是我，就吃了。"我表示同意。我们互相很了解，又接着按我们的办法干活。他拿十字镐，打碎从沟上土垒墙上掉下来的土块,我钻进壁龛,里面显然比光溜溜的壕沟暖和一点,也许是因为壕沟的上面有风,而在这儿,头顶上方有点泥土,像个屋顶似的。

"你知道,我在奥斯威辛集中营的时候常常收到邮包,收到炼乳一下子就喝光,"我像说梦话似的,"从来不分给别人。在这儿,我的份饭,我也是一下子吃光。你见过我身上带着面包吗?都是三下五除二,吃了,喝一点咖啡,不多,然后整天守着这把铁锹。要紧的是干活不要卖力气。"

"最好的办法是衣兜里不带吃的。吃进了肚子,贼也偷不走,火也烧不着,长官也没收不了。成天地切分、寻找、言必谈饮食的人,死得快。这是犹太人的办法。"

"还有华沙人。"想到了刚才的这一次交易,我说。

"还有华沙人。"原来的游击队员表示同意。

他把十字镐插在地面上,靠在沟壁上。沟很窄,但是很深,和宽度不成比例。潮湿的泥土发出腐烂杂草的尸臭气味。沟的一侧升起土垒墙,土垒外面是甜菜地,再远处是拖拉机、警卫线和森林。另外一侧是草地,草地上有的地方长了野李子树。李子树一直延伸到了村庄,村庄位于更低的地面。从我们这儿可以望见教堂的顶端,教堂耸立在村庄中心,在秋天水涨时形成的瀑布上方,而红色屋顶向远处延展,越来越低。更远的地方,山坡上有云杉树林。树林后面是不久以前才建造的集中营;在这个集中营里,两个月的时间之内死了三千人。一条白色的道路从树林开始,消失在村庄里,又出现在李子树之中。

长官从远处走下公路,斜着穿过草地。他穿的托德劳动大军军服颜色鲜亮,有别于潮湿草地的绿色。他是一个大专家,擅长架设水管管道、搬运铁轨、装卸袋装水泥,有本事在附近村庄征收一切食品,连那些在奥斯威辛集中营里九死一生的人也比不上他。他关心为他干活的人——我们二十个人,所以每天从他的同事那儿收集面包皮，发给干活最卖力气的人。

我抄起铁锹，开始使劲抛出泥土。原来的游击队员拿着十字镐，离开我两米多远，这样，从远处看，两个人就不会重叠起来。他把十字镐举得高过沟边，再让镐头自由地降落下来。

"原来，好像我正在说壕沟的事吧？"他说，因为沉默得太久令人感到不安。在这里必须整天地都有话可说，这样，人才会失去时间感，没有空闲去编织关于饮食的毁灭性的幻想。"你说呀！怎么啦？"于是又用心挥舞一下十字镐，让它在沟渠上方闪亮。

"你都看见了，大家东奔西跑的，为德国人的利益挖掘，在西里西亚干一阵，接着又在贝斯基德城下干一阵，在符腾堡干一阵，接着又到了瑞士国界线。每一次，伙计们里头都有人死了，又有新来的人，兄弟，就这样的循环，看不到头。冬天快来了……"

"别说话。把耳朵贴在墙上，能听见地面传来大炮的响声。西线在打大炮……"

"打了一个月了。这一段时间，咱们这儿死了一些人。咱们搬运石灰、砖头、水泥、铁轨、铁皮，什么都运，咱们挖沟、挖坑、修铁路——又能怎么样？越来越饿，越来越冷，雨下得越来越勤。人还抱有回去的希望，可是，现在，投奔谁去呢？也许他们在什么地方也是在挖坑呢，跟我们的起义者们一样。就算不是这样，那你就认为你有办法活下去了吗？或者是你没完没了地感到说不明白的恐惧，或者你用两只手，能抢就抢，你相信哪一条呢？不管说什么，反正我是从早晨开始，就一直想着吃的，而且也不是想着小说里描写的那些法国大菜。我就想着吃饱面包，面包上抹上厚厚的黄油。"

"我不想凭什么、怎么度过今天这样的问题。"游击队员直截了当地说，"我想回到妻子、孩子身边去，在世界上打仗早打腻了。以后总会比现在好吧？也许你愿意这样地活到老。"他苦笑了一下。

"举起镐头来,举起镐头来。"我警惕起来,"长官在沟上面站着呢,你没有看见?"

我们都装作没有看见他,正在奋力干活,同时还专心聊天。我把整铁锹的土高高地抛到了土垒墙墙顶上,费尽了力气。巴奇在我们上方停了片刻,背着手,就好像从高台子上往下看似的,在壕沟上面慢慢地踱步,高筒靴子黑亮黑亮的。他身披的一件士兵斗篷下摆也同样沾上了泥污。

"组长,组长,"他站在一群起义者上方,对我呼叫,"到这儿来!这个人为什么躺在地上了?他为什么不干活?"

长官把所有会说德语的人都称作"组长"。早先从奥斯威辛集中营来的人们觉得这很可笑,但是也让他们感到丢人,因为组长就是组长啊。

我沿着沟渠快步跑了过去。拐弯后面的壕沟底,一个老人弯腰坐在地上,就是那个穿了原来很雅致却沾了污泥的皮鞋的老头,他两手捂着肚子,正在呻吟。长官蹲在沟渠上方,从远处细致观看这名囚犯的脸。

"生病了?"他问。

他手里拿着用旧报纸包起来的一大块东西。

这位老年起义者苍白得可怕的脸上出现了罕见的大汗珠,闭着眼睛,眼皮一下一下地抖动。他一定很热,因此解开了领子,麦秸从怀里蹿出来,触到了他的脸。

"怎么了,老爷子?看,是不是甜菜疙瘩伤着您了?"我问,表示同情。

他的同伴,那个用牛皮纸遮身的,对我狠狠地扫了一眼,对巴奇长官结结巴巴地说:

"病了。他病了,病了。"他重复说,希望长官能听懂波兰语,"饥饿,您明白了?"

"嗯,是啊,明摆着啊,"我赶快把话说完,"他吃甜菜吃得太多了，现在肚子里疼得很。跟刚来的人一样，他不知道野菜有毒。又贪吃，又饿得难受，没有办法，长官。"

"甜菜？那边地里的？嗨，那很不好。藏在衣袋里了，对不对啊？"巴奇长官用手掌做了一个把东西悄悄藏在衣袋里的、国际通用的动作。

"这个道理，他就是弄不明白！"我很鄙夷地说，"他每天用面包换甜菜。"

巴奇长官点头，表示理解，从壕沟上——好像从另外一个世界的边缘——肃然望着这个起义者。老人的同伴，那个披了牛皮纸的人，十分激动不安。

"您告诉他，也许应该把这个人送到集中营里去，因为他病了，病得厉害。"

"病得厉害？"我说，感到惊奇，"那就是，这世界上的事，您见识得还少。他还能活到晚上。您是怎么了？还是个小孩子啊？您不知道，现在，连一个警卫也不会离开这儿的。您是第一次在小分队里吗？还有，赶快扒下那些牛皮纸，不然有人会来管您的。我已经说过一次了。以后您又要说我们不是好人，不关照您。"

我回到自己干活的地方。游击队员趁着长官注意这件事的时候，安静地蹲在壁龛里，巧妙地倚靠着十字镐。我拿起铁锹的时候，他从壁龛里出来，也摆出干活的姿态。

"那个老头子，是吧？"他不怎么注意这件事。

"甚至连今天晚上也熬不到了。"我回答，"这样的，我见过何止一百个。腿肿，腹泻，现在吃甜菜，胡吃海塞的。前景不妙。"

"又少了一个。不是我让他到这儿来的。他们既然开始干了，就可以继续保卫那个华沙嘛。"

"当然可以。后来，他们去奥斯威辛的时候，是没有人监督他们的。他们以为是去工作的。现在他们干活，倒像迫不及待似的。"

我没好气地把足足一铲子泥土使劲抛到土垒墙墙顶,连铁锹把都弯了一下。

"对于这个人,你有什么可惜的?有人愿意为德国人效劳,那就由他去。"游击队员说,"在奥斯威辛,他们大声说,他们不懂政治,还有的人夸耀自己有一个德国侨民表叔,在这儿又不满意,因为吃的给得少。六个星期前来的,就已经想要三盘菜汤了。"

"你今天吃得多,超过一份了吧?"我问他,很感兴趣。在特别激动的时候,吃是少不了的话题。

"我都吃了什么呢?"腊多姆城郊原来的游击队员回答,"昨天都吃什么了?早晨一份面包,面包还配了什么?"

"人造奶油和奶酪。"我回答。

"人造奶油和奶酪。一整天,什么都没有。到了晚上,我们把甜菜卖给犹太人,换回半份份饭,两个人分享。晚上有你那把笤帚换来的汤,后来在厨房还得到一点汤,因为我收拾了大锅。"

"你不能带回来给我?"我问,感到失望。

"不能,因为必须在厨房吃。今天,"他拉长声音说,"早晨有一份,人造奶油三十个人一小块,后来有两个小的李子,后来又是面包和一点甜菜。还有……"

他忽然闭嘴,抄起十字镐。长官正站在我们上方。他观看了一会儿我们和谐有序的工作,把一个裹了报纸的小包扔在我们两个人之间。面包皮散落在我们脚下。

"当时我想到的就是这个。"罗麦克强调。于是一下子把十字镐举到头上,尽量做到让它闪现在沟渠边缘上方,而我则急忙弯腰对着地面。

格仑瓦尔德战役①

一

在党卫队放弃的军营洒满阳光的宽阔大院里，就好像置身于石砌围墙中间挖掘的一口深井的井底下一样。军团在水泥地上踏着步点、唱着歌前进，他们的手臂裹上了党卫队士兵留下制服的绿色袖筒，提到腰带的高度，然后以愤怒的、一致的动作落下，让人觉得这不是一支队伍在前进，而是一个放大多倍的人，信心十足、声音沙哑地唱歌前进。但是军团色彩斑驳的裤腿、毛毡鞋上的几个亮点，搅乱了整体的军人表现。

这个军团，从上方看像是三条绿色的毛虫，隆起的脊背有条纹，躯体却静止不动，它在充满阳光的院子里挺刻板地走动。军团路过一排很高的美国载重汽车，这些汽车从内部吐出形形色色的人和行李，好像从装杂货的口袋里倒出来似的。队伍在水泥地上踏步，上面是一根刚刷过油漆的旗杆，因为风把一块带有民族

---

① 格仑瓦尔德是波兰北部奥尔什丁省的一个小镇。1410 年 7 月 15 日，在这里发生了和日耳曼人十字军（三万九千人）的战斗，迎战他们的是波兰、立陶宛和俄国的联军，还有捷克的部队（共约四万五千人），领导人是波兰的雅盖沃和维托尔德；波兰人及其盟友取得辉煌的胜利。这是中世纪欧洲最大的一次战役，造成日耳曼十字军的衰落。

本篇描写战后滞留异国者（dipis），包括原来关在德国集中营的得到解放的囚徒，后来重新被关在专设的集中营里的遭遇和心绪。

彩色图案的破布吹到杆子上去了,像挂在钓鱼竿上似的。队伍在一排树干、小松树针叶前面止步,这儿还有许多凳子和椅子,是准备晚上开营火晚会用的。他们在原来的玻璃大厅下面转弯,这个大厅里不久前还举办过党卫队的爱国主义群众大会。他们踏在被打碎的窗玻璃上,歌唱了半截打住,他们进入昏暗的大厅内部,像进了隧道似的,把大厅和场地隔离开来的是强烈的阳光和刚刚修剪完毕的、长了毛茸茸深绿叶芽的枝条。拖在军团后面弯弯曲曲、白得晃眼的灰尘长带,在大厅入口处盘旋,变成灰色,落向地面,偶然的一阵风又把它吹起,膨胀,散开,在空气中乱窜,纷飞,变得无迹可寻。

我坐在天井边一面墙壁的三层窗户狭窄坚硬的窗台上,膝盖撑着下巴颏,赤裸上身,在阳光下取暖,像一条癞皮狗——困倦地伸了伸腰,舒适地打了一个哈欠,把一本不知从哪间军官房间弄来的书放在一旁。那是一本长篇小说,讲的是提尔·欧伦斯皮格尔勇敢、欢乐和值得称赞的经历。

"士兵先生们,"我转向大厅,让后背对着太阳,"军团列队去教堂参加大主教的弥撒。你们都完成了对祖国应尽的义务。你们在哪里,祖国就在哪里。继续睡觉。"

大厅里弥漫着的全是当兵的那种气味:长时间没有清洗过的生殖器发咸的陈年汗味。墙壁没有粉刷,还装饰着神圣帝国的希特勒的话语。这墙壁的下面,有两排铁制双人床,中间是一排制作粗糙的桌子,桌子下面有几个没有靠背的凳子,还有一个珐琅小盆,孤零零地摆在那儿,像一个迷路的小孩子。空中有几个懒洋洋的肥苍蝇嗡嗡作响,还有昏昏欲睡的人发出沉重的呼吸声。

"怎么列队去?像军队那样吗?出操的时候他们的步子就跟穆斯林掉进烂泥地里一样。"少尉科尔卡回应,他的床位靠着墙壁。

科尔卡大个子,肌肉发达,在窄小的床上躺下伸展不开。虽然因为分发德国制服上衣,他和军官争吵过,并且决心抵制军队,但是他一直也没有扔掉呢子制服，成天穿着这制服躺在床上，热得憋闷，用厚靴子鞋底蹬扶手，每一次都把床垫子里的散乱麦秆掉到下面的床位上：我就在这个床位睡，嗨，真是的。他长了粉刺的脸总是对着窗户，望着窗台，没有思想，贪婪地倾听军团的歌唱和脚步声。

"波兰军官领导波兰步兵为祖国争光的时候，波兰步兵走得很好。"我大声说着，从窗台上跳下来，后背热烘烘的，好像有人用烧热的针一下一下地扎我似的。在集中营里六年，走步总是五个人一排，现在，刚休息了两个月，他们又在走步，为了上帝和祖国的荣誉，是四个人一排，代替组长的是军官。军官善于训练走步，却不会禁止厨子们把吃的送给犹太女人——我补充说，眼睛冷漠地望着天空。

"我如果理解得正确，你就用棍子杵我一下。"少尉嘟囔着抱怨，他正在阅读关于卡廷惨案的德文书；从鼻子上摘下角质眼镜，他冲我眨了眨近视的显得没睡醒的眼睛。他坚持穿一条又紧又小的短裤，以便展示出他结实发达的肌肉。他从头到脚全身都盖满了文身图案，但是都已经褪色，像沾满灰尘的陶制盘子。在右边大腿根部画着一个粗糙而歪斜的箭头，配有明确无误的红色文字解释："女士专用"。

"谁在厨房值日，谁就得防止有人偷东西。少尉，你注意，看厨子是不是偷东西送给怀孕的犹太女人。"斯泰芬在门口说，他正在学英语，小声背单词。他把书扔在桌子上，大皮靴踏着石板地面走到窗前。"这些滑头女人又用煤做饭，"他把头伸到窗户外面，说，"厨房有电器、饭锅什么的，她们还缺什么？还要用小灶煮什么？明摆着，是为了当官的。大家都是集中营的难友、兄弟、伙伴，但只在做弥撒的时候是，一说到吃的，就不是了。这样的监管员当然会来事，要不怎么埋头看带插图的故事书呢？既然给上校拍了马屁，怎么能不一鼓作气也给少尉拍？"

我发出短暂而赞许的笑声。少尉在床上猛地坐起来,脑袋碰在上面的一个尖角上,他一如既往地咒骂,少不了与性有关的话,用手抚摸了一下少见的、发肿的青痕,厌恶地说:

"你这个布尔什维克崽子,我不碰你,你也别碰我。你要是不喜欢,就从军队里滚出去吧。"他的小奶头用两个文身刺出的耳朵和模仿眼睛的银色圆点装饰,像小兔的嘴似的痉挛地抖动,"她们偷东西,她们偷东西!没抓住,就别嚷嚷。好狗不叫唤,但是能抓、能咬。"

"那好,那好,你咬吧,少尉先生。你就是那抓人的狗。中尉拿绳子拉着你呢。汪,汪。"斯泰芬吼叫着,声音沙哑,恶狠狠地眯缝起小而突出的眼睛,神经质地歪扭的嘴唇后面像狗那样平整而白色的牙齿,在闪着光。

中尉慢慢起床。少尉科尔卡来了兴趣,也活动起来,把手从头下抽出。床垫子吱吱作响,麦秆散落在下铺上面。我皱了皱眉。

院子里传来载重汽车轰隆隆开动的声音,又突然传来大嗓门的说话声,只言片语,却又骤然中止,好像有人拿刀砍断了似的。

骤然的寂静惊动了吉卜赛人中尉,他哼哼着在床上坐起来。这个人,在被押送到达豪集中营时所在的车皮里,为争夺一个比较好的位置,我差点没有把他揍死。

"唉,你们,怎么不知好歹,又要打架了?"他拉长声音,好像要哭似的,"你们九死一生,还没有受够?可是我们的波兰人,我们的兄弟,老是愚蠢得很,想要用一勺子水淹死兄弟。"说完,把青色、消瘦的脸埋在红罂粟花图案的枕头里。这枕头是在一次夜袭中从农民那儿抢来的。几天来,他一直肚子疼,因为吃了生羊肉。他躺在那儿,一动不动,像一头病兽。他宁可病死,也不去医院,因为他记得道特梅尔根小集中营的医院。

中尉在床上死板地坐着,细心卷起床单翘起来的一角,这是这间宿舍里唯一的一块呢子床单。他手指头神经质地抚摸小腿,又抓起书来，啪啪翻了几页，愣愣地看了看卡廷森林大墓的照片。

"打不起架来。"我想着，感到失望，又从窗台往外看。

军营的石墙下面，狭窄的绿草地带上，有大堆腐烂的垃圾，发出的臭气充斥整个大院；垃圾堆之间，有发干发黄的弱小枫树生长着，在水泥地面的缝隙里还蔓延着开了红花的灌木。更高的地方，在小树和灌木上方，在一排一排邻近的窗口，绳子上都挂着各种颜色的内衣，粗绳子上挂着刚染了颜色的小木箱，直打转，让阳光晒干。

在贵人居住的一层，是一排威尼斯式大玻璃窗，下面沉入浓重的阴影，而上面沐浴在阳光之中——金色蓝宝石般的阳光。从一层以上的每一层，都冲出粗重的、赶不尽杀不绝的收音机的声音。

在外国士兵把守的大门外面，公路上汽车成行，自行车小溪般流淌着，不知疲倦；苗壮的法国梧桐树深深栽进土地，它们之间闪现着颜色鲜艳的夏日衣装。

就是这个世界——要被允许去这个世界，你必须走步正确、汇报准时、打扫楼道、忠实、坚毅，还有就是：效忠祖国。

在楼房中翼，二层（原来集团军的厨房），有一个生了锈变成青铜色、却通过排风口旁若无人伸出的烟囱，这个烟囱静悄悄地冒出蓝色的轻细的烟，像纤细的带子似的震颤几下，偷偷地在空气中消失。

"兄弟们，这世界多美好。"我叹息道，假装乡愁病发作，"可是能怎么呢？伙计，你还是被关着，跟德国人时期一样，不发给到外面去的通行证，因为你不会阿谀奉承；墙上有窟窿你也钻不出去，因为有人把守。明摆着你就是囚犯！怎么待下去呢？要是有儿子给送羊腿来，或者弄个德国女人来，待也就待下去了。你呢？待下去吧，挨饿；家呢，远在天边。日子好过一点，至少用不着偷！大家的命运一样。现在这样不行，不行……"

我一直眯缝着眼睛望着中尉。中尉在床上辗转反侧，十分不安，嘴唇狠狠地抖动，但是一语不发。他从箱子里取出制服，开始往身上穿，鼻子轻轻喷出气来，紧闭嘴唇，看着地面。

"中尉是要去格仑瓦尔德弥撒吗？"科尔卡从大厅另外一头冷冷地问。

"不不，少尉先生。我到厨房去看看。如果什么都找不到的话……"透过紧闭的牙齿，他恶狠狠地嘟囔。

"能找到，中尉先生，能找到。"斯泰芬慢条斯理地说，"不过你要小心，别让他们抓走儿子，要不然谁给你吃的呀？上校不会带羊肉来的。"

"喂，你，塔杜施，"少尉科尔卡把脚支在床扶手上，"你不去格仑瓦尔德？"

"不想去。也许到剧院去。营火晚会说不定有新奇的东西，弥撒有什么意思？"

"去做弥撒吧，"科尔卡懒洋洋地说服我，他两只手插在衣袋里，挠着后脑勺，表示感兴趣，"做弥撒去吧，记得你告诉过我，要给编辑的报纸写文章的。也许会给你马铃薯烧牛肉的，今天午饭是马铃薯烧牛肉。"

"不去也给。每天都给我汤。"

"瞧瞧小丫头片子们……你也不想见见大主教吗？"

"跟他有什么共同语言？"我摊开双手，表示强调，"咱们跟他的生活经验不一样！整个战争期间，他都是在上层漂着，你知道，什么勇敢、祖国，还有一点上帝。可是咱们住在别的地方，净是蔓菁、臭虫，还有蜂窝组织炎。他肯定饱食终日，我却时时盼着吃的。他看待今天的仪式，是从波兰国家的角度；我呢，是从马铃薯烧牛肉和明天的大锅清水汤的角度。他的手势我一点也不理解，我的手势他会认为太低下，而且，我和他彼此都有点蔑视。格仑瓦尔德吗？我在这窗台上挺好呀：太阳暖烘烘的，苍蝇嗡嗡叫着，和周围的人闲聊。"我向中尉方向倾身，"一览无余，就像在剧院里似的。何况，"我实事求是补充说，"他也不在场，眼不见为净。起初是威风凛凛的将军们入场，接着是神圣的弥撒；而将军的脑袋上面飘着为他们烹调午餐的炊烟和香味。"

为首的是上校，穿了地方裁缝按照英国式样缝制的军服，军服是枯叶的颜色。上校看起来很短小，像是一大块木头，脑袋涂了油，两腿僵直，所以行动威严、死板，他正在竭力迈出军人有力的步伐。旁边是指挥官，穿着德国军官嫩绿色的制服。他向上校伸出手来，看上去好像说教似的解释着什么，大概是抵抗运动的颠覆性威胁吧。他们后面有穿绿色和黑色外套的混杂人群，像跟在老师后面的一群淘气顽皮的孩子，还不断做着各种手势，头上戴着红色的帽子，穿着色彩斑驳的民族服装。

"连德国人也没来得及把他们全杀死！"斯泰芬靠着窗台，望着院子，窝着一肚子火。他黑色粗糙的头发像狗毛一样发亮，"一直到世界的末日，他们也就是这样。波兰呀，波兰给波兰的就是这样的货色。离它远远的，也有两碗汤喝！我是多么愚蠢，多么愚蠢——愚蠢！"他离开窗台，用扁平的手掌抹了一下脑门子，"你亲眼见过，在营房里我保护了这样的乌合之众，给他们吃的，为他们冒险，偷山珍海味给这些愚蠢的吉卜赛人吃，吃。"

"你用不着夸耀，营房长。"少尉科尔卡猛地打断他的话，斯泰芬转过身来面对大厅，"咱们原来都是在一个集中营里面的。你偷是偷，自己吃黄油面包，给他们喝清水汤。"

"是谁给了他们在营房里睡觉的地方？干净的床架，干净的毯子，厚实的垫子？这还不够啊？在劳役分队里他们能活下来？"

"他们要是死光了，空气也净化了！"我顺着他的意思说，望着他，挺有意思：斯泰芬，原来的同事，比尔克瑙的医务员，党卫队小分队的听差和使唤小子，有一次，因为我给他让路不够快，就挨了他一个大耳光；后来他在最富的、有特权的营房当了营房长，从那个地方，大锅的汤、几十个几十个的大面包流向整个集中营，换回来香烟、水果和肉类，供给营房长——就是这样的一个斯泰芬，现在竟自吹自擂，说拯救了几个波兰起义军官的性命，而这些军官，却恩将仇报，连汤也不让他喝饱。

"你还记得那个上校吗?"他拉长声音说，很苦涩的样子，"有人给他弄来一个磨咖啡的小磨，他又从什么人那儿弄到了一点小麦，就坐在床上，没有什么，就是一个小磨，要做饼干。这时候，你知道，世界翻了天，党卫队的大炮退进集中营，一些女人乱闹起来，周围的村庄一片大火，农民拿着大刀去救火，美国人来了，都疯了，四海一家，战争结束！那个家伙，他的小磨和饼干，都飞进了茅房。可是现在，竟变得牛气烘烘的，像……"

我举起双手。斯泰芬感到难堪而住口。我趁机激情朗诵：

　　等级制度正在建立，
　　兄弟终于认识了兄弟。
　　上校老爷来自库里亚特，
　　为磨面推起小石磨。

　　因为得到第二碗汤水，
　　感觉到权力可以扬威。
　　我，我已经能够效力，
　　给什么饮食都可以。

　　上校老爷，目的明确，
　　上校老爷，磨面勤快！
　　功绩一件一件连续，
　　我们为你创建连队。

　　打赢每一场战斗，
　　有四升稀汤犒劳！

"就是这样，你说得对，斯泰芬，"我赞赏道，"这是我的诗，中尉先生。好不好呀，啊啊啊？"

中尉已经扣好最后的一个扣子，他一双镇静的眼睛瞪了我一下。

"佩服你，一个知识分子，"他苦涩地说，"在这样的时刻，拿出这样愚蠢的货色。这是应该重视的事，不能无理取闹！无理取闹会毁掉我们的！我们会因此灭亡的！"

"在卡廷森林里吗？在卡廷吗？妨碍中尉先生了吗？"斯泰芬凶狠反扑，站在中尉面前，"中尉先生读了不少书，喝了不少汤，玩了不少德国丫头，现在呼吁团结。在卡廷森林里吗？怎么的呀？"

"是啊，是在卡廷，你这个杂种！你知道，这是什么意思？是你亲爱的东方同胞，你的波兰，那条烂臭的爬虫！"中尉突然发作，也走近桌子。干瘦的手指头抠进黑桌面，指甲都冒出血来。

"怎么，你不喜欢波兰，是吗，不喜欢？中尉先生想换个国家，去扛国旗，是吗？让你儿子寄来半夜偷的羊，去玩丫头？让你们重建波兰，太恶心了！"

"你回你的老窝去，去！"中尉咬牙切齿地说，他发白的嘴唇颤抖，"没有人拦着你。你根本就是个特务！"

"你用不着害怕，我走，"斯泰芬得意地拿腔拿调，"我有时间。让我再看你一眼，我要记住你。我走，我要等着你，嗯，等着！"

少尉科尔卡沉重地坐在床上，垂下两只脚，把尘土和麦秆撒在我床上。他用手对我表示同意，兴致不错，好几次敲打太阳穴，假装像傻子似的低头。黑脸吉卜赛人枕着红罂粟枕头，肚子疼得直哼哼。我对科尔卡微笑了一下，摇头作答，好像试试看是不是有水在里面咕噜咕噜响。

"回那个波兰去，回到那些波兰人那儿去吧！卡廷的事，是他们干的，去吧，去吧。"中尉呼喊，因为激动而脸色发紫。

中尉抓住了桌子，哗啦啦把它推翻，一步跳到斯泰芬脖子前面。

在大玻璃窗和新剪下来的绿树枝装饰的大厅里，响起银铃的声音。大厅前面聚集的人群向中间走去，同时，在有红白两色装饰的典礼大门处，身穿紫袍的神父，在一群身穿黑衣和绿衣的神父紧密簇拥下，也正好走向大厅。

"嗨，你们住手！"我厉声呼吼，跑过去帮助科尔卡为两个大打出手的家伙拉架，"你们别打了，龟儿子们！大主教来做神圣弥撒了！"

二

大主教从祭坛转身，在他的脚下，在椅子扶手之上，露出军官们白发苍苍、闪闪发亮的头部。在第一排军官当中，像雕像一样伫立不动的是委员会主席。他公牛头似的大脑袋，头发剪得很短，从雪白的、剪裁得像斯沃瓦茨基式的领口里钻出来，毕恭毕敬地面对祭坛。远处，隔着一个上校，有一个演员落座。他身穿偷来的便装，太大也太僵硬，感觉很不自在，不安地转身，眼睛面对观众，好像要问问题，撅起嘴来，两边肉脸蛋子耷拉下来。旁边，一个女歌手身穿胭脂红色衣服，稳稳坐在座位的青铜色绒布上。关于这位女歌手的传言是，在战争结束之前的饥饿日子里，整个达豪集中营都跟她相好。现在呢（传言有续篇），这个演员跟她相好。她膝盖上放着一个美国的硬纸头盔。第一上校，就是集中营的指挥官，跷起腿来，旁若无人地咀嚼口香糖，美发油怪怪地闪闪发光，呆里呆气地直瞅女歌手的大腿。

座位外面挤满了人，把大厅的窗口也给挡住了。他们虔诚地观看桦树木头做的十字架，观看粘贴在旧布缝制的民族大旗上的雄鹰，观看打开的大门，门的上方有常春藤摇曳，还有晴朗的天空。他们观望着，保持安静。军团伫立在座椅旁边。

"你看完欧伦斯皮格尔，也给我看看，"编辑小声说，"到我们这儿来吃马铃薯烧牛肉，怎么样？因为我们要早点到剧院去。"他一条腿落地，一手握拳拍打胸膛。

"我一定来。"我热切回答，向前倾身。

大主教望了望祭坛前面的人群，微微点头。一直站在椅子旁边无所事事的、原达豪的神父，快步过来，把主教帽子给他戴上。主教以不耐烦的动作正了正帽子（显然帽子小，有点夹脑袋），方才无奈地摊开双手，算是为我们祝福了。在及时低垂下去的人群头上，飘过轻声的祝福祈祷。

在水泥地面院子的另外一侧，在细弱法国梧桐的一小条阴影中，美国大卡车正在卸货。很少的一点绿地上铺满了床单，喂奶的女人们立即坐下，吵吵嚷嚷的穿黑色衣服的小孩子们热得发困，而对一切都漠不关心的少女们，透过透明的衣衫展露肉体。穿着汗水浸透衬衫的男人们，警惕看守着包裹，在建筑物下面躲着，注意看着大厅，还有力气的则去看看安排给他们住的地方。

"啊哈，诗人。您没有做弥撒？您逃避民族奥秘和神的奥秘了吗？您不参加建造国旗旗杆石墩的工作吗？那是已经逝去的人和其他人的灵魂组成的呢。"

在绳子捆起来的一堆箱子、枕头和被单上面，坐着一个少女，她的眼睛非同寻常。她颈项戴的不是小十字架，而是一个奇异的、长形的囊状物，像一个口哨。细麻布裙子下面露出健壮、坚实臀部的轮廓，修长的腿平放在绒布上。在下方，一位教授威严地坐在那儿，两只长筒靴子跨在一个箱子两侧，对我露出微笑，透过眼镜瞧着我，像隔着壕沟似的。他大概看到，我因为欲望强烈，连下巴都在蠕动。

"从生物学上看，我经受住了。现在，我正为通往波兰的道路平地填土。我从精神的昏迷状态进入民族活生生的躯体。"我作出灵活的回应。我们两人都笑了起来。我们引用了集中营黄色但爱国的油印小报上最露骨的段子,小报是神父主编的。

"这位女士,"教授做出一个向上的手势,无意中碰了那姑娘的脚,"就是逃出来奔赴民族的活的躯体的。整列输送车都来自皮尔岑,通过绿色国境线,从波兰来的。"

我扬了一下眉毛,心照不宣。姑娘露齿一笑当作答复。她在绒布上扭动了一下,胸部太发达了,在背心里面直摇晃。

"是森林频道的吗?"我猜想。我到其他营房区去找羊肉的时候,听到了华沙广播电台的广播。在两个节目之间是寻找亲人启事,还是森林台。

"相反,是我们的,一个犹太女人。他们都跑了,像寻找更好牧场的母牛似的。他们钻到我们这儿,就跟进了预订的粮仓一样。就在这儿呀,姑娘!"他向后倾身,碰了姑娘膝盖,在众目睽睽下,手顺着姑娘的小腿摸了一下。

我向姑娘伸出手来。她忽闪了一下睫毛,也许是因为瞬间照在她眼睛里的阳光吧。

"您不必听他的话。这是一头母牛的诉苦,因为虽然跑遍半个世界,也没有找到更好的牧场。"

"我们都是一座楼里的,"姑娘说,"在犹太人隔离区。"她笑了一下,好像表示歉意,"后来又在一个大房子里相遇,"她用手掌比划军营,"在前党卫队之家。"

"好像没有经过战争似的。"教授挖苦着补充说,然后得意地放声大笑,搓着两只有皱纹的手,又在巴伐利亚式皮裤子裤腿上抹了抹,那上面都是斑点,像屠夫的围裙一样,"请您记住母牛的事,往日的诗人。"他接着说,看了看自己多毛的腿。

"找更好的牧场?"绒布上的姑娘问,还用手指尖抚弄这个男人的头发。我撇了撇嘴唇,嘲弄似的,捕捉到了她俯瞰的目光。

"不是,"教授不以为然地说,"要有自己的牧场。不当自己牛羊在他人草地上的大使。"

"那咱们的牧场在哪儿呢?"

"在巴勒斯坦。在耶路撒冷近郊的阿科监狱。我在那儿给圈了半年,因为非法移民,而且是在战争期间。哈哈哈。"说着,爆发出一阵打雷似的笑声。他站起来,不说话,穿过水泥地面院子,走到大厅那儿。弥撒结束,人群从大厅里拥出,院子里充满嘈杂声。一大群人叽叽咕咕地围住大主教,流向指挥部方向,进入第一中尉位于一层的居室。

"这就是一个民族活生生的、苦行僧的躯体。波兰是德国橡树上的槲寄生草。"我轻蔑地朝着广场那边挥了一下手,"但是,也是一股力量。因为我们是为了理念而斗争过的!可是,那边,在你们的这个波兰,又怎么样呢?"

我没有走开,粗糙的呢子裤总是磨着我的胯部。姑娘从绒布上缓缓起来,慢慢下地,像猫一样在我身上蹭了蹭身子。她的奶子太突出了,在背心下面摇摇摆摆的。

"你以为,我可怜,无家可归吗?刚从电车上下来,电车上一半人坐着,一半人在哆嗦?而且哆嗦是因为雄鹰头上的王冠?波兰的俏皮话,您懂吗?我看,一点不懂!"她大喊,动了感情,"原因完全不在这儿!"

她有力的手抓住一个箱子。弯腰的时候,玫瑰色裙子下面的臀部闪动。新输送来的这批人急急忙忙开始把包裹搬运到军营里面去。我抓起两个包裹,大皮靴踏着水泥地奔走,上了楼梯。我一直瞧着这姑娘的背影,她提着床单、被褥等等,走在我前面。她的什么姑姑呀大姨的,要不就是什么保护人,尖声嚷嚷,哆哆嗦嗦的手抓着被单,给她带路。

我们把沉重的大件放在一层大厅里,又跑出去拿箱子,大声说话呼应。在进门的地方,我又遇到了那个姑娘,这回看见了她愉快的目光。

在几个小时以后举办活动的大厅里，男人们拥向半开的门，绕过障碍物走到砸破的窗口和双层床前，在昏暗得像地窖一样的房间里，浓厚的尘土一直飘飞到天花板。有人收拾垃圾，从楼道的破窗口倒出去，正好倒在军营后院里那些就地起灶做饭的人群里。这些人不关心格仑瓦尔德，不关心清新七月的每一天，不关心违规挨罚的通告，三五成群地坐在数不清的小灶旁边；这些小灶都是用床板、桌椅破木片木棍支起来的；他们的炊具有平底锅、椭圆形罐头盒、熏黑了的大罐头筒、战利品的铝制器皿；他们烹调的美味佳肴有夜里劫掠来的羊肉、稀饭、菜汤、水果；在锈迹斑斑的、烧热的铁片上烤马铃薯片，用木制勺子在开了锅的五彩汤水里搅动，同时努力给炉灶扇风。炊烟像浓稠而肮脏的酸牛奶，从下面往上升，先是成团冒出，又向上飘浮，懒洋洋地在地面上徘徊，透过窟窿多的墙壁飘移到近处的草地，模糊了地平线上远处漠漠平林的轮廓，奶水般包围了公路两侧法国梧桐的茂盛树冠。正在烹调的生菜、生肉的气味和烟味混在一起，强烈呛鼻，到最后竟在胃里翻滚。从下面，从烟雾下面，好像从锅底冒出来一样，传来做饭和准备吃饭的、饥肠辘辘的人们的吼叫声和咒骂声。我从窗口拉走姑娘，带她到贴了白瓷砖的漱洗室，可是这个漱洗室，由于散落了剩饭和脏东西，臭气呛鼻，像下水道堵塞的茅房似的。

"你们就这样生活，"这个犹太姑娘不屑一顾地说，同时用水冲手，"前面是格仑瓦尔德，后面埋锅造饭。在这儿，我一天也受不了。是啊，一天也受不了！"

"你会习惯的，"我感觉受到了羞辱，回答说，"这是经过消毒的。这不是奴役，也不是自由。但是会改善的，会更自由的！我们就是伟大的力量！精神力量！"我突然态度激昂，"但是，"继而又缓和下来，"人得吃饭。人必须吃饭，必须有女人。我们挨饿已经多年！多年来就梦想着这一个时刻——吃面包能吃饱，能享受第一个女人。这是第一要务。就连格仑瓦尔德也无济于事。"

她甩掉手上讨厌的水珠,用裙子边擦了擦手,臀部闪亮。我们走近楼道,自动门在我们身后静静关闭。到现在为止,门还没有遭到破坏。

"经过了这么多年,你还不想走出这堵围墙吗?"她转过头来仔细观看我,好像是在观察猫或者狗的变种似的,"我不谈面包,也……"她声音里露出轻轻的挖苦语气,"不谈女人。而是,直接进森林,怎么样?"

"我担心,"我说了实话,"有人监督。这么多年都熬过来了,却在战争结束以后死去,不不,这太不可思议了。人评价自己,是要三思的。"

"你害怕了!"她击掌道,"唉,你害怕了!"

"吸引你到他人草场上去的,如果不是恐惧,又是什么?你是从这个祖国逃走的吗?西方的仙境吗?这就是西方!"我用手指着打破的窗口,一股烟正往里面钻呢,"我们大家都害怕了,和平就要来临了。"

姑娘笑了几声,嘲弄意味十足。我们在走廊里漫步,那儿的窗户都对着森林。

"完全不是恐惧!我是逃避了爱情。可笑,唉,多么可笑啊!"

我往上提了提老往下掉的裤子,赤裸的双臂在胸前交叉。很为运动衫下面钻出来的皮肤斑点感到难堪,可是,到现在为止,也没有偷来一件有领口的汗衫。

"有六年的时间,我是天主教徒,波兰人,学会了各种戒条,按时去做弥撒,去忏悔。母亲是在特莱布林卡集中营遇难的,在那之前,她给过我祷告用的书籍。到今天我还记得她写的留言:'给亲爱的女儿雅宁卡,第一次圣餐式之日,妈妈'。我当时的名字和现在不一样。因为我长得不像犹太人。"她说这话,有几分得意,在我的目光里寻找对她的肯定。

她确实不像犹太人。她的头发金黄、蓬松，脸宽，有一点平。只有深蓝色的眼睛显出令人不安的乳白色。

"你真的像是雅利安人啊，"我赞许道，她的目光闪耀出谢意，"难以置信。爱情在哪里呢？"

"有爱情，因为我真的恋爱过，爱上了一个天主教徒。他是共产党员，不喜欢犹太人，"她抱怨得天真，"他十分爱我。我不能对他说谎。真的，我怎么能呢？"

我凝望着她的眼睛，沉默中表示同情，表演得很好。

"德国人刚走，他就参军了。顺便说一句，那是在谢德尔采。我用军邮给他写了一封信，就逃走了。很容易，唉，多容易啊！"

"也没有等到他回信？"我感到惊奇。

"我怕他写回信……"她停顿一下，"他像右倾反犹派青年一样。我……真的不能说谎啊！不愿意！情愿人家叫我犹太佬，情愿波兰人躲避我！"

几个男人从旁边跑过去，碰了我们一下，消失在走廊拐角处。院子里传来高昂的呼叫声。

窗口进来的烟钻进楼道，一根一根细长带子似的贴在顶棚上，像蜘蛛网。

"我很理解，"我轻率地回应，勉强控制住了下巴的颤抖，"你很勇敢，恐惧带来的勇气。但愿我能像你一样。"我一口气连续说出："去散散步，好吗？到这个营地的外面去，那里有松树，释放出春天的气息，我也还哪儿也没去过呢。也许是怀念广阔空间怀念得要疯了吧，我愿意步行到东方去，或者到西方去。但是，放弃收集到的书籍，又舍不得。不过，和你在一起，"我亲切地紧握她的手一下，"我走不远的。不安全。"

我皮鞋发出的声响更活泼了，我一只手提着裤子，干燥而扎人的布料像荨麻一样讨厌。楼道里已经传来盘碗的叮当声。午餐时间到了。胃里翻腾，像牙疼似的。院子里也传来呼叫声。人们又在楼道里奔跑，拥挤在门口。那儿大概有什么事发生。

"明天，可以到更远的地方去，"姑娘松开手，说，"谁知道到哪儿去呢？在一个营里逗留一天，在第二个里逗留一天……永远都是陌生人。这样的生活，我已经厌腻！"突然几乎又像耳语，"一说到巴勒斯坦去，我就害怕得发慌。我跟犹太人有什么共同之处？我是单独的，私人生活中的犹太人——是的！可是，在犹太人村庄生活，挤牛奶，养母鸡，再嫁给一个犹太人吗？不，不！"她高声呼喊，好像是我让她这样似的，"我也许会逃跑去读书。但是这样也好，那样也好，你我永远不要再见面。不，"她果断地强调自己的思想，"永远也不要见面。很遗憾啊。也许我会爱上你呢？"她觉得我的目光有趣，微笑了一下，"你会听别人说话，和罗麦克一样。就是谢德尔采的那个。"她简短解释了一句。

我拉住她的手臂，猛地转过她的身子对着我。她突出的胸部几乎碰到我身上，我浑身血液顿时沸腾。

"永远不再见面！"她挑逗似的说，嘴角颤抖，"但是……"她拉长调子，"这样更好。"

我放开手，感到扫兴，可是这时候，她却靠紧我的手臂。

"你说散步，什么时候？"

"午饭后，好吗？"我低声回答，表示同意，"换岗的时候容易一点。去吧。"

又有几个男人跑过楼道。最后面的一个回头，招呼我们，气喘吁吁地大声嚷道：

"走，看看去！镇压行动！军队带着卡宾枪！"说着咚咚咚地顺着楼梯下去。

姑娘没有回话，径直奔向房门，我在后面追赶。我们走到院子里。人群在门口走动。大群大群的人退到广场中部，乱哄哄地向两侧分开，因为像水上行船一样的吉普车开来，上面站着士兵，美国人，晃动着卡宾枪，威风凛凛，很吓人。突然，第一辆车发出开枪的声音。人群像受到惊吓的鸭子一样乱动乱挤，报以敌对的呼吼，却又立即安静下来，奔向军营里的草窝。全部窗口立即挤满受惊吓的人脸。从指挥部门里走出副官，一看见车上的大兵，他就发火，然后默默地后退到台阶上，而大主教正十分威严而显赫地站在那里。

姑娘全身发抖，我把她拉到身边，太突出的胸部在我双手下面柔软地低垂下来。她信赖地靠紧我。

"畜生，"她咬牙切齿地骂，"唉，真是畜生！代价再大，也要从这儿逃走！一起逃走吧？"她双手抓住我的手。我腹内空空，像夹脚的鞋让我感到一阵一阵的疼。

"这是这些厨子干的，"我们前面的一个人说，"是他们招来的美国人。用上了大铁锅，就得意忘形！下午也不愿意播放伦敦的电台。在窗户下面大呼小叫的！特别是在一号灶做饭的那个，把一碗马铃薯泼在人家脑袋上。小伙子们造反了。不过，应该不动声色才对。抓了一两个人，就对这个反基督低头了，完蛋。可是，该怎么对待波兰这个民族呢？"他很沮丧，沉思起来。

"已经给他们记了账，"另外一个人安慰道，"一个星期之内他们不会再折腾的。他们不会再活着来到营里的，我告诉你。"

一层房间的所有玻璃都沾满了油污。在房间内部弥漫的尘土阴影中，在成堆的破烂物件中，有人在走动，尽量拾起还能用的东西。看守一层大门的士兵的钢盔反射着阳光，很刺眼。他们不知所措，等待着。这个时候，汽车转向大门。

就在这时，一伙人，紧挨着，从军营对面一侧出现，狗一样猛地通过空荡的广场，直接到了指挥部。中尉带头，就像低垂脑袋的公牛，斯泰芬跟在他后面。他搂住一个姑娘的腰部，姑娘却尖叫着挣脱。另外一个人从旁边上来，搂住她的脖子，拉她，安抚她。其他人很快靠近他们，围住他们和高大的科尔卡，他比周围的人都高出一大截。他用棍子驱赶一个系着白围裙的人，把他的手扭在背后。士兵们从对面过来。

我紧紧拉住我的姑娘,弄得她叫了一声。我抬起她的脸要亲吻,可是她摆脱了,十分恼怒。

"那好吧,午饭以后。"我说,感到扫兴,推开众人,跑到广场,"都是认识的!"我从远处喊了一声。她踮起脚来,手摸着脸,感到有点奇怪。我在士兵围住我们之前,及时赶上这伙青年人。

"嗨,塔杜施,"科尔卡笑着大声喊,"抓住贼了!厨房里发现一大块肉!在厨师先生房间里的床上,还有一个德国女人!他没来得及把她带走。快点,畜生!"

于是他用膝盖顶了一下被捆住的厨子。厨子一看见士兵,就喊疼。一个士兵跑到科尔卡面前咕噜咕噜说了几句什么,用枪托打过去,但是没打中。

在指挥部前面的台阶上,在上校和副指挥之间,大主教站着,和蔼而疲倦的目光看着我们。他嘴唇嚅动几下,似乎是在祷告,但是斯泰芬觉得他是在提问。

"他偷东西,偷同伴们的食品,是为了养活一个德国女人!偷盗加通奸!"他喊着,充血的眼睛里发出愤怒的光,把一个姑娘推上楼梯,那姑娘跌倒了,跪在楼梯上。"他们还不许我们听广播!你们的电台,"他怒气冲冲补充说,"不是华沙的,是伦敦的!"

三

编辑们的房间舒适,挂着壁毯,花卉图案都很抒情。原来的主人——党卫队的军官们,呼喊着在军营附近的战役之荣誉战场倒下,或者逃跑回家,或者占据了我们在达豪集中营留下的地方。现在,这儿只留下了结实的双开门的柜子,没有被"外人"打烂,也算一个奇迹。这些外国人,在战争结束后,刚被从集中营里解放出来,就进了无主的军营,打碎了全部的玻璃窗、吊灯、洗澡间和漱洗室的镜子，拆毁了摄影器材，砸烂医院里的透视设备，烧毁车库里的汽车、摩托车和武器，搬走、破坏军需品，拆毁军营的一部分围墙，毁坏特别引人注目的红木家具、大厅桌椅，打破卫生间的瓷砖地面，走的时候竟哼哼着国歌的歌词。

就这样，留下了一个柜子，稍微远一点的地方，有一个用打碎的木板等凑起来的沙发，上面盖了人造虎皮，又堆满了书籍，都是从院子里堆放的垃圾中精心挑拣回来的，图书馆和医院、药房、电影院，以及包含了几万名党卫队员材料和照片的、极大数量的卡片，都被破坏，变成垃圾，堆在路面上。

我坐在长沙发的一端，脑子里一片空白，凝望墙上黑糊糊的一片，那是一个装饰，不知怎么会弄来长了福音书人物胡须的诺尔维德①当装饰。

半开的门外传来楼道里大锅的声响。在这儿，军官居住的区域，甚至在格仑瓦尔德庆祝会上分发马铃薯烧牛肉，也没有秩序，没人管理；每个军官都拿两三个碗，打储备的菜，夜里吃的菜。面包情况也常常不一样，配给的常常是每人每天才三百克。连当兵的都觉得少，更不要说当官的了！

编辑挤到了中间，盛出两大碗冒热气的肉。递给了我一碗。

"接着，吃吧，长胖点！"他说话简洁明快。用词造句的水平趋于完美。他有一点聋，和原来在比亚韦斯托克的一个记者住在一起，这个记者是个完全的聋子。他们那间房子里充满一种不安的嗡嗡声，像乱飞的牛虻似的。

我把羹匙慢慢插进马铃薯烧牛肉，细心挑肉。我已经不是饿得饥不择食了。因为格仑瓦尔德战役，分给我们每个人一升马铃薯烧牛肉，加了调味汤汁。

"你知道，我就喜欢待在屋子里面。"我对编辑说。他把打字

---

① 波兰19世纪的重要诗人。

机和油印机推到窗户前面,舌头发出声响,准备享受美食。我接着说:"可以把书都摆出来,夜里把裤子挂在椅子上,在床上睡觉。一个人待在屋里呀,那才叫舒服呐!"

"或者两个人!"编辑粗声道。

"跟第二个人?"我咧着嘴说,感到厌烦。

"我的意思是跟一个姑娘。你和一个女的搭话,我看见了!"

"有什么奇怪的呢?熬过了集中营,也该这么着了吧?"

编辑是在一九四四年华沙起义之后被关进集中营的,就在婚后不久。

"也许我会和她逃到西方去。"

他放下羹匙,翻着眼睛看我。

"嘿,你看,"他开玩笑说,"你就知道逃跑!狗崽子,诗也不要了,书也不要了吗?你不怕外面的世界吗?要是挨饿怎么办?"

我感觉受到羞辱,推开饭碗,把脸朝向窗户。在碎裂的玻璃上,阳光化成彩虹一般的、孔雀翎般的色彩。

"喂,别泄气。"编辑站了起来,抚摸了我的脸一下,"上帝啊,我跟你在一起。我这个样子,是你造成的嘛。这次抢肉行动,你参加啦?"

"参加了。"我很不情愿地嘟囔,"你可以写文章。一定引起轰动的!"

"发生真正轰动的事,是用不着媒体的,我亲爱的小青年。何况,托卡莱克神父是不会允许报道的。因为我们是政府的报纸!"

他掰下一小块面包,蘸了点肉汁。

"你逃跑成功了?"

"当兵的放过了我。会英文走遍天下。我对这些美国牛仔说,我是普通人,偶然到了那儿,又说了说自己的经历。他们连连点头,有一个还向我伸出手来。你知道斯泰芬吗?"我问,"在集中营当营房长的?"

"那个癞货吗?我就在他那个营房里,最狠毒的。"

"一个恶棍,"我说得刻薄,"他打人,为党卫队效劳,就是要当室长,要戴上袖章。把他派到小分队的时候,他是无精打采的。做样子连三天也没有顶下来。不是当狱卒的料。"

编辑连连点头。他倾斜饭碗,喝了里面的汤汁。

"可以说,"在喝完一口之后喝第二口之间,拉长声音,带着维尔诺口音说,"你有点不喜欢他。"

"但是他善于随遇而安。大家骂他恶棍、匪徒,特别是骂他上校。他说,是的,为了这些上校和指挥官,我是打过人,偷过东西。但是,今天,我不是不打、不偷了吗?我要是不帮助他们,他们早就死在集中营里了。他这话引来一阵嘲笑乱骂。"

"听说没有把他圈起来。"

"第一上校让他选择:或者在地下室牢房禁闭,或者驱逐出营。没有别的办法,因为大主教一直听着。斯泰芬搂住那个德国女人,向她道歉,带着她一起离开了集中营。"

"当着大主教的面?真是个下流的东西!在他眼里,整个军队都是可疑的。"他舔干净羹匙,用纸擦干净饭碗,随手把废纸扔在窗外,把饭碗放在柜子里,把柜子稳妥关好,用手绢擦了嘴唇,把手绢放在衣袋里,把窗下的打字机放到原来的地方——这才算做好出去的准备,说:

"走,到剧院去。有两张票。亚努什,"他指另外那个人,聋子,"到上尉那儿去打桥牌去了。有一个人从第二团部来了,也许把咱们带到意大利去。可是得守秘密。因为所有的人都想到那儿去。他们在那儿打牌,是雷打不动的。大主教动不了他们,连大检查也动不了他们。"

于是他拿走我手里的书,把我推到门外,又打量了我一遍,似乎有点疑心。他不喜欢有人悄悄地把印刷品拿出去。他细心把门锁好，又敲了敲邻居的门，然后投入烟雾之中——烟雾在关好的窗口盘旋，像浓密的羊毛似的弥漫于房间。肮脏的地板上有几个碗，碗里还有没吃完的马铃薯烧牛肉，一定是留着晚上吃的。编辑把钥匙扔在桌子上，一句话没说，走出了屋子。

院子里已经做好营火晚会的准备。竖立起结实的四方形的柴堆，四周还用含树脂的树墩加固，而在矗立于顶端的木杆上，扣上了一个德国钢盔，木杆下面有两支德国卡宾枪交叉放着，枪的核心部分已经拆除。柴堆周围摆好了凳子和椅子。

我们全营人都坐在那里紧张等待着营火晚会开始和民间歌舞演出，虽然如此，有些人却还得在建筑物外面巡逻防备盗贼，另一些人还得在集中营外面值勤。我们面对汽车库，因为那里就是演出舞台。在紧闭的剧院大门前面，聚集着人群，他们咒骂、威胁着吼叫，推挤戴着民族旗帜颜色袖章、头戴硬纸做的美国头盔的警察。一个警察交叉着双臂，神情肃穆，看守入口。

"诸位，没有座位了！请大家原谅！请明天来吧。明天也同样上演格仑瓦尔德！每个人都能看到！"他喊得声音沙哑了，越来越沙哑，像公鸡打鸣似的，声音出不来了，他放下双手。

他们把他从入口推开，撕下他的袖章，扔在地上用脚乱踏。他们冲向大门，大门吱扭几声，但是门锁没开。

"哼，没一点头脑。"编辑觉得有意思，把我拉到车库的另外一面，到了演员进出的小门。我们钻进看台，和剧院值勤警察干脆利落交代好之后，我强烈地觉得，这一回我当了一会儿官员。

我们坐在将军们的后面，第二排，舞台上黄色的光线也落在第二排上。狭窄而长得出奇的大厅的其余部分都沉入蓝黑色的昏暗之中，从这昏暗里，一张张受到强光照射的脸一闪一闪的。外面传来乱推乱砸的人群愤怒的呼号，受到推挤的铁门发出吱吱的响声。所有的人都望着舞台。

因为舞台中心有强光照明，女歌手衣装鲜艳，色彩斑斓，扶着演奏爱国曲调的撑开了音箱的黑色三角钢琴，红脸蛋像命名日的婴儿，金发蓬松，身穿克拉科夫式的服装，头戴尚未成熟却已长出麦穗的花冠。手指头提着长裙子，昂首远望幕布，远望天花板，远望天空。

几个青年在她周围，他们穿着集中营的囚服，拉着连接在她腰部的带子。这几人里有我认识的：他们是名气大的阿拉赫集中营的文书，囚衣都很合身，一定是早在集中营的时候特别定做的。其他人则穿着连体工作服，在舞台旁忙乎着，在歌手旁边，推着独轮车，扛着铁锹、铁镐和鹤嘴锄。

舞台最前面，差不多到了边缘，站着粗胖而热情的男演员，他一手指着女歌手，一面激情结束诗朗诵：

  以圣母的名义，
  波兰啊，我们是你的孩子、士兵和工人！

大门破裂的可怕声响和蜂拥挤进已经爆满的车库的人群发出的凯旋狂吼，与巨大的欢呼鼓掌声、观众如痴如狂的爱国口号呼啸混合在一起。稍微安静一点的时候，幕布重新拉到两侧，以便再次展现象征共和国的红脸蛋女歌手和她的情人——两眼着迷直勾勾盯着她的那个男演员；这时候，编辑终于好歹凑到座椅边缘，向我倾身，为表示真正的满意心情，放开嗓子高声说：

"很可惜，没有把木床也搬到舞台上来！一流的红脸蛋共和国象征！值得出一条桃色新闻！"

四

"告诉我，你为什么要留在这个集中营里不走？什么也不能把你拉走吗？"那个姑娘俯身向我，真诚地问道。她过度丰满的胸部隔着上衣直摇晃。在她呈现乳白色的彷徨目光中，映射出本人突兀而细小的身段。我抬起头来，想要亲吻她湿润、微张的双唇。她皱起眉毛，躲开了。

"什么也拉不走我，我哪儿也不去。"我懒洋洋地叹了一口气，迷迷糊糊地倒在发出腐烂针叶气味的地面上，"你不是还一直挂念你那个留在波兰的小子吗？"

她用手掌遮住了我的嘴。

我们上方，松树林高耸入云，松涛阵阵。风儿吹过树干，沙沙作响。阳光在松树树梢被分割，像羽毛飞箭一样落在森林深处，射进浅绿色的草丛，而那草丛则有阳光照射，像纤细的金丝似的，同时充满夏日慵懒的气息。草丛发出吸引人的温暖，像女人的躯体。迷路的牛虻像小轰炸机似的在头顶上方轰鸣，继而落在毛蕊花茎上。

"钻进海螺，像长毛小狗钻进一碗牛奶似的。"我说，不喜欢那虫子。

"倒像趴着窗台的孩子。"这个姑娘感叹，"我原来看护了多少个孩子呀。我就讨厌孩子！"她大叫。受惊吓的牛虻愤怒地抖动一下，飞走了。"走，"她突然决定，"已经晚了。瞧，树林光线暗了。四点钟了！五点钟了吧？"她向上仰望松树树梢，那树梢受到轻风的吹拂。"噢，太阳快下山了。"她弯着腰，拍掉裙子上的松针，梳理一下头发。

"走，"她蓦地不耐烦起来，推开我的手，"跟我走！喂，跟我走！我害怕巴勒斯坦！"

沥青路蜿蜒穿过森林，到达栽种了杨树的河堤。

"尼娜，你看，"在森林边缘，我打破沉默，拦腰抱住她，"德国人是怎么生活的。我也想那样生活，你明白吗？没有集中营，没有军队，没有爱国主义，没有纪律约束，正常而自然，不是做样子给人看！不要大锅里的清汤，不必考虑波兰。"

"所以嘛，"尼娜接过我的话，"跟我一起到西方去。我是真正自由的。"

"波兰那小子呢？"

"我会忘记他的。"

"可到现在不是还没有忘记吗？"

"没有别人，所以还没有忘记。"

"真的没有？"

"和我一起离开波兰的那些人，"沉默片刻之后，她颇费思量地说，"都是陌生人。可以离开他们。你跟我去布鲁塞尔吧。我一个姐姐在那儿，嫁给了一个富有的比利时人。我要去学医。"

脚下的沥青发烫。头上高耸的杨树摇曳，树冠接触到了军营的红墙和塔楼。绿阴掩蔽红墙，却留下光点，像成熟的苹果，像长桥一样飘浮在城郊民居屋顶上面，淡蓝色的轻烟将其染成玫瑰色，像是丝绸飘带。

"尼娜，跟我一起留下吧。"我说，出其不意地，"我在这儿一无所有，但是我会有出头之日的。有好朋友帮助，有我离不开的书籍。我一直在收集图书，你知道吗？我怕冒险，我目睹过太多的死亡，所以不能再被人打死。让别人冒险去吧，为什么又是我？我有什么权利呢？"我打住了，在脑海里寻找为我服务的权利，"没有！你明白吗？没有！"我压低声音，凝视她的脸，似乎是在寻求同情，"如果你我离开这里，是没有人给咱们东西吃的。在每一个十字路口，那些戴白钢盔的黑皮猴子都可能抓走咱们，不知道送到哪一个集中营里去，把咱们饿得半死不活的。"

"我不害怕。"尼娜干巴巴地说。

"可是脚底下从来就没有一片立足之地！"我说了这么一句，又想找一个比喻，"就像树没有根一样！要干死的！"

"所以你要回波兰，"姑娘放大声音说，我刚要为自己辩护，她就鄙夷地撇嘴，"你跟我好，只好一天，你跟所有男人一样。"

"所有男人？"我牙缝里冒出来一句。

"就是，所有男人！"她大喊，跺了一下脚。我立即抓住她的胳膊。她猛地挣脱，恶狠狠地说："认定我是犹太人的所有男人！你看见没有？"她拿出一个口哨形的护身符，手指头哆哆嗦嗦的，"你一直也没问过我这是什么，跟别的男人没有区别。告诉你，这是摩西十诫板，希伯来语的。是它，把我和犹太人连结在一起的。可是，现在，我既不是犹太人，也不是波兰人。他们把我从波兰扔了出来。对犹太人，我又反感。我想，还有其他人群。可是，你不是一般的人，你只是波兰人。回你的波兰去吧！"

"回你的波兰去吧！"一个声音突然从脚底下蹿出来，像一只鸟儿似的，吓了我一跳。

在长得挺高的有点金黄色的草丛中，露出一个剃光头发的小脑袋。斯泰芬从地上爬起来，给姑娘行礼。"回你的波兰去，"他重复，"跟我来。我是步行的。"

"步行？可真是个苦命种地的。"我粗鲁地接过他的话，"那个德国女人呢？"我四下里观望，表示怀疑。

"钻进小树丛里去了。喂，我把她送回家去吧。"他用手理了一下头发，"多好的姑娘。你跟我走吗？"

"你知道，我想走，可是……"我犹犹豫豫的。呢子制服弄得全身燥热。因为光线强，斯泰芬直眨眼，眼睛向上翻着瞅了我一眼，一副不以为然的样子。他手指头摆弄一根细长干树枝，嘎巴一声折断了它。

"你那几本书，破书烂本子的，"他苦笑一下，"你想告诉我书的事吧？还有就是路上怕挨饿，还有，一切都会走上正轨，是吗？可是我要告诉你：你是女色缠身，兄弟。你在渔猎女色，渔猎，怎么样？"他龇出牙来，像狗一样，还把一只手放在有黑眼圈的眼睛上，"除了这个犹太姑娘，你还有什么？"

"回营里去，"尼娜柔声说，"你……你……你……"她攥起拳头，下巴痉挛地抖动，"你，就像党卫队！"

斯泰芬微微冷笑一下。没多注意这个姑娘。

"现在这个集中营是美国人组建的，"他对我说，"我想进去，拿出毯子。他们不放我进去。明天他们要把所有的人都运走！所有的人！"

"你疯了！连中尉，连副指挥也运走？整个指挥部？神父呢？厨房呢？"

"回营里看看，就知道了。"斯泰芬说，"我在波兰等着。"

"不可能运走，你错了，今天上演格仑瓦尔德呢。"

"格仑瓦尔德！"斯泰芬大笑，又摸了一下黑眼圈，"跟格仑瓦尔德走吧。"他挖苦了一句，消失在树林里，也没有说声再见。枞树树枝在他身后摇摆。

"咱们回营吧。"尼娜说，她呼吸沉重，像被抛在岸上的鱼似的，"不愉快？回去吧。也许还能挤到中间去。"

"一定能。"我说，心里有点着急。

我挽着她的手臂，陪着她沿着大路走。她偎依着我，嚅动嘴唇，却没有声音，似乎是在自言自语。成串的自行车在沥青路上不断向前奔流——德国人在享受酷热的夏日午后。十字路口处有一个来自集中营的人坐着，两个红色的箱子放在树阴下，免得油漆被晒得融化。他在背包里翻弄。衣着上戴着党卫队穆斯林分队的装饰品，法国红色军帽斜着溜到耳边，那黑色的穗子随着他脑袋的活动而晃悠。

从集中营到森林，草地里有一长串人。他们熟悉看守不严密的豁口和近路，赶时间从军营里溜了出来。

我们加快脚步。树冠发出呼呼声，森林好像是跟我们一起行走。在一片枯干灌木之中，有几辆坦克，还有像在书店橱窗里摆放的新产品那样整齐摆放的卡宾枪、弹片和德国地雷。担任看守的是一个美国兵，正在酷暑中打盹。

在大路边，一排大卡车把像饥饿老鼠嘴脸那样细小的发动机头部转向集中营，在等待明天的行动。汽车之间，光着上身的黑人们在忙碌。他们身上流着气味强烈的褐色的汗水，在阳光之下闪闪发亮，好像青铜铸造的似的。我们从旁边经过的时候，他们对我们呼喊，意思是从后面出了军营的，要穿过被打烂的大门回到军营；那儿是运输羊的老地方。洞口窟窿旁边没有人，但是在拐角处，围墙向晒得发热的地面投下一点清凉，在用几根木棍支撑着硬纸片的棚子下面，阴影深处，有一个当兵的坐着打盹。他把钢盔放在地上，卡宾枪夹在两个膝盖中间，下巴颏快贴在胸口上了。另外一个角落里，两个士兵解开了上衣，大声喧哗，互相敬烟。

我们完全现身，站在大门前的草地上，就像巫婆小屋前面的迷途幼童一般。

"得等到天黑，"我感到不安，说，"也许不放咱们进去。那就回小树林。"

她摆脱我的手，发出不屑一顾的一声冷笑。

"你急着要看格仑瓦尔德，怎么样？又害怕了吗？等着，小青年，跟我走。"

还没有等我说句话、做个手势，这个姑娘就急切地正了正裙子，拉了拉过于丰满的胸部上面的衣服，径直奔向大门。她在瓦砾堆里绊倒，支撑着站了起来。一阵风吹在她身上，吹散了头发。她用手压住头发，顶着风向前走。一瞬间，她还回头看了看我，露出一张笑脸。她说了一句话，可是风吹得什么也听不见。我拔腿跑去追她，可是又一下子站住。我举起双手，招呼她，但是她扭过头去；我想大喊，但是又住口。那两个互相敬烟的当兵的，转向大门，其中的一个从肩上拿下卡宾枪，笑着高声喊道：

"小姐，小姐！站住，站住！到这边来！"①

"站住，站住！"②另外一个喊声尖细。

在围墙另外一头瞌睡的士兵迷迷糊糊抬起头，站起来。弯了一下腰，抄起夹在两腿间的卡宾枪，歪着脑袋，闭上右眼瞄准……

姑娘双手伸向喉咙保护自己，好像突然喘不上气来了。她在土坡边缘外面又迈出一步，瘫软地倒下，好像被一块砖头绊住滑倒了，在土坡边缘外面消失，滚到了下面。土坡外面是集中营营地，传来说话声，汇合成了杂乱议论，然后变成了呼叫。那两个笑着招呼姑娘的当兵的，扔掉烟头，用脚踩灭，跑到土坡上面。已经完全清醒的那个士兵，就是那个开枪射击的，把枪背在肩膀上，枪口朝下，从地面捡起钢盔，掸了掸土，戴在头上，不假思索地吹了一声口哨，向大门方向跑去。

我漫步走上土坡，众目睽睽下经过这个地段，来到尼娜身边。

她倒下的时候脸碰在一块砖头上。在她紧缩、潮湿、沾满鲜血的上嘴唇上，趴着一个绿头大苍蝇。阴影惊醒了苍蝇，它嗡的一声飞走。唇下露出没有血色的白色牙齿，突出的眼睛像僵硬的果冻一样浑浊。做出保护动作的痉挛收拢的双手，沉重地落在石块上面。温暖生命最后的标记，气味浑浊的血液，在掩蔽过分丰满胸部的上衣上浸淫出一个很大的斑点，又洒在衣襟上，像铁锈似的。口哨形的小护身符偏向颈部一侧，在细项链上抖了两抖就悬在那里，静止不动了。我拿开遗体头部下面一小块有尖角、不舒适的砖块，梳理一下尼娜的头发，把头部放在柔软的细沙上面。跪了一会儿，我站起来，掸掉裤子上的灰尘。一圈专注和沉默的脸在我上方挡住了光线。我用双臂费力挤过不情愿后退的人群。放我过去之后，他们更靠近了，围在遗体上方。

---

①② 原文是英语。

大院子里面，抛弃在地上的盘子饭碗下面冒出火苗和浓烟。风呼呼地把烟卷起，像麦秸似的，把烟吹到墙外。从顶楼上投向火堆的木板在空中坠落，无声无息，在黑糊糊的窗口背景下落地时发出骇人的声响，地面上升起一道灰尘柱子，在地上旋转，又落下。从很远的地方传来单调、压抑的说话声，似乎就来自墙外。从居民房舍当中，从路旁栽种着法国梧桐的街道，从车库（包裹了帆布的大炮炮筒从中伸出）拐角后面，蹿出一辆挤满了士兵的、很小的、可笑的吉普车，它在树木当中钻过，冒出大团黑烟，掀起灰尘，车轮轧进泥土，刹车，吱扭一下子停住。

"出什么事了？为什么都这么喊叫？"①

美军中尉斜过身子问司机。司机只耸了耸肩膀。我感到惊奇，看了军官一眼。在周围的一片寂静中，他的声音尖细，令人厌恶，像撕开一块布的声音。军官看到我的目光，眨了一下眼，撇了一下嘴。他一只脚从车里伸出来，在犹疑中摇晃着。阳光闪耀，照在他古铜色的、擦得锃亮的短帮皮靴上。两个士兵膝盖上摆着自动手枪，坐在后座上。司机伸手从衣兜里掏出一包香烟，撕去红色包装条，倚在座位靠背上，跟同伴分享。他们点上香烟，一道细细的青烟在他们脸上飘浮，被风吹散，消失。我慢腾腾地向前走去，到了汽车跟前。

"你会说英语吗？"②中尉快速地问。他游移不定地蠕动下巴，好像在憋着劲儿似的，接着又开始咀嚼。

"会。"③我点头。我的声音在头脑里轰响，好像是在一间空荡的大厅里，连我自己都哆嗦了一下。我看着这个军官，不像是看着一个人，而是看着一个远处的冷漠的物体。

人群密密实实遮蔽了姑娘的遗体，但是立即把目光转向士兵。我耳朵里嗡嗡作响，像挂着听筒似的。突然，人墙移动，分开。

---

①②③ 原文为英语。

"出什么事了?"① 中尉有些激动,问道。他鞋底触地,看起来,他是从车上跳下来的。"是谁侮辱了这些人?他们为什么大呼大叫?出了什么事?"

肩上挎着枪口朝下的卡宾枪的士兵从人群中走出,在他身后站着那两个一直抽烟的士兵。但是,在前面的那个当兵的开口说话之前,我抢先对军官说:

"没出什么事,先生。"②我轻松一挥手,鞠了一个大躬,让他放心,"没有出什么事。刚才你们的人擦枪走火打中了集中营的一个姑娘。"

中尉从车里跳下来,像突然放开的弹簧。他的脸色通红了一阵,又变白了。

"我的上帝啊。"③他说。他嘴里一定是突然变干了,所以皱着眉吐出了口香糖,那个玫瑰色的小疙瘩在路上的尘土里变成红色,"我的上帝啊!我的上帝啊!"④他双手抱头。

"在这儿,在欧洲,我们已经习惯了这样的事。"我用冷淡的口气说,"德国人对我们开枪,开了六年,现在你们又对我们开枪,有什么区别?"

穿过地上的尘埃,就跟趟水走过水浅的小河一样,我眼观前方,迈出沉重的脚步走向军营的深处,去收拾我的图书、我的杂物、我的晚餐。晚餐一定已经发下来了。像充满气的气球一样,宁静在两只耳朵里突然被碎裂声打破。到这时,我才意识到,对着姑娘的遗体,人群紧紧围成一圈,一直盯着那几个当兵的眼睛,狠狠地咒骂:

"盖—世—太—保!盖—世—太—保!盖—世—太—保!"

---

①②③④ 原文为英语。

五

　　士兵大厅变成一片瓦砾。桌子和地板上都是打碎的瓷盘子的碎片，在黑暗中像刮掉了肌肉的干枯骨头似的泛出白色。从床上拽下来的草垫子悬挂在地面上，微微摇动，就跟被打死了的人似的。敞开的橱柜里，像被豁开并挖掉内脏的腹部一样，流出破旧衣衫，被踩得乱七八糟，散落在地面。脚下践踏着被撕烂的书籍，发出声响。空气中弥漫着陈腐的、地下室的、尸体特有的气味，似乎这些破旧衣服、草垫子、瓷盘子碎片和散乱书籍因为被抛弃、被破坏而腐烂着，而继续解体着。

　　夜间打开的窗户显出一方蓝色夜空，从大门旁边很高的瞭望塔上射出的红色火箭，像巨大的花朵一样开放。宜人的光芒毫无声息，洒在窗户上，像鲜血一样。阴影摇曳、起伏，像浮动的水波，向上涌起。

　　借助这光线，我看了看橱柜。从里面拣出看着还有用的东西，其他的都被破坏了。在底层我摸到了罐子里保存下来的马铃薯片。拿在手里，像是干燥的、容易破碎的树叶。

　　火箭落在路面上，蹦跳了几下，更强的红光一闪，接着熄灭，变得一片漆黑。我走到床边，用手摸索，手指在粗糙的垫子上滑过，毯子没了，有人偷走了。大厅深处有人在床上呻吟。飘过一声刺耳的低语，压低的、中断的咯咯笑声在麦秸的簌簌声中消失。

　　"吉卜赛人吗？吉卜赛人吗？兄弟，是你吗？"我问，感到莫大的轻松。我离开橱柜，摸着一张一张的床，向大厅深处蹭去。脚下的碎玻璃沙沙响，"吉卜赛人，你这是……"我在犹疑中止步，于紧张中等待。

　　"我能到哪儿去呢？这浑身都疼！"这个吉卜赛人在黑暗中呻吟，草垫子又窸窸窣窣发出响声，"这些人，都干了些什么事啊！

怎么竟活到了这个地步！一个人也没有，谁也不去领吃的……"

"没有人送来晚饭吗？"我在绝望中喊了一声。感到突如其来的、猛烈的饥饿。我靠在桌子上，摸着了一把椅子，坐下。"没有晚饭，"我机械地重复一遍，"明天开拔，又不给饭吃。"

"一个人也没有，没有人保护，"吉卜赛人拉长声音说话，带着哭腔，"他们闯进屋门，见什么砸什么，见什么偷什么。塔杜施先生，您要是看见，您要是看见了，您的心会凉到底的。他们撕烂了您的书，抢走了科利先生的香烟。波兰人跟波兰人过不去。唉，慈悲的上帝，宽恕我们吧。把我的鞋也拿走了，只有一套衣服也差点没保住。放在脑袋下面了。"

"不要吃生羊肉，今天让他们偷走正好。棒小伙子们都准备好了转移，所以有什么偷什么，不足为奇。"我挖苦说，难过得直咬牙，猛劲踢一脚脚底下的破碗。饭碗在水泥地面上骨碌碌地翻滚。

"准备好了，准备好了，靠着邪门歪道，"这个吉卜赛人拉着哭腔说，"还有，编辑先生来了，也拿走了您书架上的书。他还说，您肯定不回来了，留下也可惜，给他正好，因为他去见您的将军安德斯。"

"编辑？那个给我拿汤来的？走啦？真的走啦！不等我！"我又觉得饥饿。

"中尉先生坐在地下室，科拉先生也坐在地下室。"吉卜赛人继续单调地念叨。红色火箭又在蓝色夜空上开花，旁边开花的还有绿色的、橘黄色的和黄色的，都一束一束地落在地上。吉卜赛人发黑的脸因为惨白的霓虹灯光扫过，像水银似的，旋即沉入黑暗。"还说，为了惩罚，要把中尉先生和科拉先生送回波兰去。"

"可是科拉想去意大利，"我感到惊奇，大声说，"好，让他们在波兰跟斯泰芬见面去吧。他会找到他们的。"

"他们砸烂了中尉的小橱柜，抢走了照相机和钱。唉，上帝，上帝啊……他们拿走我的……"

"别说谎,别说谎,你这个赖皮的吉卜赛,不然我打烂你的嘴!是你自己偷了钱。你偷着瞧我爸爸存钱。"中尉的儿子从下面回应,因为激动,床吱吱地响。

"哟,你回来了?"我感到欣慰,"你父亲为你担心呢。"

"让父亲为他自己操心吧,打斗多愚蠢。"中尉的儿子嘟囔着说,"那儿的枪口,我有办法对付。我不会犯傻,也不去波兰。"他不以为然地补充说。

"你带来了什么?"

"有东西带来,"他回答,"但不是羊肉。比羊肉好的东西。你听着,"他摸索片刻,黑暗中发出一个恼怒的女人的尖叫声。"我买了一个德国货,塞进一个洞口带回来的。站岗的牛仔是熟人。"

"你有好运气。"我叹息一声,表示羡慕。

"你如果去了,也能得到。可是你是一个书呆子。它自己不会来的。要来今天就得来。"

"明天呢?要送人了?"

"明天的事明天说吧,"最后这个字是打着哈欠说的,"棒小伙子们不会就范的。"

"你这样想吗?"

"可是,他们正在做防御的准备呢,"他信誓旦旦地说,"那儿,"他挥手指着火箭照亮的院子,"他们上演格仑瓦尔德。可是我们要干得更好。棒小伙子们有多少勃朗宁枪啊,还有手榴弹、卡宾枪、燃烧瓶!你以为,只有格仑瓦尔德的信号弹吗?只要在阁楼上架起两挺机关枪,只要一放……怎么,牛仔狗崽子们还不逃命啊?"

他在床上坐了起来,似乎想站起来。但是用毯子只能盖住女人蓬松的金色头发,他又叹息着躺在床上,一只手伸到毯子下面。

天空五彩缤纷。火箭的喷泉随着微风飘荡,又像燃烧的水点落入黑暗的底层，或者在天上散开消失。在静止不动的天空背景上，军营红色的屋顶像鬼魂一样变幻，而天空则一次又一次地刷上了蓝色的汁液。

"他们正上演格仑瓦尔德，"我对中尉的儿子说，"明天还要重演。你觉得明天不演出了，可惜。"

"唉，太遗憾了，"他的声音抖动，像患哮喘病似的，"让他们抓她吧。我是需要她，怎么了？也许我应该拉着她到棒小伙子们那儿去，坐在阁楼里。那儿有秘密的地方，连魔鬼也找不到的。他们一结束行动，就出来。好，等着下一次！"

"要把人运到科布格去，"这个吉卜赛人回应，"我病得厉害，怎么去呢？也许不带我去吧？你会英文，你求求牛仔们，好不好，塔杜施先生？"

他掀开毯子躺着，呼吸沉重，像要咽气的动物一样。他眼睛盯着我，里面反射出火箭的火光。在他黑黑的、消瘦的脸上，那一双眼睛闪烁得可怕，好像坟地的磷火似的。

"你怎么想的，以为我以后要去干盗贼吗？去达豪集中营以后，我没有把你毒死，真遗憾，省得你今天找麻烦。"我表示蔑视，中尉的儿子嘿嘿嘿地笑，在床上打滚，"我必须躲过这次送人行动。以后在这个营里找个差事，管管伙食、当个秘书什么的。"我补充说，口气轻松多了，"还能干什么呢？"

"快去看格仑瓦尔德节目吧，"中尉的儿子提醒，"节目完了以后，你快回来。我要去炖肉呢。"

我从桌子边起身，踢开地上的书，摸到门口。门从另外一面打开，从走廊的黑暗处，在黄色火箭的光照下闪现出一张消瘦而灰暗的脸，嘴半张着。火箭飞到下面，而他闪光的眼镜框呈现出玫瑰色的微光。

"教授，是您！"我发疯似的大喊，把他带到了桌子旁边，"您在找我吗？"

教授还穿着蒂罗尔式的皮衣服。彩色的影子在稀稀落落长了几根黑毛的白色膝盖上划过，又照亮了巴伐利亚式上衣，闪过人脸和天花板，消失在窗户外面。

"是在找您，"教授说，"我应该在您的身旁。我想为您在营火旁边找一个好地方。马上要开始了。您到哪儿去了？"

他拍了一下膝盖，伸手摸摸衣袋，手指头整理一番被压扁、揉碎的香烟，在嘴里点着，令嘴唇变红，在脸的凹陷处有微光反射。

"我也不知道到哪儿去了。"我轻声说。我低头看着地板。地上扔着木刻画，从欧伦斯皮格尔英雄的、快乐的、值得赞扬的功绩故事里撕下来的，裸露上身的姑娘在墙角下弹吉他。"在营里什么地方转悠。不是反正都一样吗？在这儿！在送人的前夕？明天就再也见不了面了。"

"地球太小！"教授大喊，一面吸着香烟。一个松散的烟团闪耀出玫瑰色的鼓肚子，露出蓝色的脊背，在天花板下面散开，"当然要见面。不在那块草地，就在另外一块草地。"他返回自己偏爱的观念，"只不过……"半句话，欲言又止，"他们开枪打死了她，"稍停之后，他说，扔下烟头，"在大门旁边开枪的。她散步去了。"

"你的那个邻居吗？"

"就是从皮尔岑来的那个，我家乡的邻居。我那年九月离开的时候，她还是一个孩子呢。从前，我有时候给她买点心吃。你知道，就是那种带奶油的，还加了一个草莓。"他瞧了我眼睛一下，不知道我是否回想起来了。"我和她父亲是同事。"他补充说，"现在，你看，"他手掌拍在我肩膀上，"她是一个大姑娘了！我已经差不多到手了，已经触手可及了——唉，真是不幸……"

我又掏兜，在兜里乱摸，什么也没摸到，沉重地叹了一口气，两只手支撑住头部。

"多么不幸！"他像说梦话似的重复，"怎么办呢？"他沉默，点头,"走,去看看格仑瓦尔德!"他决定。

"是我跟她在一起的,在森林里。"我突然自言自语,"他们当着我的面对她开枪。你却对我说格仑瓦尔德……"

我从床上站起。教授抬头,费劲地站起来,像是从水里走出似的摇动了一下,拉住我的手。在连接背带的环子上刻出的青铜小鹿,在火箭的照射下,好像活了起来。教授消瘦的脸上,各种光线混合膨胀,红绿交替,一起向上移动,到达天花板下,而取而代之的玫瑰色、蓝色和黄色的光线则降落在下颚、嘴角、眼睛下面、耳朵弯曲处,就像在绘画肖像上那样。教授的脸上舞动着彩虹的全部颜色,从中间开始,膨胀,面颊鼓起,像透明的变幻的气球,教授似乎因为光线而窒息了。突然他吹口哨似的呼出一口气来,大张开嘴,发出巨大的、呼吼似的笑声。

"哈哈哈哈!哈哈哈哈!"他笑得喘不上气来,拉着我的手,越拉越紧,光线又立即飞进他张开的嘴,显出五彩颜色。

"教授,您别笑了!"我大喊着缩回手,"您疯了!"

"我一直想,今天要跟她睡觉。准备了晚餐,甚至弄到床单!哈哈哈哈!你跟她!年轻,年轻!"他笑得全身发抖,高大、细瘦、五彩缤纷,但是丑陋,"多么偶然!我还想着要她呢!哈哈哈哈!"

他突然晃动,猛烈咳嗽,弯腰,大口大口地喘息。整个大厅都灌满光线,摇曳,像一艘轮船。彩色的垫子、桌子、墙壁、盘碗、书籍都已经变形,像彩球一样旋转。

"您看,教授,"中尉的儿子从角落里发声,"人上了岁数,就不该再恋爱。姑娘没弄到手,却染上了肺结核。连格仑瓦尔德也看不成了。躺下,躺下,坏东西,"他不耐烦地补充说,那床却吱扭吱扭叫将起来。"叫唤什么,等找个人给你上点油。"

"格仑瓦尔德,真的,格仑瓦尔德!"教授直起腰来。他脸上泛起一股果冻的颜色,又随着最后一个火箭而消失,变成了青灰色，像僵冷的灰烬。"走，大家都去看格仑瓦尔德！"

在窗外，在熄灭了火箭的黑暗中，突然冒出褐色的火焰，那火光舔着窗户，像摇尾乞怜的狗，像打钟似的摇动着黑暗。树木的阴影变得很长，一直延续到屋顶，像烛光似的摇晃。

"走，大家都去看格仑瓦尔德！"教授招呼大家。他把我拉到窗口，"你看，你看！"他急切地喊，又对着大厅喊："都去，都去。"已经是请求了，"你带着姑娘去，也让她看看。"我在窗台上向外探身。在黑暗的院子里，在燃烧的火堆周围，站着沉默的人群。火苗在风的吹动下，像奔驰的马匹的鬃毛。火光在人们脸上滑过，似乎给人脸涂上血色，但是黑暗又将其吸吮殆尽。干燥的板子烧得发出嘎巴嘎巴的响声，飞出的碎木片消失在黑暗之中。火箭的光亮沉寂了。

"你去过德国人居住区的小教堂吗？没有？"教授已经控制好情绪。他说话严肃，甚至严厉。他的脸一被黑暗遮住，就又显得严峻而疲倦。"我每天都去。那儿平静，那儿充满上帝精神，甚至洋溢出来。有小祭坛，小窗有格子，墙上有《圣经》里的警句。一堵墙下有小十字架，十字架上有计时沙漏，还有党卫队员的照片！听明白了吗？小十字架下面是鲜花，很多很多的鲜花！"他眼睛里显出褐色的火光，"德国人就这样追悼他们的死者。"

"而我们呢？"他痛苦地低语，"一条瘸腿的狗，是不在乎人是死是活的。"

中尉的儿子从床边站起来，打赤膊来到窗前。穿了睡衣的姑娘静静地跟随他，像鬼魂似的。黑脸吉卜赛人用胳膊肘支撑身子，羡慕地望着窗口。

"我们呢？"教授思考着重复："我们在这儿，在这儿，寄人篱下。我们……快看！"他用尽力气喊，"看那焰火！我等着看的就是这个，这就是格仑瓦尔德！"

有人往火堆上投新鲜松树枝。火灭了，冒出浓而黑的烟。风吹走了烟，火苗忽地一下子蹿上天。神父穿着袍子从人群中走出，白领子围住了褐色的脖子。神父伸出双手，像是在祷告。黑暗深处揪出一个身穿党卫队服装的人，钢盔叭嗒一声掉在院子的水泥地面上。人群发出哄笑声。有人把钢盔又戴在那个人的脑袋上。神父抓住那个人的肩膀，使劲推他，在人群的欢呼声中把这个人推进火堆。

站在我身边的姑娘脸变得惨白，像死灰一样。她双眼惊骇得发出炽热光亮，像烧红的煤炭。她闭上眼睛，光亮消失，手指头抖动着抓住我。

"怎么回事？"① 她小声问，惊骇万分。我抚摸她发凉的手，安抚她。她全身偎依着我，身上升出一股气味，钻进我的鼻子，潜入躯体。"怎么回事？"② 她的嘴歪斜了。她撩开前额上的头发。

"安静，安静，孩子。"③ 教授和蔼地说，"这是在烧党卫队的玩偶。这是我们的答复——对焚尸炉和小教堂的答复。"

"和对死去的姑娘的答复。"我的手伸向她后背。姑娘温暖的躯体让我明显地放松，但是她的躯体由于激动和恐惧而发抖。她对着我的颈部发出炽热的呼吸。

演员出现在人群前面，他粗胖、短小，被犹如红色斗篷的光线包裹，同时，神父把一个又一个的玩偶扔进火堆；这些玩偶因为浇了汽油而像火柱一样突然起火，旋转跳跃，就像活了似的。他举起双手，让呼号的人群安静下来，用一个手势把人群沿着宽阔的大街分开，头转向军营的屋顶，发出信号。

火箭像瀑布一样奔流而下。天空一片亮丽，犹如圣诞夜，焰火腾空而起，火点如珍珠降落。屋顶阁楼回应以长长的连续卡宾枪声。枪弹轨迹像细长条带一样划过天空，像成行飞翔的大雁。火箭的烈焰令人迷狂，他们和大院里所有的人一同神采飞扬；整

---

①②③ 原文为德语。

个大院都活跃起来，旋转起来，像被风吹胀的肥皂泡一样。

"让死者埋葬死者。"教授说，若有所思，"我们生者，让我们和生者一起前进。"他的面颊因为融入火箭的熔炉，又变得鼓鼓的。骤然间，教授第二次爆发出大笑："生者和生者在一起！哈哈哈哈，哈哈哈哈！生者和生者在一起。跟他们一样，直到永远！看啊！"

他伸出双手，指着沉入浑浊昏暗的大厅。从大厅的阴影之下，正如从被火焰的刀刃割开的巨大皮壳之下那样，在涂满树木阴影的建筑物石墙之间，在为庆祝格仑瓦尔德战役周年纪念日而把党卫队的麦秸玩偶投入火堆的后党卫队的军营大院，在输送在营人员行动（这一行动必定毁灭一切，必定把人群驱散而一去不返）的前夕，军团迈出沉重的脚步，在水泥地面上踏出步调，向前进，而且——歌声洪亮。

一月反攻

一

现在我要讲述一段简短而具有教义的轶事，这是从一位波兰诗人那里听来的；他在妻子和女友（学习专业是古典语言）陪伴下，在战后第一个秋天到西德去旅行，为的是要从这个不可思议的、同时又是可笑的熔炉——各民族的熔炉内部来写一本报告集——这是在欧洲中心沸腾得令人不安的熔炉。

当时的西德到处充斥了饥肠辘辘的、神情麻木的、十分恐惧的、令人望而生畏的人们，他们不知道要漂泊到哪里、漂泊多久，他们被驱赶，从城镇到城镇，从收留站到收留站，从营房到营房——而驱赶他们的是美国青年，同样的神情麻木、同样因为在欧洲的见闻而惊骇；他们像使徒一样到这里来打仗并征服这个大陆，最后终于在他们在德国的占领区里安顿下来，严肃认真地给不相信他们的、反抗他们的德国小市民讲解垒球比赛的民主原则，或者对他们传输共同致富的条规，用香烟、口香糖、避孕套和巧克力换取照相机、金牙、钟表和黄花姑娘。

这些青年人受到的教育是崇尚成功，而成功仅只取决于机智和勇气。他们相信人人机会均等，习惯于以收入的多寡衡量男人，以大腿的长度衡量女人的美丽；他们强壮，得到优良体育锻炼，充满生活欢乐，快乐地等待命运随时送来的机会；他们是心胸开朗的青年，思想纯洁、清新、条理分明，就像他们的军装一样。讲求理性，一如他们对工作的要求；真诚，一如他们明朗而纯朴的世界。所以，他们本能而盲目地蔑视这里的人们：这些人不善于保护自己的财产，丧失了业务和工作，坠落到了社会的底层。然而，他们以友好的态度，理解和钦佩的心情对待彬彬有礼的德国市民，这些人从法西斯手里维护了死寂的文化和财产；他们以同样的态度对待美丽、消瘦、愉快的德国姑娘们，这些少女善良和蔼，像姐妹一样。他们不关心政治（有美国情报局和德国媒体替他们操心），认为他们做了自己应做的事，盼望返回家园，一部分是因为无聊，一部分是因为思乡，一部分是因为担心失去自己的工作和生活机会。

所以，在西德的波兰人很难摆脱这些受到监视和看管的"滞留异国"的大批移民而去到更大的城市，以便在那里、在加入波兰人的爱国组织和黑市链条之后开始正常的、私人的生活；而且，在得到住房、汽车、情人和官方通行证以后，可以在社会等级方面越升越高，在欧洲自由走动，就像在自己家里一样，感觉自己是一个自由人，一个充实的人。

解放之后，我们和周围的环境都被用心周到地隔离开来，在达豪撒满滴滴涕卫生粉的肮脏收留站里呆板地度过美丽而芬芳的五月；后来，黑人司机把我们输送到了军营，安置我们在那儿度过夏天。我们在公共活动室里消磨时间，为爱国出版物写文章。在一位天生拥有超级生意头脑的老同事的引导下，我们开始买卖凡是能够想到的东西，而且想方设法替手中货物找到合法的出路。

在既可怕又有意识的两个月的努力之后（这些努力的经过值得专门描写一番），我们四个人搬进慕尼黑的一间小房间，它属于一个有势力的波兰委员会，我们在那儿建立了一个信息代理处。后来，凭借我们的集中营文件，我们之中的三个人公平而合法地得到了一个纳粹分子腾出来的舒适的四室一厅的公寓。这个纳粹分子被暂时送往他的亲戚家居住，还被告知为我们留下他的部分家具和宗教绘画。

二

在那个时期，我们都盼望移民，我们四个人都一心梦想尽快逃离欧洲的这个犹太人隔离区，逃到另外一个大陆去，在那儿可以安心学习，可以发财。同时，我们都忙着发疯般地寻找亲人。一个人在寻找妻子，他最后一次见她是在普鲁什科夫，从那儿前往在德国的一个集中营；另外一位寻找在拉文布吕克失散的未婚妻；第三位寻找在华沙起义中战斗过的姐妹；第四位寻找一位少女，他在一九四四年离开吉卜赛人集中营时已经使她怀孕，当时他在一次输送中从比尔克瑙被送往格罗斯—罗森，又送到佛罗森堡和达豪集中营。我们四个人都被共同的狂热攫获，开始寻找我们的家人、友人和熟人。但是，对从波兰来的人，难民和官方办事员们，我们都不太信任，一律采取怀疑的态度，好像他们都带着瘟疫似的。

官方办事员们一般都受到波兰圣十字突击队情报所的关怀。另一方面，难民们无声无息地消失在流浪异国的佚名大众之中，虽然有时候他们之中也有一个半个冒出来，成为一方贩卖黄油、袜子、咖啡或者邮票的大王，或者接管某一个前纳粹分子的公司或者工厂；这种情况代表了某种向高一级社会阶层的升迁。

我们受到可以理解的好奇心的驱使，或者也许部分地屈服于波兰加在这位诗人头上的光环和名气的魔力，我们邀请他，还有他的妻子和女友在我们这里逗留数日。那一段时间，我们为圣十字会工作，编辑、印刷和邮寄千千万万的寻人启事；所以，我们的公寓在上午都是空着的。下午我们到河里游泳，晚上写关于集中营的一本书。

这位诗人，还有他的妻子和女友，在属于我们房东的红木合婚大床上休息了好几天，消除了旅途的疲劳。恢复以后，他显示出过人的精力，显示出他极为熟知这个废墟城市的每一个角落，全部盘根错节的黑市，而且获得了面对滞留异国使用多种语言的乌合之众造成的许多问题的第一手消息。他休息的时候，因为无聊而阅读我们这本书的几个片段，觉得太阴暗，完全缺乏对人类的信心。

我们三个人都卷入了一场与诗人、他不说话的妻子和他女友的一场激烈的争论，认为在这场战争中，道德、民族团结、爱国主义和自由、正义与人类尊严等都像一块破旧的地毯一样从人类身上滑走了。我们说，为了拯救自己，没有犯过罪的人是不存在的；而且，人在得救以后，为了微不足道的理由还要犯罪。犯罪，先是出自义务，然后是出自习惯，最后是——为了娱乐。

我们细致耐心地给他们讲述我们艰难、痛苦的集中营的生存状况，这样的生存状况教导我们，整个世界就像是一个集中营：弱者为强者干活，如果弱者没有力气，或者不愿意干活，就让他们去偷盗，或者让他们死去。

"统治世界的既不是正义，也不是道德；罪恶不受惩罚，美德不受褒奖，任何一个人都被迅速忘记。是权力统治着世界，而权力是用金钱获得的。工作是没有意义的，因为金钱不能够通过工作获得，而是通过剥削他人获得的。如果我们不能够随心所欲地剥削他人，至少也让我们尽量少干活。道德的义务吗？我们既不相信人的道德观念，也不相信制度的道德基础。在德国的城市里，商店橱窗里摆满了图书和宗教物品，但是焚尸炉里冒出的黑烟依然在森林上方盘旋……

"当然，我们可以逃离这个世界，到一个荒岛上去。但是，能够办得到吗？所以我们情愿信赖福特，也不愿意选择鲁滨孙的生活。用不着回归大自然，我们为资本主义投票就好。对世界负责吗？但是，生活在像我们这样的一个世界里的人难道能够为自己负责吗？世界如此之坏，可不是我们的过错，我们也不想为了改变这个世界而牺牲。我们要活下去——就是这样。"

"你们想要逃离欧洲，去寻找人的价值吗？"诗人的女友，一个语言学家，问。

"首先，是为了拯救我们自己。欧洲是要沦丧的。我们在这儿生活，日复一日，只有一道脆弱的堤坝把我们和在我们周围正在涌起的滔天洪水隔离开来；洪水一旦冲过堤坝，就要夺走我们的自由，就像扯下一件衣服一样。但是，选择保卫自己的人能够做什么，是谁也不知道的。焚尸炉里的火焰已经熄灭，但是黑烟还没有沉降。我不愿意让我们的躯体被拿来当作一种引火柴，我也不愿意去点火。我要活下去——就是这样。"

"你说得对。"诗人女友说，莞尔一笑。

诗人倾听我们简短的争论，一语未发。他迈着大步在卧室地板上往返，频频点头，表示同意我们和他女友的见解，像一个偶然闯入陌生世界的人（他注重分析的、充满幻想的诗歌在战前就以这样的姿态，还有冗长的篇幅而闻名）。最后，在晚餐的时候（晚餐是他沉默而周到的妻子准备的，配有慷慨预备的我们本国产的伏特加——故国佳酿永远给波兰人带来温暖，无论性别、宗教或者政治观点如何），诗人用手指头把面包屑捏成小球，扔在烟灰缸里，同时开口慢慢地说了一个故事。让我简短重复一下吧。

三

一月份，苏联军队向维斯瓦河战线挺进，计划一蹴而就，大军直奔奥德河。这位诗人和妻子、孩子们以及女友，在华沙起义之后，滞留在小波兰①的大城市之一，住在他一个当医生的朋友在该城医院楼房里的公寓。战役开始一个星期后的一天夜里，苏联坦克团在打败了凯尔采的敌人之后，突然穿过城市旁边的小河。虽然只有步兵支持，他们还是对北郊发动了攻击，在德国人当中造成恐慌，因为德国人正在忙着撤退军官、文件和囚徒。战斗一直延续到清晨。黎明时分，苏联步兵的第一批巡逻队和苏联第一批坦克出现在城市街道上。

医院人员和其他居民一起，以喜忧参半的心情观望这些风尘仆仆、来不及刮胡子的士兵穿过城市，慢慢向西面走去。

接着，坦克跟进，很快地、轰隆轰隆地穿过狭窄而弯曲的街道，后面开来慢吞吞的供给卡车、大炮和炊事卡车。间或有情报说，有零星的想要逃跑的德国人隐藏在地下室或者一个花园里，于是士兵们从卡车上静静滑下来，消失在房屋后面。他们很快回来，把俘虏交给押后的卫队，队伍继续前进。

在医院里，一阵震惊和呆滞之后，人们开始行动和忙乱起来，正在为伤兵和受伤市民准备病房。人们都像受惊蚂蚁窝里兴奋的蚂蚁似的。就在这个时候，一个护士冲进主任医师的办公室，气喘吁吁地对主任大喊：

"主任，这个事你得亲自处理！"

她一把抓住主任的衣袖，把他拉到大厅里来。感到诧异的主任看到一个少女靠着墙坐在地板上，水从她湿透的军装里滴出来，在闪亮的油布上形成一个浑浊的小水洼。在叉开的双腿之间，她手握着一把苏制自动步枪，身旁是她的行军背包。她抬起一半隐藏在一顶西伯利亚皮帽子下面苍白的、几乎是透明的脸，对医生费劲地微笑一下，沉重地站了起来。这个时候，他们才看出来，她是一个孕妇。

---

① 波兰一地区的名称。

"大夫,已经一阵一阵地疼痛,"她说着拿起步枪,"有没有可以生孩子的地方?"

"我们可以想办法。"医生说,又开玩笑地补充说,"你可以看护孩子,不用向柏林进军啦,啊?"

"时间有的是,哪件事也误不了。"少女回答,声音微弱。

护士们扶着这位少女,帮她脱了衣服,给她洗身,安置在一个单间的床上,把军装洗干净晾起来。

孩子在早晨出生,很健壮,哭声很大,整个医院都能听见。第一天,少女静养着,全神贯注看护孩子。但是,第二天她就起来了,开始穿衣服。护士立即跑去找医生,但是这个少女厉声告诉她,这事跟她没有关系。她穿好制服以后,用一张被单把孩子裹了起来,再包上一块毯子,像吉卜赛人那样把孩子背在后背上。她向医生和护士们告辞,拿起自动步枪和背包,下楼,走到大街上。在那儿她拦住看到的第一个士兵,直截了当地问:

"到哪儿去,去柏林吗?"①

这个士兵直眨眼,好像听不懂她的话。她不耐烦地重复问题的时候,那个当兵的才指了指大路的方向;那儿有接连不断的军用汽车和军队前进。少女用力点头,表示感谢,肩膀上的自动步枪摇晃着,她开始迈出坚毅的大步向西挺进。

四

诗人说完故事,微笑,瞧着我们。但是我们没有说话。接着,我们喝了几杯伏特加,为这个苏联少女祝福,然后大家才表示,认为这个故事显然是编造的。即使这个诗人的确听说了一个苏联少女在城市医院里生小孩的事情,当然一个背着孩子、拿着步枪、

---

① 原文为俄语。

轻率地参加一月反攻的女人也不一定就令最重要的人本主义价值观陷入险境。她肯定不是一个人本主义者。

"我不知道人在什么时候才是人本主义者。"诗人的女友说,"一个人被关在犹太人隔离区里,为购买武器而制造美元假钞,或者用罐头盒制造手榴弹而牺牲性命;或者,这个人逃离犹太人隔离区投靠'雅利安人'方面,为的是拯救自己的生命,而且还能够阅读品达尔的《颂歌》。哪一种做法更好呢?"

"我佩服你,"我说,又给她满上了一杯我们波兰酿造的伏特加,"可是我们先不讨论你的问题。我们不会制造美元假钞,我们更想挣钱,挣真正的美元。也用不着做手榴弹,工厂能够制造。"

"用不着你佩服,"诗人女友说着把伏特加一饮而尽,"我从犹太人隔离区逃跑了,在一个朋友家的柜子里熬过了整个战争岁月。"

片刻之后,她微微一笑,补充说:

"不过,我背会了一本《颂歌》。"

五

后来,这个诗人买了一辆二手的福特牌汽车,雇用了一个司机,拿着我们的家人的地址和给朋友们的信件返回波兰,他妻子和女友陪伴着他。

到了春天,我们中的两个人也返回了波兰,带着我们的书籍、用美国毯子做的衣服、雪茄和对西德种种苦涩的记忆。

我们当中有一个人找到并且埋葬了在华沙起义废墟中挖掘出来的他的一个姐妹的遗体;现在他学习建筑学,正在制订计划重建被毁坏的波兰小城市。另外一个娶了从集中营生还的女友,现在成了作家。我们中的第三个人成了资本主义的圣人,成了颇具影响力和富有的美国教派的成员。这个教派宣扬的信仰包括灵魂转世、恶的自我毁灭和人的思想对生者与死者的形而上学的影响。他变卖了汽车,购买了稀有邮票收藏品、贵重的仪器和珍贵的印刷品,到了新大陆的波士顿,在那里,在自己教派本部所在的城市,与在瑞士死去的妻子保持精神的联系。他在一家广告公司当制图员。

我们小组的第四个人非法穿越了阿尔卑斯山,加入了在意大利的波兰军团,这个军团后来撤退到了英伦三岛。我们告别的时候,他请求我们在华沙寻找在吉卜赛集中营里怀了他的孩子、逃出比尔克瑙的那个少女。他从她给他的信件里得知,孩子健康,与他母亲以及千百名正被输送到毒气室的妇女一起在苏联的一月反攻中得救了。

某一个士兵

《某一个士兵》，博罗夫斯基早期短篇小说集，1947 年出版。原作品集共收入六篇短篇小说，此处选译三篇。

市场街的毕业考试

整个冬天，我都是在一间小耳房里学习的，这间房子是工厂留给我们的，建在第一次华沙战役期间被摧毁的房屋废墟上。

这间房子窄小、低矮、潮湿，通过向原来的车库地面——现在长满杂草——倾斜的大窗户，晚上洒进月光和大桥上的灯光，当时我是在夜间学习的，用墨水瓶做的小油灯（必须节省煤油），灯光在我呼吸的时候不停地摇曳；于是我头部巨大的影子就在墙壁上滑过，没有声音，像在无声电影里似的。在这儿，父亲在木板拼成的床上沉睡，他在一家德国工厂里干活，每天十二个小时；还有母亲，再加上一条大狗，这条狗不知怎么，在围城的时候凑到我们这儿来了。住宅被烧毁之后，父母亲在空地上的硬纸板棚子下面避雨，这条善良的大狗就在父母亲身旁转悠，追赶乌鸦，对生人汪汪叫，就这样留下来了。那年冬天，安杰伊拉车，一辆人拉的两轮车，用它运货、送人，像在日本一样，凭两条腿奔跑。安杰伊这个少年高个子，消瘦，目光和蔼友善，和我一同毕业。在我入迷地阅读柏拉图和浪漫主义时期的波兰哲学家著作的时候，他热衷于易卜生和青年波兰派的精神领袖普席贝舍夫斯基，还有当时最著名的波兰诗人卡斯普罗维奇。上学的时候，他就常常写诗。而现在，在被占领的困苦日子里，他写日记。阿卡杜施是画家，数学很好。在讨论哲学的时候，他引用我们不熟悉的人名，说出我们没有听说过的流派。他一直在画外面行人的漫画，画了一万多张呢。

他离开了富有的父亲——华沙一个著名的裁缝,单独居住,在美术学校学习,一边写生,一边酗酒。

尤莱克是耶稣会学生,系统阅读托马斯·阿奎那、希腊哲学家和德国哲学家的作品,靠倒卖外汇挣钱。

现在,他们都不见了。

后来,命运把我们驱散,我被输送到奥斯威辛,安杰伊在街头行刑中死去,华沙街垒的瓦砾堆隐蔽了化名的阿卡杜施。在战争的第一个冬天,在西方,在马其诺防线上,巡逻兵们保持友好接触;英国飞机在德国上空投放传单,细心地拆分传单包(我们开玩笑说),以免偶然砸破德国人的脑袋——在所有这些枪口出现之前,在我们这里,在像坟墓一样黑暗的华沙,行刑队刺耳的枪声时时爆响,而在窗户钉满木板的房屋内,我们正在完成中学学业,准备毕业考试,虽然我们也知道,战争要延续数年。

我们在私人居住的地方学习,又冷又狭窄。这些地方既是教室,又是化学实验室。有些同学家里住宅宽敞,装潢很好。在那些地方,脚下是柔软的地毯,可以看到著名大师的绘画,手指尖触摸烫金的图书;上完课以后,数学课和文学讲座结束以后,体育锻炼或阅读完宗教书籍(因为有一位善良的神父讲授宗教)以后,大家便坐下来打桥牌,赢的输的都是有时候在黑市上挣来的钱。人们吞云吐雾,客厅里的烟气越来越重,在窗口旋转,在屋顶下飘散。

那个冬天虽然艰难、寒冷,却也在不知不觉中过去了。的确,安杰伊肺部有病,令人担忧,不能再拉人力车;的确,为得到艺术证书,阿卡杜施不愿意到德国机构去登记,而且还受到街头探子的跟踪。但是我们的收入还是不错的。安杰伊的画夹子里总是有几首诗;我那用木板钉成的书架上也有几本书,都是用出售锯好的木材挣钱买的;阿卡杜施终于找到一个住处,不必再借宿于友人家里。在这一个梦魇般的、死气沉沉的冬天之后,留下了在瓦夫热那个地方杀人的记忆：一个喝醉的德国兵在打斗中被自己的一个同伴打死，于是盖世太保从附近住宅里拉出来二百个人，在空旷的雪地上枪杀。帕维亚克监狱的牢房里挤满了囚徒，舒哈林阴路名气大振，我们手里已经有了第一批的秘密报纸，我们自己印发的。

春天，德国军队进攻了丹麦和挪威，后来又像一把利刃插入法国，这时候，他们在华沙开始抓人。巨大的德国岗亭，盖着帆布的载重卡车成群出动。宪兵和盖世太保们包围街道，驱赶所有的行人上卡车，把他们拉到第三帝国去干活，或者去近一点的地方：奥斯威辛、马伊丹奈克、奥兰宁堡等地的臭名昭著的集中营。一九四〇年八月到达奥斯威辛的两千次囚徒输送当中，有多少人生还？也许有五个人。一九四三年一月从华沙街道抓走被输送的一万七千名囚徒当中，有几人生还？二百？三百？不会更多！

从德国人开始抓人时起，他们的行为在一个伟大国家的首都造成极为荒诞的印象；同时，希特勒却在埃菲尔铁塔上拍照；同时，数量庞大的波兰囚徒不断被运送到奥兰宁堡——就是在这样的时候，我们四个人，安杰伊、阿卡杜施、尤莱克和我，通过了毕业考试。

不只是我们这些人，华沙的任何一所中学都不甘落后。在一切地方，在巴托雷中学、查茨基中学、莱莱维尔中学、密茨凯维奇中学、斯塔席茨中学、伏瓦迪斯瓦夫四世中学等学校，在女子中学：普拉特女中、雅德维佳王后女中、柯诺普尼茨卡女中、奥热什科娃女中，在全部的私立学校：从最好的算起，如圣沃伊切赫学校、查莫伊斯基学校——到处都在举行严格的毕业考试，和往年一样，和现代学校建立起来以后一直遵循的程序一样。

数以千计的少年毕业，数以千计的少年从初中升读高中。在那个时候，欧洲到处一片瓦砾，而在大波兰、在西里西亚、在波莫瑞和在波兰的心脏华沙，少年和青年挽救了对欧洲的信念，对牛顿二项式定理的信念,对积分的信念,对人类自由的信念。在欧洲输掉了保卫自由的战役的时候,波兰青年——我想,还有捷克青年、挪威青年——却在获取知识的战役中获胜。我至今记忆犹新,我们三个人站在耶路撒冷林阴道国家经济银行的巨大建筑台阶上。在首都这条最大的交通动脉上,不停地走过德国军队,走过向东、向西的输送车辆,还有坦克、装甲车、装满货物的大卡车。距离这里几条街的地方,在今天只留下美丽的圣亚历山大教堂废墟的三个十字架广场上,正在抓人。宪兵封锁了广场的全部出口。在发动机的轰鸣中,挤满了人的卡车缓慢而沉重地开往帕维亚克监狱。

那是荒唐透顶的场面。我不明白,为什么会引起笑声。有时候人的反应太迟钝,只有到了悲剧的底部的时候,才会悲极而笑。我们三个人情绪很好,因为我们活着,在胡乱抓人的环境中活着,而且必须到维斯瓦河对岸的市场街去参加毕业考试。我们一定要到那儿去,不管天塌地陷。

就在这个时候,一位白发苍苍的老太太走到我们面前。她布满皱纹的脸转向我们,眼睛里露出明显的焦虑。

"同学们,城里三十字架广场那儿正在抓人,"她轻声说。所有人提醒每个不知情者,像往昔防备瘟疫那样。"没有人提醒你们吗?"

"除了您,谁也没有。"安杰伊脱口而出。

我们上了电车,乘车到布拉格地区去。在桥梁的对面,林阴路的一头连接田野,另外一头连接萨克森高地居民区。在那里,林阴路的末端,有一排汽车,正在等候电车,就像埋伏在羚羊必经之路上的老虎一样。我们从行驶中的电车上跳下,滚到斜坡下面的青菜地里。土地发出春天的气息,地里的毛蕊花开放,蜜蜂嗡嗡徘徊;而在河面对岸的那个地方,就像在浓密的丛林里一样,狮子正扑向行人。

我们终于跑到在市场街的那所住宅。主任、考试主席、班主任和化学老师等人正在等待我们——而就在这个时候，胡乱抓人的浪潮已经波及我们的窗下。

主任沉默，他全神贯注地听学生答题；而班主任，一位高大和蔼的先生，关切地望着我们，以他的目光鼓励我们。我们一直得不到化学老师的好评，无论是诗人和批评家安杰伊，还是画家和哲学家阿卡杜施，还是我。我们支支吾吾的答案在主考官脸上引发出狡黠的微笑；而这位考官，因为留了银白色的胡子，所以我们给他起了个外号：山羊胡子。实际上，他是一位备受敬重的科学家。

不过，我们还是通过了考试。山羊胡子说：

"好，同学们（这个'同学们'表明我们在化学方面有了新的提高），你们可不要犯糊涂，不能让他们抓住你们。"

他用手指了指窗外，警察正在包围人群；他又把盛着红色溶液的试管举起来，那管溶液成分复杂，安杰伊竭尽全力也没有在黑板上写出分子式。他补充说：

"在你们不知道该信什么的时候，就相信科学吧。凭借科学，就能够回归人的尊严。"

当时只有一个人不在我们中间，他就是神父的学生、亚麻色头发的尤莱克。他是在新世界大街和耶路撒冷林阴路之间被抓走的，后来音信皆无。到了秋天，我们进入地下大学的时候，有人告诉我们，说尤莱克被送到奥兰宁堡，柏林附近一个名气大的集中营，已经不在人世。

朋友的肖像

华沙在南部被圣亚历山大教堂的废墟包围，在北面被圣十字教堂的瓦砾堆和从碎块中重新堆起的哥白尼纪念像围住，他被子弹打穿的手里还拿着同样被子弹打穿的地球仪；而在新世界大街的瓦砾堆中，褐色墙壁的残破墙垣是表现不出什么特殊之处的。在黑色石板下面，行人道上放着枯萎的鲜花，行人脚下干燥的树叶沙沙作响，其中夹杂着肮脏褶皱的花环彩带。行人路过这个地方，并不特别注意这一切。有些人机械地摘一下帽子，虔诚的妇女轻轻画十字，嘴里发出含糊不清的低语。在这面墙壁附近，被烧毁房屋的第一层，是一个大出版社的书店，大门下正在举办一个凑合拼凑起来的画展（战前，新世界大街以举办画展闻名），而墙壁的另一面，用几块木板和砖头搭起一个小屋，上面铺上了硬纸板，棚子里面修理和出售自来水笔。

每逢我路过这堵见证悲惨的墙壁，并且听到脚下枯叶和丝带的沙沙声响，我都要想到安杰伊。他是在街头行刑中死去的，他是在普通的城市街道行人道上、在住宅墙角下被枪杀的数以万计的人士之一。他得到的特权是成为一个无名氏。

请读者原谅，按照许多友人的看法，我又违背了他无名的状态。对于友人而言，我只是暂时展现他的面容，而对于陌生人而言，我要勾勒我们这一代的一个人的剪影，这一代人是在战争的艰难困苦的年代成熟起来的。

我不是他死亡的见证人。在他生前，我只是偶然地、短暂地进入了他的生活，仅仅知道他的姓名，和他交过朋友，但是不喜欢他。

他经常穿蓝色工作服，用刨子刨木板和挖掘树桩子，同时书写关于蓝色木工工艺的抒情诗，因为他穿了蓝色的工作服。当他从高层楼上急切而贪婪地看着自己的姑娘在人行道上匆匆赶来看他的时候，就写出一首关于这个姑娘的抒情诗。

我从来不知道，在他身上，什么是佯装出来的，是作态；什么是真实，是个人活生生的感受。茂密的黑头发低垂在他的前额上，他在激烈争论或者嘲弄对方的时候，就用手猛地撩开头发，冷笑一下。这个时刻，他的眼睛闪亮，像是有生命的白银。大伙公认他长得很漂亮。有一次，我和女生争吵，因为她们偏向安杰伊，我告诉她们说，他的魅力是江湖骗子的魅力。她们都笑着说，他自己就是这么说的。

我是和他一起毕业的，如此而已。后来我们分开了。关于斗争和生活的意义，我经受了许多痛苦的思考和怀疑，开始最强烈地相信科学和诗歌的意义，而不是手枪和宣传的力量；而他则放弃了大学的学习和自己原本准备的硕士论文——这篇论文原来是打算撼动文学批评的基础的；他还暗暗嘲笑教授们及其平稳的、严肃的、几乎毫无热情的讲课语调。不仅如此，他进而转向行动。他愿意成为双手——会思想的双手，而不是他所设想的无所作为和无所适从的头脑。他选择战斗。

波兰法西斯主义思想令他入迷。在民族遭受打击、成为胜利者的鱼肉的时期，救世论、对民族的使命感、对民族的超民族价值的信念总是像火焰一样迸发出来。在本民族没有自己的一寸土地的时候，人们就总是重温以往到达三个大海的国境线，这样的疆界囊括了其他民族的土地，令其他民族服从于自己的民族。

安杰伊加入了民族联盟（军事战斗队的延伸组织）、民族主义者学术同盟。加入之后就开始工作——沉重的工作，还和一位友人一起做出版发行工作——这个朋友在给哥白尼雕像献花环的时候牺牲了。他们编辑发行文学月刊,华沙第一份文学杂志。刊物有挑战性质,严肃,但是发人深省和展开讨论——甚至必须以提高嗓门和拍桌子的类似行为来引人注目。对于他们来说,艺术家是民族想象力的组织者,应该为民族服务,统一构筑民族的思想和情感。我们曾经嘲笑过他们关于民族的绘画般的幻想:画面都是马匹和宁静的波兰内地,到处都是风度不佳的大胡子贵族。

安杰伊总是饥饿,总是睡眠不足;没有一双体面的鞋,穿的是木鞋;还穿着中学时候的衣服,又小,又短,又旧。他的裤子很有名,长度只到小腿肚,到哪儿都挺显眼。谁见过他一次,都永远会记住。

他很想越过布格河,参加他那一派组织的游击战。他的朋友们不允许他干扰上层的决定。结果全部人马都落入了德国人手里。我在奥斯威辛集中营曾遇到历经种种处决和审查之后幸存下来的参加者,他们都感到十分懊悔和痛苦,就像每一个失望到极点的士兵那样。

只有一次,我和安杰伊课后进行了一次简短、难堪但可能是真诚的谈话。那天,哲学课是在我这儿上的。一盏很小的电石灯在桌子上呼呼响,照亮了一圈人的脸。安杰伊听了关于科学方法论的讲课,等到所有的人散去之后,他对我说:

"你那些动作很可笑,你没感觉出来吗?你做笔记挺努力的。"

"怎么了?想学会嘛。"我回答得不太有把握。

安杰伊激烈的语调令我发憷。

"学会!大家等不及你学会的!他们今天就会死去。为了他们不至于死去,你都做了些什么?"

"什么也没有做。"虽然回答了,可是我不情愿。

"你看!"他得意洋洋地大喊,"就是犯错误,"他突如其来地补充说,"我也要犯得正确,像一个战士。"

"可是，不像一个艺术家。"我感到不以为然。

"艺术家！你懂得艺术家的义务吗？苦思冥想的寺院，把衣服都撕烂，等火车的时候用心阅读启示录？！再见！"

他抄起随身带着的小包袱，包袱却散开了，从里面掉出揉皱的破旧衣服。他用手收拢在一起，在头上挥动肮脏的短裤。

"再见！"他说，"记住，诗人必须是战士。如果不能用诗来保护自己，就得用躯体。"

在头顶上方挥动短裤，露出笑容，又面带悲伤——这个印象留在我的记忆之中。这个印象在我乘坐紧紧封闭的货车被迫去奥斯威辛集中营几乎被闷死的时候，在到了那里之后，在漫长的寒冬之夜，我走到露天观望星星和在天空蜿蜒成为一条带状的、从焚尸炉里冒出的人体黑烟的时候，时时浮现眼前。

关于他死亡的消息，我是从我们共同的一位友人的信里得知的。这个友人是秘密文学刊物《道路》的编辑，在华沙起义之后，他虽然身患肺结核，体重才四十多公斤，但还是从易北河畔的集中营步行回国，回到了华沙。

在集中营的时候，我不知道安杰伊是怎么死去的。我猜想，也许他渡过布格河第二次出征，民族联盟军团全军覆没了；也许他正在印刷厂为一篇文章排版的时候，被盖世太保逮捕了；也许他正走在大街上，街上乱抓人，把他抓走了？

春天的时候，我和《道路》的编辑在新世界大街漫步，在那个竖起一堵朴素而粗糙的墙壁之处，地下堆积了枯萎、干燥的花卉和早已熄灭、烧完的蜡烛，他摘下帽子。我感到诧异，瞥了他一眼。他对我说：

"在这儿安杰伊被枪杀了。脱帽。"

我们走过首都几百个类似地点之一的死亡之墙之后，斯塔舍克漫不经心地、好像正在考虑别的事情似的，对我说：

"你知道，在你被逮捕的时候，安杰伊正在向政府机构申请资助。他是第一批关怀过你的人之一。"

很遗憾,他没有关怀他自己。凡是见过他一面的人,都会一生牢记他。他穿木鞋,大个子,不刮脸,眼睛里露出一股嘲讽的目光。他在德国工厂里居住,因为在整个华沙也找不到一个愿意给他吃住的人。也许因为他太傲慢,不屑在不冒险的地方求助。一次,他吃午饭的时候,德国厂主和两个盖世太保分子走了过来:

"你不在这个工厂工作,为什么在这儿吃午饭?"

他们确认,他没有工作。更坏的是,他的文件是伪造的。他不承认真名。他应该居住的那个房屋,在一九三九年九月就已经不存在了。在处决日益猖獗的时期,这些情况已经足够毙掉他了。

"你知道,这都是些少年。"我们经过被破坏的圣十字教堂,教堂长廊里扛十字架的耶稣在给行人指路,"这些少年在临死前才奇异地成熟起来。安杰伊就是!他唾弃狭隘的民族主义倾向,感觉自己背负了艺术家的使命。你知道,他是文化运动、超党派艺术家团组的创建人。奇怪的青年,很奇怪的青年!"

他被押送到帕维亚克监狱去了,情绪还不错。

"谁知道呢,也许,现在,在监狱牢房里,我才有一点时间,也许现在能够写完硕士论文吧。"

他没写完。死囚犯在遭受处决的时候一般高喊反对德国和争取自由的口号。在帕维亚克监狱的院子里,为了节约,扒下了他们的衣服,把纸衣裤套在他们赤裸的身体上;给他们都打了针,以防他们挣扎。如果是当众处决,这样做不符合审美的原则。

他的一张嘴,诗人的嘴,被灌满了石膏。他在白昼被屠杀,在首都主要的通道上,在被驱赶到近处的行人面前,被屠杀了。

每当我路过这面遭到破坏的红色墙壁的时候,我都觉得,我和我们所有的人,因为还活着,所以是有罪的。

某一个士兵

举世闻名的寇松线以东的波兰土地，在一九三九年九月——最血腥的世界大战的第一个月之后，被苏联军队占领。苏联的坦克大队沿着森林向卢茨克、弗拉基米尔和布列斯特，向利沃夫和斯坦尼斯拉沃夫，向维尔诺和哥罗德诺推进，对抗德国的装甲列车大队，在田间道路上拉开成行的载重汽车和拖拉机；疲惫不堪的、浑身肮脏的士兵，沿着田间的小路奔走，准备在到达布格河之后跳进临时的野战壕沟，警惕地监视西线。和军队并列的是，在大道上蜿蜒推进着的充斥了小镇和村庄的大群难民，他们正在奔赴世界各地。

难民走了，军队部署完毕，博多利亚美丽的、真正的金黄色的秋天转眼之间也已经过去。城镇生活大致上算是恢复了正常，但是新学年却大大推迟了。

新教科书运到，新配备的教师来临。儿童的思维并不总是能轻易适应对他们来说是生疏的教学体系，但是学习继续了下去。在拿破仑远征莫斯科一百二十九周年之日，这些地方关闭了波兰学校，少年们把书藏在怀里，效法西部地区和玛佐夫舍地区的同学，开展地下学习，学会在街道上躲避危险，像被追逐的动物似的。德国人在东部土地上展开的政治镇压不同于德国占领的波兰地区，但是东部的物质状况十分艰难。波兰工程师像工人一样工作，青年人必须在磨房、锯木厂工作，或者去修路，以求挣钱贴补家用。但是，有几十万人在苏联人发动的撤离前线地区的大规模行动中来到这个庞大国家的深处,来到伯朝拉和科雷马河畔,来到基辅的集体农庄,来到哈萨克斯坦的草原,来到伏尔加河和阿姆河畔。

到那些地方去的都是一家一家的人。他们对所去的地方,既不知道,也不了解,前途渺茫,令人不安。

干燥的纸页在手指里沙沙作响,像枯萎的树叶。在这些纸页里,我阅读了我在校时期同学的经历;现在,他们已经从那个庞大的国家返回,用纯朴的、常常是流露出悲哀或者感激之情的文字,描述他们在那里是怎样工作和学习的。

小学毕业后,父母亲决定把儿子送到波兰南部一个比较大的城镇的一所教会学校去,那个学校也接受住宿生。小镇布满挂着大果子的苹果树,还有像温顺动物一般美丽的山坡,到处是严肃的、穿着礼服的犹太人,他们身后有大群的城市少年大声呼喊着在木制人行道上奔走。

这个少年的父母亲夏天前往波兰中部,也许是去拜访阔亲戚,也许是去了他们的庄园,也许干脆就是想离开儿子,休息一个夏天。

他们没有来得及把儿子叫回来,或者到他那里去。像晴天霹雳一样:战争爆发了。巨大的人潮从波兰西部扑向东部,又转向南部奔向罗马尼亚,之后穿过南欧、亚洲和非洲,穿过英伦三岛和欧洲大陆——再像大潮一样返回波兰。但人潮却不同时把父母也带来,他们留在了波兰的中部,华沙附近的庄园。

可是这个人潮攫获了他们的儿子,把他投向沉重的、充满艰难险阻的旅途,再把他搁置在浅滩上——苏联深处的集体农庄之中。

"太可怕了,"这个中学生写道,"因为我不知道等着我的是什么;另一方面,我也为我在战前的反犹活动担心。在这里,反犹言行会受到严惩。"

十三岁的反犹分子以往在小镇上一定是很喜欢下列游戏的：打碎商店店主的玻璃窗，偷窃犹太人店铺的苹果；在无事可做时，就阅读《战线报》，这是他在首都华沙的高年级同学办的一份法西斯小报。

"我到了一个种菜的集体农庄。从来没有见过这样大片大片的土地种满了蔬菜，有甘蓝、玉米、豆角、西红柿和别的蔬菜；也从来没有见过像集体农庄里这样多的农业机械。可以毫不夸张地说，这不是农村，而是农村式的工厂。我不知道别处怎么样，"这个中学生写道，"可是在我们集体农庄秩序很好，工作组织得井井有条。我们的主人①已经上了年纪，但是健康状况还很好。他留着长长的白胡子，梳理得很精心。他不断地用手指理胡子，总是对我露出微笑。在送到这儿来的一批人当中，我年龄最小，没有什么亲朋一起来。所以他把我接到他家里，其余的人都安排在他的邻居家里了。他有什么都和我分享，好像我就是他儿子似的。"

主人有两个女儿，都在附近的小镇上中学。她们俩对这个外国人不太信任，因为他固执、阴沉，还时时想念他那个遥远的国家，像鸟儿想老窝一样。少年们都容易相处。过了一段时间以后，她们开始对他露出笑容，他也不再回避她们。她们带他到田地里去，给他看机器和家畜，还教他说俄语。

"在和她们熟识以后，我也学会了俄语，这样，在工作之余，我就能够阅读她们的课本，甚至还请求她们告诉我她们的见闻，她们都做些什么。"

"波兰人，你看，我们的生活和你们不一样。我们共同工作，是为了大家共同的利益，而不是人人只为自己。"那个姐姐说，她想当医生。

---

① 指集体农庄的领导。

"你知道,我们那儿是怎么工作的吗?"来自波兰的中学生说,"我们那儿都很好,我告诉你。我们那儿吃的东西多。"

"你们那儿好,是因为你父母亲是剥削阶级。"那个姐姐说,"我们这儿没有剥削阶级。"

"可是所有在北方生活的人,都在俄国流动。他们不仅不能够学习,甚至生活也不太好。"

"怎么,你不知道现在是战争时期吗?生活不太好总比活不了好。"

"反正是不一样。"这个孩子回答,有点生气了,"我父母亲怎么样了,一点也不知道。是谁的过错呢?"

"你以为,你的那些犹太人,怎么样?"那个妹妹大声说,她是墙报编辑,热情而骄傲的少年先锋队队员,"他们来了以后,我们为他们专门开展了募捐。可是你们,波兰人……"

"可是你们,俄国人呢?"

"嘘……"集体农庄的老领导安抚他们。他坐在房间角落里调收音机。他摘下耳机,注意听他们的对话,直皱眉头,烟斗里冒出一团一团的青烟。"没有俄国人,没有波兰人,没有犹太人,只有一般的人。你们,别说话!别吵架!学习吧。学习了,你们就明白,大家为什么辛苦,为什么现在要工作,为什么战士在前方牺牲!你们要学习,要教导他!"

"……她们教得热情认真。"这个中学生在卡片上用工整的字母继续写道,行间留下整齐的空白。

就这样,他和他们一家人度过了夏天、秋天和冬天。在又一个夏天和冬天来临之际,德国军队横扫乌克兰肥沃的田野,用坦克打头阵,到处散布战火和死亡,大军向东推进,一直到达莫斯科城下和伏尔加河河畔。在民众的大撤退中,我们谈论的这个少年的踪迹就是大批波兰人所走的道路。这个少年随着集体农庄撤退,从一个地方撤到另外一个地方,然后被分配到了军需厂工作;

虽然年龄不足，这个中学生还是"用俄语通过了苏联学制的四级考试"。学习用的书籍他是从各个图书馆和友好的同学那里借来的，一部分来自自己的主人。

一九四三年二月，在地下大学，学生们开始书写硕士论文，讨论克拉辛斯基的书信、柯诺普尼茨卡的小说和斯塔夫的语言，与此同时，我们所描写的这个少年正热心参军，虽说年龄不符合要求。土地在他的脚下燃烧，他盼望着走最短的路线返回波兰，赶走德国人。

他参加了短期密集但十分严格的训练，作为志愿者被派去进入莫斯科城下的壕沟。在赶走了首都附近的德国坦克和步兵之后，又把他们部署在库尔斯克和奥勒尔附近的南方战线。在那里粉碎了德国人的大反攻之后，苏军转入进攻，走过德国的地堡和壕沟，穿过河流和刚刚解放的被德国人烧毁并抢劫的农村、小镇和城市；苏军不停地向西前进，路上到处是敌人的遗体和阵亡的同志们的遗体——都是些来自乌拉尔、高加索、莫斯科、阿尔汉戈尔斯克的少年，有欧洲人，也有亚洲人。

我现在描述的这个少年走的是一条通往波兰的美好大道。他加入了波兰军队的行列，参加了列宁诺村附近的著名战斗；从那里继续行军，克服困难，日夜兼程，途经华沙、格但斯克、波兹南——一直到柏林。

他在纪事中写道："在这两年的战争期间，我得以完成中学三年级的课程。学习比较容易，因为我有课本。时间的确很少，因为一直在行军和战斗。"

怎么战斗呢？他写得极为简练："经过这些战斗，我荣获下列奖章：第四级和第五级军功十字奖、'战地荣誉'奖章、格仑瓦尔德十字奖章和勇敢者奖章、斯大林红星奖章和其他许多波兰的和苏联的奖章，其名称不必一一列举。"

怎么学习的呢？"……在彼得科沃，我找到了父母亲。爸爸妈妈都变得老多了，但是没有丧失精力和对生活的信念。妈妈的头发全白了。不奇怪的，因为她断定我已经死了。部队给我两个月的假期，后来很快又让我复员。在那两个月里，父亲帮助我读完四年级，后来我通过考试，读到九年级。再过两年，我要上大学。"

我一直想着这些少年战士，他们在战斗和学习过程中经过苏联返回波兰。这样的少年很多，很多。那些构成著名的科希秋什科军团核心组成部分的人，就是这些青少年。国内好奇心重的人问他们在什么地方、怎样学习的问题的时候，他们不耐烦地摇摇手回答说：

"随时随地。在工厂，在集体农庄，在军营，在前线。"

"值得写一本书，讲给大家听听。"

"有什么特别的呀，"他不以为然地摆摆手，"难道就我们这几个人吗？我们整个的部队都是这样的。而且，还有更重要的工作等着完成呢。"

但是，我所描写的这个少年很在意自己的荣誉："也许，我的经历在不懂得战争的人看起来显得奇特。如果有谁需要证实我在纪事里写的真实情况，就请写信到部队去，番号是：II/AU 29 PT 29743。"

我写的中学生的故事中的人物都是真实的，但是都没有姓名。然而，我们还是找到了这个很在意自己荣誉的战士的姓名。采萨雷·科兹沃夫斯基现在已经不再是战士，他现在是腊多姆人文中学高中二年级的学生。

石头世界

原作品集共 20 篇,本书选译了其中的 12 篇。

简短序言

献给扬·多博拉钦斯基

　　《石头世界》实际上是一部内容面广的短篇小说集,由二十篇独立的部分组成。作者尝试以"超短篇小说"形式写作,实验显然不太成功。超短篇小说的形式就像狭窄的领口一样,妨碍呼吸。这个形式使得评论和讨论变得困难,强求动作、时间和地点的三一律,并没有培育出作家,而是造就出照相机。

　　这些超短篇故事有些是真实的,有些是繁琐的,还有些包含了和其他作家持不同态度与立场的争论。我不是一名实证主义的灾难论者,在小说中我没有使用克瓦希尼亚克的被子,没有吃人脑子、扼杀幼儿、蹲在掩体里的情节,也没有和德国人一起去观赏歌剧、在花园里喝酒、沉溺于幼稚的幻想——总之,如果仅仅因为《石头世界》是用第一人称写作的,就被看作是作者个人的私密札记,这种判断会令我感到非常遗憾。

　　但愿这篇序言能够充分说明这些短篇故事的主旨。之所以这么说,主要是希望各派激进的天主教徒或者他人,不要时时借机敲打我。

石头世界

献给帕维尔·海尔茨

一段时期以来，像母体中躁动的胎儿一样，我身上有一种意识正在成熟，它使我充满了不安的预期：无限的宇宙以不可想象的速度膨胀，像一个一点也不可笑的肥皂泡一样；我时常被一个守财奴的针刺般的急切心情控制，我想到，这个宇宙可能正在不可挽回地溜到空间里去，就像水从手指缝中流走一样；而且，最后——也许是今天，也许明天，也许甚至要等几亿年——这个宇宙会分解化为空寂，似乎它不是由固体物质构成，而仅仅是由稍纵即逝的声音构成的。

我在这里必须承认，在战后，我虽然很少被迫给自己擦皮鞋，也几乎从来不会抠掉裤脚边上的泥点儿，虽然每隔一天就迫不得已费心费力地刮脸上、下巴和脖子上的胡子，而且，为了节省时间，用牙咬掉指甲，也不去古旧书店淘宝，不去搜寻美丽姑娘；同时，透过这种听天由命的态度把我的命运和宇宙的命运联系了起来。但是，不久以前我却开始欣然走出家门，在炎热的下午，在本市的工人宿舍区长时间地、孤单地散步。

我很喜欢大口大口地吸进发霉的、像面包渣一样干燥的废墟尘埃。我露出几乎掩饰不住的嘲讽神情，习惯性地向右肩歪着脑袋，观看蹲在被烧毁房屋的墙壁下面看守货物的农村妇女和肮脏不堪的小孩子们，他们在夜雨留下的水洼之间追逐沾满了污泥的布球；还有布满灰尘、发出汗臭气味的工人，他们在没有行人的街道上从清早到黄昏急急忙忙地敲打电车铁轨。我很清晰地看到，像在镜子里一样，这些长满了青草的废墟，农村婆娘、她们掺了面粉的酸奶和发出恶臭气味的衣服，电车铁轨，布球和踢球玩的孩子们，扔在泥炭土旁边的杠铃和铁锤，工人们肌肉发达的臂膀，疲倦的眼睛和躯体，街道和街道后面摆满了木制货亭的小广场，那里荡漾着人们恼怒的话语声，头顶是疾风驱动的云团——这一切是如何突然散开，混杂在一起，钻到地下，钻到我的脚下——就像桥下奔腾的流水反映出来的树木和天空破碎的倒影。

　　我有时觉得，就连人体生物学上的反应，在我身上也固着起来，僵硬起来，令我失去感知能力，像葡萄干似的。想当年，我的眼睛因为惊奇而睁大，观看世界，我穿过街道，小心翼翼，像墙头上的一只小猫一样；而今天，我冷漠地混杂在流动的人群当中，即使接触了小姐们热乎乎的肉体也不为所动，虽然她们赤裸的美腿和涂了发油的高耸发式是用来勾引男人的。我眯缝起眼睛，立即又透过眼帘观看，宇宙之风劲吹，把大群的人一直吹到大树的树梢下面，把人体甩进巨大的旋风中，扭曲他们因为惊骇而大张的嘴巴，把儿童粉团似的小脸和成年男人多毛的胸脯混在一起，把攥起的拳头裹在被撕成条带的女人裙子里，把白皙的大腿像泡沫一样投到表层，大腿下面浮出帽子和头部的碎片，帽子和头部被水草般的头发纠结在一起——这极端奇异的混杂物，人群烹调出来的浓汤洪流，沿着街道，在明沟里涌流，咕噜咕噜地被吸进空间，就好像被吸进下水道一样。

　　我心里充斥了冷漠之感，几乎对一切持轻蔑的态度，凭着人的尊严，步入巨大而凉爽的花岗岩大楼。虽然不习惯，我还是走上从战火中清洗出来的大理石楼梯，上面铺展红色的地毯——每天早晨，女工们都得费尽力气抖动它，牢骚满腹；我根本不注意新门窗和曾遭火烧的房屋重新粉刷过的白墙。我随随便便跨进窄小而舒适的办公室，有时候有点低声下气地要求过于细碎的东西，但是，我知道，这些东西的确是属于我的；当然，这些东西还不足以令这个世界免于像过度成熟的石榴果实那样膨胀、裂开，开裂后崩出的不是种子，而是投给这玻璃般光溜的荒原以干燥的、发出沙沙声的灰烬。

弥漫了灰尘和汽油气味的酷热白昼过去之后，令人感到清爽的黄昏终于到来，把患肺结核病的废墟变成了越来越黑暗的天空背景上的恰如其分的装饰。这个时候，我在新修复的街灯照明下返回散发出新油漆气味的住所，房子是我从中介公司买的，价格高昂，付款也没有在什么财务机构登记。我坐在窗台前面，双手托着下巴，妻子在厨房小间里洗盘碗发出的声响陪伴着我，我望着对面楼房的窗户，那里的灯光一一熄灭，收音机喇叭逐一关闭。

在以后的时间，我的耳朵捕捉到了街道上不很清晰的声音：进出香烟出售亭醉汉的歌声，行人走路的杂沓声，到站列车的咯噔声，在街道拐弯处匆忙敲打电车铁轨的夜班工人纠缠不休、令人厌倦的声响……于是，我越来越清晰地感受到一股巨大的幻灭感在我心里升腾。我断然离开窗口，就好像扯断一条拴住我的绳子似的。我在书桌旁边坐下，突然觉得我又损失了一去不返的时间，于是从抽屉深处取出弃置在那里很久的纸张。因为今天的世界还没有随风消散，我抽出干净的纸张，郑重其事地铺在书桌上，眯缝起眼睛，努力在自身寻找温存的情谊——对于电车铁轨上的工人，对于出售酸奶代用品的农村婆娘，以及满载货物的列车、废墟上方正在变得更昏黑的天空，还有林阴路上的行人、新装的窗户，甚至正在清洗盘子的妻子——我竭尽全力集中精神，渴望捕捉到所见事物、事件和世人的真实意义。皆因我期望写出一部伟大永恒的史诗作品，要无愧于这个依然没有变化的、难以对付的、酷似从石头中雕刻出来的世界。

一个真实的事件

献给斯泰方·茹尔凯维奇主编

当时我心里想,我必死无疑。我躺在光秃秃的麦秆垫子上,盖着一块毯子,毯子发出以前在这儿躺卧过的人已经干燥的粪便和脓血气味。我极度虚弱,连挠痒痒或者赶走跳蚤的力气都没有,大腿上、腰背上和肩膀上,到处长出了大片的褥疮,紧包在骨头上的皮肤发红,像刚刚被阳光晒伤一样生疼。我对自己的躯体感到十分厌恶,只有在倾听他人呻吟的时候,才略感轻松。有时候想,我会因为干渴而憋死的。我张开干燥的嘴唇,幻想着一杯清凉的咖啡,同时不假思索地仰望敞开的窗户外面一片空旷的天空。看样子要变天下雨了,因为灰白色的、尸体形成的浓烟在屋顶上方低垂盘旋,屋顶上的沥青融化了,在阳光的照射下闪烁着,像水银一样。

臀部和后背的肌肉开始发痛,像火烧一样,于是我在粗糙的垫子上费力转身,把一个拳头垫在耳朵下面,抬起眼,探向旁边床上那个虚胖的人、狱卒组长克瓦希尼亚克的方向。他身旁的小桌上放着一杯咖啡和一个咬了一半的苹果,还有一块干得掉渣的面包。床脚下,一个盖着被单的硬纸箱子里藏着等待成熟的绿色西红柿,那是挂念他的妻子寄来的。

组长克瓦希尼亚克忍受不了无所事事。他很怀念在妇女营房干活的小分队。现在他感到寂寞无聊,在医院里干活,剥夺了他唯一的乐趣:大吃大喝,因为他患肾病。原来在他旁边床上躺着的是一个荷兰犹太人，演奏小提琴的，因为肺炎刚刚死了。一听到我这床垫子的沙沙声响，克瓦希尼亚克就必定支起胳膊肘，眨着肿眼泡的小眼睛看过来。

"你终于睡醒了。"他几乎掩饰不住地往上冒火气，恶狠狠地说。"你接着说故事吧。一个差不多十分健壮的人，硬是像一个穆斯林似的躺着，讨厌！好些日子没有在穆斯林里挑人了。"

低俗故事书的故事梗概、探险电影的故事、大剧院保留节目的戏剧剧情，都不能满足他；浪漫主义作品的夸张叙述，他也是不堪忍受的。但是，他常常刨根问底地追问荒诞可笑的言情故事的细节，此时我必须想办法说服他，这是我亲身经历过的事。的确，我把曾经经历过的全部有趣的事，向他和盘托出：我姑姑的情人，一个猎场看守，晚上总是在她的窗下弹吉他；在物理课上，为了给老师捣乱，我把一只公鸡关在笼子里，可是该打鸣的时候，它却不出声；一个嘴唇长出大包的女孩，因为波兰九月事变和我往来密切；等等。我还对他谈我历次恋爱的经过，毫无保留，但是深感惋惜的是，一共才有两次。我诚恳地用最简洁的言语，实话实说，说的全是事实。但是，时间过得慢极了，我发烧却越来越厉害，越来越感到干渴。

"我蹲监狱的时候，有一个少年被送进我们的牢房。他说，是一个警察把他带来的。大概是因为嘛，这个少年用粉笔在墙上乱写乱画。"我缓慢地说着，舌头不断舔着嘴唇，极力用有意思的词句述说看《圣经》的少年的故事（几年以后，我在一篇小说里又重复了这个故事）。

少年带着一本《圣经》，整天都在阅读。他不跟别人说话，同伴对他提出问题，他的回答总是简短而勉强。下午，一个犹太青年被问话之后回到我们的牢房。他看了看少年，说过去在盖世太保总部见过他；还补充说："就承认你是犹太人吧，像我这样。用不着害怕，在这儿，大伙儿都是朋友。"读《圣经》的少年说，是警察把他送到这儿来的,而且,他不是犹太人。到了晚上,他和其他几个人就被带走了,在后院里枪毙了。

"先生,这个少年呢,"我赶快结束又一个真实的故事,"名字叫兹比格涅夫·纳莫凯尔,还说自己是银行经理的儿子。"

克瓦希尼亚克组长在沉默中站了起来,开始从床脚下掏东西,从硬纸箱子里摸出一个西红柿,在手里攥着,踌躇片刻。

"这不是你亲身经历的事,"他严肃地说,斜着眼睛瞧着我,"我在这儿的时间比你长一点——你知道吗?他在这儿住过医院,你说的这个兹比格涅夫·纳莫凯尔,得了伤寒,像你一样。就是在你现在用的这张床上死的。"

他背靠一个大枕头,那个西红柿在两只手里倒来倒去。

"你可以喝那杯咖啡,反正我是不能喝的。"他思忖了一下,说。"以后你不必再给我说什么故事了。"

他把西红柿扔在我的毯子上,递过咖啡,瞧着我把嘴唇贴近咖啡杯子,兴致勃勃地。

施林格尔的死

党卫队下士施林格尔在一九四三年完成了集中营头目布置的任务。所谓头目，就是比尔克瑙集中营男部 D 劳动营的直接指挥官，而比尔克瑙集中营又属于散落在整个上西里西亚的大大小小集中营的巨大聚合体，这些集中营在行政上隶属于奥斯威辛的中央集中营。施林格尔身材短小敦实，长着一张丰满的肥嘟嘟的脸，浅黄色的头发像亚麻似的，梳得紧贴在脑壳上，眼睛是蓝色的，总喜欢眯缝着，嘴唇紧闭，面颊微微上扬，现出不耐烦的神情。他从来不注意外表，也没有听谁说过他受到过"贵客们"的收买。

施林格尔管理 D 区，十分精当和严酷。他一刻不停地骑着自行车在集中营通道上巡视，常常出其不意地出现在最不起眼的地方。他抡起胳膊来像抡铁棍一样，足以砸烂或砸碎人的下巴骨，登时把人打得血肉模糊，必死无疑。

他的警戒是无以复加的。他常常造访比尔克瑙其他的地段，在妇女、吉卜赛人业务室里的贵人中间造成恐惧和惊慌。所谓业务室，是指比尔克瑙最富有的地方，因为那里堆放着被毒死焚烧的人们的财物。他也视察在瞭望塔系统里工作的小分队，出其不意地检查囚徒的衣服、组长们的皮靴和党卫队员的包裹。他还经常观看焚尸炉，很喜欢盯着欣赏把人推进毒气室的过程。他的姓名是和帕利奇、克兰肯曼以及奥斯威辛集中营其他许多杀人魔王连在一起的。这些人时常吹嘘，他们每个人亲手用拳头、棍棒或者手枪少说也打死了一万多人。

一九四三年八月,集中营里传说,施林格尔死了,横死,具体情况不明。对这个事件的叙述各不相同,似乎都真实可信,却又互相完全矛盾。我个人倾向于相信特工队一个老熟人的说法。有一天下午,我和他坐在床铺上等待吉卜赛人集中营送来的浓缩牛奶,他对我讲述了党卫队下士施林格尔死亡的经过。他说:

"一个星期天,下午点名之后,施林格尔到焚尸炉地段来看我们的头目。可是头目没有时间,因为正好有大货车从卸货场开来,运来从本津输送来的囚徒。你知道,兄弟,把一批囚徒卸下车来,命令他们脱掉衣服,再把他们赶到毒气室里面去,这是费力气的活儿,可以说,是要求很高的策略活儿。谁都知道,在这些人还没有被赶进毒气室并且关好大门的时候,是不准盯着看他们的财物的,更不准胡乱翻弄,尤其不准对一丝不挂的女人动手动脚。而且,兄弟,就是强迫女人和男人一起脱得赤身裸体,对于刚来的人而言,也是十分震撼的事啊。于是就采取火急火燎的催促法,假装必须尽快在莫须有的淋浴室里完成入营工作。实际上也的确必须加快速度,赶紧毒死一班囚徒来货,尽快清理毒气室里的尸体,为下一批囚徒来货做好准备。"

这个工头站了起来,坐在枕头上,两条腿从床边垂下来,点着香烟,继续说:

"所以,兄弟,你看明白,我们当时面对一批从本津和索斯诺维茨运来的囚徒来货。这些犹太人都很清楚大难临头了。特工队的青年人也感到惶恐不安,他们中的有些人就是从那些地方来的,还有的人遇到了亲属或者熟人。我就遇到了……"

"不知道你是从哪儿来的,听你说话听不出来。"

"我是在华沙念完师范的,大概有十五年了。后来就在本津一所中学里教书。有人提议我出国,我不愿意。你瞧,有家室嘛,兄弟。就是这样。"

"就是这样。"

"这一批来货躁动不安。你知道,他们不是荷兰、法国的商人,那些人还想着在奥斯威辛集中营的收容所里和富人做生意呢。我们波兰的犹太人什么都知道。党卫队面对着大批囚犯有些慌乱,施林格尔看到这个情形,就拔出了手枪。一切都按部就班地进行着,可是施林格尔突然看上了一个肉体,真的—— 一具完美匀称的古典式美人的身躯。他来看我们头目,其实肯定是为了这个目的。他走近那个女人,拉住她的手。那个女人突然弯下腰去,抓了一把沙子,狠狠地抹在他的两只眼睛里。施林格尔疼得哇哇乱叫,手枪从手里掉下,那女人捡起手枪,对着施林格尔的肚子连连开枪射击。场面顿时一片慌乱。赤身裸体的人群吼叫着向我们扑过来。那个女人又对我们的头目开枪,打伤了他的脸。于是,那个头目和党卫队员们都四散奔逃,只留下了我们。嗨,上帝保佑,我们还是想办法对付了这个场面。用棍子、棒子把这批来货赶进了毒气室,把铁门关紧,招呼党卫队员灌进毒气。我们到底也还是积累了一点经验的嘛。"

"是啊,当然啦。"

"施林格尔趴在地上,肚子疼得他十个手指头直抓地面。我们把他抬了起来,也不怎么在意地把他抬上一辆汽车。一路上他咬紧牙关呻吟着:'O Gott, mein Gott, was hab'ich getan, dass ich so leiden muss?'翻成波兰语的意思就是:'啊上帝,我的上帝,我做了什么事,得受这样的痛苦啊?'"

"这个人一直到死都没有醒悟,"我连连点头,说。"真是命运出人意表的讽刺。"

"真是命运出人意表的讽刺。"工头重复着,若有所思。

确实是命运出人意表的讽刺:在集中营撤退前不久,特工队里的犹太人因为惧怕以后的清算,而在焚尸炉地段造反,烧毁焚尸建筑物,剪断铁丝网,奔逃跑进田野,却被几个党卫队员用机关枪扫射,把他们全部打死了。

抱着一个包裹的人

献给阿道夫·鲁德尼茨基

我们的文书是卢布林的犹太人，来到奥斯威辛集中营的时候，已经有在马伊丹奈克集中营度过数年的经验。他在特工队里找到一个亲近的熟人（特工队因为控制了从焚尸炉里搜刮出来的大量财物而在集中营里势力巨大），便立即装病，轻而易举地进了二号病区（简称 KB II，是比尔克瑙为设立医院拨出的一个特别地段），立即在那里得到我们营区文书这个美差。他不必整天抡着铁锹铲土，或者忍饥挨饿扛大袋的水泥，当文书只是做办公室的工作。这是其他"贵客"人物羡慕和争夺的对象，这些人物也是为自己的熟人谋求这类差事的。他接送病人，在营区点名，整理病人病历，间接参与挑选犹太人的工作；这样的挑选在一九四三年秋天，在我们集中营全部地段差不多有规律地每两个星期进行一次。文书的任务还有就是，在助手协同下，把病人送到洗浴室，到晚上有大卡车再把他们拉到四个焚尸炉之中的一座烧掉，当时焚尸炉还是轮班运转的。终于，在十一月的某天，这位文书发了高烧，我记得是感冒引起的；因为他是营房里唯一的一个患病的犹太人，所以在例行的一次挑选时就被选中，等待着接受送进毒气室的特殊待遇。

挑选完毕之后，被尊称为营房长的老助理员立即来到十四号营房，因为那里躺着的差不多是清一色的犹太人，他要做出安排，让我们尽快把这位文书送到他们那里去，以此免除令人不快的、把他单独送往洗浴室的麻烦。

"请把他送到十四号营房。大夫,您听懂了吗?"从十四号营房回来后,他对主任医生说。主任坐在办公桌旁,耳朵上戴着听诊器。他十分细心地听诊刚来的一个病人的后背,用优美的书法在病历卡上做记录。医生挥了挥手,没有中止工作。

文书在上铺床上蹲着,用细绳细心地捆绑一个硬纸盒子,那里面装着一双捷克皮靴,靴带一直打到膝盖部位,还有羹匙、小刀、铅笔,以及猪油、小面包圈和水果,等等。这些都是他当文书为病人服务得到的回报,病区里几乎全部的犹太人医生和医务员都是这样干的。他们和波兰人不一样,不能接受任何人的邮包。不过呢,在病区收到家里寄来包裹的波兰人,也接受病人上供的烟草和食品。

文书的对面是一个波兰上校,不知为什么被关在营房,已经好几个月了。他正在独自下棋,用大拇指堵住耳朵。在他的下铺,值夜班的巡警正在懒洋洋地往一个玻璃夜壶里撒尿,尿完又立即蒙头睡在被子底下。从隔壁房间传来喘息和咳嗽声,小火炉上炸的咸肉发出吱吱声,屋内又憋闷,又雾气缭绕。傍晚的营房都是这种情景。

文书慢慢从上铺爬下来,手里抱着包裹。营房长立即扔给他一块毯子,命令他穿上拖鞋。他们走出营房。透过窗口可以看到,在十四号营房前面,营房长从文书肩膀上取下毯子,没收了他的拖鞋,又拍拍他的后背;文书现在只穿着一件睡衣衬衫,风吹起了衣襟,在另外一个医务员陪伴下,走进了十四号营房。

到了晚上,在给病人分发了食品、茶水和包裹之后,医务员开始把穆斯林带出营房,让他们在门前每五个人一排站队,同时扒下他们身上的毯子和拖鞋。一个值班的党卫队员出现在营地,命令医务员在洗浴室前面组成纠察队,以防有人逃跑;与此同时,各个营房里都在吃晚饭,翻看刚收到的包裹。

从窗口望去，只见我们这位文书步出十四号营房，抱着包裹，在五人一排的队伍入列，又受到医务员们的呼吼催赶，和其他人一起慢吞吞地向淋浴室走去。

"大夫，过来看看！"我对大夫呼喊。他摘下听诊器，迈出沉重的步子，挨到窗口，一只手放到我肩膀上，"他也许能显出多一点的理智来，你觉得是不是呢？"

外面的天色渐渐昏暗下来，只能看见白色衬衫在营房前面移动，人的面容已经模糊不清，仿佛转过身去，从视野中消失了。我注意到，刺铁丝网上面的灯亮了。

"他这个老牌囚犯，很清楚过一两个小时就得光着身子进毒气室，没有衬衫，也没有包裹。怎么还舍不得那么一点东西？真是奇怪。给别人就得了嘛。换了我，就不……"

"你真的这么想的吗？"医生问道，有点冷漠。他把手从我后背拿开，扭动一下下巴，好像是用舌头舔了一下有窟窿的虫牙。

"对不起，大夫，请原谅。不过，我的意思不是……"我随口回答。

大夫来自柏林，有妻子和一个女儿在阿根廷，偶尔也谈到自己：我们普鲁士人——带着微笑。在这微笑中，混杂了犹太人的极度悲苦和往日普鲁士军官的骄傲。

"不知道。我不知道，要是我得去毒气室该怎么办。肯定也要抱着自己的一个包裹的。"

他向我转身，苦笑了一下。我看得出，他十分疲倦，睡眠不足。

"我想，如果我真的走向焚尸炉，也肯定会相信，半路上会出现想不到的事。抱着一个包裹，就跟拉着别人的手一样，是吧？"

他离开窗口，在办公桌旁边坐下，吩咐带进下一个病人，开始准备妙手回春，以帮助治愈的病人重返集中营。

淋浴室里充斥着患病犹太人的呼叫声和呻吟声，他们想要烧

237

毁这个大房间，但是没有人胆敢碰一下党卫队卫生员，他就坐在角落里，眯缝着眼睛，或者假装打瞌睡，也许真的是在瞌睡。入夜时分，几辆焚尸炉大卡车开来，又来了几个党卫队员，命令犹太人把所有的东西留在洗浴室，医务员们开始把这些赤身裸体的人赶上卡车，等到卡车上挤满了人，他们哭泣、咒骂，探照灯照射着他们。大卡车开动，他们在绝望中互相拉紧手，以防掉下车来。

我不知道为什么，后来在集中营里听说，被拉往毒气室的犹太人最后时刻用希伯来语唱出一曲震撼人心的歌曲，可是歌词的意思，没有人能听懂。

晚　餐

　　我们大家都耐心地等待着天完全黑下来。太阳早已落在山的后面，刚刚翻耕的山坡和平原有些地方还残留着肮脏的雪，洒上了越来越浓重的阴影，阴影上飘浮着乳白色的黄昏雾霭，而在天空下坠的、被雨云拉下来的云彩的腹部，有些地方还透出几道玫瑰色的阳光。一阵似乎渐渐昏暗的风饱蘸潮湿、发酸味泥土的气味，驱赶着团团的乌云，又像冰冷的刀刃似的直直切入人的肉体。一块沥青铁皮被一阵猛烈的风吹起，在屋顶上单调地吧嗒吧嗒作响。一股枯干而有穿透力的凉气从田野刮来。在下面的山谷，火车车轮轰轰驶过铁轨，机车呻吟似的呼呼地喘气。潮湿的暮色降临，饥饿越发难以忍受。公路上的交通几乎完全中止，阵风送来的熙攘嘈杂声越来越少：路人谈话的只言片语、赶车人的吆喝声、套在母牛轭上的大车断断续续的吱扭声，以及母牛的蹄子在碎石土路上缓慢迈步的声音渐渐沉寂下来；农村姑娘高高兴兴前往小镇的周末聚会，木底鞋在沥青路上发出的嘎达嘎达声响也渐渐远去，同时带走了她们嗓子眼里冒出来的笑声……

　　昏暗越来越浓重，终于稀稀落落地掉下雨点来。高高的电线杆子上浅蓝色路灯摇摇晃晃的，发出暗淡的光辉，洒在路旁树木交织在一起的枝丫上，洒在岗哨小屋发亮的屋顶上，洒在像一条皮带似闪烁的、空荡荡的道路上；士兵在灯光下列队前进，消失在黑暗中，可以听到他们越来越近的脚步声。

这时候，指挥官的司机打开保护盖下面的探照灯，灯光直射两个营房中间的通道。身穿囚徒条纹服的二十名俄国人，双手被刺铁丝绑在背后，由营房长从洗浴室里带出来，驱赶到了集中营通道的石板路上，面对人群。这些人光着头已经一动不动地战栗了几个小时，在沉默中忍受饥饿的折磨。在强光照射下，俄国人的躯体仿佛变成了一大块一大块的肉，肉块之间隔着空隙和暗影：他们服装的每一个突显的褶皱，穿破的皮靴裂开的后跟，裤脚上黏粘的褐色泥土，裤腿内侧粗大的缝线针脚，囚服的蓝色条纹上穿过的白线，干瘪下陷的臀部，僵直的手臂和因为剧痛而痉挛的灰白色手指，关节处结满血痂；手腕肿胀，因为布满铁锈的刺铁丝钻进皮肤，使皮肤变成了青色；他们裸露的胳膊肘被又一道铁丝生硬地扭曲捆住——这一切都在黑暗中浮现，好像是冰雕。俄国人的后背和头部在黑暗中闪着微亮，星星点点的白色，那是因为衣领上方的部分都被刮干净了。这些人拉长的影子投在道路上、挂着闪亮水珠的带刺铁丝网上，在铁丝网外长满干枯和沙沙作响的荒草的小山坡上消失了。

集中营指挥官，一个头发发白、被太阳晒得发黑的军官，这天晚上专门从城里来到这个集中营，脚步显得疲累，却还依然有力，穿过灯光照射的地方，在光亮的边缘线站住，命令两排俄国人适当拉开距离。这下子事情的进展加快了，但还不是众人暗暗希望的那么快。这些人冻得浑身冰冷，饿得发慌，为了等待吃到一碗稀汤，已经等了十七个小时；那稀汤一定是还温温的，放在营房里的大锅之中。"你们别以为，就这么完事了！"一个年轻的营长从指挥官身后冒出，大声吼叫。他一只手放在黑呢子缝制的上等外套的翻领上，另一只手攥着一根柳条鞭子，用它有节奏地轻轻敲打着皮靴靴筒。

"这些人，他们是罪犯。道理我就不必多解释了。俄国人，这就是了。指挥官先生命令我宣布，必须惩罚他们，他们罪有应得，正如指挥官先生说的。喂，伙计们，听明白没有？"

"快点，快点，赶紧！"指挥官对穿着敞开外套的军官轻声说。他一条腿靠着小型斯柯达轿车的减震器，懒懒地脱下手套。

"用不了多少时间的。"穿着没有扣扣子外套的副官说。他随手打了个榧子，嘴角冷笑了一下。

"是的，今天整个集中营的晚餐又被取消了。"年轻营长大叫，"营房长要把热汤退回厨房去，如果少了一碗，我就拿你们是问。伙计们，听明白了？"

人群里发出一声长长的叹息。后排的人开始慢慢地、慢慢地向前挪动，靠路边的地方变得拥挤，宜人的热气传到人的后背，这是拥挤的、准备向前奔跑的人们口中呼出的热气。

指挥官做了一个手势，他的小汽车后面冒出一队党卫队员，手里握着卡宾枪，立即纯熟地站立在俄国人背后，一个对一个。从他们的外貌看不出来，他们是和我们一起从小分队回来的，而且他们已经吃饱喝足，换上了鲜亮的、刚刚熨过的制服，甚至还修整过指甲。他们的手指头紧扣在枪栓上，指甲修剪整齐，泛出粉红色。显然，他们是被安排到镇上去和姑娘们寻欢作乐过了。他们给枪上了子弹，发出咯咯响声，把枪套贴在大腿旁边，把枪口对准俄国人被刮干净的后脖子。

"注意！准备好，开火！"指挥官命令，却没有提高声音。卡宾枪哒哒哒作响，士兵们迅速后退一步，以避免那些被打碎的头骨碎片蹦到他们身上。俄国人腿部抖动了一下，就像沉重的口袋一样叭嗒一下倒在地上，鲜血和头颅的碎块飞溅在地面。士兵们把卡宾枪往后背一挎，急急撤回警卫室。俄国人的尸体被临时拖到铁丝网下面，指挥官在随从陪伴下登上斯柯达，汽车向大门后退，喷出团团的黑烟。

头发灰白晒得发黑的指挥官刚刚十分满足地离开，那沉默的、越来越用劲向道路推挤的人群，便爆发出一阵阴沉的呼吼，像雪崩似的冲向染满鲜血的地段，拥挤在地面上，呼啦呼啦地。他们立即被集中营倾巢集合起来的营房长和营房区区长用棍棒驱赶、分散，消失在各个营房。当时我站在处决现场的侧面，无法凑到路边去。第二天，我们又被驱赶去干活，一个来自爱沙尼亚的皈依伊斯兰教的犹太人和我一起搬运钢筋；整整一天，他都没完没了着魔似的要说服我，说什么人的脑子实在是细嫩得很，可以直接吃，不用烹调，完全可以生吃。

沉 默

在德国人营房区,在他刚要跨过窗台口的时候,他们抓住了他。他们一句话也没说,把他拖到地板上,痛恨得大口喘息着,把他拉到集中营侧面的小径上去了。在那里,沉默的人群把他团团围住,他们开始用恨得发痒的手撕扯他。

这个时候,从集中营大门口那儿传来一道禁令。集中营的主要通道上有士兵跑来,他们倾身向前,拿着枪,穿过站在通道上的穿著蓝白条囚衣的人们。人群从德国人头目的小屋前散去,钻进各自的囚室。囚室里拥挤,气味难闻,人声鼎沸。在冒着蒸汽的火炉子上,他们正在做饭,吃的东西什么都有,都是夜里从近处的农民那里抢夺来的。他们在木床和木床之间用小磨磨粮食,用布块清理一块一块的肉,剥马铃薯,把马铃薯皮顺手扔在地板上;玩纸牌,用偷来的雪茄赌输赢,和面准备做煎饼,贪婪吞食热乎乎冒着汽的热汤,懒洋洋地捉住虱子捏死。令人窒息的、似乎饱蘸了汗臭的气味在空气中飘荡,混杂了饭菜和烟火味儿的水汽凝结在屋顶的横梁上,落在囚徒的头顶上、木床上、饭菜上,单调得像秋雨一样。

门口一阵骚动,一个头戴钢盔的青年美国军官走进囚室,看了看木床和桌面,很友善。他身穿一套熨得整齐美观的制服,敞开口的枪套里的手枪挂在很长的皮带上,在他身侧的大腿旁晃动。陪伴这位军官的有一位译员,便衣制服袖子上配戴着"译员"标志的黄色布条,还有战俘管理委员会主任,穿着夏日的白色衬衫、西装裤子和网球鞋。囚室的人们安静下来，不约而同地从木床上抬起头来，从水壶、饭碗和酒杯上抬起眼睛，盯着军官的眼睛望去。

"诸位先生，"军官摘下头盔，开始说话，每说一句，翻译立即翻译一句，"我知道诸位所经历的一切、所看到的一切，知道诸位极其憎恨这些罪犯。我们美国士兵和你们欧洲的父老兄弟，大家一起战斗，就是为了让法制征服法制沦丧的局面。必须尊重法制。大家会看到，全部的罪犯都会受到惩罚，在这个集中营里是这样，在一切集中营里都是这样。现在已经有了例证，我们让被捕的党卫队员们去埋葬死者。"

"对啊，可以在医院后面掩埋。有些尸体还没有运走呢。"下铺的一个人说。

"或者埋在一个坑穴里。"另外一个轻声说。他坐在床边，手里抓着毛毯。

"住嘴！有的是时间！听人家军官先生的话。"第三个人轻声说，横躺在同一张床上。他看不见军官，因为挤得紧紧的人群遮住了他，人群直往另外一张床那边拥挤。

"先生们，新司令官郑重宣布，集中营的全部罪犯——党卫队和全部在押的犯人，全都要受到法律的惩处。"翻译说。一阵欢呼声从全部木床上传来，大家竭力用手势和笑容向来自大洋彼岸的青年军官表示赞同。

"所以司令先生请求大家，"翻译继续说，声音有些沙哑，"请求大家保持耐心，不要做违法的事，因为会给大家带来麻烦，请大家把这些畜生交给集中营的警卫，好吗？"

整个囚禁室发出长长的一声呼叫。司令向翻译表示感谢，祝愿囚犯们好好休息，很快找到亲人。在友好的送别话语中，司令离开囚室，向下一间走去。

一直等到他巡视了所有的囚室，又在士兵的陪伴下返回司令部办公楼之后，我们才把这个东西从木床上拉下来。原来，他被毛毯盖住，被我们的身体压住，趴在那里，脸被塞在干草里。大家把他拽到火炉下面的水泥地上，在全体囚犯粗重、解恨的呼吼声中，大家乱踢乱踹，踹得他一命呜呼。

会见一个小孩

他们找到了一天前在营房后面水沟上做好标记的坑穴，两个人小心翼翼地从刺铁丝网下面仰面爬过去，用衣袖保护眼睛，后背蹭着沙石挪动。从水沟上下来之后，他们翻过身来，腹部向下，用胳膊肘移动，钻进高高的荒草——夕阳的红光穿透了这荒草。在拐弯处高地下面的一个棚子里，棚子外面贴着黄色告示"不得靠近"。一个美国兵坐在下面，他的头盔和微型自动步枪放在旁边的椅子上。瞭望哨木板上有水滴滴落，掉在夜里篝火的灰烬上。

他们判断距离刺铁丝网足够远而安全之后，在沟边坐下，细心除去条纹囚服上粘着的泥土，或者用刀刮掉膝盖和胳膊肘上的青铜色斑点。最后，他们才站起来开始大步穿过潮湿的草地，向公路方向走去。他们走过废弃的防空洞，打烂的大炮阵地，走一个大圈子绕过集中营；那里的地面上还时时飘起夜间篝火的蓝烟，传来折断的木板声响和成百上千人的模糊话语声。

"风刮到这边来了，有尸体气味。"高个子说，他手里拿着一个小包裹。他们刚刚走过医院前面的空地，空地上的原木之间摆满了尸体。他的脸浮肿，有雀斑，患白斑病。他头上长着稀疏的头发，又直又硬，像动物的鬃毛似的。头顶中间头发被剃光，露出头皮。上衣小，袖子短，露出筋脉凸起、布满斑点、毛茸茸的手。他说话鼻音重，"没来得及烧掉。"

"一看就知道。"矮个子说。他声音沙哑，时时吐唾沫，牙齿破损。他长了满头的黑色硬头发，中间一条也被剃掉。草丛银色纤细的嫩叶因为不久前的雨水而湿漉漉的,中间是颜色深暗、弯弯曲曲的小路。他补充说:"你看,他们走在前面了。赶上火车了?"

"你别操心了,车会停下来等你的。"高个子说。他们走到下面的公路上,在拉长的栗子树阴影下,向火车站后面居民点方向走去,火车站里停着一列一列的车厢,没有机车。

平原有深绿色的云杉林围绕,黄铜色的阳光落在森林树木上。在树林边缘,在平原中心,在鲜花开放的花园中间,深绿色的草木繁盛、茂密,银色的雨水珠挂满球果和针叶。在这里,有一座独门独院的住宅,装饰着圆形立柱,墙壁抹着玫瑰色的石灰,如图画般展现,近在眼前。平原上方的天空变得透明、闪动,像是绸缎,慢慢地飘下清爽的微风。偶然闪现的银色浮云只在树木葱茏的森林边缘出现,又在云杉林木之间飘散。

"有给你的车厢,快走吧。"矮个子说。他们穿过马铃薯幼苗田地,来到铁路车站。车厢都是敞开的,装满了青色的尸体,都是脚朝向车门摆放的。上面一层是儿童尸体,肿胀、苍白,像是漂白了的枕头。

"没来得及烧掉。"高个子说。他们跨过信号线,从车厢底下爬过去。

"一看就知道。"矮个子说。他们观望一下四周,闭着嘴唇冷笑一下。又跨过信号线,从坡上慢步下来,走过果园,来到平原深处的官员住宅。

囚徒用双手为集中营高级官员和他们的家庭建造的住地已经空荡荡的。如果不是有精心照料的花园,挂着白色窗帘的窗户和烟囱里向天空冒出的炊烟,这块地方会令人觉得是一片死地。

他们走过主干道的林阴道,拐弯走上通往树林的小路。山口还闪耀着阳光,孤单的住宅阴影旁边,一位妇女坐在一张躺椅上休息,身穿碎花睡衣。她头上扎成厚重的古典样式发髻。在她身旁，一个头发卷曲的小姑娘，身穿蓝色裙子，正在玩一辆涂了油漆的小拉车，车上躺着一个布娃娃。

他们在小路上止步，眯缝起眼睛观看。二人互相微笑一下，没有张嘴。二人又把目光移到小姑娘的头上，用和蔼而精确的目光打量她，就像用手抚摸一样。目光移到由草坪和道路分开的住宅屋角，然后又返回到小姑娘身上。高个子向前迈步，他头部的影子落在那个妇女的脚下，又接近她的身躯。

妇女抬起突兀的眼睛，嘴不由得张开。上唇抽搐，像兔子的上唇似的。这两个青年人迎着她的目光，张嘴微笑一下，像在集中营里那样，腿部颤抖了一下，慢慢地迈步向这个孩子走了过去。

战争结束

在有法国梧桐遮阴的道路旁边，是一大片军营的裸露的水泥建筑物。炎热的天气把空气烤热，扬起灰尘。屋顶窗口冒出团团烟雾，散发出炖羊肉的膻味。窗下草坪上的碎玻璃发出破裂声响：撕烂的书页被扔了出来，被踢来踢去的头盔梆梆作响，还有纸袋子，装了腐蚀性强的白粉，像马勃菌一样砰砰地爆裂。白粉在空中飞扬，士兵发霉的黑领结从窗口飞出来，飞出来的还有桌子、床板、沙发，砸在地面上，闷声闷气的，像扔在肚皮上一样。美式大卡车轰隆隆地开进文雅整洁但冷漠的士兵把守的大门，让大批的人下车，落在水泥地面：那是些衣衫褴褛的男人、头上扎了格子头巾的女人、小孩子，以及他们的小包裹、大包袱，都是从附近集中营、工厂和农场集合来的。人群懒洋洋地就地散开，升起大火堆做饭，憋着一股厚重的仇恨，在这军营内部当家做主，按部就班地打碎玻璃，砸烂镜子、枝形吊灯和瓷器，毁坏医院、电影院和商店设施，把图书馆的书刊和档案室里找到的大捆大捆的党证抛在院子里，捣毁一间接一间的房屋、一座接一座的住房、一个又一个的楼道、一个又一个的卫生间、一层又一层的楼房——他们原来看守的生活设施；大卡车轰隆轰隆地穿过大道，从党卫队员的临时集中营旁边驶过；他们在严厉的、已经习惯了的监督下，整天在城市废墟中干活。卡车开足马力，为开辟新货场工作。满脸笑容的黑人从方向盘后面向路过的德国姑娘们点头。姑娘们轻轻微笑，盯着看，直到卡车队消失。

就在这军营附近，有一片城市郊区工人住宅区，有公路把这一区域和党卫队集中营分开。在浓稠的绿阴中，鲜亮地闪现出涂了白灰的小巧住宅，爬满常春藤嫩枝的墙壁，还有粉红色的屋顶，上方是钴蓝色的天空，树冠丰满的栗子树在屋顶上投下厚重的斑斑阴影。在挂着细小窗帘的狭窄窗口前面，是向日葵硕大肥厚的盛开的花冠，盘旋的菜豆爬上纤细的木棍支架，枝茎纤细的野玫瑰从篱笆上下垂，那像细小梨果一样的果实在寂静中微微抖动。在红莓丛中、走廊上和凉亭中，闪动着妇女的鲜艳裙子，植株很高的花朵缓慢摇曳。猎獾狗发出尖细的吠声，身穿吊带裤的男人在花园工作，专心致志的儿童在路上走动，用木棍敲打着路边的铁栅栏。

在居民区深处，在铺了石板并且用开花的灌木篱笆圈起的小广场前面，有一座小教堂。台阶是灰色石头砌的，在从侧面的阴影中望去几乎是青铜色的。葡萄藤从屋顶坠下，像绿色的细长冰柱，在这些藤叶中，有一个黑色大理石的朴素十字架。在铁门上方，石头上刻有花体字母的诗文。微风轻飘，送来教堂花园里鲜花的宜人芳香。教堂上方掠过双引擎轰炸机，发出呼啸声，消失在树林后面，响声过后，满耳寂静。

石筑小教堂的内部舒适而凉爽，像夏日别墅。细巧的拱顶像双手合成，有金色和紫色枝叶装饰。在圆形的玻璃窗上，阳光散射，像彩虹一样，又像玻璃球一样留在教堂墙壁上。在用白色帷幕遮掩的祭坛上方，高大的花卉下面，绘画中有一个天使俯身向下，正在吹铜喇叭，鼓起面颊，一只手拖着蓝色的带子，带子迎风飘起。教堂中央，倚靠着一根圆柱的木杆上有一个圆形的小教坛，轻巧得像一个装糖果的小盒子。神父的座位也是木制的，以手工抛光。座位前面的挂钩上悬挂着下跪时用的垫子。

教堂的一面墙壁是空的，没有颜色，十分肃穆。墙下面的座椅都被搬走，铺上了地毯，上面摆放着鲜花和盆花，有玫瑰、金莲花、水菖蒲、康乃馨、水仙花、牡丹花、冬青草和郁金香。鲜花五彩缤纷，芬芳得令人迷醉。蜡烛在平和和宁静中闪亮，不受人的呼吸搅扰。墙下立着的木制十字架，都配有小牌子和瓷釉照片。照片上纯朴、诚实的士兵目光平视，嘴唇严肃紧闭，胸膛上的铁十字闪着黑光，衣领现出ㄣㄣ（党卫队）的标志。小牌子上的铭文刻着，这些儿子、兄弟、丈夫、父亲都已长眠，长眠在俄国的草原、南斯拉夫的山岗、非洲的沙漠，还有其他的地方，他们的母亲和姐妹、妻子和女儿为他们祷告，纪念他们，愿上帝赐给他们幸福的永生。

"独立日"

献给评论家卡吉米什·科季涅夫斯基

这是一个浑身肮脏的人，因为浓烟和灰垢而满脸油黑，那泥垢和汗水搅在一起在他发亮的、充血的脸上流淌；他正在原来的德国军营楼顶上的被炸烂的屋子里费大力气干活，嘴里胡乱咒骂着，使劲猛烈地扇风，要把炉火点着。从德国农民那儿拉来的一个小铁炉子，因为没有烟囱，所以每扇一次风，就冒出奶白色的烟团，那股烟在这屋子里往返回荡，就像是浓重的白灰水一样。炉子上面锈迹斑斑的铁板上，烤着马铃薯细丝做的圆饼子。

房间破烂的门口出现一位身材高大、颇显高贵的男人，衣袖上戴着红白色袖章。他走进浓烟，就被猛烈呛住，咳嗽了一阵。

"走吧，先生！"他说，开玩笑似的，"别再点火了！您会把整个营地都烧毁的！您没有听说不准私自做饭的命令吗？怎么办呢？真正的波兰人是不这样做的！Go on！"他用英语大声说，有点不耐烦了。

浑身肮脏的人从火炉上抬起眼睛，用袖子抹了一下脸，向上翻着眼睛瞧了一眼这位高贵的人，于是慢条斯理地刮着铁板上烤得黑糊的马铃薯饼子，说：

"哼，狗东西，要是多给点吃的，谁还这么折腾？你以为这东西好吃吗？嘿，你尝尝吧！"于是把一块冒出腐烂气味的饼子举到他鼻子下面，"瞧见了？尝尝，只要你不抢，我也用不着再做，不用怕。你们用我们的油炸东西吃，却舍不得给我饼子吃吗？"

"先生，请您听着，说话别出口伤人。"那个人回答，"可是，这儿的烟对人有害！到外面吸点新鲜空气不是挺好吗？"

"有人私吞配给的面包，把肉给犹太女人，他们才配品尝新鲜空气。我呢，在这儿挺好。对谁有害，也是自愿的。"

戴袖章的人一把抓住浑身肮脏的人的衣领，从铁炉旁边揪起来，咬牙切齿地说：

"咱们看看，到底什么地方对你好！"

同时，门口又出现了另外一个戴袖章的人，敦实，窄脑门，四方下巴，走进烟雾，一点也不迟疑。

"是个龟儿子。"他自言自语拉着长声儿唱歌似的说。

片刻之后，三个人从烟雾里走出。他们在走廊拐角处消失，留下了没有熄灭的炉火和还没烤熟的饼子。他们一起下了楼梯，可是到了下面却各走各的路。戴袖章的高个子在走廊向左拐，预先通知同事：

"喂，麻烦你把他带到大门那儿去，交给军士长，说他要打警察。我得赶快去弄点香肠和面包来。看样子有投寄外国包裹的表格，得组织几个人防止意外。"

敦实家伙头发理得很短，紧皱眉头，回答说：

"我有办法。您放心吧。喂，你，龟儿子，你甭想跑，瞧我砸不烂你的骨头。"

他拉一下浑身肮脏的人的手背。浑身肮脏的人带脏字骂骂咧咧。他们穿过水泥广场，走到大门口。大门旁边设有单间囚室。囚室前的小广场上，一个站得笔直的士兵升起一面美国国旗。几个士兵郑重行礼，把球棒和接球的橡皮手套扔在地上。这两个人还没有走进囚室，士兵们就又重新打球了。

为纪念独立日①，军士长从禁闭室里放出全部罪犯。浑身肮脏

---

① 指7月4日，美国国庆日。

的人第一个得到大赦。他被带进一个单间，禁闭一星期。这个人蹲在石板地面上，仰望着正对院子的狭窄的窗口。天色已近傍晚，树木呈现蓝黑色，天空渐渐昏暗。情侣们在树下散步，那些男的是厨子，用偷出来的饭菜买到姑娘。浑身肮脏的人站了起来，从衣兜里掏出一个铅笔头，在裤子上抹了抹，又用舌尖舔了舔铅芯，在粗糙不平的墙壁上用印刷体字母费尽心思写下：

  两次单间禁闭：
  一九四四年九月二十一日——一九四四年九月二十五日：在达豪德国集中营干活怠工。事实：烤马铃薯饼子。

  一九四五年七月四日：在达豪集中营美国军队开办的战俘收容所破坏纪律。事实：烤马铃薯饼子。

  然后签字，龙飞凤舞体，又用两只胳膊肘支在窗台上，望着窗外的院子，姑娘们和大兵厨子们正在那儿悠闲地散步。

歌剧，歌剧

简短的序曲之后，毛茸茸的幕布重又升起。探照灯略带金色的光芒洒在监狱庭院的石头地面上，院子四周是一圈阴沉的胶合板围墙。剧场浅淡的阴影遮盖了各个单间的入口，那些房间传来人行走的杂沓声，乐队调试乐器的声音又强化了嘈杂声。穿黑色燕尾服的指挥侧身对着舞台，从台下面射出的半死不活昏暗的光线为舞台照明。他的脸是黄色的，半张开的嘴和深陷的眼睛是青色的，好像都已干枯。他的双手随着音乐的拍子摆动和颤抖，显得很有诗意，像忽大忽小风中摇曳的树枝。装扮成男人的女歌手躲在监狱墙壁的角落。站在她旁边的监察员披着长到膝部的斗篷，头上罩着假的秃顶，手里拿着一串真实的铁钥匙。

在座椅上我向一侧倾斜，胳膊肘靠着包裹了呢绒的扶手，鼻孔不由自主地抽动。头发带甜味的气息和人们身上刺鼻的气味、脂粉和薰衣草的香味混合在一起。我觉得脸面近处有股女人呼吸的热气。

"真是美啊。"我轻声自言自语，对于观众、乐队和舞台显示出来的微妙的光与影的自然而然的对比感到惊奇。

"啊，是啊，很美。"① 这个女人热切回应我。她向我转过头来，温和地微笑了一下。她的牙齿像透亮的珍珠，一只眼睛仿佛蒙上了一层雾气，从而给她的脸带来持久耻辱的阴影。我眯缝着

---

① 原文为德语。

眼睛瞧了瞧她，微微皱了皱眉。

"你大概是坏人吧？"她用德语低声问，突然局促不安起来。她眨了眨眼皮，用手指尖触摸我的手。一排排的人头，女人的、士兵的、文官的头，在我们腿部旁边浮现。在黑色幕布背景上，闪现出军官灰色的脸，眼窝子像黑洞似的。

"为什么？怎么我就是？"我用德语反问，从衣袋里掏出一小盒巧克力，请她吃。她掰下一小块，其余的我又装在衣袋里。巧克力锡箔在手指中间闪光，像撕破的报纸似的。

指挥双手放下，音乐渐渐柔和，几乎静止。地下传来脚步声，伴随池座的回声传遍整个剧院，可以感觉出来场内弥漫着枯燥、恐惧和无聊的气氛。音乐痉挛似的响起，又立即停止。这时候，从潮湿的洞穴中，通过一层的门拥挤着走出人群，像黏稠的浑水一样，到了院子中心的阳光之下。这一团人好像是被一条锁链锁住，又用一大块腐烂的破布遮盖住，他们似乎抬起一张盲目的脸对着太阳，还把几十双裸露的、白得可怕的手也伸出来。突然，他们发出低沉的墓穴中似的细语："太阳"①，随着乐队的伴奏爆发出巨大的叹息悲泣："太阳，太阳！"一阵明显的颤抖掠过观众，也攫获了我的全身上下。片刻之后，音乐停止，人们在院子中心为剧院的魅力屏气凝神。女歌手终于演唱了咏叹调，她唱完之后，墙根下面站着的手握钥匙的警卫员惊惶活动起来。这一团人像一条被踩住的虫子一样蠕动起来，在警卫员男低音的催促下，走进幕侧的门，返回池座。

这个女人睁大眼睛望着舞台，向前倾身，手指头抠进座椅扶手。发现了我专注的目光，她微笑一下，无可奈何的样子。

"你也是邪恶的吧？"②她战战兢兢地细声问，胸部喘息起伏，显眼的低开口上衣在胸部露出一道白色的小深沟。

---

①② 原文为德语。

"哪儿邪恶了！为什么我是邪恶的?"① 我一面回答，一面用两只眼睛扫视她包裹得紧紧的腹部。

舞台上幕布重又落下，军官、士兵、联军的文官、会社的女士、大学生和少女，都对费德里奥②、囚徒和警卫报以暴风雨般的掌声。指挥深深鞠躬答谢，不断撩起脑门上的长发。幕布重又升起。这个女人看着我穿的党卫队员袖子过长的绿色外套，这是放假时才穿的，那些条纹衣装、粗布衬衫和裤子都交上去了。她的嘴唇嚅动着，可是我没有听清她吐出来的字。于是她清清楚楚地说："你是邪恶的吗?"③

"不，为什么我是邪恶的?"④我微笑着回答。我把一只手放在她大腿上，往上移动，直到大腿根处，又把手指头狠狠地往下戳，于是这个女人全身挺直，脖子紧靠座椅扶手，她抽搐咧开的嘴唇露出玻璃质感、珍珠似的牙齿，因为剧痛而紧紧咬住的牙齿。

---

①③④ 原文为德语。
② 《费德里奥》，贝多芬创作的唯一一部歌剧。

烧毁的房屋与少女

我向前靠在廊桥的栏杆上,很好奇,手指紧紧扶住冰冷的铁条,以免挤压胸部。我闭目片刻。空气依然散发出夏天雨水的气息,但是已经随着阳光开始飘散,人行道晒热的石头上升起热气,像呼吸似的吹拂着腿脚的皮肤。河面上飘来清凉的、山毛榉树叶般的微风,时强时弱,细细吹拂,像破碎的波浪,有时,在微风之间,像在水面上闪现的波光一样,又带着几分散发酒气的陈腐树叶的气息。可是,吸气的时候,我还是捏着鼻孔,因为在街道沥青路面上轰隆隆驶过的大卡车冒出呛鼻子的腐烂物臭味,这臭味跟潮湿的尘埃混在一起,不断带出阴沟里那种死水的腐臭,把河面上吹拂的清新气息完全淹没了。

烧毁的房屋,变成铜褐色的红砖,似乎从上端腐烂,却盖满了石灰水的斑点和青色的腐蚀条纹。在空空如也的内部,大火曾一直烧到屋顶,却还残存了烟囱纤细的骨架;墙壁上无端的大洞算是没有必要的门窗——这儿到处都爬满了繁茂的常春藤,它钻进墙缝,沿着墙壁蔓延,把房屋和街道分开的栅栏早就锈迹斑斑,破烂不堪。房屋旁边的一棵桦树似乎患了哮喘病,苍白,被雨水冲洗成了银色,树冠被炮弹打得残缺不全,从廊桥上远眺,它显得细弱,像儿童玩具似的无足轻重。

墙外开阔的田野长满茂盛的、毛茸茸的杂草,却已经褪色,像是原来在被烧毁的房屋内铺设的绿色地毯的反光;草丛中闪烁着碎玻璃生成的细碎彩光。有些地方露出近期变成废墟的红褐色残垣，杂草还来不及覆盖不久前的破砖烂瓦。半圆形的街道围绕着废墟，街道上到处是歪歪扭扭的路灯杆子，虽然破房子的砖瓦被拉走了，但是新的道路还未形成。在水沟旁的坡地上，长着沉重的、在地里深深扎根的树木，枝叶出奇地繁茂；杂草贴在土坡上，亮丽的绿色有些刺眼；树木之间有灌木丛盖住的涂成伪装色的坦克，而狩猎飞机的模型泛出白色。黄沙地上展览着各种口径的大炮。沿着桥面，农民装满砖头和石灰的大车嘎哒嘎哒驶过；房屋上，田野上，斜坡和大车上，天空中孤独地悬挂着卷起的乌云，拖着百合花和玫瑰花色彩的腹部，像缓慢飘浮的花卉在空中开放和凋谢。

在廊桥上，我追忆这样的景色，将信将疑，却又不由自主地几乎是在期待着。等我睁开眼睛的时候，那长满废墟的杂草，布满朱红色的铁栏杆，展出的坦克、飞机和各种口径的大炮，还有这些大车和无精打采的马匹、车夫、砖瓦、石灰——这一切都随风飘走，无影无踪，而在这里取而代之的则是细嫩的、浓密的灌木丛，到处是树叶的沙沙声响和鸟雀的应答鸣啭，干枯的树木重新呈现绿色，烧毁的房屋里重又住满了人，走了形的、一直摇摇晃晃的门半开着，从并不存在的走廊里迈步走出一位少女，戴着海军蓝的帽子，抬起苍白的、专注的脸，仰望天空。

少女沿着篱笆旁边的小路走去，巧妙地穿过灌木丛，像一只灵活的野兽。到了晚间，天空有星光闪耀，像冰面一样平滑，月光飘洒在她的身体上，或者，摇曳的桦树阴影把她遮掩，伴随她的还有夜晚飘香的罗兰花，或者春天的土地散发的酒气般的芳香，还有，干燥的树叶在她脚下沙沙作响，合着细小冰块的像玻璃似的破裂声。她从街角后面走来——于是，我在桥梁柱子下面蹲下，急切地用羹匙撩起滚烫的汤：在雕刻精美的大石块上喝马铃薯浓汤或甜菜汤，或者吃专门为我准备的晚餐。这位少女的倩影在多少条小路上、街道上，在多少个房间里不断出现；我有多少次感觉到了她鲜艳双唇的清凉,她躯体的温暖;有多少次我在昏暗中凝视着她微黑色的、受到痛苦影响而扭曲的面容。少年的爱情和女性的嫉妒,敏感与执着,分手与和好,幼稚与成熟,街道、人行道、房屋大门、人、天空的画面、喧闹公园里的阴影中浮现出的她的白皙素手,身着艳丽绵布民间服装的表演,雨水、阳光、树木和空气——处处都是她变幻无穷的种种形象;比起绿阴下隐蔽的坦克、涂上白颜色的飞机和在黄沙地面展示的各种不同口径的大炮,这些形象在闭合的眼帘下要深刻得多。

  我睁开填满往日风景的眼睛,拖着沉重的步子,一步步沿着被阴沟冒出的尿膻味和臭水味笼罩的石头台阶走下来,一直走到街上的人行道。我望了望赤裸上身的工人,他们在大路旁边的小巷里从废墟堆中挑拣砖头,再用木制滑道滑到地面;又望了望疲惫马匹拉的装载砖块的平板车;我远眺长满荒草的田地,干枯的树木,土坡和土坡上的桦树——这是我以往依恋的景色——最后皱起眉头,迈着坚实的步子,快步走到市中心。走过被烧毁、现在长满常春藤的房屋的时候,田地里吹来一阵风,我鼻孔里也嗅到一股鲜活的从地基深处、从碎砖瓦堆埋没的地窖里渗出来的,正在凋谢的躯体的若有若无的细微甜味。

  然而,嗅觉误导了我,因为有人碰巧告诉我,这位少女是在另外一条街道上,在另外一座房屋中被废墟埋没了,在她死后半年,亲属把她的遗骸挖出,依法埋葬在廉价的市郊墓园。

一次访问

我在夜里行走，排在队伍的第五个。燃烧的人体发出的橘黄色的火光在紫色的天空闪烁。

我身后伴随着男人们沉重而杂乱的脚步声，我听见了女人们清晰又怯懦的足音（走在他们当中的一个姑娘曾一度属于我）。在这柔和的昏暗中，我一直睁大着眼睛。我流着血的大腿的伤痛正在传遍我的全身，随着我迈出的每一步变得更加疼痛，所以，关于那一夜，除了我亲眼所见，其他的一切都不记得了。

那天夜里，我看见一个半赤裸的男人，汗流浃背，倒在装运牲口的车厢外面的踏板上，那车厢里能把人憋死。他在黑暗中吸了一大口凉爽的空气，站了起来，摇摇晃晃地走到一个陌生人面前，用手臂搂住那个人，喃喃地说："兄弟啊，兄弟……"

另外一个人，躺在冒着热气的大堆尸体的上面（在塞满了人的火车车厢里，在为了吸到一口空气的争斗中，他一直憋得几近窒息），突然用尽全部力气踢了一个贼一脚，那个人正在拽下他的一双崭新的皮靴，因为，说到底，一个死人是不需要皮靴的。

在以后的几天，我看见在大货车里用鹤嘴锄和铁锹干活的男人们在哭泣。我看见他们搬运沉重的铁轨，大袋的水泥，钢筋混凝土预制板；我看见他们细心铲平土地，从沟里挖出烂泥，建造营房、瞭望塔和焚尸炉。我看到，湿疹、化脓性蜂窝组织炎、伤寒摧毁了他们的身体，看见他们因为饥饿而死去。我还看到其他的人劫取财富——钻石、手表和黄金，安全地将它们埋藏在地下。

还有人像玩一样地尽可能多杀人，尽可能多勾引女人。

而且，我还看见女人搬运沉重的原木，拉排子车，推独轮车，建造穿过水池的堤坝；但是，也有其他的女人为了一块面包出卖身体。有人有办法，使用从死人身上盗窃的衣服、黄金和首饰收买一个情妇。我也看见了一个少女（曾一度属于我）身上布满流脓水的大脓包，头发被剃光。

这些被湿疹、化脓性蜂窝组织炎或者伤寒耗尽，或者干脆因为劳役而变得太过虚弱的人们被送往毒气室。他们请求把他们装上开往焚尸炉大卡车的勤务人员记住他们亲眼目睹的情况，要把人类如此的实况告诉未知未闻的一切人。

我眺望被野生蔓藤围绕的窗外，能看见一所被烧毁的房屋，一个有着古老拱顶长廊的废墟，有几根柱子还竖立着，再远处有一棵开满鲜花的高大菩提树，天际线越过河面的斜坡，伸向远处地平线上的废墟的投影。

我坐在另外一位人士的房间内，周围的图书不是我的；我描写天空，描写我看见的男男女女，但是受到一个挥之不去的思想的干扰：我从来没有以同样的方式观察我自己。某个青年诗人，一个象征派现实主义者，曾以轻佻讽刺的口吻说，我还有着某种集中营心态。

很快我就会停笔，思念起我所见过的人们，不知道今天该去访问他们之中的哪一个：是一度脚蹬军官皮靴遭受憋闷的，现在在这个城市当电气工程师的那个人；还是曾几何时对我喃喃细语"兄弟啊，兄弟……"，而现在乃是一家兴隆夜总会老板的那个人？

奥斯威辛集中营专用词汇表

本词汇表是博罗夫斯基根据《我们在奥斯威辛集中营》一书的附件编写的。该书由他和另外两人合著,1946年于慕尼黑出版;1958年于华沙再版。本文译自博罗夫斯基《短篇小说选》,Sara 出版社,华沙,2000年版。

环境独特性和社会怪异性、多种语言的混合使用和行政用语德语等诸多因素促成集中营特殊语言的形成，这种语言就像密码一样，需要破解。在这里，我们提供奥斯威辛集中营里使用的某些词汇的意义，这些意义也许有助于理解本书某些篇章的含义。

Abgang：视察组。从营房到营房、从集中营到医院巡查的小组，也指单独的个人。"今天，三十个人的大视察组从我们营房出发。""你那里来了几个视察组？"

Antreten：集合。集中营生活有两个主要部分：囚徒单独行走，或者列队行走。"你没听说，要集合吗？""我们去集合。"

Arbeitskomando：工作分队。每个囚徒都被分配给某个分队，除了那些关禁闭室或者在医院里躺着的人。"你在新的分队里怎么样？""我得换个分队，因为经受不住了。"

Blok：营房。在所谓的老奥斯威辛，是指囚徒建造的坚固的两层楼房。在比尔克瑙（布热津卡）则指几乎清一色的木制马厩式兵营。每个囚徒都被分配到某个营房，点名时必须站在近旁。各分队占用各自的营房。能人在自己挑选的满意的营房睡觉。"出营房去参加点名！""第六营房，灭虱！"

Blokowy：营房长。由囚徒担任，负责营房监督，保持营房秩序，监督食物、邮包的分发等；负责点名以及其他附加的任务：寻找逃犯（在大铁链范围之内）、在当众惩罚的时候决定体罚尺度。常常背负穷凶极恶的臭名（有些人要为数千遇难者负责），有时拥有代表营房向党卫队负责的有利地位，并把自己的部分权力转移给文书和营房区长。比尔克瑙检疫组重要的营房长多为波兰人（例如 1825 号：弗朗克·卡拉谢维奇）。

Buksa：三人床。指睡眠用的三层床铺。因为营房里缺乏其他设施（也没有空间），所以这是解决囚徒全部生理需要问题（除了大小解）的地方：进餐、灭虱、清除囚服泥污、写家信和"组织交易"的地点。第一层和第二层像平放的抽屉，上下必须趴着。第三层上可以站立、坐着、在横栏上挂衣服，也是所谓"贵客"占用的地方。

Buda：小屋。指营房前建造的小附属间，供营房长和文书使用。一般都十分豪华（奢侈无度）。普通囚徒当然不准进入。"穆斯林，你别喧哗，营房长睡觉呢。"

Bunkier：禁闭室。由计划逃跑的囚徒被迫挖掘建造，也指水泥建造的禁闭室。因为犯罪（做交易、因寒冷而在后背披毯子、尝试逃跑、传递非法信件）而被捕的囚徒站在里面，高度只到颈部，无论白天黑夜，一连禁闭数星期。也指集中营警卫的保护掩体,英国人称之为"地堡"①。"就算有禁闭室,也能逃跑。""特别在集中营周围建造了禁闭室。夜里你怎么穿过去呢?"

Cyganski:吉卜赛人集中营。从欧洲范围抓来监禁在奥斯威辛的吉卜赛人,很快丧失所有权利包括被拘留人士表面的权利,大批地成为饥饿、污秽、疾病和党卫队员及集中营管理人员野蛮虐待的牺牲品。"我去吉卜赛人集中营。""不行,兄弟,那是不能去的地方。"

Culaga:额外食物。指分发给干活者的额外食物。"今天有额外的吃的,熬到明天午饭时分容易一点。"

Cyclon:塞克隆。指毒气室使用的毒气名称。一九四四年,为了节约而降低了投放量。原来五分钟就能致死,后来延长到了十五到二十分钟——据所谓特工分队的犹太人说。这种毒气是德国的一家私人公司制造的。

DAW:德国拆卸公司。指重活分队,主要从事德国境内被击落的飞机的拆卸工作。是逃跑的理想地点。"警报响了,一定又有人从德国拆卸公司逃跑了。"

Durchfall:腹泻。集中营的常见病,令所有囚徒谈虎色变的疾病。绝大部分病人得不到医治,也治不好。每个人都凭借一己之力全力与腹泻斗争。这种斗争是尚未写出的奥斯威辛故事中的一种。"别喝水,不然你要得腹泻的。""对付腹泻最好的办法是吃用煤炭烤焦的面包。"

---

① 原文为英语。

Efekty：仓库。起初指放置囚徒私人物品的仓库，后来也称集中营里的一个特别地段，在这一地段的营房里储藏（和腐烂）着从被发配进焚尸炉的那些人身上掠夺的财物。"你去仓库的时候，给我找一件好汗衫来。"

Funkcja：美差。指集中营里的有利地位（不是在小分队！），也不一定指多高的职位（营房长助理、听差、医院里的护理员等都是）。"小伙子运气好，得了个美差。"

Flegmona：化脓性蜂窝组织炎。奥斯威辛的第二种流行病，像腹泻一样，数年之中患者一向注定要进毒气室。

Fleger：医院护理员，医务员。几乎近似于集中营营房区长的职务。"护理员先生，水！""医院护理员比医生还重要。"

Fleck：伤寒。奥斯威辛的第三大流行病。在一九四三年四月四日之前，患此病者一律送往毒气室。在许多人的记忆中，伤寒的可怕与岑可泰勒医生不知疲倦地捉拿虱子以及伤寒病人的个性有关，而这些病人常被护理员的朋友隐蔽送往医院里的非伤寒病人区。

Gaskammer：毒气室。指奥斯威辛几间不大的厅，在数年之内，有几百万人走进去，而在出来的时候"却化为烟囱冒出的黑烟"——集中营里是这样嘲讽的。每一个比较大的集中营都有毒气室和焚尸炉，数量之多，可以百计。这是二十世纪的建筑啊！"输送来的一批人全进了毒气室。""没什么可担心的，早晚你我也都得去。"

Gong：吹号。指干活、点名、睡觉时的号声。"起来吧，贵客们，第二次的号都吹完了。"

Holzhof：著名的穆斯林分队，在木材仓库干活。

Kapo（Capo）：组长。指负责管理劳动小组的囚徒。他监督劳动，分发汤水、奖品和——棒打，享有对囚徒的不受限制的权力。衡量分队好坏的标准关键是，组长是否良好，分队的好坏基本上就一目了然了（例如在妇女集中营）。通常，每个组长在田野里都有自己的小屋，这是他休息、睡眠、交易、酗酒和与党卫队员共谋的地点，还是向助手交代事务的地方。"组长说干什么，你就干什么。""我要告诉组长，说你不想干。"

Kanada：加拿大。集中营财物的象征。也指处理输往集中营或者毒气室的人群的分队。"现在集中营里有加拿大，要想看见他们，得早来。""加拿大正在去车站。"

Komin："焚尸炉"。在波兰语中的另外一种拼写方式。

Klamoty：旧衣物。"清理旧衣物！"

Komando：工作分队。队中有组长，有党卫队监督员，专做某种特定的工作，或者在某个特定的地点工作。

Kreca：疥癣。奥斯威辛的第四种常见病。有时受到传染的几座营房的囚徒都被送进毒气室（例如妇女营房）。"你长疥癣了？抹茶水治。"

269

Krankebau：医院。简称 KB。

Lager：营（专指"集中营"）。

Zlagrowany：集中营化的。指从集中营标准来思考的人和按集中营道德行事的人。"你完全集中营化了。"

Leichenhalia：集中营停尸所。在那里按规定次序放置每日收集的尸体（尸体挨着尸体，按层排列，头脚按层相对放置，矮个在高个上面）。每具尸体都有死亡卡。在运往焚尸炉之前，尸体排放在集中营道路上，左手臂上打印的号码必须让党卫队员清楚看到，便于他们验证死者身份。晚间把尸体装上自动装卸卡车，在焚尸炉前自动卸车，接下来便由所谓特殊分队的犹太人操作焚烧程序。

Meldung：报告。指囚徒当中分支广泛的告密系统。一般不涉及披小块毯子、干活时吸烟或者不洗碗之类的小事，虽然这些事也会造成不良后果。主要是涉及对老号码标记者①的清算，一般是有油水的差事，涉及女人和隐匿的金子。

Muzulman：穆斯林。指肉体上和精神上完全被摧毁的人，他们再也没有为生存而继续斗争的力量和意志，通常都患上了腹泻、化脓性蜂窝组织炎或疥癣，沦落到被送往焚尸炉的惨境。难以解释所谓的穆斯林何以受到集中营同伴们的蔑视。就连在集中营自传中喜欢夸耀的人，也不愿意承认自己曾几何时"也是"穆斯林。

----

① 指老资格的囚犯。

Organizacja：组织，交易，办货。指获取配给份额之外的维生之物的行为。获取方式或诚实（从党卫队厨房、仓库、车站）或不诚实（克扣同伴的份额）。这一获取行为的组织者，有时拥有大量财物，常常受到集中营人们的十分器重和——嫉恨。

Pasiaki：集中营囚衣。指用特殊材料（有人说是荨麻）缝制的蓝灰条囚服。剪裁得当合体的囚服是使用这件衣服的囚徒生活境遇及自我感觉良好的标识。

Pipel：听差。指为营房长或组长服务的少年。通常是运来的犹太人中的幸存者。女性听差一词是 Kalifaktorka。

Post：警卫，党卫队员。亦即监视集中营内部生活的人。他们被派往监视越轨者（做交易者、和妇女有关系者等），有多少抓多少。

Postenketta：链条。指环绕集中营或工作地点的警戒线。小型的警戒线夜间设置在集中营的铁丝网一线。大型的警戒线白天设置（有时为防止逃跑昼夜设置）在几公里范围的地方，包围集中营。

Prominent："贵客"，"贵人"。指处境好的囚徒，享有营内全部的方便。洁净，文雅，饱食沙丁鱼，"集中营化"。这个词语带有轻微的蔑视含义。谁也不承认自己是"贵客"。

Rollwaga：人力大车。集中营里没有拉车的牛马。运汤水、面包、衣服、秽物，把尸体从集中营运往医院，都使用人力。

Rewir：医院。该词只适用于女营区的口语。

Schutzhaftling：政治犯。意指"受保护"，实行监禁，以防万一。也是集中营里的正式称谓（加上号码）。

Stojka：罚站。即延长点名的时间。奥斯威辛最长的罚站是两天。

Slupek：吊罚。用一条绳子穿过被捆在背后的双手，再穿过柱子上的一个铁环，或直接套在集中营的某处横梁上，吊起囚徒，延续一小时或两小时，直到手部脱臼，筋骨断裂。

Sonderkommando：特工分队。成员全部由犹太人组成，在焚尸炉前毒杀和焚烧尸体。"除了特工分队，谁还能有金子？"

Staynumber：低位号码。指在集中营中待得最久的囚徒。受到其他老号码和新号码的敬重，也受到被称为百万大军的新来者的敬重。他们在集中营工作完成得最好，有超常的集中营生存能力并奉行"集中营爱国主义"。"集中营的事，去请教那些老号码吧。你们，百万大军，知道什么呀！老号码会告诉你，都经历过什么。"

Sztuba：房区。指营房大厅或其中的一部分。"我是在第六营房，三区，上铺。"

Sztubowy：营房区区长。负责分发食物，管理房区卫生。他当然是不去分队的，具有对囚徒的不受限制的权力。

Szpila：足量注射。奥斯威辛集中营早年以注射石炭酸的方法杀死"穆斯林"。"所有的人都注射去了。"

Totenmeldung：死亡卷宗。指医院提供的死亡卷宗，如果死亡是在集中营发生的，则由营房长提供。卷宗必须记录死亡的时间和原因。在被毒死的囚徒卷宗里写的是："交付特别行动队"。

Truppenlazarett：党卫队医院。位于大范围警戒线的边缘地带。直到集中营终结时，也没有建成。

Unterkunft：集中营内仓库、商店、分队的名称。

Vertreter：副营房长。具有管理营房的实际权力（在营房长代表营房的时期）。

Vernichtungslager：绝灭营。奥斯威辛集中营内的机构名称。

Vorarbeiter：组长助手，队长。即英国人所说的"工头"[①]。

Winkel：彩色三角，标志罪行种类，戴在囚犯左胸部集中营号码上方。"他戴了红三角，比罪犯还坏。"

Wybiorka：挑选穆斯林送往毒气室。大约每两个星期实施一次。虽然在某些时期（例如一九四四年夏天），由于焚尸炉和毒气室延长使用时间，集中营里不再实行这样的挑选。

---

① 原文为英语。

Waschraum：漱洗室。此处常常用于其他的目的。在奥斯威辛老营区的漱洗室是拳击和其他比赛的观看厅。比尔克瑙的漱洗室是医院里某一时期举办表演的地方，还有，在医院延续存在的全部时间内，也是穆斯林集合的地点；在挑选之后，他们被从医院的各个营房带到漱洗室，晚间有大卡车把他们送到毒气室。

　　Zauna：洗浴室，除虱室。一般在这里对运来的囚徒之物品实行消毒灭虱，对输送来的成批囚徒也在这里处理，故在洗浴室工作的人能够获得一切，从黄金到图书。在这里，妇女被剃光头发，而消毒都是由男人完成的。

附录一：

贝塔，失望的爱国者

切斯瓦夫·米沃什①

一九四二年，我遇见贝塔的时候，他二十岁。他是一个活跃的少年，有一双黑色聪慧的眼睛。他两只手的手心容易出汗，在行动时流露出过度的羞涩，一般地说，正好显示出他巨大的抱负。在他的文章之中，可以感觉出豪气和谦卑的某种混合。在谈话中，他显得在内心对自己的优越感是深信不疑的；他发出猛烈的进攻，但是旋即退却，羞怯地藏起利爪。他巧妙的回答充满了浓缩的讽喻。但是，也许这些特征在他和我或其他比他年长的作家谈话时才表现得最为明显。作为一个初露文坛的诗人，他觉得他对这些作家怀有一定程度的尊敬，但是，实际上他相信，他们之中没有一个人值得他这样尊敬。他的想法剀切，在他身上的确潜藏着一位真正的伟大作家的前景。

一九四二年，在华沙，我们生活，但是没有希望，或者毋宁说，有某种希望。我们都知道那是某种幻觉。吞并了我们国家的第三帝国强大无比，只有不思悔改的乐观主义者才相信德国可能彻底溃败。纳粹给我们民族制订的计划是十分明确的：灭绝受过

---

① 切斯瓦夫·米沃什（Czeslaw Milosz, 1911—2004），波兰诗人、作家、评论家，1980 年诺贝尔文学奖获得者。1951 年发表文学评论集《关于四位波兰作家》，以希腊字母表前面的四个字母阿尔法、贝塔、伽马、德尔塔代表这四位作家。"贝塔"即代表塔杜施·博罗夫斯基。本文译自该文集。

良好教育的阶层，殖民化，把一部分居民驱逐到东方去。

贝塔是在战争期间用奴隶的语言开始写作的人士之一。他靠打零工维生。很难准确定义在一个完全没有法律保护的城市里，人们是如何维持生计的。一般地说，他们在某个办公室或工厂若有似无地上班，那里发给他们工作卡，外加经营黑市或偷窃的机会。偷窃不被认为不道德，因为受损的是德国人。同时，他还在地下大学学习，分享参加抵抗运动青年们令人振奋的生活。他参加聚会，和其他青年人一起饮伏特加，热烈争论文学和政治，阅读非法出版物。

但是，对于同伴们，他报以轻蔑的微笑；看待事物，他比他们更清晰。他认为他们以战斗的形式反抗德国人的爱国激情是一种纯粹非理性的反应。战斗，很好，但是以什么名义？这些年轻人当中，没有人再相信民主。在战前，东欧大部分国家都是半独裁国家，议会制度似乎是属于某一个已经死亡的时代。没有人关心执政者如何取得权力；凡是想要夺取权力的人，都只能依靠暴力，或发起一个"运动"，向政府施加压力，要求进入联合政府。那是一个民族主义"运动"的时代，华沙青年还依然多方面受到他们的影响，尽管他们对希特勒或墨索里尼是毫不认同的。运动的推理是混乱的。波兰民族受到德国人的压迫，所以，必须斗争。贝塔说，他们不过是把德国民族主义和波兰民族主义对立起来而已，但是他的同伴耸了耸肩膀。他问道，他们需要保卫什么价值观？或者，欧洲将来应该倚靠什么原则重建？他们哑口无言。

这儿的确是一口黑暗的深井：没有获得解放的希望，明天没有前景。他们是为战斗而战斗，为了返回战前的状态，那时的状态虽然很坏，但是对于能够活着见到盎格鲁—撒克逊人获胜的人来说，却是某种奖掖。因为看不到任何希望，从而令他把世界看成是除了赤裸裸的暴力别无其他的地方。这是一个没落和消亡的地方，而老一代的自由派人士，反复念叨着十九世纪的要尊重生命的老生常谈，实际上都是化石般的遗骸，因为在他们周围，千百万人正在遭受大规模屠杀。

贝塔没有宗教信仰和其他的信仰，但是他有勇气在自己的诗歌里承认这一点。他是在油印机上印行他的第一本诗集的。我刚收到他的书，刚一轻轻掀开发黏的书页，就意识到，这是一位真正的诗人。然而，阅读他的六音步诗歌不是愉快的感受。被占领的华沙街道是阴郁的；阴冷而烟雾缭绕的房间里的地下会议，就像地下墓穴里举行的肃穆仪式，同时还得有人望风，捕捉盖世太保皮靴上楼梯的声音。当时，我们生活在一个巨大火山口的底层，上方高高的天空是我们和地球上其他人共享的唯一的事物。这一切都出现在他的诗中：灰暗，雾霭，阴冷，死亡。但是，这依然不是哀悼的诗，而是冰冷的斯多葛主义。整整那一代诗人都缺乏信仰。他们的基本动机是呼吁拿起武器和展现死亡的景象。与其他时代的青年诗人不同的是，他们不把死亡看作是一个浪漫的题材，而是看作真实的存在。华沙所有的这些诗人在战争结束之前几乎全部死去，或是死在盖世太保手里，或是在战斗中牺牲。然而，他们之中没有人对牺牲的意义表示质疑，和他一样。"在我们身后，将只会留下废铁和一代又一代人空洞的嘲笑声。"他在一首诗中写道。

他的诗歌中没有对世界的肯定，例如，在对一棵苹果树的刻画中艺术家所怀有的那种欣喜的情感。他的诗歌揭示的是受到严重搅扰的平衡。我们能够从一件艺术作品中体察到很多因素，例如，巴赫或布鲁格尔的世界是按照阶层和等级排列布局的。现代艺术反映了现代世界的不均衡状态，这一状态常常来源于某种盲目的激情，这样的激情徒劳地寻求在形式、色彩或声音中得到满足。艺术家只有在喜爱大地上周围的一切的时候，才能体验感性的美。但是，如果他感受到的全都是他所向往的世界与现实世界二者之间的令人烦恼的差距，那么，他就不能无动于衷或继续观看。他对爱的条件反射感到羞耻,被迫参与永恒的运动,对大自然进行不连贯的、破碎的又是不懈的勾勒。就像梦游者一样,他一停止运动,就失去平衡。贝塔的诗是雾霭的漩涡,仅仅是依靠六音步的枯燥格律从完全的混乱中挽救出来。他的诗歌的这一特性,至少部分是因为他属于命运悲惨的一代人而造成的,但是,在整个欧洲,他有千千万万的兄弟,所有这些人都是满怀激情的、受到欺瞒的。

他不同于那些出自对祖国的忠诚、信奉基督教的或模糊的形而上学理由而行动的同志,他需要行动的理性的基础。一九四三年盖世太保逮捕他的时候,在我们的城市有谣言说,他被捕是因为一个左派团体遇到的"偶然事件"。当时华沙的生活不像天堂,但是后来贝塔发现自己掉进了地狱更深的低层:"集中营世界"。按照当时的正常程序,他在监狱里度过了几个月,然后被送到了奥斯威辛。难以置信的是,他想方设法在那里熬过了两年。在苏联红军打来的时候,他和其他囚徒被输送到了达豪集中营,在那里终于被美国人拯救。我们得知这一切是在战后,因为他发表了叙述自己经历的短篇小说集。

得到解放以后,他住在慕尼黑。就是在这里,在一九四六年,他和另外两个囚徒同伴写的一本书《我们在奥斯威辛》出版了。该书献给"美国第七军,给我们带来解放,脱离达豪—阿拉赫集中营"。返回波兰后,他发表了中短篇小说集。

我读过很多关于集中营的书,但是没有一本像他笔下的故事这样令人惊骇,因为他没有道德说教,他是在叙事。在"集中营世界",形成了一种特殊的社会等级制度。上端是集中营权力机构;他们之下是受到行政机构信任的囚徒;再次是精明强干善于找到足够食物保持体力的囚徒;在底层的是体弱者和笨拙者,因为缺乏营养的肌体难以承担工作,所以他们每天的等级都在往下滑，到最后，他们死亡，或进毒气室，或被注射石炭酸。显然，这个等级制度不包括到达之后立即就被杀死的大众，亦即犹太人，除了少数特别能干活的犹太人。在这些故事里，贝塔明确地界定了自己的社会地位。他属于干练而健康的囚徒等级，他还夸耀自己的狡黠和机敏。集中营里的生活要求随时随地的警惕，每一个瞬间都能决定人的生死存亡。为了在所有的时刻都能够作出妥当的反应，必须知道危险在什么地方，如何逃避：有时凭盲目的服从，有时凭别有图谋的忽略，有时凭讹诈或者行贿。他的一篇短篇小说叙述了在一天之内他是如何躲避了一系列的危险的：

一，一个警卫要给他面包。为拿到这块面包，他必须跳过构成警卫线的一道水沟。警卫须遵从开枪射击越过沟渠的囚徒的命令，凡射击者，每杀死一个越过这一界限的人，都得到三天休假和五个马克。贝塔看穿了这个警卫的意图，拒绝了他的诱饵。

二，一个警卫偷听到他告诉另外一个囚徒基辅被攻占的消息。贝塔预先阻止他打小报告，通过一个中间人，送给他一块表，对他行贿。

三，他通过迅速执行一道命令而逃脱了集中营危险的组长的毒手。

下面我引用的片段描写了因为太虚弱而不能走正步的希腊囚徒的遭遇，惩罚的办法是把木棍捆在他们的腿上。监督他们的是一个俄国人，安德列。

一辆自行车从后面撞了我，我向侧面跳了一步。我摘下帽子。整个哈门茨的老板——副指挥，跳下自行车，急得脸色通红：

"这个发疯的分队怎么回事？那些人身上绑了棍子走路，是干什么？现在是干活的时间嘛！"

"他们不会走正步。"

"不会？就把他们打死！您知道，又丢了一只鹅。"

"你还站着干什么，像个大傻子似的？"组长冲我吼，"让安德列去处理。滚！"

我抄小路飞奔。

"安德列，处理他们！组长命令！"

安德列抄起一根棍子就乱打。希腊人用手捂着头部，左右躲闪，跌倒了。安德列把棍子横在他脖子上，又站在棍子上摆动身子。

我赶快走开。

他的每一天不仅得时刻准备逃离危险，而且还得和一个俄国囚徒伊万斗心眼过招。伊万偷了他的一块肥皂，他决心报复，耐心等待时机。他注意到伊万偷了一只鹅。一个巧妙安排出来的报告（不能让人看出来是他告的密）引出一场搜查。鹅找到了，党卫队打了伊万一顿。

他为历次脱险成功而自豪，而其他人则因为不聪明而死亡。他反复强调自己吃得好、穿得好、身体健康，这其中有不小的平实的施虐狂成分。

"他们走动，是为了避免挨打；吞噬杂草和黏土，来抑制饥饿感。他们模模糊糊漫步，是名副其实的活尸。"他这样谈论其他囚犯。但是谈到自己的时候则说："干干活儿很好啊，尤其是午饭刚刚吃了熏制咸肉、面包，还配上了大蒜瓣，而且外加一听浓缩牛奶呢。"关于他的衣服的一个细节（他周围都是半裸的可怜人）："我走进阴影，把衬衫铺在地上，以免弄脏**丝质内衣**，躺下舒舒服服地睡睡。能休息的时候，都要好好休息一下。"

下文是"阶级"对比的一个场面：另外一个囚徒贝克尔因为太虚弱而无用，快要被送往焚尸炉了。

这时候,从下面钻出一个头发灰白的大脑袋,一双绝望的眼睛瞧着我们,不断眨着。接着,露出来的是贝克尔的脸,疲惫不堪,显得更老了。

"塔代克,我有一个请求。"

"说。"我说着,向他倾身。

"塔代克,我快进大炉子了。"

我把腰弯得更低一点,从近处看着他的眼睛:一双眼睛平静,空荡。

"塔代克,可是我一直饿得难受。给我点吃的。这是最后的一夜。"

卡吉克用手戳了我膝盖一下。

"你认识这个犹太人?"

"这是贝克尔。"

"喂,你这个老犹太,爬上来,吃吧。吃饱了,把剩下的也带进大炉子里去。爬到上面来。我不在这儿睡,不在乎你有多少虱子。"

"塔代克,"卡吉克抓住我的手臂,"你来。我那儿有几个苹果饼,我妈寄来的。"

集中营当局使用强壮和精明的囚犯做特殊的工作,给他们获得食物和衣服的机会。最抢手的工作是货车接车:这些车厢把犹太人从欧洲所有城市拉到奥斯威辛来。这些犹太人带来的箱子里装满衣服、黄金、珠宝和食品,因为他们被告知,他们出发,是为了得到"新的安置"。列车进入集中营大门之后,担惊受怕的人群立刻被赶出车厢。年轻健壮能够干活的被挑选出来,老年人和带小孩的妇女立即被送往毒气室和焚尸炉。囚徒的工作是搬运行李,这些行李给第三帝国和集中营管理部门带来财富。贝塔描写了他在输送场地的工作。他是通过法国朋友亨利进入这个工作队的。

在二十世纪描写残暴行为的大量文学作品中,很少能够找到从罪犯胁从犯角度写出的叙事作品。作者们一般对这样的角色感到耻辱。但是,"胁从者"这个词语如果用于集中营,则是一个空洞的语词。这个巨大的机器是没有人格的,责任可以从执行命令者那里推给上级,再推给更高的上级。贝塔描写"输送囚徒"的短篇小说,我认为应该收进反映极权社会里人的命运的所有文学选集。但愿这样的文学选集能够编辑出来。

一次"输送"的到来,就像一出戏一样,分几幕展开。我们选出几个段落,可以展示他的文学手法的图像,胜于任何数量的描写:

前言,或曰,等待输送车到来

希腊人在我们周围坐着,下巴贪婪地上下运动,像大虫子一样,津津有味地嚼着霉烂的面包块。他们心里七上八下,因为不知道有什么活儿干。大木条子和铁轨让他们放心不下。他们不喜欢搬运东西。

"我们干什么活儿?"他们问。

"没活儿,输送车一来,全都进焚尸炉,明白了?"

"全明白了。"他们用集中营的这句通用语回答。这下子放心了:他们不必往卡车上装铁轨,也不必扛木头了。

第一幕,或曰,"输送车"到来

穿条纹囚服的众人躺在铁轨下窄幅的阴影之中,沉重而不均匀地喘息着,各说各的本国话,望着那些神气十足穿绿军装的人,望着可望而不可即的绿树阴和远处小教堂的尖塔,无精打采,无动于衷。此刻,教堂响起了《上帝的天使》乐曲。

"火车来了!"有人喊了一声,所有的人都霍地站起来张望。铁道拐弯处出现了货车车皮:列车是倒着开的,一个铁路工人站在直道上向后倾身,挥动手臂,吹了声口哨。机车发出长鸣,叫人胆战心惊。它呼哧呼哧地冒着气。列车缓缓进站。在焊上铁棍的小窗口里面,可以瞥见一张一张的人脸,苍白、憔悴,似乎还没睡醒,个个披头散发:有万分惊恐的女人,还留着头发的男人,说起来也奇怪。车厢内部开始骚动起来,有人敲打车厢板壁。

"水!空气!"车厢内爆发出低粗绝望的呼叫。

几张脸凑到窗口,张开嘴拼命地吸气。一批人吸了几口之后,退了下去,又挤上另一批,又退了下去。呼叫声和呻吟声越来越大。

第二幕,或曰,分类

一个女人碎步走着,虽然不快,却很紧张。一个三四岁的女孩,长着一张绯红的小胖脸,像个小天使一样,正跑着追她,因为赶不上,就伸出两只小手哭叫:"妈,妈妈!"

"嘿,那个娘们儿,把孩子抱起来!"

"先生,先生,这不是我的孩子,不是我的!"女人发疯似的尖叫着,双手捂着脸,匆匆走开。她想蒙混过去,想赶上那些不乘大卡车,而是步行的还能活下去的女人。她年轻,健壮,漂亮。她要活下去。

可是,那孩子穷追不舍,大声呼喊:

"妈,妈妈,你别跑!"

"不是我的,不是我的,不是!"

安德列,塞瓦斯托波尔的一个水兵,向她扑去。因为喝了烧酒和天气炎热,这个汉子目光浑浊。他赶上了这个女人,抡起胳膊,旋风一样朝着她的双腿猛砸下去;女人刚要倒下,他又揪住她的头发，把她拉了起来。他凶狂已极，脸都变了形。

"嘿，你，你他妈的下三烂，犹太臭娘们儿！你连亲生孩子都不要！瞧我治你，骚货！"

于是他一手拦腰抓住她，另一只爪子掐住她的脖子；那女人刚要呼叫，他就一下子把她扔到卡车上去，像重重的抛一口袋粮食一样。

"给你！你拿着，母狗！"又把那小孩摔在她脚下。

"干得好，不要脸的母亲们，就得这么惩罚。"汽车旁边一个党卫队员说。

看，有两个人滚到地上，绝望地纠缠在一起。男的手指头神经质地掐入女人的躯体，牙齿咬住她的衣服。女的歇斯底里地呼号，诅咒，痛骂。一只大皮靴猛踢了她一下，她才呻吟着沉寂下来。他们被拉开了，被赶进卡车，像牲口一样。

又有几个人送来一个只有一条腿的姑娘。他们抓住了她的双手和唯一的一条腿。那姑娘泪流满面，痛苦地呻吟："先生们，痛啊，痛哟……"他们也把她塞在卡车上的死尸中间。她就要跟死人一块儿被活活烧成黑烟了。

第三幕，或曰，目击者的谈话

夜晚降临，凉爽宜人，星光闪烁。我们躺在铁轨上，万籁俱寂。高高的电线杆子上，灯泡发出暗红的光芒，光环之外，是无边无际的黑暗。堕入黑暗一步，人就会消失，一去不返。可是，岗哨的眼睛明察秋毫。自动步枪随时可以射击。

"换来皮鞋没有？"亨利问我。

"没有。"

"为什么?"

"伙计,我干腻了,腻到家了!"

"刚接一次输送车就腻了吗?你想想吧,我,从圣诞节到现在经手过的人,恐怕有一百万了吧。最头痛的是从巴黎郊区来的输送列车:总是要遇见熟人。"

"那你跟他们说什么呢?"

"说他们先去洗澡,以后我会去集中营看望他们。换了你,你有什么可说的呢?"

尾声

(那天晚上,许多列车来到奥斯威辛,输送来一万五千人。)

我们返回集中营的时候,星星已经开始隐去,天空变得越来越透明,夜色向高空消遁,即将破晓。可以预见,又是晴朗、炎热的一天。

焚尸炉上方冉冉升起粗大的烟柱,在高空蔓延成为巨大的黑色河流,极为缓慢地飘过比尔克瑙的上空,在特谢比尼方向的森林后面消散。索斯诺维茨来的旅客们正在被烧成灰烬。

我们和挎着机关枪换岗的党卫队员路遇。他们步伐整齐,紧紧靠拢。一个集团,一个意志。

"到明天,要征服整个世界……"他们放开嗓子高唱。

在自己写的短篇小说里,贝塔显得是一个虚无主义者,但是,这并不是说他是不道德的。相反,他的虚无主义来源于某种伦理的激情,对于世界和人类的失望的爱。他想要描写他的见闻,在程度上走到极限;他想要完全准确地刻画一个已经不容愤怒存在的世界。在他的短篇小说里，人是**裸露**的，被剥夺了只要文明习俗尚存就继续保持的向善的倾向。但是，文明的习俗是脆弱的；只要环境发生突变，人性就会返回其原始的野蛮。那些在英国或者美国的城市里散步，认为自己乃是道德和善意之楷模的道貌岸然的公民，感到自己受到很大的欺骗！当然，责备一个为了拯救自己的生命而放弃亲生孩子的妇女，是轻而易举的。这真是一个恶魔般的行动。但是，一个斜靠在大沙发椅上看小说，同时还评判自己一个不幸的姐妹的女人，应该停顿一下，思考一下，如果自己也面对恐怖，那惊骇是不是比情爱来得更加凶猛？也许是，也许不是，有谁能够预先知道？

但是，"集中营世界"也包含了很多奋起完成的高尚行为、为保护他人而牺牲自己的人。这些人没有出现在贝塔的小说里。他的注意力没有放在人的身上——人干脆就是想要活下去的一种动物——而是放在了"集中营社会"上了。囚徒们受到一种特殊的道德约束：如果有人先伤害你，则伤害他们是可以允许的。在这一条不成文的契约之外，每一个人都竭尽全力挽救自己。在贝塔的书里，我们是找不到人的团结互助的图景的。根据他的囚徒同伴讲述，他在奥斯威辛的真实作为是完全不同于他的小说可能令人设想出来的形象的，他行动果敢，是同伴情谊的模范。但是，他想要表现坚强；在进行清醒而不偏颇的观察的愿望方面，他不迁就自己。他惧怕说谎，因为在现实中，虽然他竭力保全自己的正直，但是他依然屈服于堕落的全部法则；所以，把自己描写成一个作出裁判的观察家的做法，就可能是在说谎。作为叙事者，他把在集中营里被视为资产的品格送给了自己：干练和胆识。由于弱者与强者之间"阶级"战争的因素——在这里，他没有偏离真实——他的小说是特殊地残酷的。

从达豪集中营得到解放以后，他熟悉了在西德的难民生活。那种生活很像是集中营生活的延续。道德沦丧，盗窃，酗酒，腐化——希特勒主义猖獗年代里释放出来的人的全部邪恶力量,继续大行其道。占领国对于几百万新来的奴隶的生硬政策,激起他的愤怒。因为梦寐以求的战争的结束在这里竟然是这样的:弱肉强食的丛林法则重又占了上风,而强者这次则是奢谈民主与自由口号之辈,他们践踏弱者,或以残忍的冷漠面对他们。

贝塔有敏锐的观察力,但是他将这种观察力聚焦在他周围那些人身上的全部荒谬、丑陋和罪恶的东西上了。他很无情,不宽容,他就是一个打开的伤口。也许,在忍受多年痛苦之后,如果他能够在某一点上伫立片刻,看到一个由个体构成的社会,而不是被战争结束之时的大兵震撼的社会,那么,他必定会少一些苦涩。他的内心深处总是躁动不安,他的面部永远扭曲成愤怒和讽喻的表情。他继续看到他生活于其中的社会大众是裸露的,被原始的冲动所控制。对于像他这样必须具有一个明确目标的人来说,这样的世界是不可容忍的。他觉得他再也不能够滞留在无所指的愤怒和叛逆状态之中。

像许多以往的囚徒一样,他必须在返回故国和自我流放二者之间作出抉择。他所怀有的战时马克思主义倾向的情绪,模糊地根植于马克思主义乃是现实地对待每一个人的感觉之中。他的信念可以被归结为一句简洁的格言之中,亦即,人不是受到自己良好意向的控制,而只是受到他所在的社会秩序的法则所控制。谁要想改变人,首先必须改变社会环境。他还依旧像所有的波兰人一样,对于强大的俄国存有重重怀疑。他强悍的风格使他最接近像左拉这样的作家,或者,在当代作家中,接近海明威,他曾经贪婪地阅读他的作品。因此,在俄国,他是作为"西方次生垃圾"的那些艺术家之一而闻名的。在一个崇尚辩证法的国家里,任何东西引起的恐惧,也比不上一个从饥饿和爱情——人性最原始的需求——来描写人的作家所带来的恐惧。

他犹疑了很长时间,最后,当波兰出版的文学书籍开始传到他的手里之后,他决定回国。有两个因素促使他作出决定。他怀有宏大的文学抱负,但是他还是新人,还不为人知;在他自己的国家之外,在哪里能够找到读他用母语写作的书籍的读者呢?而且,当时在波兰,一场革命正在展开。那是一个被愤怒纠缠不休的人要去的地方,那是他能够找到机会重塑世界的地方。

他告别了朋友们,回到了华沙。这里的居民住在被炸毁房屋的地下室里,他们用双手清理大堆大堆的瓦砾,装上拼凑起来的小型马拉木板车。城市的重建就是这样开始的。但是,在整个波兰,书籍和报刊立即获得广大的读者,政府舍得花钱支持文学,任何一个稍有才华的作者面前,都展现出无限的机会。贝塔的事业以闪电般的速度开始。他在最好的刊物上发表作品,收到高额的版税,多劳多得。他对语言的掌握十分优异,他的风格简洁而犀利。因为他的经历是许多同胞的经历,所以他的题材普遍地令读者感到亲近和理解。他关于"集中营世界"的作品集受到欢迎,被认为是具有头等意义的文学事件。

对于他来说,幸运的是,社会主义、现实主义还没有成为必须遵守的法规,因为他的作品是最猛烈地反对苏联的写作技巧的。按照中央强加给作家们的法规规定,他的做法实际上是一种犯罪。对于希特勒主义的野兽行为的描写显然需求很大,特别是一般的波兰人痛恨俄国人像痛恨德国人一样强烈。把读者的注意力聚集在德国人的暴行上这一做法,可以把他们的痛恨纳入一个单一的方向,因而有助于让人民做好"心理准备";所以,出现了描写盖世太保、游击战或集中营的数量日益增多的作品。

官方的宽容政策使得作家能够自由地以同情态度描写波兰军队在一九三九年反抗德国人的战斗,虽然那支军队所保卫过的"贵族波兰"在苏联的眼里像是一块就要熄灭的煤渣。不过,假如批评家们想要使用正统的标准,则在政治上正确的题材也不能让他避开这些批评家的攻击,因为他描写的集中营是他个人亲眼看见的,而不是作者应该看见的集中营。在这里他是犯禁了。那么,作者应该怎样看集中营呢?罗列原因并不困难:一,囚徒们应该在秘密组织中团结起来;二,这些组织的领袖应该是共产党人;三,出现在这本书里的全部俄国俘虏应该突出展现他们的精神力量和英勇行为;四,应该按照囚徒的政治观点来区分他们。而他的小说没有一篇是这样的。党注意到了这一情况,虽然党认为波兰作家们还不成熟,运用不了社会主义和现实主义,但是当代批评家还是指责他犯了大错。他们宣布,他的作品像堕落的或美国的文学,他的作品是悲观主义的,缺乏"有意识的斗争"的成分,亦即,以共产主义的名义展开斗争。但是,这些批评是以某种有说服力的语调发表的。他年轻,需要受到教育,但是在他身上有一个真正的共产主义作家的品格。通过对他的密切观察,党在他身上发现了一种少见的和珍贵的要素:真正的恨。

贝塔具有良好的接受能力。列宁和斯大林的理论他读得越多,就越深信,这正是他所寻求的。他的仇恨像波涛汹涌的河水向前奔流,但是毫无用处。最简单的莫过于为党所用。真是如释重负:有用的仇恨,为社会服务的仇恨!

他仇恨的根基就是萨特所说的"恶心"的同样的反应,亦即,对于作为由自然和社会法则所决定的、服从时间的毁灭性作用的、生理学上的存在物的人的反感。人应该设法打碎这样的镣铐,即使必须用自己的鞋带来拔高自己,也要使自己提高。如果贝塔是法国人,他很可能会成为一个存在主义者,虽然这样的张狂也许还是满足不了他。他对精神方面的思辨报以鄙夷的微笑,因为他记得在集中营里目睹过哲学学者们因为一堆垃圾而打斗。人类的思想是没有意义的,托词和自欺都容易戳穿,真正有意义的是物质的运动。他吸收了辩证唯物主义,就像海绵吸足了水一样。其唯物主义的一面制止了他对残酷真实的渴求;其辩证的一面让他突然跳跃到人类的上方,到达一种把人视为历史的材料这样的观念。

在很短的时期之内，他出版了一本新书。其标题本身就象征了他的态度：《石头世界》。石头的，所以就是无情的、荒芜的。这本书由极短的故事组成，几乎没有描绘，不过是关于他的见闻的札记而已。他十分善于使用物质的细节来提示人的某种完整的处境。"石头世界"是打败希特勒和二战结束之后的中欧。因为他在德国的美占区逗留过一段时间，他拥有大量而广泛的描写对象：各民族和社会地位的人，前纳粹分子，前囚徒，得知所发生的事而感到困惑的德国中产阶级，美国士兵和军官，等等。在他平和的语句下面，潜伏着一种对于文明的无限的愤慨，因为这样的文明的果实竟然是希特勒主义。他推出了一个等式：基督教等于资本主义等于希特勒主义。这本书的主旨是文明的终结，其基调可以归纳为一个简单的抗议：你对我谈文化，谈宗教，谈道德，你看看这些东西造成的后果！

在贝塔看来，正如在他的许多同时代人看来那样，希特勒的统治乃是欧洲资本主义时代的极点，它的崩溃宣告了世界规模的革命的胜利；未来很可能还需要继续奋斗，但是转折点已经过去。战后初期像他那样的青年人写的几乎全部作品，都提出了人面对历史规律感到无力这一主题，甚至怀有最佳意向的人们也已经落入纳粹的恐怖机器之中，被化为担惊受怕的洞穴人。读者大众面对一个两难的困境：一方面是把邪恶推到浮面上来的古代文明，另一方面是只有通过东方的凯旋的强力才能兴起的新的文明，二者必居其一。成功对人的想象力的控制十分有力，以至于这胜利显得不是源于人的设计和有利的条件，而是反映了时代的最高法则（实际上，在二战中，俄国及其貌似不可战胜的秩序距离失败是只差半步的）。

在《石头世界》这本书里，贝塔最后一次努力使用了诸如节制、隐蔽的隐喻、被掩饰的愤怒等在西方文学里被认为有效的艺术手段。很快他就承认，他对于"艺术"的全部忧虑都是肤浅的。相反，他越是往下走，越是受到赞扬。他以后的作品，可以预料，是喧嚣、激烈、鲜明、偏颇的。因为党的作家们（他入党了）开始争先恐后地努力争取变得容易接近和直截了当，所以文学和宣传之间的界限开始变得模糊。他的写作开始引进越来越直接的新闻报道风格。他放肆恶毒地攻击资本主义，亦即，帝国范围之外发生的一切。他可能会从新闻中摘取关于马来亚战争或印度饥荒的一段新闻，然后加工成为既不是文章也不是快照的东西。

我最后一次见到他是在一九五〇年。从他被盖世太保逮捕以前的日子算起，他有了巨大的变化。他以往的羞怯和勉强的谦恭不复存在。以往他走路稍微有一点驼背，现在挺直身子，显出十足的自信。他显得枯燥，对工作专心致志。一个腼腆的世人变成了一个政治人物。那个时候，他已经是一个有名的宣传家。每星期，他都在政府的一家周刊上发表一篇强词夺理的文章。为收集故事，他多次访问东德。一个曾经不求功利地写作的作者，在为某一个事业服务的时候，其作用乃是新闻通讯员不可企及的；他在标题上使用了作家这一职业的全部知识，来杜撰不实的文章用以反对美国。

在观察这位值得尊敬的虚无主义者的同时，我常常想到每一种形式的艺术都像是一个光滑的山坡，想到一位艺术家要花费多么大的努力，才能防止滑落到那立足比较容易的地方。迫使他做出这一番努力的内在指令，就其核心而言，是非理性的。因为拒绝常人非功利的艺术，新的信仰摧毁了这一内在的指令。在描写集中营的小说中，贝塔是一位真正的作家；虽然他对人的全部内在的指令提出疑问，但是他从来没有编造，从来没有想要取悦于任何人。后来他把一个政治分子引进他的写作，于是，像超饱和的溶液一样，他的写作晶体化了，变成了透明的和公式化的。但是，我们不要采取简单化的态度。有许多大作家，例如斯威夫特、司汤达、托尔斯泰，都曾经从政治激情出发发表言论。我们也许可以说，一个作家想要向读者传达一个重要的信息，亦即政治信念，是能够增加他作品的力量的。批评所处时代政治体制的大作家和贝塔类型的人之间的本质区别，就在于前者的非顺从态度。他们为反对自己所处的环境而行动，而贝塔展开写作必须听从党内同志的赞许。

虽然语言激烈而准确，但是他的文章是十分枯燥和单面向的。一个天才散文作家这样的蜕化引起了我的好奇心。他肯定意识到了自己正在浪费自己的才能。有几位文学权威的话能够决定一个作家在官方等级制度中的地位，我和他们谈过话。我问他们，为什么向他提出这样的措施？党的利益肯定不要求把他降低成为一块破布，他写短篇小说和长篇小说肯定能够发挥更大的作用；迫使他写时政文章等于胡乱浪费可资利用的艺术资源。答复是："没有人要求他写文章，这是很遗憾的。周刊的主编又不能撵走他，是他自己坚持要写的。他认为今天是没有时间从事艺术的，大家应该更直接地从根本上来影响大众。他想要尽可能成为有用的人。"这是一个有点伪善的答案。党经常强调需要好的文学；同时，党又造成了紧张的宣传气氛，令作家觉得被迫求助于最原始的和简单化的文学技巧。当然，贝塔的确是自己想要把全部的时间奉献给新闻写作的；虽然他是一个高度称职的专家，他还是致力于最不称职的家伙们都轻而易举的工作。他的思维方式，一如许多东方知识分子，都被推向一种自毁症。

这样的知识分子只要拿起笔来，这个心理机制便已启动，其过程是相当曲折复杂的。让我们设想，他准备描述国际政治中的某一个事件。他知道，各种现象在功能上而不是在因果关系上是相互联系在一起的。因此，为了公正地评述这个事件，他必须深入了解对抗性力量的动因和控制这些力量的必然因素——总之，要从每一个方面来分析它。随即,愤怒来营救他,把秩序引进盘根错节的互相依赖关系之中,令他摆脱做出分析的义务。是对于一切都取决于人的意志的自欺态度的愤怒,同时也是对于可能沦为一己天真性格之捕获物的惧怕。因为世界是残酷的,人必须把一切都简化到最基本最残酷的因素。作者理解,他所做的事远远不是准确的:人民的愚蠢或者人民的善意对于事件的影响,不亚于经济斗争的种种必要性。但是,他对人类(对他人和自己)施展报复,指出人是受到几条基本法则的控制的;同时,他也保持着优越感,证明自己敏锐而强壮,足以避免"偏见"。

在政论文章中,正如在集中营小说里那样,贝塔追求简洁、去除全部幻觉、一览无余地展现每一个人和每一件事的做法,一直占据主导地位。但是,如果持续听任这种追求的话,就会到达某一个点,以至于聪明才智再也无话可说。词汇变成政党口号和拳头的不完备代用品。贝塔的确走到了词汇再也满足不了他的阶段;他不再能够写长篇和短篇小说,因为那些作品费时太长,不能满足他的战斗需要。他所遵从的运动日益加速,越来越快,仇恨和昏眩的剂量越来越大。世界的形状变得越来越简单,到最后,一棵个体的树木、一个个人,都丧失了全部的重要性,而他则发现自己已经不再处于可知可感的事物中间,而是身处政治概念之中。他对新闻报道的热衷是不难解释的。写文章对于他的作用就像毒品一样,他放下笔的时候,就觉得自己完成了一件事。他的文章里没有一点自己的思想,这是无关紧要的;从易北河到太平洋成千上万的二流记者所说的话都一模一样,也无关紧要。他是活跃的,就像一个方队里行进的士兵。

"到明天,要征服整个世界"①,在奥斯威辛焚尸炉冒出黑烟的背景上,党卫队的看守们高声歌唱。纳粹主义是集体的疯狂,

---

① 原文为德语。

但是德国大众追随希特勒却是有深刻的心理原因的。是一场重大的社会经济危机催生了纳粹主义。那一时期的德国青年在自己周围看到了魏玛共和国的衰败和混乱：几百万失业工人的屈辱，文化精英们令人厌恶的错乱，年轻妇女被迫卖淫，人与人为了金钱而打斗。在社会主义的希望消失以后，德国青年接受了提供给他们的另外一种历史哲学，这是对于列宁和斯大林学说的讽刺模仿。那个把贝塔关进集中营的德国人很可能像他一样，对这个世界的爱是失望的，因为他希望和谐、纯洁、秩序和信仰。这个德国人蔑视那些拒绝参加欢乐进军的同胞。作为人文主义的可怜残余物，这些同胞喷有烦言，说这新运动破坏了道德原则。在这里，直接而可观可感的是对德国的拯救和世界的重建。这是千年一次的运动。在这个独特的运动中，相信那个悲惨基督的那些悲悲切切的信徒，还胆敢提及他们猥琐的道德原则！如果在自己的人民当中还依然聚集着如此幼稚的偏见，那么，为一种新的和更好的秩序而奋斗该是多么艰难！

贝塔也是能够看到在他可及范围之内的新的更好的秩序的。他相信、而且要求尘世间的拯救。他痛恨人类幸福的敌人，坚持认为必须消灭他们。在这个行星进入一个新时代的时候，那些胆敢认为监禁人们、或者恐吓人们坦白政治信仰的做法不好的人，不是作恶分子吗？我们要把谁投入监狱呢？阶级敌人，叛徒，暴乱分子。我们强加给人民的信仰，真是信仰吗？历史，历史，历史是和我们在一起的！我们能够看到历史活生生的、爆炸式的火焰！有些人的确是渺小和盲目，他们不理解全部巨大的任务，反而为微末的细节担忧，浪费时间！

贝塔虽然具有才能和智慧，但是没有看到某种激荡人心的进军之中所固有的危险。相反，他的才能和智慧，还有热情，一起驱使他采取行动。而普通人民则顺应时势，为一个不敬爱的恺撒做出大量贡献——就因为这是绝对必要的。他自愿地肩负起责任。

他没有稍息片刻反思，这一做法一旦启程以大军的威力去征服世界，会变成什么样的历史性变化的哲学。"到明天，要征服整个世界！"

我写完这篇剪影之后的几个月，得知贝塔死亡。一天清晨，有人在他华沙的寓所发现了他。煤气阀门还开着。在他狂热活动最后的几个月里观察了他的人都认为，他在公共言论中所说的话和他敏锐智慧的观感之间的差别，是与日俱增的。他的行为有太多的神经质意味，不能不令人怀疑：他其实是敏锐地意识到了这一对比的。而且，他经常谈到"马雅可夫斯基案件"。他的友人们，波兰和东德的作家们，发表了很多文章。他的棺木上面盖上了一面红旗，随着《国际歌》的乐声徐徐放进墓穴，党对自己最有前途的青年作家告别。

附录二：

企鹅版序言

扬·科特①

  塔杜施·博罗夫斯基在一九五一年七月一日拧开了煤气的阀门。他还不到三十岁。博罗夫斯基的自尽令人震惊，只有二十一年前弗拉基米尔·马雅可夫斯基的自尽可以与之相比。在遭受战争杀戮的这一代人当中，博罗夫斯基曾是波兰文学最大的希望，他也是共产党最大的希望，是党的使徒和检察官；而在很多年之后，我们很多人才意识到，他也是它的殉教者。他去世后出版的五卷本选集收入了诗歌、新闻作品、短篇小说；在最后这一部分中，至少有一百页，是这个从达豪和奥斯威辛集中营被解放出来一年之后的二十四岁青年发表过的；而这些篇章——在博罗夫斯基死后有人写道——"只要波兰文学存在下去，就必将留存于世"。但是，博罗夫斯基描写奥斯威辛集中营的短篇小说，不仅是波兰文学，也是世界文学的杰作。在关于大屠杀和死亡营的众多的图书之中，博罗夫斯基这本薄薄的小说集，在时隔二十五年之后，继续享有独特的地位。这本书是关于人对人的所作所为的最为残酷的见证之一，也是一个无情的判断，亦即：人对人施恶可

---

  ① 本文是波兰著名文学评论家扬·科特（Jan Kott, 1914—　）发表于1976年的文章，后被企鹅出版社1986年出版的博罗夫斯基小说集《女士们先生们，请进毒气室》用作"序言"。扬·科特曾在华沙大学和纽约州立大学任教多年。

以无所不用其极。

博罗夫斯基也留下了他自己的生平故事。有些作家的生平不仅属于文学史，而且也属于文学本身——就是说，这是人的命运的扼要记录。这首先是诗人们的传记：他们放弃了文学，如阿瑟·兰波；陷入疯狂，如荷尔德林；或者自杀，如克莱斯特和普拉斯。生存的经历包含在这些生平故事之中，文学结束和沉默王国开始这二者的界限得到揭示。博罗夫斯基的传记是不一样的。它所揭示的是我所说的人的命运。一位波兰裔的法国作家加里，在维尔纽斯度过儿童时代，为自己描写德国占领年代的第一本小说定名《欧洲式的教育》。在有些年月和地点，有时候在几个十年和几个民族之内，历史特别清晰地揭示了其威胁性和破坏性的力量。有受选的民族，其含义与《圣经》称呼犹太人为选民相同。在这些地方和年代，历史——就像我的老师所说的——"放开了皮鞭"。在这样的时候，人类个人的命运就显得似乎是被历史直接塑造的，仅仅变成了历史的一章。

博罗夫斯基接受的是完全的"欧式教育"。也可以说是过度的教育。他于一九二二年诞生在苏联乌克兰的日托米尔市，父母是波兰人。他父亲原来是一个会计，于一九二六年被送到卡列利亚地区北极圈内参加挖掘白令海运河。那是一个最苦的劳役犯集中营。他父亲之所以被流放，是因为在第一次世界大战期间参加了一个波兰军事组织。他八岁的时候（1930年），母亲也被送到一个小居民点，比较近一点，在西伯利亚的叶尼塞河上。那是集体化和饥馑的年代。每月的粮食配给是两磅面粉。这一时期他得到他的一位姨妈的照料，他上学和放牛。

一九三二年，他父亲与在波兰入狱的共产党员交换，而作为儿子的他被红十字协会送回波兰。两年后，他母亲回到华沙，和他们父子团聚。父亲在一个仓库里工作，母亲在家里缝衣服，收入低微，生活艰苦。他们把儿子送到一个圣方济各僧侣开办的寄宿学校，那里不收费用。二战开始的时候，他还不满十七岁。德国占领期间，中学和大学禁止接收波兰学生。博罗夫斯基在地下学校学习。一九四〇年春天，华沙开始大规模抓人，当时他正在参加毕业考试。他的短篇小说《市场街的毕业考试》描写了这一天的事件："在那里，林阴路的末端，有一排汽车，正在等候电车，就像埋伏在羚羊必经之路上的老虎一样。我们从行驶中的电车上跳下，滚到斜坡下面的青菜地里……而在河面对岸的那个地方，就像在浓密的丛林里一样，狮子正扑向行人。"外面正在抓人，室内完成的毕业考试乃是"欧洲式的"。

博罗夫斯基在一个出售建筑材料的公司里找到守夜人和仓库杂役的工作。在那个时期，当然，青年人工作主要是为了得到一个工作卡，工作卡可以使他们免于被送到第三帝国去。实际上，维持生计是靠非法的或者半非法的交易。建筑材料不容易买到；黑市上的价格比规定价格高十倍。博罗夫斯基竭力挣钱糊口，同时在地下大学学习文学课程。他们在私人家里上课，为安全起见，分成很小的小组。在他所属的那个小组的十三个人中，今天只有五个健在。

他很早就开始写作。在一次关于英国文学的课堂讨论中，他翻译的莎士比亚《第十二夜》中的那段愚人歌引人注目。当然，他自己也是写诗的。一九四二年冬天，他发表了这些诗，印数：一百六十五本。

除了官方的内奸派日报和几种半黄色的周刊之外，在德国占领的波兰，没有一份波兰语期刊是合法出版的。但是，光是在华沙，每天就有几十种地下传单和西方电台战事新闻报出现。各种政治派别还发行了期刊，根本没有什么所谓的"审查"，印刷、分发、甚至拥有这种地下文献，都会被处以死刑，或者至少送往集中营。空前绝后的是，希特勒占领下的华沙是一个充满秘密出版发行的城市。期刊不仅来自政党和军事组织，登山俱乐部成员也发布地下年报，国际象棋爱好者出版一种地下月刊，评论近期棋局。

华沙也出版地下版本的诗歌。博罗夫斯基自己油印出版自己的第一本诗集。他在战后写的一本小说集里自嘲地写道："油印本用来传播极其重要的无线电新闻和在大城市如何打巷战的良好建议（和图示），也用来印刷高雅的形而上的六音步诗歌。"他的诗集《大地的一切地方》以古典韵律预言了人类的毁灭。其主要的形象是一个巨大的劳役集中营。在这第一本诗集里，就描写没有希望、没有舒适、没有怜悯的世态。最后的一首诗《一支歌》，结尾像一个预言：

> 我们身后留下废铁
> 和子孙后代空洞的嘲笑声。

几个星期以后，博罗夫斯基被捕。他的未婚妻当时和他住在一起，那天晚上没有回来。她在友人的公寓里陷入纳粹设置的陷阱。次日，博罗夫斯基在全城寻找她，最后也到了这个公寓，也掉在陷阱里。当时他身上带着自己写的诗和赫胥黎的《美丽新世界》。

他蹲了两个多月监狱。监狱位于华沙犹太人隔离区边缘。从牢房里他可以看到士兵向公寓扔手榴弹，放火焚烧街道对面一座一座的房屋。四月底，他随一批囚徒被输送到了奥斯威辛集中营。他们在他的手臂上打上集中营序数号码119198。他的未婚妻是随另外一次输送被带到集中营的。他们俩算是"幸运的"。在三个月以前，除了个别的情况，"雅利安人"不再被送往毒气室。从那个时候起，只有犹太人被大批毒杀。

起初，他的工作是扛电线杆子。后来他因为患肺炎而到了集中营医院。《石头世界》里的"一个真实的故事"的确是真实的。

在这个医院里,他被丢在一张麦秆草垫子上;此前,博罗夫斯基在华沙监狱的难友"读《圣经》的男孩",就是在这个垫子上患伤寒死去的。博罗夫斯基病愈后,被留在医院,干上了守夜人的轻活,后来还上课,当上了医务员。

在奥斯威辛,博罗夫斯基的"欧洲式教育"的第三章上演,同时还有他恋爱史的第二章。他的未婚妻被关在女营,住女营房,在奥斯威辛集中营附近的比尔克瑙。博罗夫斯基的友人和传记作者德莱夫诺夫斯基在关于他的著作《逃离石头世界》中,描写在奥斯威辛集中营日子的一章题名为"特里斯坦在一九四三年",《在我们奥斯威辛》的故事中记录了二十世纪中期特里斯坦写给恋人绮瑟的书信,从奥斯威辛男营发到女营。

后来,博罗夫斯基能够见到未婚妻了。他被派到女营收罗婴儿尸体。绮瑟的头发被剃光,身上长满疥癣。博罗夫斯基安慰说:"别担心,咱们的孩子不会是秃头的。"一九四四年秋天,他被分配到在女营干活的屋顶修葺工小队。从那个时候起,他每天都见到未婚妻。在奥斯威辛,这是最难以忍受的。苏联反攻战线日益逼近,德国人加速灭绝从各个被占领国家输送来的犹太人。在一九四四年五月和六月,有四十多万匈牙利的犹太人被毒死、焚烧。

一九四四年夏天,奥斯威辛集中营的囚徒开始被撤退到德国内地。博罗夫斯基先被送到斯图加特城外的一个集中营,后来被送到达豪集中营。一九四五年五月一日,美国第七军解放了这个集中营。囚徒们被转送到收留人员集中营,该营位于慕尼黑郊区原党卫队军营区。博罗夫斯基又一次身处刺铁丝网之中。一九四五年九月,他离开该营,全力寻找未婚妻。十二月,他从红十字会得悉未婚妻被从比尔克瑙转移,还活着,住在瑞典。但是,战后的第一年,"被收留的情人"是不能够穿越边界和警戒线的。

在盟国军队解放的土地上,有一千多万从德国占领的所有国家被驱赶到集中营和劳役地点的男女、原来的战俘和被炸毁城市的难民。在复仇的欲望和寻求审判之间、在无政府状态和法制要求之间、在一切从头做起的强烈需求和回归往日的一切的同样强烈的需求之间,界限从来没有如此微妙。一位波兰作家称战后德国为"欧洲中部的西印度群岛",在这些新的群岛上,从美国各州,从加利福尼亚到缅因,从内布拉斯加到得克萨斯来的美国青年要发挥四重的功能:法官、宪兵、传教士、食品供应员。任务过于艰难。

博罗夫斯基在当时的慕尼黑日记里写道:"整个这场大战的目的,无疑就是,让你,芝加哥来的朋友,能够跨过大西洋的盐水,一路战斗,穿过德国,来到阿拉赫集中营的刺铁丝网旁边,跟我分享骆驼牌香烟……现在他们派你值勤,看守着我,我和你互相再也不能说话。对于你来说,我必须像一个囚徒,让你检查我,叫我 boy。你那些被杀死的同伴是说不出话来的。"

欧洲被分割,就是在其中部,分成非共产党的盟国势力范围和苏联的势力范围。而原来的战俘和难民则面临这样一个选择:保持流亡状态,或者返回共产党夺得政权的自己的祖国。博罗夫斯基从慕尼黑到了巴伐利亚的穆尔瑙,那是决定不回国的波兰士兵和军官的总部。他在从那里发出的书信里写道:"他们常常给我们美国菠萝,在欧洲很长时间看不到的白人文明的产品:牙刷、刮胡子刀片、甚至还有口香糖和蛋粉——我们把蛋粉撒在床上,用来驱散跳蚤很有效……尽管如此,我还是离开了穆尔瑙。我不是当兵的料,我不去开会,我不会摇旗呐喊,我喜欢背着一捆书到田野里去,去流浪——那个地区的湖水也是很好看的。"

他在巴黎做短期逗留,从那里写信说:"我是来自一个死亡的、令人厌弃的国家的访问者,一下子就卷入了虚伪的漩涡,像掉进山间河水的激流之中……我和受雇而来的女人喝酒,甚至还去了盟军剧院,因为我穿着原来属于一个英国士兵的旧制服。我来了,我看见了——我感到悲哀……我是来自一个死亡的、令人厌弃的国家的访问者,而在这个地方,在残破的街道上,少女们挎着黑人的胳膊漫步,周而复始;而我这个诗人是没有听众、没有朋友的——在巴黎,我感觉很不好。"博罗夫斯基在一九四六年五月的最后一天返回波兰。正如他在发自慕尼黑的一封信里说的,他不愿意"生活在活尸当中"。

很长时间之内,他的未婚妻都不愿意离开瑞典返回波兰。在博罗夫斯基多次去信请求之后,她终于在十一月返回了。博罗夫斯基乘车疾驰到了边界点去接她。博罗夫斯基的传记作者写道:"他们团聚的第一个夜晚,不是在战争期间,而是在得到解放的故乡,是在刺铁丝网后面的一个归国集中营的检疫站实现的。"他们于十二月结婚。

博罗夫斯基的两个短篇小说,《女士们先生们,请进毒气室》和《在哈门茨的一天》是在他得到解救之后在慕尼黑写出的,他回国之前就已经在波兰发表。这两篇作品引起震撼。因为读者当时是期待着看殉道故事的;共产党所需要的作品是以意识形态为主导,要把世界分为义与不义、英雄与叛徒、共产党员和法西斯党徒。博罗夫斯基受到的指控是不道德、颓废和虚无主义。但是,同时每个人都明显感到:波兰文学获得了一个光明耀眼的新的天才作家。所有出版机构和党向青年作家们提供的一切机遇,都是向博罗夫斯基开放的。他不太相信他人,却又颇有抱负,但是不能够抵御最具恶魔般力量的引诱——参与历史:对于这样的历史来说,石头和人都仅仅是用来建设"美丽新世界"的建筑材料而已。一九四八年年初,他成为一名共产党员。

小说集《告别玛丽亚》收入了他写的奥斯威辛集中营的故事,大约就在这个时期出版,接着就是《石头世界》的一组短小故事,描写了在德国的外国人安置营和他返回故乡后的情况;在这里,人们背着干粮和铺盖卷在废墟中到处流浪,像蚂蚁一样。这是博罗夫斯基最后的和最优秀的短篇小说。此后，他每个星期为华沙一家日报的周日版写故事，这些故事不过是宣传仇恨的、不偏不倚的新闻报道而已。但是，因为他作品中这些最差的东西，他得到了政府的奖掖。一九四九年夏天，他被派往德国，在波兰驻柏林军事使团新闻处工作。波兰新闻处位于柏林苏占区，军事使团在美占区。那已经是冷战年代。博罗夫斯基处于两个世界的交界线上。雅尔塔之后欧洲被从中间分隔开来。

在那一时期，党内几十个青年作家和大学毕业生从波兰前往东方和西方旅行，或者是去学习，或者是去完成特殊的使命。从莫斯科返回的时候，他们感到某种不可救药的疼痛、郁悒和惊骇；从西方回来的时候，他们带着微笑和对腐朽的资本主义的更多蔑视。博罗夫斯基在柏林逗留一年之后返回华沙，他似乎已经没有任何的疑惑。党内人士都说，他"成长为一个积极分子"。文学应该帮助党建设社会主义。博罗夫斯基扮演了工长的角色。

"文学不像你们设想得那么艰难，"他写道，对于他来说，文学变成了宣传鼓动的手段，"如果他们哀叹我在新闻写作上消耗精力，我是不以为然的。我不认为我是献身散文写作的纯洁少女。"但是，在夜间的恳切谈话中，他只对最密切的友人坦言，他像马雅可夫斯基一样，"践踏了自己诗歌的咽喉"。我认为他是充分意识到了这句话的含义的。说到底，他多次描写过集中营里的警卫习惯于把一根铁锹把横在一个囚徒的脖子上，再穿着大皮靴子跳到这根木棍上，看着囚徒咽气。从柏林返回之后不到十五个月，博罗夫斯基拧开煤气阀自尽了。

自杀的理由永远是复杂的，博罗夫斯基把他死亡的秘密带进了坟墓。在最后拧开煤气阀门之前，他曾有两次未遂的自杀。他的生平是欧洲"命运"的一个徽章和模式，但是，在这个生平的结尾之处，情节密集，各种线索错乱纠缠，就像是希腊神话中的命运三女神编织的似的。她们是无法躲避的铁面无情的女神。从柏林返回以后，博罗夫斯基和一个年轻女孩关系密切。在他自杀前三天，他夫人为他产下一女。他是在医院最后一次见到夫人的，那是在下午；而当天晚上，他就自尽了。特里斯坦和绮瑟的故事就此告终。

还有一个线索。在他自杀前几个星期，他的一个老朋友被捕了。就是在这个老朋友的住宅里，八年前，在被占领的华沙，博罗夫斯基在寻找未婚妻的时候落入德国人布置的陷阱。在那个时候，这个朋友遭受了德国人的折磨，现在却又受到波兰安全局的折磨。博罗夫斯基找到党的最高层人士说情，却被告知，人民的审判是永远不会错的。这是在斯大林摈弃了铁托之后，共产党人正在深挖细找"带有右派倾向和民族主义倾向"的"叛徒"。博罗夫斯基生前没有看到对这个朋友的审判。

还有第三条线索。博罗夫斯基前往柏林的时候，是负有特殊使命的，"就是那种连你妻子也不能告诉的任务"——博罗夫斯基最亲密的朋友在他死亡之后数年发表的一篇并无特别掩饰的短篇小说里写道。在冷战年代里，在铁幕的两侧，以两种不同意识形态的名义——双方都认为自己占据着道德制高点——发出这样的使命，而不止一次接受这种使命的人有作家和教授、研究人类意识的专家。唯一的区别是，在西方，"特殊"使命结束之时，正是回家之日。博罗夫斯基的朋友在那篇人人能够看懂的影射故事里继续说："他很成功，所以当他回家的时候，他们又给了他一个新的任务。"这篇小说的标题是《残酷之星》。博罗夫斯基完成了他"欧洲教育"的完整的课程。为人们编织命运的女神们在二十世纪成长得更具嘲讽力量。

博罗夫斯基的短篇小说都是用第一人称写的。小说中有三篇的叙事者是一个组长（Kapo）、队长（Vorarbeiter）塔杜施。作者和叙事者的认同，乃是对经历了集中营而生还的囚徒的道德判断——为集中营而接受相互的责任、相互的参与和相互的罪咎。在评论一本关于集中营圣徒传式作品的文章中,博罗夫斯基写道:"描述奥斯威辛集中营而毫不牵涉个人,是不可能的。""奥斯威辛集中营里的人,第一要务就是要清晰认知集中营是什么……但是,他们不要忘记,读者必定要问:你是怎么生还的?……好,那你就必须说明,你如何在医院里买到了职位、轻松的岗位,你怎样把'穆斯林们'使狠劲儿推进焚尸炉,你怎样买通了女人和男人,在营房你都干了些什么,如何指挥卸载输送囚徒的列车,在吉卜赛营又干了什么;要告诉读者集中营每日的生活,各种层次的恐惧,每个人的孤独感。但是一定要写出,你,你们就是干这些事的人。还有,奥斯威辛集中营的恶名之一部分,也是属于你的。"

四百万人被毒死,从车站直接送往焚尸炉,他们没有选择,那些被挑选进焚尸炉的人也是没有选择的。在奥斯威辛集中营,有个人英雄气概的行动,有一个秘密的国际军事网络,奥斯威辛集中营里有其圣徒。一个天主教神父走进一间地下囚室,忍受饥饿致死,是为了拯救一个不认识的囚徒同伴的生命。但是,"生者"的奥斯威辛集中营,像所有其他的德国集中营(和苏联的集中营)一样,是建立在一种合作的基础上的:囚徒在"控制"恐怖与死亡方面的合作。从几乎无一例外的德国人罪犯担当的组长到像塔杜施队长这样的最底层的听差,每一个人都必须扮演双重的角色:执行者和牺牲品。在萨特战后的剧本《禁闭》中,地狱里的死者很奇怪没有看到折磨人的人。地狱被组织得就像自助餐厅。"……人的权力的、或者魔鬼权力的一种经济。顾客要为自己服务。"

从一开始起,文学就承认了执行者和牺牲品这样可怕的认同。埃斯库罗斯的阿伽门农为了祈祷希腊船只能够到达特洛伊而拿自己的女儿做牺牲供奉神坛,而当他凯旋返回希腊之后被他的妻子谋杀了。莎士比亚笔下的篡权者们在爬上历史的高大阶梯时,谋杀了每个妨碍了他们的人;而在阶梯的顶端,在他们终于夺取了王冠的时候,却将被他们变成牺牲品的儿子们杀死了。在博罗夫斯基的集中营故事里,执行者和牺牲品之间的区别被剥夺了全部重大感和激情;这个区别被粗鲁地降低到了外加的一碗汤,一条毯子,或者一件奢侈的丝质衬衫和一双厚底的靴子上——队长塔杜施为了这一双靴子而自豪。

奥斯威辛集中营不仅仅像博罗夫斯基写的那样"是战争的最血腥的战役",而且也是一个巨大的转运站,从被虐杀的牺牲品身上抢劫的物品被输送到了第三帝国。这些赃物的碎片落在有特权的囚徒手里。队长塔杜施说:"干干活儿很好啊,尤其是午饭刚刚吃了熏制咸肉、面包,还配上了大蒜瓣,而且外加一听浓缩牛奶呢。"

在生命价格低廉的时候,些许衣食价值千金。我自己没有被关进集中营,但是曾经在德国警戒线和苏联警戒线之间不超过五百米的长条地带上滞留过两天两夜,那是在一九三九年十一月末,我从波兰地盘上的一个被占领区非法走到了另外一个被占领区。德国人允许双向穿过,但是他们乱打犹太人,抢劫他们的财物;苏联人则不允许任何一个方向的穿越。在那一个长条地段上聚集了大约四千名难民,男女老幼。白天开始下雪,夜里霜冻,严寒刺骨。第一夜,一大块面包值一个金戒指,第二天值两个。第二天,在这块荒芜之地,在这一长条没有一棵树、一丛灌木的麦茬地上,有人支起了木板棚子,在里面出售热汤和饺子、稀饭,收取黄金和美元。在麦茬地最后一个棚子里,他们出售女人。

"整个集中营,人人赤身裸体。"书中第四篇故事开篇第一句读起来仿佛但丁的地狱篇,"两万八千名妇女被迫脱光衣服,赶出营房,正在路上、在小广场上拥挤攒动。酷热难当,时间过得极慢。"她们赤身裸体,像虫子一样。只有到后来,在接近场景的时候,就像照相机拍近景那样,才能在一大堆蠕动的虫豸中分清同一物种的不同标本:少数人穿着熨好的制服,手持短鞭,脚蹬高筒皮靴,皮靴闪光,像鱼鳞似的;还有普通的变种,小腹部配有黄蓝二色的布条。她们的体重也不一样：少数营养良好，肥而壮，油光满面；而普通的类型手脚蜷缩，行动困难。只有她们的下巴还在不停地运动。"希腊人在我们周围坐着，下巴贪婪地上下运动，像大虫子一样，津津有味地嚼着霉烂的面包块。"

博罗夫斯基像一个昆虫学家似的描写奥斯威辛集中营。蚂蚁的形象多次再现，蚂蚁不停地奔跑，白天黑夜，黑夜白天，从车站到焚尸炉，从营房到洗浴间。博罗夫斯基小说中最令人触目惊心的是作者冰冷的超然态度。塔杜施队长说：你是能够习惯集中营的。他写奥斯威辛集中营是从某种自然现象的角度描写的——每一天都同于任何其他的一天。事事都是平常事、常规之事、正常之事。"首先是一个农村谷仓，外面漆成白色——里面是用毒气把人憋死的地方。接着是四个更大的建筑物——一次能收进两万人，没问题。不用变戏法，不用毒药，不用催眠术。几个人指挥行动，以免堵塞，人就像水一样流动，只凭水龙头的开关。"

奥斯威辛集中营——及其焚尸炉冒出的黑烟，和因为焚尸炉装不下而堵塞了水沟的尸体——都丝毫没有不同寻常之处。"集中营，不就是为了人而建造的吗？"奥斯威辛集中营，及其妓院和展示人皮制造的展品博物馆，及其踢足球的运动场和演奏贝多芬作品的音乐厅——不过是石头世界的不可避免的一部分，"在两次角球之间的时间里，在我的背后，有三千人被送进毒气室"。加缪谈论"罪行的逻辑"和"逻辑的罪行"，对于博罗夫斯基——苏联囚徒的儿子和奥斯威辛集中营劫后余生的青年——来说，整个世界就是一个集中营——过去是，将来还是。"如果德国人取得胜利，我们会怎么样呢？"

博罗夫斯基称他描写奥斯威辛集中营的书是"对于一种特殊经历的极限旅行"。在这一经历的极限上，奥斯威辛不是特例而是常规。历史就是一系列的奥斯威辛，一个接着一个。在奥斯威辛，躺在沾染伤寒病菌的麦秆垫子上，他给身在女营被剃光头发的未婚妻的信中说:"你还记得,我原来是多么喜欢柏拉图。今天我才知道,他是在说谎。因为世间的事物,并不是理念的反映,而是人沉重的、血泪的劳役的产物。是我们建造了金字塔,开凿建筑神庙的大理石,开凿铺设皇家大道的石块……我们全身污垢,确确实实在缓慢死亡……古代文明知道我们吗?……我们不断评说对埃特鲁斯坎人的灭绝、迦太基的毁灭、背叛、欺骗、劫掠。古代有罗马法!今天,据说,也是有法可依的!"

博罗夫斯基传记作者、波兰作家德莱夫诺夫斯基将所著关于博罗夫斯基的书命名为《逃离石头世界》。博罗夫斯基没有逃离这个石头世界。他写道:"生者总是正确的,死者总是错误的。"——这是一个乐观主义的论断。如果死者是错误的,生者总是正确的,则事事都可以得到辩护;但是,博罗夫斯基的生平事迹和他写出来的关于奥斯威辛集中营的故事表明,死者是正确的,而不是生者。

附录三：

萨拉版序言[①]

塔杜施·德莱夫诺夫斯基

在战争期间和战后蓬勃而多样的波兰文学中，塔杜施·博罗夫斯基是一个独特的人物。虽然他才活到二十九岁，而且留下的作品在数量上不多，未能充分发挥和免除内在的矛盾，但是对于他作品的价值和意义，是很难不高度评价的。

……所有相关种类不同的作品，即使是最杰出的作品，也没有能够提供关于这场整体的战争、尤其是它的集中表现——奥斯威辛集中营的完全的真实情况。

博罗夫斯基并未妄言，他讲述了关于奥斯威辛集中营的全部真实。而且，他在自己的小说中叙述了可能是最本质的和最痛苦的真实。他善于把刽子手和牺牲品的心理状态搁置一旁，也善于超越几百万人的苦难和自己所处的集中营地狱般的苦境——而用冷峻的毫不怜悯的目光来看待集中营的种种。

对于博罗夫斯基来说，集中营就是第三帝国和希特勒主义强加给被击溃的欧洲的新秩序之昌盛和胜利的成果。为了实现日耳

[①] 本文节译自塔杜施·德莱夫诺夫斯基（Tadeusz Drewnowski, 1926— ）为《博罗夫斯基短篇小说选集》（2000）所写的序言。他是波兰著名的文学评论家、博罗夫斯基传记作者和研究专家；其专著《逃离石头世界》（1972）"对博罗夫斯基自杀的原因作出了新的解释，并且澄清了有关这位作家的许多讹传，在社会上引起极大反响"（易丽君：《波兰战后文学史》，外研社，北京，2002，第323页）。

曼种族统治世界的计划，希特勒法西斯主义必须利用被征服的各民族，强迫牺牲品参与对他们自身展开灭绝的野蛮程序。所以，集中营并不构成罪恶滔天群魔的夜宴，也不构成使用大量牺牲品的大燔祭或对人类罪恶的报复，而是构成了为希特勒分子们制定的目标服务的、组织严密的体系和依照明确目标组成的群体。所以，集中营也不构成加缪所说的人类自古以来熟悉的普通的狂热杀戮，而是达到了更高的阶段：逻辑的屠杀。极权主义制度把这种逻辑推进到了完备的地步，到了历史上空前的规模，到了种族灭绝的尺度。现在，多年之后，这个机制得到了准确的研究：依据档案梳理和各个领域的研究成果，许多科学机构向社会揭示，希特勒分子是如何一步一步把国家推向特殊的状态的，他们推进的这种国家秩序带来何等的后果，如何接近达到完全实现的地步——而博罗夫斯基在没有档案和学者支持的情况下，从第一次亲眼目睹就揭示了这个制度，以自己的目光，展现了这个制度的政治、经济和社会学的机制。

　　但是，除了认识论的价值之外，除了对希特勒罪行逻辑的审视之外，博罗夫斯基的小说还取得了更多的成就。在这里，集中营的悲剧表现得不同于几乎其他全部的文学作品。悲剧的沉重之点转移到了受难者方面。对于博罗夫斯基来说，集中营真正的悲剧不是在于刽子手和遇难者的关系之中：刽子手们甚至被剥夺了相对的理性，他们是希特勒剥削与罪行机器的百依百顺的官员，的确应该送上绞刑架，但是他们还没有资格列入悲剧前列的、有身份的参与者行列。

　　希特勒有意识的罪行——逻辑的罪行，所达到的最严重的集中营悲剧，乃是践踏受难者的人性、迫使他们以生命的代价屈服，有意识地千方百计地算计亲朋好友。在博罗夫斯基看来，这是集中营最显恶魔恶性的千真万确的悲剧所在。但是，在自己的小说中，博罗夫斯基不注重经常出现的集中营精神崩溃或者病理个案，也不注重并不少见的见义勇为事例；他注重"存活基线"。根据这个规则，他没有把自己小说的人物变成罪犯，也没有变成集中营里的圣徒，而是变成了想要保全生命的人——集中营里的队长、完成职位功能的囚徒，或者干脆就是有经验的集中营化的人——这样的人了解集中营，善于适应控制着集中营的规则。这样的常人在天性上至少不是坏人，而是集中营化的人，他的遭遇构成了《在哈门茨的一天》、《女士们先生们，请进毒气室》、《起义者之死》的实质内容。

博罗夫斯基在自己的书中没有止步于描写集中营的故事，身为作家的他还完成了更加具有冒险意义的下一步。在描写集中营之外生活的小说中，对被占领时期（《告别玛丽亚》）和解放时期（《格仑瓦尔德战役》）他提出了问题：关于在战争现实中被集中营化的这个人，会有人预见，战争结束之后，这个人的档案上会留下什么记录。他就是这样扩展了对于人本主义价值观衰落、人性堕落的诊断的，同时把诊断指向其他的情况，指向更宽阔的时代语境。

博罗夫斯基小说在其纯粹外在的所谓行为主义的描写中，在风格和语言中都是十分彻底的，但是还有一个事实强化了这些小说的挑战性质，亦即：作者把自己的名字给予了小说中的诗人队长。虽然我们可以明显地看到，这一组作品都是巧妙而缜密的文学建构，但是，集中营的过来人博罗夫斯基这样做，却不是偶然的。从他那一方面来说，这是有意识的道德行动。虽然文学形象和他无多少共同之处，但是，与他在诗歌中表达的信念结合起来看，在一定的程度上，他是愿意承担那个时代常人行为中包含的罪责的。他就是这样理解自己的写作任务的，而且在文章中也要求其他人这样做。

《告别玛丽亚》展现了"轻蔑时代"的完全独特的景象（最接近这种景象的是纳乌科夫斯卡的《椭圆浮雕》），招致当时虽然免除了一切说教、却是最严厉的道德论批评。但是这部作品和当时对文学的理解标准是格格不入的。作品引起震动，却几乎没有得到理解。最初的批评文章把人物形象和作者同一化，认为博罗夫斯基自我暴露他本人就是一个集中营罪犯，应该被押到被告席上。另外一种批评现实化对待小说中人物虚构的意识，没有看到作家的评判原则，而把作品看作是不由自主的证实：证实了"死亡感染症"、全部价值观的沦丧、虚无主义。对于描写被占领时期和战争结束时期的小说，有人感到特别的愤怒。在这部作品问世的时候，只有个别的人理解其艺术的繁复特质，看到了其中最本质的事物：与时代之恶展开斗争的特殊方法。

一九四八年，博罗夫斯基的下一部作品出版：一组短小的短篇，题为《石头世界》。作者称这一组短篇是"由二十个独立部分组成的一篇小说"，构成了对于《告别玛丽亚》以特殊视角勾勒的景象的补充。《石头世界》也是对于自己受到猛烈攻击的立场的维护。和前一部作品比较，《石头世界》保持了同样的风格，并且将其运用于短篇小说这种困难形式，而且带来了明显的创新：不再把"塔代克队长"当媒介，脱离了原有的"存活基线"，转移到了更加鲜明的集中营情节（《晚餐》、《施林格尔的死》），更直接地取材于自传素材（《一个真实的事件》等）。博罗夫斯基似乎是想要证明，令舆论大为震动的《告别玛丽亚》，与集中营里实际发生的事、与他亲身经历的事相比较，只不过是相当缓和的景象而已。《石头世界》的一半篇幅涉及得到解放的世界，但是依然和集中营里过去的一切紧密相连。博罗夫斯基把战后的日常生活和集中营的经验或种种后果对立起来，但是方法并不总是依据充足的。《石头世界》的大部分短篇故事都是写给同时代著名作家的，因为作者认为，他的作品和这些作家的作品或立场展开了直接的论争。博罗夫斯基在维护自己纲领的同时，在《石头世界》中又用补充的新作品和论据充实这个纲领，并且攻击了当代文学，认为这种文学漠视了战争造成的最困难的和最具本质意义的堕落。

在写作《告别玛丽亚》和《石头世界》的同时,作者越来越广泛地看到了自己的作为。他构思了并且开始一步一步地写作新的作品,即长篇和中篇系列,就像在短篇小说系列中那样,旨在实现既定的纲领,丰富人在"轻蔑时期"的精神遭遇和道德感受,写完人所经历过的精神史篇章。

遗憾的是,一九四八年至一九四九年开始了一个不利于他写作的时期。社会主义现实主义的口号从天而降,都是教条主义的简单化的口号,要求告别战争题材,返回现时代和社会主义建设,返回政治文学和教化文学。博罗夫斯基并不相信这些口号,但他的两部作品所遇到的误解,严重地动摇了他对所选择的文学表现法的信心,以及对这些作品理应为之服务的"道德革命"理念本身的信心。

博罗夫斯基早就是革命的社会意向的拥护者,他在一九四八年加入了波兰工人党。新的暴风雨般的政治阶段和这位作家所持有的疑团分裂了他的注意力。在一段时间之内,博罗夫斯基试用了文学两极法:在不放弃自己原有做法的同时,尝试某种创新;他不久就写出了短篇小说《一月反攻》,小说把"轻蔑时期"的问题从道德层面转移到了历史政治层面,并且最终结束了这一组重大的故事,以至在一段时间以后与其决裂,还要坚决地批评它。这一组作品虽然没有最终完成,但是,在文学中,它是这一类作品中最重要的。数年之后,雅罗斯瓦夫·伊瓦什凯维奇[①]在为《告别玛丽亚》(1961)写的前言中写道:"我们都觉得,除了博罗夫斯基之外,在潜入令人类蒙羞的行径的本质方面,任何人也没有达到这样的深度,任何人也没有能够这样准确地勾画出人类变得卑鄙丑陋的方法和后果。所谓'任何人',不仅指我们波兰的任何人。我们觉得,世界上任何一种文学都不能够和博罗夫斯基

---

① Jaroslaw Iwaszkiewicz(1894—1980),波兰20世纪最重要的作家之一。

的小说相比。在这一种文学创作中，他的作品乃是巅峰的成就。"这一评价确证了博罗夫斯基小说在世界上日益增长的声誉。

一九四九年，在离开德国三年半之后，博罗夫斯基返回德国。在日益猖獗的"冷战"时期，他开始了在东柏林波兰新闻情报处的文化报道员的工作。在对犯罪民族展开再教育的事业中，他想有所作为；在他的信念中，只有社会主义能够完成此举。他热情献身于在此时建立的民主德国开展的文化运动，在德国进步作家圈子内留下了最佳的记忆。从那里返回的时候，他成为社会主义现实主义的热烈拥护者。他将生命最后的一年献给了狂热的政治活动和激烈的争论（首先是在《新文化》周刊版面上）；这样的争论往往不择手段，论据混乱，沉没在这个情况复杂时代的顽固不化的特质之中。他自己的写作脱离了原有的计划，但是当时的某些作品，尽管依从了他自己宣告的原则，却依然保持了过去的尺度（《赫尔岑堡的音乐》、《种植员工的一天》），或者也力求在新题材中获得自己的非公式化的表现风格（《多罗塔女士的烦恼》）。作家突然自杀身亡当时完全出乎所有人的意料，而且至今仍然是不解之谜。博罗夫斯基在慕尼黑写作的一首诗中写道：

> 世界像魔怪编织的迷宫般
> 路线纷繁纠缠似通而非通……
> ——《迷宫》

作家此前曾经多次巧妙打穿的迷宫，石头世界之后复又出现的迷宫，这一次在作者看来也是没有出路的，而自身若是进入这座迷宫，则是对于往昔神圣理念的背叛。

博罗夫斯基属于那种罕见的与众不同的作家，对于他们来说，生活和歌曲就是一回事。这一点决定他成就非凡——却要为此付出最高的代价。他既然用血写作了自己的作品，面对世界却没有保护自己。正如在他的作品中消除了个体与世界之间的隔阂那样，他同时要求自己和每一个人要为另外一个人、为他的历史、为共同的世界承担责任。也许，正是因为如此，已经是遥远往昔的这些篇章还依旧有生命力，还依旧泛出震撼的力量，还依旧令人不安……

译后记

我年轻时懂波兰语，对波兰文学感兴趣。一九五七年，却从北京外语学院被行政指定转学到山西大学学英语，毕业后在这里一直工作到退休。一九六〇年前后，我在英文版《波兰画报》文学副刊上看到博罗夫斯基的《女士们先生们，请进毒气室》和纳乌科夫斯卡《椭圆浮雕》一书中的《施潘纳教授》这两篇短篇小说，遂在当时全国大饥馑、半挨饿、普遍患浮肿的状态中，将其译成中文。

手头的一本一九五九年波兰语版《博罗夫斯基小说选集》是当年在北京大学学习汉语的波兰第一高才生莱昂·莱舍克·格瓦戴茨基一九六〇年一月离京回国时赠送的。一九九二年，我在美国看到一本波兰语教科书上有他的名字，便赶快给主编教授去信询问，教授说他去了得克萨斯州，长时间杳无音信。没有想到在他赠书整整五十年后的二〇一〇年，这本书才得到认真使用，也算是对于青年时代国际友人情谊的纪念吧。顺便说一句，山西大学前校长、历史系教授程人乾先生（1932—2007）曾留学波兰六年，一九六〇年回国，被分配到山西大学。前阵子，在程教授逝世近三周年之时，他的夫人邀请我译出他留下来的大批波兰语书籍的书名，并嘱我可从中选取对我有用的书籍。我发现里面也有一本上面提及的一九五九年出版的《博罗夫斯基小说选集》。他夫人慷慨赠送给我，我欣然接受。书是程校长五十年前购买的，现在也发挥了作用,以此来纪念程教授和我长达四十七年的友谊吧。

一九九四年夏天,我参观了华盛顿大屠杀纪念馆。二〇〇一年六月,又参观了波兰南部克拉科夫附近的奥斯威辛集中营纪念馆。在奥斯威辛二号比尔克瑙(布热津卡),感受到了那个集中营的巨大——十五点五平方公里,庞大无比的场地,一望无尽的木制大营房,从面积上看,等同于十六平方公里的中国澳门特区——令我惊骇无比!事后我希望忘记曾经亲眼目睹的一切,忘记毒气室和焚尸炉。不谈就是忘记。但愿如此。不可承受的沉重。

翻译波兰这位作家数量不大、甚至很少的作品的过程,是几个月来梦魇连绵、睡眠不安的日子。但是,为了哀悼几百万无辜的亡灵,在精神上勉为其难地陪伴他们一些时日,我可以说算是做到了"当仁不让"。

阅读文学作品是一种经历、体验、净化和升华的过程。作品的内容感人至深,故事情节多涉及人类的种种不幸与痛苦——悲剧的力量在于揭示人生的深刻感受,展示人性的崇高。所谓净化和升华,是作品感人力量促发的精神体验,也是阅读的愉快。这里所说的愉快,不等于快乐,而在于深刻体味人生之变迁和艰难险恶,感受人性通过苦难而达到的崇高。

博罗夫斯基的作品在中国长时间没有出版的原因,大概是因为他"丝毫不给人以审美愉悦"。

二〇〇一年六月,我在奥斯威辛集中营纪念馆购买了三本书:赫尔曼·朗贝因的《奥斯威辛集中营里的人们》、《党卫队眼里的奥斯威辛集中营》和米克洛斯·尼斯利的《我是门格勒医生的助手》。这些书对翻译《石头世界》很有帮助。

在翻译过程中,我得到长子杨念和长媳韩文持续的帮助,并与他们分享了读书和思考过程中所获得的启发,对他们在斯坦福大学的友人在寻求文本和资料方面所给予本书的帮助,一并在此表示衷心的谢意。

花城出版社在"蓝色东欧"系列丛书的译介中，把《石头世界》放在第一辑出版，足以彰显花城出版社的远见卓识。感谢《世界文学》副主编高兴先生创建作品系列译介的长时期努力和敏锐的文学见地，感谢花城出版社编辑对译者热心、爽朗的支持和鼓励——老年人或许是比青年人更需要鼓励的。

杨德友

二〇一〇年六月二十五日于山西大学